Uma Infância Roubada

Mark Johnson

Uma Infância Roubada

Uma Inocência Traída,
Uma Vida Resgatada

Tradução:
Marsely de Marco Martins Dantas

Editora
Novo Conceito

Publicado originalmente por Sphere, na Grã-Bretanha, em 2007

1ª impressão – Outubro de 2009
Título original: *Wasted – A Childhood Stolen, An Innocence Betrayed, A Life Redeemed*

EDITORA: Marília Mendes
PRODUTORA GRÁFICA: Josiane Sozza
PREPARAÇÃO DE TEXTO: Esther Alcântara
REVISÃO: Beatriz Simões e Vanessa de Paula
COMERCIAL: Rubens Barbosa
TRADUTORA: Marsely de Marco Martins Dantas
CAPA: S4 Editorial
CRÉDITO DA IMAGEM DE CAPA: dreamstime.com
DIAGRAMAÇÃO E EDITORAÇÃO: Sandra Oliveira

Dados Internacionais de Catalogação na Publicação (CIP)
(Câmara Brasileira do Livro, SP, Brasil)

Johnson, Mark
Uma Infância Roubada: uma inocência traída, uma vida resgatada / Mark Johnson; tradução Marsely de Marco Martins Dantas. – São Paulo, SP: Editora Novo Conceito, 2009.

Título original: Wasted
Bibliografia.
ISBN 978-85-99560-38-9

1. Adultos vítimas de maus-tratos na infância - Grã-Bretanha - Biografia 2. Johnson, Mark, 1970 - Infância e juventude 3. Johnson, Mark, 1970 - Uso de drogas 4. Viciados em recuperação - Grã-Bretanha - Biografia I. Título.

09-00443 CDD-362.764.092

Índice para catálogo sistemático:
1. Usuários de drogas: Recuperação : Biografia
362.764.092

Editora Novo Conceito

Rua Dr. Hugo Fortes, 1885
CEP: 14095-260
Ribeirão Preto – SP
www.editoranovoconceito.com.br

Dedicatória

Este livro é dedicado a todos os perdidos.
Se as pessoas podem mudar, o mundo pode mudar.

Prólogo

Chega. Vou-me embora deste lugar. Odeio isto aqui, com estes armários surrados, este cheiro de produto de limpeza, esta coleção de poltronas gastas pelos traseiros contorcidos.

É mais fácil viver nas ruas. Tudo é simples lá. Nada de regras, nada de terapeutas, nada de lembranças, nada nem ninguém. Apenas drogas. Tudo o que quero e que me importa. A dor da vida cotidiana vai embora, substituída pela dor de ter que encontrar minha próxima picada.

Acendo meu abajur. A luz dói, pois minhas pupilas ainda não respondem adequadamente. Acho uma mochila vazia. Suspirando, abro-a.

Para onde vou? E como vou?

Não tenho muito para levar, nada mais do que umas poucas roupas que outros deixaram para trás quando, como eu, decidiram fugir. Coloco-as na mala devagar. Depois procuro pela minha caixa de arte debaixo da cama. Minhas juntas estalam conforme me abaixo e a dor atinge minhas pernas. Tudo dói quando você deixa de usar heroína. Meus ossos estão fracos até a medula. Minhas células destituídas.

Abro a caixa de arte e verifico que minha Coleção de Objetos Achados está completa. Os pincéis. O cabo da colher. As agulhas de costura. O caderno. Os broches. Tudo achado em latas de lixo, coisas que os outros jogaram fora e, até então, minhas únicas posses.

Meu coração acelera. Estou assustado. Não quero ir. Foi uma jornada tão longa até a reabilitação. Mas não quero ficar.

– Que foi? – uma voz pergunta. Meu colega de quarto, Colin. É tão tarde. Pensei que ele estivesse dormindo.

– Estou mal – digo. – Estou aqui há duas semanas e não posso ficar mais um segundo sem nada no meu corpo.

Ele senta na cama e boceja – Ainda dói muito?

– Minha maldita cabeça está latejando.

Ele sabe o que quero dizer. Ele também é totalmente viciado em crack e heroína. Um cigano pequeno, de pele escura, por volta dos quarenta. Entende que, durante anos, uso drogas para não sentir coisa alguma. Não sinto emoções reais há muito, muito tempo. Agora, conforme as drogas vão saindo, estou me tornando um ser humano novamente. Todas aquelas emoções que as drogas me ajudaram a evitar estão acontecendo de uma vez. Terror, culpa, vergonha, desesperança, impotência, solidão, tristeza, perda, ciúme, raiva... Tudo o que deveria ter sentido em meus anos perdidos, sinto agora. Após tê-las ignorado por tanto tempo, essas emoções têm o poder de uma enorme locomotiva que vem bem em minha direção. Esmaga-me, transforma-me em polpa.

Colin observa-me. Ele está sempre entrando e saindo da reabilitação, portanto, entende do assunto, embora isso não tenha evitado suas constantes recaídas.

– O que quero dizer – falo – são essas malditas dessas regras daqui. Não consigo segui-las. O que eles querem de mim?

– Não é o que eles querem. É o que você quer.

– Só quero ficar limpo. Quero uma vida nova.

– Bem, há um jeito.

– Ah?

– É assim. Todas as coisas que estão no fundo da sua mente têm de sair. Você tem que ser honesto. Todas as coisas que vêm te segurando, todos os seus segredos, você tem de contar, parceiro!

Penso por um minuto enquanto sinto os pêlos da minha nuca arrepiarem-se. Isso sempre acontece e não significa que alguém está caminhando sobre o meu túmulo. Isso significa que outra terminação nervosa está de volta, agora que meus receptores não estão mais bloqueados pelas drogas.

– Você quer dizer – falo – que eu tenho de contar como é mesmo lá fora? Nas ruas?

Colin dá uma gargalhada.

– Não é do papo de ego que estou falando nem sobre quanto era difícil lá. Não é do papo de sentir pena de si mesmo. Quero dizer que você tem de contar seus segredos. Os segredos reais. Todas as pequenas coisas vergonhosas que nunca contou a ninguém, as coisas mesquinhas, as coisas rancorosas, as coisas do tipo não-vou-contar-para-ninguém-vou-guardar-para-mim.

Meus segredos. Ele deve estar brincando. Há muitas coisas que não vou contar para ninguém. Jamais.

Ele diz: – Falar das suas fraquezas traz a sua força de volta.

Atravesso o quarto para abrir a janela e sentir o cheiro da noite. Respiro profundamente, inalando o cheiro salgado, inalando o mar.

Ouço a voz de Colin, insistente, atrás de mim.

– Você tem de contar.

Viro-me e ele ainda está olhando para mim.

– Há muita coisa que te deixa doente. Seus segredos envenenam a sua alma. É chamado de Lado Secreto do Ego. Pense nisso, parceiro, antes de fazer a mala.

Deito na cama e fico acordado a noite toda; meu corpo vive com dor, cada nervo dolorido; minhas pernas precisam continuar girando, rodando, movendo-se. Quero ir, mas não tenho para onde. Não quero fazer isso, mas não tenho nada mais a fazer. Não quero usar drogas, mas não sobrevivo sem elas.

De manhã. Ainda estou aqui.

Quando vou para a sessão de terapia de grupo, sinto-me um maldito medroso. Encolho-me em minha cadeira e todo mundo sabe que vou falar pela primeira vez. Há um ar de ansiedade. Ou talvez seja curiosidade.

– Ah! – diz Alan, parecendo contente. – Há um Evento Significativo que gostaria de nos contar, Mark?

– Sim – digo. Abro minha boca e espero eu mesmo começar a falar. Por um minuto não sai nada. Então começo.

1
Capítulo

Odeio domingos. É o dia em que Papai vai ao bar e Mamãe à igreja. E, se Papai não estiver por perto para impedi-la, Mamãe leva a gente também. Hoje ele não está aqui. Sei disso pelo silêncio especial e pela maneira como Mamãe está tão amargamente calada na cozinha. Papai não veio para casa na noite passada.

Mamãe fica pronta para o culto, assim como nossa irmã mais velha Kelly, que sempre faz o que mandam e então manda a gente fazer também. Shane e eu vamos andando com os olhos cheios de esperança enquanto subimos a rua Reynolds, procurando por Papai. Queremos que ele volte, mesmo se estiver bêbado, para nos salvar da igreja. Olho para cima e para baixo e pela fila dupla de sobrados geminados, mas não há nenhum sinal de Papai, nenhum sinal de ninguém, apenas aquele silêncio especial da manhã de domingo.

Nós nos arrumamos lentamente para o culto. Papai ainda não chegou em casa, então partimos, Shane e eu atrás de mamãe e Kelly. Descemos a rua Reynolds e passamos pelas macieiras. No verão, seus galhos ficam apinhados de folhas e seu tronco fica escamoso, e eu adoro o jeito que a árvore parece embrulhar-se em volta de mim, como um cobertor verde enquanto roubo maçãs. Agora os galhos estão vazios e gotejantes.

Mamãe pega minha mão e me arrasta para dentro do Salão do Reino. É uma sala grande com um palco na frente. Cheira a sabão e não a cigarro. Sentamos em cadeiras verdes e outros, mais idosos, sentam-se no palco e falam e falam por pelo menos uma hora.

Fico feliz quando há canto, mas a música não tem ritmo, nem melodia. Então, há mais falação. Não consigo ficar parado. Cochicho com Shane, contorço-me.

Pratico amarração dos meus cadarços. Shane me diz que estou fazendo errado. Bato nele. As pessoas olham para trás e nos fuzilam com os olhos, e agora Mamãe está brava. Ela gostaria de gritar, mas não pode porque está na igreja, então me segura pelo pulso e vai comigo para o toalete ao lado do salão. A pele da manga do seu casaco roxo faz cócegas no meu rosto. Em seguida, empurra-me para dentro do cubículo e me soca.

– Não, não, Mamãe, por favor, não! – gemo.

– Psiuuuuuuuuu! – sussurra, espancando minhas costas com a mão. O cabelo voa pelo seu rosto, encaracolando-se. Enquanto me bate, vou sentindo seu perfume, sinto-o arranhando minha garganta. O redondo das suas bochechas desapareceu: seu rosto está duro de raiva.

– Mãeeeeeeeeeeeeeeeee! – mas Mamãe mete uma mão na minha boca e continua a me bater com a outra. Soco, pancada, bofetão. Consigo fazer alguns sons de protesto por entre seus dedos.

Quando ela abre a porta, o salão está em silêncio. Todas as cabeças inclinadas em oração, embora, algumas pessoas não estejam mais rezando. Eu sei, pois se viram para me encarar. Estou chorando, mas, após um olhar de Mamãe, choro em silêncio.

– Estávamos tentando rezar – Kelly diz enquanto saímos em fila depois – Mas tudo o que podíamos ouvir era você implorando para a mamãe não te bater.

Ficamos felizes por sair. O Salão é o mundo da Mamãe, não o nosso. Mesmo quando tentamos agradar Mamãe e o grande Deus Jeová indo aos cultos e assembléias, sabemos que não pertencemos ao lugar. Não somos um deles. Não estamos salvos. Somos inferiores a eles, pois a vida eterna lhes foi prometida e não a nós, e eles sabem disso.

Papai sempre ri quando a Mamãe nos fala de Jeová. Não apenas se recusa a nos deixar ir aos cultos, como também ameaça passar com uma caminhonete pelas portas da igreja.

A voz da Mamãe tem tom de aconselhamento. Diz: – Jeová está te observando. Ele vê tudo o que você faz e julga-o.

Papai cai na gargalhada, o que nos deixa bem feliz, pois não ri com freqüência.

Vovó e todas as nossas tias e tios que moram na rua Reynolds provavelmente riem de Jeová também, e não têm medo dEle. Mandam Mamãe calar a boca quando começa a falar sobre Ele.

Conforme vamos chegando em casa, ficamos nervosos. O que encontraremos? Papai estará lá, sentado no sofá com seu afável sorriso bêbado de domingo? Mamãe irá começar a gritar com ele? Esperamos, tensos, enquanto Mamãe abre a porta da frente. Entramos silenciosamente e, como um time de detetives, sem discussão, vasculhamos a casa rapidamente e silenciosamente. Nada de Papai. Mamãe parece furiosa. Vai para a cozinha e mexe nas panelas com raiva.

Vovó chega para o almoço de domingo com seus dois filhos mais novos, George e Phil. São tios, mas não são muito mais velhos do que nós, então são mais como primos. Ouvimos Vovó falar com Mamãe enquanto fazem coisas de mulher com o assado. Falam baixinho. Não ouço. Não quero ouvir. Mas reconheço aquele tom especial de raiva de quando estão falando de Papai. Não falam como as pessoas daqui, pois são da região de Newcastle-upon-Tyne e seus sotaques são mais cantados. Aqui em Kidderminster, as pessoas não cantam quando falam, elas meio que gemem. Como todos os meus parentes de ambas as partes são de Newcastle, eu tinha sotaque de lá quando entrei na escola ano passado. Agora falo como alguém que nasceu em Birmingham.

Escuto-as falarem que Papai provavelmente passou a noite na casa Dela. O nome dela é Ela. Talvez estejam falando da mulher que Shane e eu vimos nos carro do Papai semana passada. Ele acelerou quando nos viu, mas tivemos tempo de ver que a mulher era magricela como um cabideiro. Ela tinha cabelos pretos e compridos, e estava sorrindo. Contamos a Mamãe sobre isso e desde então ela está brava.

Vovó é pequena e robusta, com uma Madressilva no canto da boca. Não sei se alguma vez fumou aquilo ou se apenas a cola na boca pela manhã. Eu amo muito Vovó. Ela é forte, é a chefe da nossa família. E, nesse momento, a chefe da nossa família está brava com Papai.

Mamãe colocou o prato dele na mesa. Kelly não pára de olhar para a porta de entrada. Shane se oferece para correr até Station Arms para ver se Papai está lá, mas Mamãe diz que não. Sua raiva está mais forte agora.

Com raiva, Vovó parte o assado. Mamãe serve os legumes em silêncio. A comida é colocada no prato do Papai. Enquanto comemos, esperamos. O ar tem cheiro de ansiedade. A carne tem gosto de raiva. Quando o jantar do Papai fica frio, Mamãe silenciosamente o leva ao forno para esquentar.

Assim que o jantar acaba, vou para fora. Quero estar em qualquer outro lugar. Logo me junto a outras crianças e acabamos indo parar na casa de uma garota, no fim da rua. Tudo está em ordem lá e eu gosto disso. A sala de estar está arrumada, a mãe dela está na cozinha, o pai no jardim e há calma. Nossa casa também é arrumada, mas sempre parece que haverá uma explosão a qualquer minuto e todos os discos e panelas e cadeiras e roupas serão espalhados por toda a rua Reynolds e, provavelmente, por toda West Midlands. Mas gosto da calmaria do domingo à tarde na casa dessa garota.

Então, sua irmã mais velha entra correndo, sem ar.

– Não podemos sair – diz. – Há uma grande briga na rua e não podemos vê-la.

Uma briga. Na rua.

– Onde? – pergunto. Ela não responde e não preciso da sua resposta. Já sei onde é a briga.

– Há sangue, – diz – muito sangue.

Saio imediatamente, correndo em direção à grande briga que não posso ver. Do fim da rua consigo ouvir os gritos. Uma roda de pessoas aglomera-se com seus casacos do lado de fora da minha casa.

Vizinhos e tios e tias e meu irmão mais velho e minha irmã mais velha vão silenciosamente saindo das casas por toda a rua. Assim que nos aproximamos dos espectadores, tia Tanya conduz Kelly, Shane e a mim direto para dentro de casa. Ainda consigo ver o rosto sangrando da minha mãe. Está gritando com Papai, rodeando-o. Ele fica parado, bem maior do que ela e nem se mexe. Usa botas de *cowboy*, jeans azul e uma camisa azul de *cowboy*, tem um bigode de *cowboy* e seu cabelo é preto, grosso e ondulado. Papai fica ali, alto e forte como um *cowboy* de verdade. A diferença é que hoje há manchas por toda a sua camisa. Sangue e molho de carne. E nos seus pés há batatas e carne assada. Cacos do prato são esmagados conforme Mamãe anda ao seu redor e esse som é pior do que grito.

Dentro de casa, nada mudou. A casa está limpa e arrumada como sempre. Uma visita poderia pensar que somos normais, caso não tivesse percebido o sangue e o jantar lá na rua. Vamos direto para o quarto de Papai e Mamãe e ficamos na janela abraçados fortemente uns aos outros enquanto observamos todos lá embaixo. Fico feliz por sentir o braço de Kelly apertado ao redor do meu.

Lá embaixo o rosto da nossa mãe se contorce em formas engraçadas e ela está chorando e sangrando ao mesmo tempo. Seu corpo é redondo. Ela é o oposto da magricela que vi no carro, que mais parece um cabideiro.

Papai parece perigoso, de punhos cerrados, esbravejando como um trovão. E daqui dá para ver que há uma terceira pessoa na briga. Minha avó. Seu pequeno corpo robusto está caído no chão. Há sangue nela. Mas ela se levanta e vai gritando em direção ao meu pai. Vai bater nele e ele cerra os punhos. Alguns vizinhos saltam em cima dela e a seguram.

Então nosso vizinho fala com Papai e finalmente o tira de lá. Papai hesita um pouco. Entram no carro e partem. Provavelmente vão para algum bar.

De noite, eu acordo. O céu, através da clarabóia, está negro. Sinto-me só. Mal consigo ouvir Shane respirar. Quero levantar. Quero sair dessa casa. Quero andar e andar e andar até encontrar outra casa em que possa viver com outra família. Tento levantar, mas não consigo. Há cordas amarradas em mim. Estão tão presas que mal consigo respirar. Digo a mim mesmo que são apenas cordas imaginárias. Tento arrancá-las, mas estão bem presas.

Luto e brigo até que, com uma força de Super-homem, consigo arrastar-me para fora delas. Estou suando quando sinto o ar frio da noite em mim.

Rastejo pelo quarto, bem quietinho, até o patamar da escada. As portas dos quartos estão abertas, mas ninguém se mexe, ninguém respira. Talvez todos tenham cordas.

Com muito cuidado, desço o próximo lance de escadas até a sala de jantar imóvel e fria. Vejo algo pela janela. Paro e olho para o jardim negro. No muro, sentado, há uma figura. Fico olhando. A figura fica olhando para mim. É pequeno e branco e sei quem é. Jack Gelado. Tem um formato estranho, como um pingüim, e é pálido e liso. Provavelmente foi feito de gelo cristalizado. Há uma terna lua e ele brilha com sua pequena luz. Ele é tão bonito. O cão, dormindo fora da casinha, nem percebeu. Jack senta no muro olhando para mim e fico na sala de jantar olhando para ele. Ele sabe que sou o Mark Johnson e eu sei que ele é o Jack Gelado. Saber que está lá, no muro do nosso jardim, parado e brilhante, faz com que eu me sinta melhor.

Viro-me e as cordas empurram-me escada acima. Vou para cama e as cordas parecem mais soltas e não tão pesadas. Meus pés estão tão gelados quanto os de Jack e meu corpo todo está duro de frio, mas agora que sei que Jack está lá, volto a dormir rapidamente.

No dia seguinte, Papai está calado. Está humilde. Isso nos deixa muito desconfortáveis. Rapidamente o perdoamos por ter batido em Mamãe e Vovó. É nosso pai e o amamos de qualquer forma; Mamãe jogou o jantar nele e esperava o quê? Mas andamos perto dele com muito cuidado.

Alguns dias depois, ele vai embora. Papai sempre está indo embora para algum lugar. O jeito como ele vem e vai o torna meio mágico. É uma pessoa muito importante. Sem homens como meu pai, que colocam todos os pedaços de aço juntos, não haveria usinas. É por isso que toda a família se mudou para West Midlands em primeiro lugar, porque Papai, Vovó e Mamãe e todos os tios e tias estavam ajudando a construir uma enorme usina para que as pessoas pudessem acender suas luzes. Agora Papai trabalha por toda Inglaterra e às vezes na Europa, construindo usinas. Ele trabalha na chuva e na neve. Trabalha no verão até ficar bem queimado de sol, e no inverno apenas seu bigode mantém seu rosto aquecido. É muito bonito. Não parece fora de moda e flácido como os outros pais. Com suas roupas de *cowboy* e seu cabelo na altura do colarinho, ele é 1976, ele é atual. É grande, forte e sólido como uma rocha. É meu herói e eu o amo.

Capítulo 2

Papai fica fora por longos períodos e então volta por algumas semanas. Esse é o ritmo das nossas vidas. Sempre sei quando está para chegar, pois Mamãe deixa a casa limpa de um modo nada natural, com cheiro de polimento. Tudo fica em seu devido lugar e há um clima especial de espera. Estou esperando com mais medo dessa vez, porque vou ter problemas com Papai. Mamãe achou alguns broches da loja de mágica no meu quarto e acha que os roubei.

– Nunca!

– Onde você conseguiu isso, então?

– Eu comprei!

– E onde conseguiu o dinheiro?

– Tony. Eu estava com o Tony e ele deu para mim!

– Com preço e tudo?

– Sim!

Fico horrorizado com suas acusações. Ela nunca acredita em mim. E vai dizer ao Papai assim que chegar.

No dia em que Papai vai chegar, não vou direto para casa depois da escola com meu irmão mais velho. Fico escondendo-me pelas ruas. Aos poucos, as crianças vão saindo de suas casas e logo há um grupo inteiro. Nossos grupos se fazem e se desfazem. As pessoas brigam ou crescem ou juntam-se a outro grupo. Estou sempre nas ruas, então vou andando de grupo em grupo, sem realmente pertencer a nenhum deles. Tenho amigos que se tornaram inimigos após eu brigar com eles. Tenho inimigos dos quais decidi gostar ou que ganharam de mim na briga. Somos como trens, sempre engatando e descarrilando, porém ninguém mais vê. Nenhum adulto consegue ver os padrões que nossos grupos apresentam conforme vão mudando de tamanho e forma.

Hoje, alguém conseguiu uma bandeja de pão velho, desenterrada de alguma lata de lixo. Descemos a Station Hill e pegamos a passagem obrigatória. Os degraus são feitos de cerâmica brilhante e ficam escorregadios quando chove. Revezamo-nos para empurrar uns aos outros na bandeja. É como um trenó de corrida, só que sem neve e com mais solavancos. Quando acabamos, jogamos a bandeja no canal. Começo a procurar por carrinhos de supermercado para empurrar também, quando todos começam a se dispersar, pois está escurecendo. Não quero ir para casa. Nunca quero!

Encontro outras crianças mais velhas da rua Reynolds e fico um pouco com elas até que finalmente vão para suas casas também. Estou sozinho com todos os pequenos jardins de entrada e portões e portas fechadas. Olho para a rua. As luzes estão acesas, umas poucas cortinas estão fechadas, as pessoas estão sentadas perto de seus aquecedores a gás, assistindo TV, escovando seus cachorros, tomando seus chás. Chego ao número 89 da rua Reynolds. Abro o portão. O frio do seu metal nos meus dedos me é familiar. Seu barulho soa como uma voz que ouço todos os dias. Ando muito, muito devagar em direção à porta de entrada. Chuto umas pedrinhas por ali. Finalmente, relutantemente, bato na porta.

Mamãe atende. Arrumou o cabelo. Sei devido aos longos cachos firmemente arrumados. E está usando um suéter novo com seus jeans.

– Onde você estava?– pergunta.

– Na casa do Tony.

– Olha o seu estado.

O cabelo da minha mãe, a maneira como está falando e o profundo silêncio atrás dela só podem significar uma coisa: ele está em casa.

Piso dentro de casa e está tão limpa que parece esterilizada, até o ar parece esterilizado. Não é uma sala de estar, é um centro cirúrgico e eu estou prestes a ser dissecado. As modernas paredes marrons, o sofá marrom, o tapete marrom, as prateleiras marrons com fileiras e fileiras de livros de *cowboy* do meu pai, e lá, na poltrona reclinável, mas sem realmente reclinar, está Papai.

Assusta-me mais do que qualquer coisa na Terra. Está vestido com seu uniforme de *cowboy* de costume: calça jeans, camisa azul, botas. Gostaria de passar sorrateiramente por ele para subir as escadas sem que percebesse, mas já está me encarando. Procuro um sorriso embaixo do seu grande bigode de *cowboy*. Não há nenhum.

Digo: – Tudo bem, Papai?– E encaminho-me para as escadas.

– Fique aqui. Quero falar com você.

Onde estão Kelly e Shane? Porque não estão assistindo TV como sempre, próximos ao brilho laranja do aquecedor a gás? Devem ter pressentido o problema e escapado para seus quartos. Quando Papai está furioso, sua raiva recai sobre qualquer um. Bem, qualquer um menos Kelly.

Minha mãe se agita ao nosso redor. Não tem um espanador de pó nas mãos e um avental de babados amarrado na cintura, mas parece ter. É como se Julie Andrews tivesse vindo com o vento para nos oferecer uma canção. E Papai está brincando de Senhor do Lar. Isso é o que fazem quando Papai volta para casa.

– Só porque fico fora, não significa que não saiba que droga anda acontecendo por aqui. Eu sei. Eu sei o que acontece quando não estou por perto – sua voz está controlada, muito controlada. Ele tem o sotaque de Newcastle mais forte do que todos nós. Algumas pessoas daqui nem conseguem entendê-lo. Porém, eu entendo. Ouço a ameaça em sua voz. É que monta andaimes de aço. Quando vem para casa, há enormes barras de aço em sua voz.

– Não fiz nada – falo.

Papai diz: – Você fez. Fez de novo. Deu uma de trombadinha. Você bancou o maldito ladrão e roubou a sua tia Tanya.

Não era a loja de mágica. Era um crime completamente diferente.

– Nunca!

Isso deixa Papai mais nervoso. – Todo mundo sabe que foi você.

– Nunca! Foi outra pessoa, há um monte de gente na casa da tia Tanya!

Papai interrompe-me e paro de uma vez; e sua voz cai para um tom bem mais baixo, como se estivesse falando consigo mesmo. Mas não está, ele está falando comigo.

– Como fui ter um maldito filho desses? Isso é o que quero saber. Eu não mereço isso. Deveria cortar os dedos dele, porque é isso que fazem, sim, é isso o que fazem em alguns daqueles países quentes. Deveria cortar toda a sua maldita mão. Estou puto da vida...

Ele não grita. Vai ficando cada vez mais assustador e sua voz fica cada vez mais baixa. Tento dizer que não fiz nada, mas meus protestos são abafados por sua raiva. De repente, pula em mim e arrasta-me para o seu quarto. Sinto meus tornozelos baterem em cada degrau da escada. Joga-me sobre a cama e meu corpo pula. Vai ao armário, pega suas calças jeans e tira o cinto de *cowboy* da cintura. Seguro-me ao sentir o cinto bater nas minhas costas. A dor lateja por todo o meu corpo, correndo como um rio na minha espinha. A dor parece vermelha. Meu corpo todo parece vermelho. Bate-me de novo e dessa vez dói mas não dói, porque agora uma parte de mim está em outro lugar, no alto do teto ou talvez em uma enorme árvore verde, olhando-o me bater. Estou desligado de tudo e não estou vermelho, estou bem, estou frio, sou como Jack Gelado.

Lá embaixo, na cama, um garoto está chorando e um grande homem azul está por cima dele.

– E você não consegue parar de gemer! – o homem cospe. – Você parece uma bichinha.

O garoto não pára de chorar.

– Suba a droga de escadas agora, maldita bicha! – sussurra o grande homem azul ao sair do quarto.

Chorando, vou para o quarto do sótão que divido com meu irmão mais velho. Ele ouviu tudo e não diz nada, mas entende. Quando Papai nos dá uma surra nossos corpos doem por um tempo, mas por dentro algo dói por muito mais tempo. O entendimento de que ele não nos ama.

É sexta-feira à noite e essa é a noite dos homens, de acordo com Papai. A noite de sábado é a noite da família, mas as sextas são para os homens. Papai vai para Station Arms, no final da rua Reynolds. Todos os homens da rua vão estar lá. Caminham em um grupo que vai ficando cada vez maior, conforme vão saindo de suas casas.

Ouço a porta de entrada bater e por um tempo há um novo tipo de silêncio, o silêncio do alívio. Quando acordo não sei que horas são, mas sei que Papai não chegou ainda ou eu teria ouvido a voz dele. A luz da lua, e não a sua sombra, fica visível pelo vidro congelado da clarabóia. Posso ver, não muito claramente, os jogadores de futebol que Shane pendura na parede, chutando a bola um para o outro.

A menos que Papai tenha tomado um porre, voltará só quando o bar fechar. Meu corpo todo fica tenso. Alguém amarrou cordas em mim novamente. Não consigo mexer nada, está tão firme. Não consigo respirar. Luto para conseguir ar. Só quero me livrar das cordas e correr rua abaixo para que não precise ficar deitado aqui nunca mais. Espero que Jack Gelado esteja me aguardando no jardim.

Então a porta bate. Meus músculos ficam duros e meu corpo torna-se frio como metal, como eu esperava. Não respiro. Meu irmão mais velho não diz uma palavra, mas sei que, lá em cima, na cama dele, está ouvindo também.

Ouvimos a voz de Papai. Talvez seja uma daquelas noites em que volta para casa feliz, brincando e sorrindo. Entretanto, o nível de barulho aumenta rapidamente. Minha mãe logo começa a gritar com ele. Está falando Dela novamente. Depois o assunto de sempre sobre Jeová e o demônio e o fim do mundo. Eu queria que ela parasse. Se não parar, ele vai bater nela. Mas ela não pára. Sua voz aguda continua e continua até que eu não consiga mais ouvir suas palavras, só sua musicalidade. Quando ele responde rispidamente, suas vozes se unem num estranho acorde. Cantores de ópera fazem isso. Mamãe e Papai estão cantando sua ópera de fúria.

Ouço meu irmão levantar.

– Onde você está indo? – sussurro, mas já sei. Somos impotentes e é pior ficarmos na cama. Sigo-o escada abaixo. Hesitamos no corredor. Todas as luzes estão acesas e Mamãe e Papai estão lá, em pé; Mamãe está gritando. Há uma pausa. Poderia ter acabado. Mas não, ele começa a bater nela. Suas mãos são enormes, mãos inchadas de quem trabalha pesado em usinas debaixo de chuva e neve. Nos dedos da sua mão esquerda está tatuada a palavra AMOR. Muitas pessoas têm essas tatuagens, e têm ÓDIO tatuado na outra mão, mas Papai não tem. Diz que é porque não odeia ninguém, em vez disso tem um crucifixo na mão direita.

Não usa a mão que tem a palavra AMOR para bater na minha mãe, segura-a com ela e bate nela com a outra. Ela grita. Quero correr para longe, mas não consigo me mexer. Hesito e paro no batente da porta. Sinto-me doente.

De repente, Shane entra correndo na sala. Ele fica entre eles, posicionando-se bem na frente da minha mãe, encarando Papai, desafiando-o a bater mais nela. Como pode ser tão corajoso? É só dois anos mais velho que eu e não está nem no Ensino Fundamental II ainda. Olho para o rosto de Papai e logo em seguida viro o rosto, pois é horrível. Seus olhos tornaram-se olhos de gelo. Sua raiva virou gelo e não o gelo bom do Jack Gelado. Fico muito assustado por Shane ao ver aquele rosto. Shane tenta encarar Papai de volta, esquivando-se um pouco como se Papai o estivesse deixando tonto. Então Papai pega meu irmão pelo pescoço com a mão tatuada AMOR e bate em cheio no seu rosto com o punho que não diz ÓDIO, e ouço o barulho dos dedos velhos na pele nova.

Minha mãe grita e abraça meu irmão rapidamente, e Papai vai embora esbravejando, empurrando-me rispidamente para outro lado. Ainda não consigo olhar para seu rosto.

Mamãe chora. Shane chora. Mamãe o acaricia e tento acariciá-lo também, mas não há lugar para mim; então eu sento e choro sozinho. Olho ao redor. A sala é a mesma de sempre, limpa e arrumada, com suas cadeiras marrons e seu espelho, seus quadros de chalé, as prateleiras de livros de *cowboy* de Papai e seus discos de música *country*. Nada fora do lugar. Entretanto, o ar aqui dentro está diferente agora. O mundo está diferente.

No dia seguinte é sábado. Quando passo pelo quarto dos meus pais e ouço o ronco do Papai. Na cozinha, nossa irmã mais velha, Kelly, coloca um pacote de ervilhas congeladas nas marcas do rosto de Shane. Ele já apanhou antes, é claro. Papai costumava bater nele por fazer xixi na cama quando era menor. Mas essa era um tipo diferente de surra.

Olho para a Mamãe, apoiada na pia com um descascador na mão e seu cabelo afro caindo pelos ombros. Tem um corpo redondo e confortável, que me parece bem abraçável, e nessa hora eu preciso de um abraço. Chego de mansinho perto dela e tento colocar meus braços ao seu redor.

– Sai fora – empurra-me. Porém, a seguro com mais força e tento dizer que a amo. Depois de ontem, eu preciso dizer. E, mesmo sem nunca ter ouvido alguém da nossa família falar sobre amor, jamais, quero que mamãe o diga para mim.

– Eu te amo, Mamãe!

– Amor! – resmunga Mamãe – Você precisa pensar em como ser um bom rapaz para fazer com que Jeová te ame.

– Eu sou um bom rapaz. Eu realmente amo Jeová.

Na verdade, morro de medo de Jeová. Ele é um pouco como Mamãe e Papai misturados, sabe tudo que faço de errado e fica muito bravo comigo.

– Fico feliz em ouvir isso, Mark. Estou contente em saber que você ama Jeová e espero que tente ser um bom rapaz para Ele, porque Ele está observando você. O tempo todo. E não se esqueça disso.

– Não, Mamãe.

– Se viesse aos cultos comigo com mais freqüência, poderia viver no Paraíso para sempre, com Jeová e todos os animais.

Desvio-me do assunto. Qualquer coisa que você tente dizer para Mamãe sempre acaba em Jeová no Paraíso.

Perto da hora em que os bares abrem, Papai sai do seu quarto e eu o ouço conversando com Mamãe na cozinha, como se nada tivesse acontecido.

– Tudo bem, filho? – diz carinhosamente ao ver meu irmão. Shane diz que sim com a cabeça e enrubesce.

– Sim, Papai.

Sei como ele se sente. Culpado porque quando Papai te bate, você sabe que fez algo errado e que deve ser sua culpa. Infeliz porque você ama Papai e ele não quer seu amor. E meio envergonhado por Papai, embora sem saber ao certo o motivo.

Em seguida, ouvimos a porta de entrada bater e o portão ranger e sabemos que foi para o bar. Quando volta, está calado. Anuncia que, uma vez que sábado é a noite da família, nós todos vamos ao Cricketers Arms hoje à noite. É primavera e, se usarmos nossos casacos, estaremos confortáveis o suficiente para que os adultos se sentem lá fora e as crianças brinquem no gramado. Fala isso e depois adormece no sofá.

Quando Papai acorda para o chá, sinto-me corajoso. Ele estava de bom humor ao voltar do bar, e é meu pai e eu o amo. Não tive muito sucesso com Mamãe hoje de manhã, mas agora subo no sofá ao lado de Papai. Cuidadosamente. E de modo muito, muito silencioso. Ele não se mexe. Até agora, tudo bem.

Começo a colocar meus braços em volta dele, porque o amo. Sem dúvidas, questionamentos ou condições, simplesmente o amo e, se colocar meus braços em volta dele bem devagar, ele nem vai perceber. Devagar, devagar...

Ele abre um olho. Eu paro. Meu coração bate forte. Será que consegue perceber meu coração batendo assim dentro de mim? Ele fecha o olho novamente e, após uma longa pausa, devagarzinho, devagarzinho, observando-o sempre, eu coloco meus braços ao redor do pescoço dele. É como sentar num vulcão. Ele não se mexe. Não faz nada. Seus olhos permanecem fechados.

– Acorde, Papai. Hora do chá – sussurro aninhando-me em seu corpo grande e quente. Seria muito bom, se não fosse tão assustador.

Ficamos parados por um tempo e continuo a observar seu rosto bem formado. Seus olhos se abrem e vão se focando em mim. Então, num movimento rápido e brusco, empurra-me para o chão.

– Cai fora! – diz.

Tento abraçar sua perna e ele a chacoalha até eu ser jogado para longe. Levanta-se. Vou em direção a ele novamente e ele me chuta. Erra, mas eu choro de qualquer forma. Ele não me ama. Não me suporta perto dele.

Papai vê minhas lágrimas com repugnância.

– Bichinha! – diz ao entrar na sala de jantar. – Bichinha chorona.

Odeio os chás de sábado. É sempre sopa-creme de cogumelo Campbell e um folhado, e Mamãe diz que a única maneira de comer o folhado é colocando-o de cabeça para baixo na sopa. Tem uma aparência horrível. Não quero, mas o olhar desafiador de Papai faz com que eu acabe engolindo tudo. Então Mamãe fica toda animada, procurando por seu suéter novo; no banheiro, a tampa de um frasco verde é retirada e a casa fica empestada com o cheiro doce da química do produto. É o Brutt 33, de Papai. Fedendo, vamos para o jardim do Cricketers Arms.

Nós crianças temos que jogar boliche, mas paro para observar Papai. Esse homem é o mesmo louco de ontem à noite? Ele é alto e bonito, dá para ver pelo modo como as mulheres olham para ele quando bebe. Até mesmo a tia Tanya, que concorda com Vovó que Papai é um monstro e que Mamãe deveria se separar dele, concorda muito e ri muito quando ele conta alguma história engraçada. Então ele conta umas piadas e conversa com tio Steve, fazendo com que todos riam um pouco mais. Até vem olhar as crianças e a bagunça com os pinos de boliche, fazendo todos rirmos também; e eu o amo e tenho orgulho dele. É o mais esperto, o maior, o mais forte, o mais durão, o melhor. É que hoje ele é aquele outro pai, o pai que bebeu um pouco e ficou brincalhão. Sem bebida, ele fica mal-humorado, distante e bravo com a gente. Em algum momento, entre dois e cinco copos, ele amadurece como fruta e aprendemos a curti-lo nesses bons minutos. Depois de cinco ou seis copos, sabemos que está a caminho de um porre. Logo nossa casa ficará cheia de briga e fúria, e o Shane ou eu ou a Mamãe vamos apanhar: pode ser qualquer um de nós, por qualquer motivo ou nenhum motivo. A única certeza é que nada acontecerá com Kelly. Realmente a odeio por isso. Eu a odeio de qualquer maneira, porque é minha irmã mais velha e é sempre boa. Não poderia descrevê-la ou dizer como é ou o que veste, porque nem mesmo olho para ela. Finjo que nem está aqui.

Depois que Papai nos deixa tão assustados ou infelizes que ficamos todos presos dentro de nossos próprios mundos de medo, quando mal conseguimos falar uns com os outros e nos escondemos pela casa na esperança de que não nos perceba e vá pegar no pé de uma outra pessoa, então, de repente, ele vai embora de novo.

Quando volta, tudo é perfeito. Mamãe é Julie Andrews e Papai é Jeová. Ele sabe o que fizemos de errado enquanto esteve fora e vai nos punir por isso. Dessa forma, por uns dias a ordem desmorona e vivemos um terror, porque ele poderá escolher qualquer um de nós para punir, por alguma coisa ou por coisa alguma.

Quando Papai se vai, ficamos aliviados. É muito mais fácil amá-lo quando não está aqui. As irmãs de Mamãe nos visitam com mais freqüência com seus filhos, a casa fica cheia de conversa. Tio Mike até aparece para dizer que tem uma surpresa para nós. Ele vai nos levar para passear pelo West Midlands Safari Park.

Somos seis no carro do tio Mike. Mamãe, Kelly, Shane, eu, tio Mike e Vovó. O carro dele tem apenas quatro lugares, então, como uma surpresa especial, tio Mike me deixa sentar no seu colo enquanto dirige e me permite dirigir o carro por parte do caminho.

Mamãe está usando seu casaco de pele de leopardo. Quando mexe os braços, gritamos dizendo que há um leopardo no carro. O Leopardo e a Vovó gritam quando eu tiro umas finas. Tio Mike diz: – Não se preocupem, está tudo sob controle – mesmo se provavelmente não estiver. Mas aqui estou eu, aos seis anos de idade, rodeado pela minha família, sabendo que Papai está bem longe e sentindo-me seguro.

Dirigir é fascinante, mas o parque também é. Vemos zebras e macacos e, então, ao nos aproximarmos da parte em que os leões estão, o carro faz um barulho explosivo e pára. Nossos rostos fixos às janelas. Os leões nos encaram.

– Quebrou – diz Mike. – Provavelmente por superlotação.

Olhamos para os leões e depois uns para os outros.

– Bem, vamos sair e empurrar, Lorraine – diz tio Mike para minha mãe.

– Não vou fazer isso! – grita Mamãe. Fico feliz. Devia ser um problema com seu casaco de leopardo. Certificamo-nos de que todas as janelas estejam fechadas. O vidro logo é coberto por uma camada de vapor, na qual posso escrever meu nome. Está quente e sem ar aqui. Pelo pára-brisa embaçado posso ver um brilho vermelho. Isso significa que o sol está começando a se pôr. Alguém diz que temos duas opções: sermos comidos pelos leões ou ficarmos ali a noite toda e sufocar.

Tio Mike ri. Vovó começa a rir também. Finalmente, Mamãe ri e esse é o nosso sinal. Em poucos minutos, nós crianças estamos rindo histericamente também.

Quando os funcionários do West Midlands Safari Park chegam com o caminhão para nos resgatar dos animais selvagens, encontram um carro cheio de hienas gargalhantes. Eles nem piscam ao verem mais e mais de nós sairmos do carro, rindo histericamente.

O sol está se pondo. Alguém parece ter jogado uma garrafa de tinta vermelha sobre o céu. Percebo a beleza da sombra dos animais no horizonte, ao vê-los andar preguiçosamente sob o céu colorido da cor de sangue. Acho o West Midlands Safari Park, nesse momento, o lugar mais lindo da Terra.

Capítulo 3

Mamãe vai ter um bebê. Está mais redonda do que nunca e a razão disso é que há um bebê na sua barriga.

O bebê nascerá em setembro, mas não comemorará seu aniversário todo ano porque nós não comemoramos. É porque nossa mãe é Testemunha de Jeová e acredita em Jeová e não em aniversários. Nem mesmo Jesus faz aniversário, para as Testemunhas de Jeová. Minha mãe só comemora o Natal porque Papai a manda comemorar. E o tempo todo se pode notar que não era isso o que ela realmente queria.

Atualmente, meu melhor amigo é o Angus. Não sei por quanto tempo seremos amigos, porque sempre acabo brigando e mudando de amigos, mas por enquanto é o Angus e ele gosta de desenhar; então desenhamos juntos. Nosso professor, o Sr. Jacobs, nos dá enormes rolos de papel e aos poucos vamos preenchendo-os com uma história à tinta e caneta de feltro. É uma história de muitas pessoas e batalhas em lugares estranhos e as pessoas e as batalhas mudam o tempo todo como os grupos de crianças. A história vai se desenrolando com o papel e nunca acaba. Estou atrasado em relação à classe em todas as matérias, menos em arte, e isso é o que faço de melhor. Pintei, de vermelho vivo, um elefante tão espetacular que o Sr. Jacobs lhe deu lugar de destaque na parede da classe.

Talvez goste de desenhar batalhas por ser eu mesmo um lutador. Mas não sou um lutador do tipo raivoso. Eu não faço caras horríveis como as de Mamãe quando bate na gente. Posso sorrir enquanto brigo com alguém. Porém, sei como dar meus socos no parquinho e uso meus punhos para ter a certeza de que as pessoas me respeitem. Alguns professores não gostam disso e, durante um recreio, após uma briga, sou levado de volta à classe para o Sr. Jacobs. Mas a sala está vazia.

O lugar está diferente com ninguém mais por aqui. Meus pés, conforme pisam na sala, soam diferentes. O ar parece diferente. Meu elefante está na parede, os livros de aritmética estão sobre as mesas e, na cadeira do Sr. Jacobs, não há nada além de seu casaco.

Aproximo-me do casaco do Sr. Jacobs e olho para trás sobre os meus ombros. Ninguém entra. Ninguém lá fora.

Sem pensar, meu coração batendo acelerado e minhas mãos tremendo. Mexo no bolso e acho a carteira do Sr. Jacobs. Um rápido olhar para a porta. Ninguém. Abro a carteira. Há uma pilha grossa de papéis dentro: um calhamaço de notas. Meu coração bate tão forte agora que tenho medo de não ouvir passos se aproximando. Pego apenas uma nota, uma azul, e enfio no meu bolso. Depois, tão rápido que mal posso ver minhas próprias mãos, fecho a carteira e a coloco de volta no casaco do Sr. Jacobs. Ninguém me viu. Exceto o elefante. E Jeová.

Fico agitado o restante do dia. Será que o Sr. Jacobs vai pegar sua carteira e contar o dinheiro e perceber que uma nota azul sumiu? Será que a classe inteira será interrogada e alguém pensará em olhar no meu bolso?

Entretanto, o dia passa e nada acontece. O Sr. Jacobs não abre sua carteira ou abre e não sente falta da nota. No caminho para casa, olho e vejo que é uma nota de cinco libras. Cinco libras! Escondo-a dentro do meu travesseiro, porque não quero que ninguém mais a encontre e a roube de mim: nossa casa está sempre cheia de crianças todos os dias após a escola, a maioria delas do orfanato em que Mamãe trabalha como cozinheira. Elas a seguem após o expediente e ficam por aqui para terem um pouco de vida em família. Parecem gostar daqui, o que é estranho, pois eu sempre penso em viver num orfanato.

No dia seguinte vou para a escola quase doente de medo. A essa altura, o Sr. Jacobs já deve ter descoberto o roubo. Mas não descobriu. Isso me deixa feliz e excitado. Roubei da tia Tanya, da loja de mágica, e houve vários outros roubos que ninguém imagina, mas esse foi o melhor até agora. Espero durante a semana toda, mas o dinheiro roubado nunca é mencionado. A grana é minha! Cinco libras é uma fortuna. Em que posso gastar? Finalmente, decido comprar alguns doces. Depois compro breques para uma bicicleta. Não tenho bicicleta, mas um dia posso ter uma. A coisa mais excitante de tudo é que, na primeira oportunidade, roubarei dele de novo. E o tempo todo, uma vozinha dentro de mim pede para que pare de fazer essa coisa errada. E o tempo todo, sei que não consigo.

O bebê de Mamãe nascerá logo. Ela está sempre gritando com a gente agora. Shane e eu somos uma provação para ela, é o que nos diz todos os dias e diz a suas amigas da igreja também, pois alguma delas pode decidir ajudá-la.

Maureen tem um rosto fino como o de uma bruxa e é culpa dela que minha mãe virou Testemunha de Jeová, pois ela bateu na porta quando eu era bebê e convenceu minha mãe a tornar-se uma delas. Aconteceu quando meu pai ficou na cadeia por um ano por ter machucado alguém. Se ele estivesse aqui, certamente teria posto um fim nisso.

Quando Papai não está aqui para nos proteger das Testemunhas de Jeová, as amigas de Mamãe estão sempre por aqui. Maureen não gosta da gente. Ela nos despreza.

Graças à Maureen e suas férias na Escócia, minha mãe tem uma nova melhor amiga. Ela voltou exibindo um *souvenir*. É uma colher de madeira, mas não é uma colher qualquer. Tem cor penetrante de mogno e é imensa, como se fosse um grande remo. Nela, estão gravadas as seguintes palavras: A MAIOR COZINHEIRA DO MUNDO! E um olhar nos mostra como Maureen pretende que Mamãe a use. Mamãe a deixa pendurada na sala de jantar, onde possa pegá-la assim que necessário. Não precisamos ser muito desobedientes para sentir o cabo de madeira frio da MAIOR COZINHEIRA DO MUNDO em nossos traseiros.

Tento não chorar quando Mamãe me bate com sua colher, mas quando espanca Shane e ouço seus soluços, aí eu choro também. Alguma coisa em Shane deixa-me triste. Quando olho para suas orelhas grandes, sua cabeça grande, seus dentes grandes e seu pescoço esquelético, quando vejo o jeito como se apresenta meio encardido e mal-amado e um tanto infeliz, então o amo e ele faz meu coração doer. Se sinto essa sensação de dor e lágrima, fico bonzinho para ele por um tempo. Depois de um tempo, volta a ser meu irmão mais velho e me mato de brigar com ele.

Quando Mamãe bate na gente, ela grita e seu rosto se contrai em formas terríveis, e ela fica tão brava que não consegue parar de bater na gente. Uma vez não conseguia encontrar a MAIOR COZINHEIRA DO MUNDO e pegou a vassoura e bateu na gente com tanta força que o cabo quebrou na cabeça de Shane. Quando ela fica assim, Shane e eu sabemos um segredo que machuca mais do que a colher e mais do que a vassoura. Sabemos que Mamãe é louca.

Começo a roubar dela. O Sr. Jacobs nunca percebeu todas as notas de cinco desaparecidas, então eu começo a pegar pequenas quantias da bolsa da Mamãe.

Como ela não me acusa, passo a pegar quantias maiores. Então um dia ela me pega com a boca na botija. Grita comigo e tira a MAIOR COZINHEIRA DO MUNDO da parede da sala de jantar. E mais, vai contar para Papai. Deito na cama preocupando-me com o que ele vai fazer comigo quando descobrir que andei roubando de novo. Queria poder parar. Mas não posso. É apenas algo que tenho de fazer. E as cordas estão aqui de novo. Estou preso à cama, lutando para me mover, lutando para respirar, lutando para sair da casa, da família, de mim mesmo.

Papai chega. Quase que imediatamente há tanta animação que todos esquecem que estou encrencado, porque Mamãe foi para o hospital. Logo depois Papai recebe um telefonema. Ele anuncia que temos uma irmãzinha.

Papai não visita Mamãe no hospital, mas a noite diz que vai visitar um amigo. Como ele está cuidando de nós, temos de ir também. O amigo é uma mulher. Shane e eu imediatamente reconhecemos o Cabideiro. É Ela. Mais de perto, vemos que o cabelo dela é preto cor de corvo.

– É tingido – diz Kelly. Ela sabe sobre esse tipo de coisa. – E o rosto dela está marrom porque se lambuza de auto-bronzeador.

O rosto do Cabideiro certamente tem uma cor estranha. Ao olhar para ela bem de perto, vejo que Kelly está certa. O rosto dela é coberto por uma camada de gosma tão espessa que provavelmente tem de arrancar com as mãos para tirá-la. Bijuterias douradas se penduram por todo o seu corpo como decorações em uma árvore de Natal. Kelly nos diz que a mulher trabalha num bar em algum lugar.

Nós ficamos à vontade na sala de estar do Cabideiro e, enquanto ela e Papai estão ocupados em alguma outra parte da casa, dormimos. De manhã, Papai nos leva para casa.

Mais tarde, ele vai ao hospital buscar Mamãe e a bebê recém-nascida. Ela se chamará Bethany, e vê-la tão pequena, seus dedos pequeninos e seus olhos grandes, faz-me amá-la.

Quando acho que ninguém está vendo, agarro a bebê e a pego em meus braços. Mas todo mundo está olhando – Mamãe, uma parteira e toda a família, incluindo Vovó – e muitos pares de olhos nos alcançam de uma vez. Querem salvar a bebê de mim porque sabem que sou um mau menino. Mas seguro Bethany com todo cuidado. Olho para seu rosto enrugado e sorrio. Ela olha para mim com seus olhos rasgados. Não consegue entender nenhuma das coisas que as pessoas dizem de mim. Apenas me ama. E eu realmente a amo.

Capítulo 4

Estou sentado na sala de estar vendo três chamas brilharem e falo com uma senhora. Ela não é velha como Mamãe, mas é adulta. É psiquiatra. A escola a mandou. Pergunta-me por que estou sempre tentando bater em outras crianças.

Tento responder suas perguntas de forma útil, mas não estou realmente aqui. Estou nos galhos de alguma árvore alta nos observando. Há uma senhora inclinando-se para frente com uma pasta laranja no colo e há um garoto afundado numa cadeira, como se não pudesse ir para longe dela o suficiente, e aquele garoto sou eu, porém não sou eu. Ela continua falando sobre violência e eu não sei o que é violência. Todas aquelas surras no parquinho são algo que faço, mas aquela é uma outra pessoa, não é como sou de verdade por dentro.

Vejo-a algumas vezes e então ela faz uma sugestão a Mamãe e Papai. É uma sugestão tão fantástica que meus olhos quase saltam para fora. Ela acha que boxe seria um bom escape para minha agressividade. Devo fazer aulas de boxe. Assim, agora realmente poderei aperfeiçoar minhas habilidades de luta e tirar o coro das outras crianças, graças à psiquiatra.

Porém, secretamente, Shane e eu concordamos em uma coisa sobre a moça. Pensamos que não deve ter sido por causa da minha conversa com ela. Deve ter sido Mamãe.

Tenho de ir visitar um casal que mora na nossa rua. Mamãe faz faxina para eles e por algum motivo me manda ir até lá um domingo à tarde. Pergunto por que, mas só diz que estão me esperando. Os dois são professores e a Sra. Allbut leciona na minha escola. É amiga do Sr. Jacobs. Estou numa classe nova agora, então minhas visitas ao interior da carteira do Sr. Jacobs terminaram. Ele nunca me pegou. Às vezes, quando me lembro de como costumava roubá-lo, sinto saudades da excitação.

Vejo um grupo de crianças se formando no pátio vazio da escola ao passar por lá e não quero desperdiçar minha manhã de domingo com dois professores, então decido que vou parar na soleira e perguntar o que querem de mim. Mas quando Brian Allbut abre a porta e me recebe tão calorosamente, vou direto para dentro. Ele é adulto, mas não é velho e seu rosto tem marcas fortes, como se alguém as tivesse entalhado.

Por fora, a casa dele é igual a nossa: o mesmo tipo de tijolo, as mesmas janelas, a mesma porta, mas assim que entro tudo é diferente. Os ambientes são claros, alegres e receptivos, com livros e quadros agradáveis nas paredes. Os discos parecem interessantes, não são como os de Johnny Mathis, de Mamãe, e os de música *country*, de Papai. Perguntam-me se quero pintar um pouco e me levam para a cozinha. Sinto cheiro de flores. O rádio está ligado, mas não está tocando música, é uma conversa.

– É o programa The Archers – diz Jill Allbut. Ela sorri para mim. – Está quase acabando mesmo.

Ela desliga e vejo que eles têm material de pintura sobre a mesa. Mostram-me como pintar papel e dobrá-lo em formas diferentes, e é muito interessante e fico totalmente absorto.

Eles são muito legais. Quando paramos para um lanche, fazem-me perguntas e ouvem as respostas, e às vezes ele diz alguma coisa e ela diz alguma coisa e eu digo alguma coisa... E a conversa flui facilmente. Na nossa casa, no parquinho, há grunhidos e as pessoas dizem apenas uma palavra ou não dizem nada, ou pelo menos não o que queriam dizer, e te mandam calar a boca várias vezes, e ninguém ouve o que a última pessoa diz, a menos que planejem discordar, e a única conversa real é uma briga. Tento imaginar como seria viver num mundo de conversa, como o dos Allbuts, um mundo em que até mesmo se ouve conversas de rádio.

Ao chegar a hora de ir para casa para o jantar de domingo, fico surpreso. Parece que cheguei lá há apenas cinco minutos. Os Allbuts admiram meu trabalho e dizem que gostaram muito de ficar comigo. Pedem para que eu volte e digo que gostaria. Sinto-me diferente ao caminhar de volta para casa, subindo a rua Reynolds. Um grande grupo de crianças está brincando no pátio deserto da escola e algumas pessoas estão no telhado, ou seja, uma grande diversão e a presença garantida de um carro da polícia, mas passo direto por eles. De repente, hoje sou um garoto bom, em vez daquele garoto ruim que bate nas pessoas e rouba demais. E gosto disso.

Mamãe abre a porta de entrada para mim. Não olha para mim nem sorri e se vira rapidamente para voltar para a cozinha. Sigo-a pela casa e todos me ignoram, menos Bethany.

Ela cresceu um pouco e aprendi a odiá-la, todos nós aprendemos, porque todo mundo está sempre brincando com ela, até Papai; e Mamãe está sempre com ela. Bethany recebe todos os abraços e beijos que eu deveria receber. Entretanto, hoje, quando todos os outros me tratam como se eu fosse invisível, fico contente que Bethany corre para mim e fica feliz com minha presença. Converso com ela, como na casa dos Allbuts. É unilateral, mas ela parece gostar. Então fico na cozinha enquanto Kelly e Mamãe tiram o almoço do forno.

– Não fique parado aí, feche a porta do forno! – Kelly grita para mim.

– Anda logo! – diz Mamãe.

Começam discutir sobre como vão cortar a carne.

Comparado ao calor transparente e amigável da cozinha em que passei a manhã, este é um lugar sem amor. Não sinto o cheiro do jantar de domingo: tudo o que sinto é o cheiro da amarga atmosfera da casa.

Algumas semanas depois, estou no pátio vazio da escola num domingo à tarde quando alguns *skinheads* aparecem com umas garrafas de cidra Strongbow. São quatro ou cinco anos mais velhos. Na verdade, são da idade da Kelly e ela estuda com eles, então eu meio que os conheço.

– Bundão! – dizem, numa saudação até que amigável, e ao abrirem a cidra me passam a garrafa. Pego, fingindo fazer isso freqüentemente. Mas nunca fiz. E desde o primeiro gole fico maravilhado.

A cidra é doce e azeda ao mesmo tempo, como maçã e limonada. Escorrega pelo meu corpo, entorpecendo até os dedos das mãos e dos pés e a minha cabeça. Bebo um pouco mais. Minha barriga fica quente. Bebo um pouco mais. Alguém me dá um cigarro. Fumo e cuspo um pouco. Bebo ainda mais. O pátio fica turvo e o prédio parece inclinado o suficiente para desabar. É interessante. Estou relaxado. Dou risada. Não tenho medo de nada. Sou grande, com um bando de *skinheads*.

Estamos todos bêbados, mas sou o mais bêbado de todos. Os outros me observam e riem de mim, e então continuamos cuspindo, xingando, batendo em qualquer criança menor que passa por nosso caminho.

– Vai se foder! – gritamos para as senhoras que passam. Depois rimos e cuspimos um pouco mais.

Não sei aonde vamos. Não me importo. A calçada não é regular em relação às casas nem em relação às ruas, e acima de nós o céu vai ficando redondo como um caleidoscópio. Perdemos o equilíbrio. Apoiamo-nos uns nos outros para evitarmos a queda. Então chegamos na casa de um dos caras e começamos a tocar bateria. Tocamos de forma selvagem, música louca, e rimos de nós mesmos. Depois eu paro de batucar e deito no tapete. Há uma irmã mais velha inclinando-se para mim e atrás dela está o teto, e sei que há algo errado. Vou vomitar. Ela me leva ao banheiro e toma conta de mim.

Quando volto para casa, estou diferente. Iniciei uma nova fase da minha vida. Tenho somente oito anos de idade e já sou adulto porque bebi com os *skinheads* mais velhos. Nesta noite, há uma batucada na minha cabeça, como se eu ainda estivesse tocando bateria. Mas não ligo. Sinto-me relaxado, feliz. Comecei minha trajetória. E não acordo mais à noite com as cordas me amarrando e aquela vontade de fugir.

Volto aos Allbuts e com eles sou criança de novo. Normalmente vou aos domingos, porque odeio a nossa casa nos domingo. Chego do inferno, com barulho de gritos e mais gritos em meus ouvidos, e os Allbuts vêm à porta e até dizem coisas assim: – Que bom ver você! Você é um sopro de ar fresco. – Se sabem que sou um refugiado de uma área de guerra, não deixam transparecer.

Entro na calmaria da cozinha deles e estou num mundo diferente, em que posso ser um Mark diferente. Jill prepara um lanche para mim e Brian pega um kit de aeromodelismo na prateleira. Primeiro temos que montar, depois, e o melhor de tudo, temos que pintar. Ajudam-me a começar, na mesa da cozinha, e pinto meu avião com cores bem vivas – vermelhos e azuis e círculos assustadores na ponta das asas. Pinto cada pedacinho dele, embora isso signifique pintar meus dedos também. Depois de alguns dias eu volto e o avião está seco, e colocamos nossos casacos para fazê-lo voar no jardim. Ele voa. Voa sobre o gramado, sobre os canteiros de flores e sobre o crepúsculo de fim de tarde. Mesmo sendo inverno, dá para ver que o jardim deles é bem cuidado e cheio de arbustos, e a terra foi remexida de maneira limpa. O avião aterrissa gentilmente na cerca viva.

Levo o avião para casa e tento brincar com ele lá. Claro que não é a mesma coisa na nossa casa. A idéia que Mamãe e Papai têm de um jardim é cavar um enorme buraco e jogar todo o lixo dentro e depois cobrir de novo. Não há gramado, nem arbustos e nunca há flor alguma. O avião bate no depósito e fica preso numa pilha de molas de cama e volantes enferrujados.

Os Allbuts me perguntam sobre o avião e conto para eles o quanto nosso jardim me entristece. Mostram-me um catálogo de abelhas e dizem que eu posso escolher algo para desenhar. Posso até ter tempo de plantar narcisos, então escolho alguns bulbos e uma planta espetacular chamada prímula. Os bulbos dão todos quase de uma vez, mas a prímula só dará na primavera, como é uma pequena muda. Vou fazer um buraco para ela e quando crescer nosso jardim se transformará.

Planto as mudas e espero.

Na casa dos Allbuts é fácil ser bom. Nunca passou pela minha cabeça roubar algo deles. Mas ninguém mais escapa. Mamãe tem de dormir com a bolsa debaixo do travesseiro toda noite. Fico triste vendo-a levá-la para cima todas as noites, mas sei que tem razão. Se deixar a bolsa lá embaixo, vou roubá-la. Não consigo me controlar.

Quase nunca fico em casa. As outras crianças da rua são meio que a minha família. Fico no parquinho da escola por horas, sabendo que aparecerão mais cedo ou mais tarde, e hoje quem apareceu foi o Trevor.

Trevor tem uma boa família: sua mãe é uma dona de casa com muito a dizer de si mesma e seu pai dirige um carro chato. Trevor é mais velho que eu uns cinco anos: deve ter uns treze. É alto e magro, com uns dentes enormes. Fico feliz quando ele fala comigo. Sinto-me importante com crianças mais velhas. Ele me dá um cigarro e fumamos juntos; e ele parece ser meu amigo e isso parece bom.

Diz que deveríamos ir até o mercado de gado, pois é muito perigoso andar no alto das cercas. Gosto de fazer coisas perigosas e nunca tinha ido ao mercado de gado. Sei que no dia de comércio vira um caos, cheio de mugidos, balidos e roncos de motores de caminhão. Mas nunca fui lá com ele vazio.

Vamos por um caminho longo: rua Reynolds, campo de críquete, avenida Chester. Algumas casas de Kidderminster são de tijolo vermelho, mas muitas são modernas e há casas e lojas e fábricas e assim por diante. As partes verdes são os campos de esportes e os remendos de concreto, e a parte mais legal é onde as grandes sequóias se enfileiram, junto do campo de críquete. Toco seus troncos suaves ao passar. Todo outubro eu tento escalá-las para derrubar seus frutos, mas não sou grande o suficiente. Agora que tenho oito, pode ser que consiga. Talvez Trevor possa me ajudar, se ainda for meu amigo. Quando chegamos no mercado de gado, encontramos o enorme silêncio do concreto vazio. Ele estava certo sobre as cercas. Podemos andar sobre os topos e pular nos cantos e é divertido. Trevor é divertido. Brincamos um pouco, até que Trevor entra num cercado e eu pulo lá com ele. Acho que ele vai me dar outro cigarro, mas faz uma coisa diferente. Faz como se fosse parte da nossa brincadeira e faz de forma tão repentina que deixo fazer. Abaixa minhas calças e minha cueca também.

Fico surpreso. Nem quando tive uma infecção eu quis mostrar meu pinto para minha mãe. Então por que Trevor quer vê-lo? Fico olhando a cabeça dele e ele pega meu pinto. Coloca na boca. Não sei o que tenho que sentir. Não sinto nada. É igual a quando Papai me bate e flutuo e observo um homem batendo num garoto, dos galhos de uma grande árvore verde. Agora estou bem acima das nossas cabeças, olhando a cabeça escura do Trevor enquanto ele coloca meu pinto na sua boca.

Ele chupa forte. Fico olhando. Depois de alguns minutos, ele pára. Não olho nos olhos dele quando levanta. Puxo minhas calças rapidamente. Ouço minha própria respiração. É rápida e fraca. Meu coração bate rápido. Sei que meu amigo Trevor fez uma coisa suja. Não tenho a mínima idéia por quê.

Trevor agarra meus ombros e me chacoalha para que eu tenha que olhar para ele. Não quero.

– Não conte pra ninguém, entendeu? – ele me diz. Não parece meu amigo agora. – Nem pense. Porque nunca acreditarão em você.

É provável que tenha razão. Ninguém nunca acredita em mim.

– Se você contar, digo que jamais fiz isso. E acreditarão em mim.

Sou mal e todo mundo sabe, e sou mentiroso e todo mundo sabe disso também. Então não há porque contar. E contar o quê? Pensei que um pinto fosse algo usado para urinar e agora sei que é algo que outras pessoas colocam na boca. É mais uma coisa estranha que as pessoas fazem, como as festas de aniversário. Mas não é a mesma coisa. Festas de aniversário podem não ser divertidas, mas não me fazem sentir-me tão pequeno e tão infeliz como Trevor me fez.

Quando chego em casa, sou invisível como sempre. Kelly e Shane brigam por um canal de televisão. Mamãe está ocupada com Bethany. Ninguém percebe que estou diferente agora. E até mesmo eu não tenho certeza do quanto estou diferente ou porquê.

5
Capítulo

Meus narcisos florescem e ficam fantásticos, e estou muito orgulhoso deles e planto a muda de prímula com cuidado especial. Mamãe não parece muito entusiasmada com os narcisos ou com a prímula. No verão, quando a prímula finalmente floresce, os narcisos já se foram há bastante tempo e ela é a única flor, e sei que parece patética no meio dos pedaços da piscina de montar em ruínas, do cocô de cachorro e das bicicletas sem rodas. Fico desapontado. Shane tira sarro e Kelly não se interessa. Mamãe tira uma foto, mas me olha de um jeito estranho. Sinto-me aliviado ao chegar na casa dos Allbuts e ver flores por todo o seu jardim. Brian Allbut está cortando umas, amarrando outras e falando com Jill sobre as flores do próximo ano, e isso faz com que me sinta melhor, pois sei que Brian Allbut não é bicha.

Quando Papai vem para casa, sai para beber e tem bebido mais do que o normal. Minha mãe está brava com ele o tempo todo. Ela e Vovó têm conversado muito na cozinha, falando bem baixinho. Uma noite, Papai está tão bêbado que não consegue dirigir de volta para casa do Clube dos Trabalhadores do Aço, então minha irmã mais velha Kelly faz isso para ele. Ela tem doze anos e dirige seu Capri marrom por todo o caminho de volta até a rua Reynolds. Queria ter tido a permissão para fazer isso. Numa outra ocasião, ele chega em casa com o Capri cheio de vômito. Oferece uma nota de cinco para Shane limpar o carro, mas Mamãe está muito brava e não deixa.

Não tenho visto muito o Trevor, mas estou perambulando pela rua Reynolds como sempre, uma tarde, quando ele aparece. É claro que me lembro daquela coisa que aconteceu no mercado de gado, mas foi um evento estranho, isolado, e o fato de não ter contado para ninguém quase fez com que não tivesse acontecido. Tenho vergonha de falar com ele. Não tenho certeza se é meu amigo, mas está bonzinho para mim hoje e diz que vai me dar um de seus cigarros. Vamos ao parquinho da escola. Não há ninguém mais lá e começo a ficar nervoso. Sentamos numa rampa e fumamos.

Depois, de repente, ele me agarra e me joga no chão. Num rápido movimento, tira minhas calças e minha cueca, assim como as suas, e sobe em cima de mim. Então, o que está fazendo agora? Não parece que vamos lutar, e o cigarro ainda queima em minha mão.

Pressiona meu corpo junto ao seu. Fecho meus olhos. Flutuo para o teto da escola, para a árvore mais alta, e nos observo de lá.

Esfrega-se em mim, nossos pintos juntos, e então começa a fazer força sobre meu corpo. Se abrir meus olhos, posso ver todos os ossos do rosto dele. Fecho-os de novo e mais uma vez estou olhando para dois garotos, corpos pressionados um contra o outro. O de baixo é tão menor que está quase escondido. Talvez ser Jeová seja assim, sempre olhando. E Ele deve estar olhando para nós agora.

Depois de um tempo, Trevor pára. Seu rosto está vermelho. Levanto minhas calças arrasado.

– Não conte – Trevor me lembra com voz dura. – Porque vou dizer que nunca fiz isso e ninguém vai acreditar em você.

Fico me perguntando o que é que estávamos fazendo. Meu pai sempre me chama de bicha. Será que é isso que ele quer dizer?

Vamos para nossas casas e não conto para ninguém. Em vez disso, tento com um garoto mais novo. Sou o Trevor dessa vez. Ele fica na nossa casa depois da escola porque minha mãe cuida dele. Quando estamos lá em cima, no quarto, eu o agarro como Trevor me agarrou no parquinho, tiro as calças dele, subo nele e me esfrego nele um pouco, como Trevor fez. Nem mesmo sei porquê estou fazendo isso. Não sinto nada. Um relance em seu rosto me diz que ele também não sente nada.

– Não conte a ninguém – digo depois. – Ninguém acreditaria em você, de qualquer forma, porque sou mais velho e vou dizer que nunca fiz isso.

Ele concorda, com um jeito distante. Reconheço aquela estranha ausência em seu olhar.

Mas meu interesse foi despertado agora. Trevor destrancou uma porta para mim e a abriu. Não mais do que uma fresta, mas tenho certeza de que há algo lá dentro.

Há uma garota que está sempre na nossa casa depois da escola e, sem entender porquê, levo-a para o jardim com um cobertor, para dentro da casinha de cachorro. Deitamos no cobertor, com o cheiro de cachorro por toda parte, e eu sinto o interior de suas roupas. Tiro as calças dela. Seu corpo é estranho. É diferente do meu, mais carnudo, com uma ausência interessante no meio de suas pernas. Meus dedos a exploram inteira. Ela é macia como água, é excitante. Meu coração bate rápido. Quero tocá-la mais e mais. Há pequenas cordas bem dentro de mim e alguém as manipula e aquilo é bom. Agora começo a entender. Essa deve ser a sensação que Trevor estava procurando.

De agora em diante, toco as garotas sempre que posso. Aprendo rapidamente que as garotas da minha idade são menos interessantes de sentir do que as mais velhas. Ficam mais carnudas ao ficarem mais velhas. E quase sempre me deixam. Uma das amigas da minha irmã tem treze ou talvez quatorze e me cerca no beco atrás da rua Reynolds. Deve saber a minha idade, mas nem se importa.

– Me mostra o que você tem – diz. – E mostro o que tenho.

Sei do que ela está falando. Encaro sua pele marrom, macia e quero tocá-la. Quero senti-la toda. Deixo-a me levar para o parquinho deserto e subimos a rampa para a saída de incêndio, onde há arcos de tijolos velhos para nos escondermos. Ela me coloca contra a parede. Fico um pouco assustado quando tira minhas calças e depois as dela. Há algo nervoso e exigente nela. Mas ao esfregarmos nossas partes íntimas, sinto-me malicioso e excitado. Meu corpo lateja, posso ouvir minha pressão sanguínea, meu coração parece um exército em bombardeio. Então, de repente, ela decide que terminamos. Levantamos nossas calças. Voltamos ao beco e continuamos a andar na direção em que íamos antes. Mal falamos um com o outro.

Estou fuçando com Matthew, um dos meus colegas do momento, nas urtigas de um terreno baldio atrás da rua Reynolds, quando encontramos uma sacola de revistas com fotos dentro. Fotos de adultos, totalmente pelados. As mulheres têm seios enormes, pendurados como frutas, e os homens são estranhamente rosados e muito peludos. Juntos, estão fazendo o mesmo tipo de coisa que faço com as garotas, só que bem mais, porque os homens estão realmente colocando seus pintos dentro, sim, dentro das mulheres cor-de-rosa. As revistas têm fotos bem próximas, então dá para ver como eles fazem e como seus pintos são diferentes do meu, pois se parecem mais com enormes mastros.

– É sexo – disse Matthew com sabedoria. – Isso é sexo. Ou deve ser fornicação. Ou as duas coisas.

Matthew e eu viramos as páginas e não tiramos os olhos, não sabemos se rimos ou apontamos ou ficamos com vergonha. As fotos são hipnotizantes. E me dão um novo entendimento. O que faço com as meninas quando as sinto é sexo. É o que os adultos fazem. É o que meu pai faz.

Agora sei por que Mamãe fica brava com ele. Não é só a bebida, mas uma mulher; e não é o corvo bronzeado com quem ele ficava há alguns anos, quando Bethany nasceu, mas uma outra que vimos com ele. Papai faz sexo com ela. E quando Mamãe grita e berra sobre a perversidade de Papai, é de sexo que ela está falando. É algo que os homens fazem muito com muitas pessoas diferentes enquanto as esposas ficam em casa com os filhos. Isso está claro para mim. Só é um mistério porque isso faz com que Mamãe fique tão brava.

Nossa casa ferve. Sinto cheiro de fúria sempre que passo pela porta de entrada. Tento apenas comer e dormir lá. O restante do tempo, fico na rua. Às vezes vou para a casa dos Allbuts. Sento com eles na sala de estar, coloco fones de ouvido e ouvimos discos de pessoas engraçadas, como Marty Feldman. Rolo de rir no sofá deles. Ou faço algum desenho. Faço bolo com Jill. E planto semente de laranja. Sempre que saio, fico com aquela sensação estranha de ser um garoto bom. À noite, deito na cama com o desejo de ser filho deles.

Agora tenho nove, quase dez anos; posso subir na sequóia mais alta do campo de críquete sem ajuda e chacoalhar seus frutos, enquanto as outras crianças esperam lá embaixo.

Subo cada vez mais alto no mundo particular de musgo, troncos prateados e insetos apressados da árvore. Concentro-me em onde colocar as mãos, onde colocar os pés, e faço isso de forma tão absorta que quando olho ao redor e me vejo numa árvore em Kidderminster e me lembro que sou Mark, fico surpreso. Sinto-me como se tivesse ido para longe por um tempo.

Subo tão alto que fico com um pouco de medo, mas todos me observam e então fico de costas e me debruço em um galho. Ao meu redor, só folhas ficando marrons. As folhas se arrumam em grupos como mãos. Deve haver um milhão de dedos de folhas verdes nessa árvore. Talvez me segurem se cair. Se olhar ao redor, posso ver Kidderminster, os telhados, os quarteirões de arranha-céus e os tanques de gás em ruínas, e as fábricas destruídas. Vou mais para cima. Aos meus pés sinto somente um vasto vazio.

Quando chego perto do final de um galho, bato nos frutos com um pau. Posso ouvir seus corpos pequenos e duros caírem no chão bem abaixo. Não desço. Os outros os apanham e gritam para que eu volte, mas digo que vou ficar um pouco.

O som dos seus pés e vozes logo se perde em meio ao som do trânsito. Agora estou sozinho com a árvore. Gosto de ficar no mundo da sequóia. Talvez pudesse dormir aqui, ficar para sempre. Começa a ficar escuro, mas não me mexo. A árvore se embrulha ao meu redor como se me amasse e se importasse comigo. Uns insetos pequenos passam apressadamente. Pensam que sou parte do tronco. Eu não quero ir para casa.

Quando os carros lá embaixo acendem as luzes e consigo ver as estrelas acima por entre as frestas das árvores, então desço. Meus pés doem quando batem no chão. Pego os últimos frutos, coloco-os numa sacola e os empurro para casa na minha carriola feita com rodas de carrinho de bebê. Relutante em entrar, coloco os frutos na soleira e piso neles até que seus corpos bonitos, marrons, brilhantes sob a luz do poste, saiam de suas cascas verdes e espinhentas como pérolas.

Mamãe abre a porta. Bate na minha cabeça.

– Olha a bagunça por toda a soleira! – grita.

Tento limpar a gosma verde com meu pé.

Bem mais tarde, entro com meus frutos. Ela está me esperando. Atrás dela a casa está calada. Não está mais brava. Sua voz é estranha. Olho para ela e vejo que seus olhos estão vermelhos como sangue e seu rosto está inchado. Andou chorando e parece atordoada. Viro-me para sair, pois não há compaixão em nossa família.

Mas não sou rápido o suficiente. Mamãe me pega e coloca seus braços ao redor de mim, segurando-me bem apertado contra seu suéter de lã. Não consigo respirar. Ela está me sufocando. Meus frutos caem no chão. Tento sair, mas ela não deixa. E agora está soluçando, derramando lágrimas molhadas na minha cabeça, posso senti-las. Tento respirar. Ela não deixa. Vou passar mal. Quero bater nela, vomitar nela, dar uma cabeçada nela. Isso não significa que Mamãe me ama. Não tem absolutamente nada a ver comigo. Apegou-se a mim por desespero, mas isso não está certo, pois só tenho nove anos e um abraço não deve ser assim.

Luto como se minha vida dependesse disso e finalmente me desvencilho, doente de desgosto. Apanho meus frutos lindos e brilhantes e a deixo soluçando no sofá, da mesma forma que meu pai faz depois de acabar de bater nela. Vou direto para cima.

Shane está lá, deitado na cama, ouvindo música, vivendo em seu próprio mundo. Mal toma conhecimento de mim. Deito. Lembro-me como, quando era menor, sempre tentava fazer com que Mamãe me abraçasse. E agora ela me abraçou e foi horrível.

Capítulo 6

Jill, Mamãe, Bethany e eu vamos para Londres. Vamos visitar a tia da Jill, tia Betty, no subúrbio, mas passaremos a primeira parte do dia no centro de Londres. Nunca estive em Londres antes e percebo a agitação nas ruas assim que chego. A maneira como as pessoas se movimentam rapidamente, suas muitas cores e sotaques, o constante desfile de placas e rostos nas vitrines das lojas... Adoro o lugar. Tropeço ao suspender meu pescoço para ver o topo dos edifícios, vejo a troca da guarda, subo nos poderosos leões da Trafalgar Square. Ouço o Big Ben bater e como sanduíches debaixo das rodas da carruagem Boudicca, na ponte de Westminster. Vejo Eros, deus do amor, com ônibus e táxis circulando ao redor dele em Piccadilly, e quando volto para casa e as pessoas me perguntam sobre o que mais gostei de Londres, digo: as estátuas. Digo a Jill Allbut que certamente voltarei lá um dia.

Tia Betty se impressiona com meu entusiasmo e, de agora em diante, regularmente chegam pacotes cheios de informações e *souvenirs* de Londres. Tenho um álbum artesanal de Londres, no estilo *scrapbook*, e colo tudo com muito cuidado. Gosto de ficar sozinho no meu quarto fazendo isso. Ou então, gosto de ficar nas ruas com meus colegas. Nunca fico em casa porque agora Papai está sempre por aqui.

Nossa primeira-ministra é a Sra. Thatcher. Esta é uma época, diz Jill Allbut, de desemprego em massa na Inglaterra. Nosso pai se encaixou numa estatística. Ele não tem trabalho e a grana está curta. Mamãe corre para lá e para cá, cozinhando e limpando onde quer que consiga, mas a maior crise é que ele não tem dinheiro para beber. E a única coisa pior do que Papai ir ao bar é Papai não ir ao bar.

É domingo e ele está desesperado por uma bebida. Tem de beber, pois é domingo. Urra pela casa como um grande e perigoso gorila numa jaula. Pede para minha mãe lhe dar uma nota de cinco. Ela se recusa. Precisa das cinco libras para comprar comida. Ele a ignora e procura sua bolsa. Ela o intercepta, tentando pegar a bolsa. O gorila a prende contra a parede com uma pata pesada e com a outra tira a nota de cinco da bolsa dela. Ela protesta e aquilo o deixa muito nervoso.

Assistimos horrorizados ele enfiar a pequena nota azul na boca dela e, com dois dedos, empurrar violentamente a nota garganta abaixo. Mamãe pára de brigar. Ela fica vermelha e tenta respirar. Nós ficamos olhando. Não fazemos nada. Somos impotentes. Ficamos assistindo Mamãe morrer. Ela pára de respirar. Seu corpo fica mole. Então o gorila de repente pega sua garganta como alguém que desiste de colocar uma carta no correio e tira a nota. Provavelmente está molhada, mas ele não liga. Reclama e xinga em língua de gorila e depois sai, batendo a porta, para o bar. Mamãe vai começar a chorar agora. Eu escapo assim que consigo.

Vou para o canal com alguns colegas e, ao voltar, noto que há uns garotos se juntando em nossa rua. Junto-me à gangue deles e nossa gangue se junta a outras no parquinho vazio da escola. Há um clima. As pessoas gritam umas com as outras. As brigas começam. Fico por perto, só olhando por enquanto, e então percebo, no meio de uma das brigas, um garoto alto, magricela, de cabelo escuro, mais velho do que eu, punhos voando. Trevor.

Assim que o vejo, eu sei, sem nem mesmo pensar a respeito, que quero brigar com ele. Quero bater nele. Quero transformá-lo em polpa.

Dirijo-me ao seu grupo, que se acotovela, e forço minha entrada. Os outros garotos vêem o olhar em meu rosto. Saem da briga. Alguns gritam: – Vai, Marky, vai!

Quando ele está bem na minha frente, fica assustado. Vê um cachorro louco, todos os dentes e pêlos. Vou para cima dele. Em poucos minutos ele está no chão. Soco seu rosto com meus punhos e então soco de novo. Minhas mãos vão parar no estômago dele e mergulham fundo, depois no peito, depois no queixo. Seus olhos estão fechados. Bato a cabeça dele no chão do playground. Esmago os pivôs caros dos quais ele se gaba pela rua. E, só para ter certeza, enquanto está deitado lá confuso, pego um tijolo e enfio na boca dele.

As crianças olham-me com surpresa. Todos estão olhando agora. Não há nenhuma outra briga, só a nossa. Então começam a torcer.

Devagar, Trevor se levanta. Sente a boca. Corre os dedos pelo lugar em que seus dentes deveriam estar. Ao olhar para suas mãos só vê sangue. Sabe que seus dentes foram quebrados.

Está furioso. Grita comigo e segue andando pela rua em direção a minha casa. Sigo-o. Estou com muito medo do que meus pais vão dizer. Falo para não ir. Mas ele diz: – Você vai pagar por isso.

Imagino quanto devem ter custado seus dentes. Pergunto-me se Papai já gastou suas cinco libras e voltou do bar.

Trevor bate na porta de entrada e Mamãe atende. Vê um garoto com sangue saindo pela boca e eu parado atrás dele. O rosto dela fica pálido.

– O seu Mark fez isso! – grita Trevor, com sua boca sangrenta. – Olhe para mim!

Mamãe fica olhando. Não digo nada. Trevor começa a exigir que Mamãe pague por dentes novos. Posso ver que ela está para se desculpar e concordar. Trevor está furioso, gritando. E então, de repente, Papai aparece na porta atrás dela.

– O que está acontecendo? – diz. Trevor conta para ele, cuspindo sangue.

Papai diz: – Quantos anos você tem? – Sua voz é perigosa. É quieta, quieta demais. Será que Trevor sabe que é a voz perigosa de Papai ou somente os membros da família reconhecem esses sinais?

– Quinze! Tenho quinze e meus pivôs estão todos quebrados e você tem que pagar por isso! – grita Trevor. Eu estremeço. Não deveria gritar com meu pai.

– Quinze... – a voz de Papai está abaixo do tom agora e carregada de ameaça. – Quinze. E o meu menino tem dez. E você está aqui reclamando dele. Saia você e o seu sangue da minha porta de entrada e se manda para sua casa. Sua bichinha.

Trevor fica olhando, dentes quebrados, boca aberta. Então, vira-se devagar e vai.

Antes que Papai feche a porta, dou para ele um sorriso de agradecimento. Papai resmunga: – Bichinha chorona, aquele garoto – E este é um dos momentos em que realmente o amo, mesmo sem que ele saiba o que fez por mim. Sigo Trevor pela rua, provocando-o: – Vai se foder, Trevor, vai se foder.

Da próxima vez que vou à casa dos Allbuts, eles me dão péssimas notícias. Estamos tomando um lanche na cozinha e tudo parece bem normal. Então Jill diz que tem algo a me contar. Paro de comer e olho para os dois com desconfiança. Seus rostos bondosos transparecem preocupação. Jill me conta, muito gentilmente, que vão se mudar.

A primeira coisa que me ocorre é que quero mudar com eles. Quero sair da rua Reynolds também. Depois, penso que talvez só estejam indo para o outro lado de Kidderminster. Brian balança a cabeça. Vão para outra cidade. Redditch. Nunca estive lá, mas já não gosto. Na verdade, eu odeio Redditch. Vão se mudar porque mudaram de escola.

Não termino meu lanche. Não consigo mais mastigar. Não consigo engolir. Mas não digo nada. Não faço pergunta alguma. Não faço comentário algum. Não conto para eles que são meu santuário e que sem eles minha vida pode ser insuportável, porque nunca mais poderei ser o outro Mark, o Mark que adora pintar e conversar e com quem eles conversam gentilmente.

Não os visito mais. No dia em que vão se mudar, vêm se despedir e me contam que vão combinar para eu ir para Redditch assim que possível. Concordo, mas não digo muita coisa. Minha última visão deles são dois rostos tristes e preocupados. Ao fechar a porta, vou para o meu quarto e não saio por um tempo, porque não quero ver o caminhão de mudanças do lado de fora da casa deles, levando embora os discos de Marty Feldman e o rádio em que as pessoas conversam umas com as outras. Não quero ver os homens embalarem todas as conversas e quadros que costumavam ficar lá. À noite, ao ir para a cama, sinto-me como se alguém tivesse morrido hoje.

7 Capítulo

Quando fico em casa, não tenho nada para fazer. A atmosfera sufoca e eu odeio isso. Mas quando vou para as ruas com a grande família das crianças do bairro com as quais cresci, a cidade toda torna-se um grande parquinho que a gente vandaliza, rouba e corre.

Meu melhor amigo é um garoto das ruas que nem mesmo vai para a escola. Daniel vem de uma grande e barulhenta família e é muito bom em inventar novas coisas ruins para fazermos. Tem cara de bebê e uma constituição pequena, o que não faz dele um bom lutador, mas entende de tudo; usa as roupas corretas e o cérebro enquanto as outras pessoas usam seus punhos. Assim que nos encontramos, ficamos amigos íntimos.

Em casa há mais crianças. Invadiram nossa casa. Mamãe não apenas cuida de outras crianças até suas mães chegarem do trabalho, como muito mais crianças seguem Mamãe até a rua Reynolds, quando termina seu turno na cozinha do orfanato. Vamos para a escola com essas crianças do orfanato, então conhecemos todas elas. Os garotos gastam suas mesadas para roupas com cigarros e se vestem com jaquetas velhas e jeans surrados das lojas de caridade. Shane e eu achamos que eles têm uma aparência horrível.

As roupas são importantes para nós: Shane é mauricinho e eu sou *suedehead*. Um *suedehead* é alguém entre o *skinhead* e o mauricinho. Isso significa que uso máquina um, ou seja, quanto mais curto o cabelo melhor. Uso uma jaqueta de veludo e uma camiseta pólo vermelho brilhante da marca Fred Perry, e jeans com sapatos Doc Martens ou mocassin. Esse é o visual. A musica é The Beat, The Selecter, The Jam e UB-40. Sendo mauricinho, Shane usa blazer, como se estivesse para ir velejar e uma camisa convencional de cor clara.

– Eu era alternativa quando era jovem – Mamãe nos informa. Olhamos para seu corpo redondo e seu rosto marcado com desconfiança. Nossa casa está sempre pulsando ao som dos discos do Johnny Mathis. Com certeza aquilo nunca foi alternativo. Ela pega uma foto de uma jovem garota.

– Essa sou eu – diz – quando tinha dezessete anos.

Fica difícil achar qualquer similaridade entre a garota e a nossa mãe. A garota na foto parece ter alguns sonhos. Mas Mamãe é casada com Papai.

Conta-nos que costumava ir às discotecas da região nordeste, que eram as "da moda". Elas eram a "contracultura". Ela ouvia The Animals, Gerry and the Pacemakers e The Who. Fala e a gente faz careta. Podiam Gerry and the Pacemakers estar realmente na moda, isso para não falar em "contracultura"?

– Ah, sim – diz Mamãe. – Eles não eram a música predominante. Eram modernos. Especialmente The Animals; havia um som específico da região de Newcastle e eles estavam bem no meio disso.

E Mamãe estava lá. É difícil acreditar olhando para ela agora, passando aspirador de pó.

Ela diz que Papai era do estilo Teddy Boy e isso é mais engraçado ainda.

Perguntamos: – Você já viu os Beatles?

Diz que sim e faz um olhar sonhador. – Acampei a noite toda do lado de fora da prefeitura de Newcastle para ter certeza de que conseguiria entrar. E consegui – sorri. – Quando eles vieram ao palco, pensei que a vida não poderia ficar melhor que aquilo.

Olhamos para Mamãe. Podemos ver em seu rosto que está casada com Papai todos esses anos e está infeliz. Suas mãos estão enrugadas de limpar a casa dos outros e cuidar de nós. Provavelmente estava certa ao pensar que não poderia haver nada melhor em sua vida após ver os Beatles. Mas não temos pena dela. Não nos importamos muito se costumava ser jovem e bonita e tinha sonhos. Vivemos em nosso próprio mundo de amigos e música e ela ficou para trás. Mamãe e Papai estão nos perdendo. E é aí que eles encontram Paul.

Ele é um dos garotos do orfanato que passa bastante tempo em nossa casa. É quatro anos mais velho que eu e todos gostam dele. Até Papai gosta dele. Riem e brincam juntos. Jamais conseguirei fazer isso, mesmo quando tiver a idade de Paul. Vejo Shane os observando também e sei que está pensando a mesma coisa. Pensamos que Papai queria que Paul fosse seu filho, em vez de Shane e eu.

Então, quando Mamãe começa a falar em adotar Paul, nós não ficamos surpresos. Na verdade, fico surpreso que Paul queira se juntar a nossa família. Minha fantasia sempre foi morar no orfanato, especialmente depois da partida dos Allbuts, então talvez devêssemos trocar. Eu poderia ficar órfão e Paul poderia ser o filho que Mamãe e Papai sempre quiseram.

O processo de adoção começa. Paul fica com a gente a maior parte do tempo. Dorme no sótão comigo e com Shane e, agora que o Natal está chegando, ficará para as festas. O dinheiro está curto. Papai diz que quase não tem mais dinheiro depois de ter comprado presentes de Natal para todos nós, mas segurará alguns trocados para poder beber um pouco durante as festividades. Esse é o tipo de coisa que diz quando Paul está por perto, coisas que fazem com que pareça um pai normal.

Papai separa uma nota de cinco. Coloca-a cuidadosamente numa pequena manteigueira prateada que fica em sua prateleira na sala. Todos sabem que deixar dinheiro em qualquer lugar da casa quando estou por perto não é uma coisa segura de se fazer. Provavelmente Papai pensa que tenho tanto medo dele que não vou roubar. Mas no segundo em que ele coloca aquela nota de cinco libras na manteigueira, fico obcecado por ela. Tenho de consegui-la, mesmo tendo a certeza de ser pego.

Em questão de horas, encontro minha oportunidade. O chá acabou, mas Mamãe ainda não tirou a mesa. Paul, Kelly, Shane, Mamãe e Papai ainda estão sentados ao redor da mesa da sala de jantar. Mamãe e Papai se comportam melhor quando Paul está aqui. Eles brigam menos e todos conversam mais.

Saio fora como se estivesse entediado e vou para a sala. Ligo a TV, mas não sento para assistir. Em vez disso, secretamente, subo no braço marrom da poltrona reclinável. Tenho de parar para me equilibrar e não cair em cima da coleção de discos logo abaixo; esse seria o fim de Johnny Mathis. Meu coração bate forte e meus olhos estão por toda a sala. Alcanço a manteigueira e muito, muito silenciosamente levanto a tampa. Pego a nota e enfio no bolso do meu jeans. Coloco a tampa no lugar. Então me afundo na poltrona e finjo estar vendo TV. Meu coração bate tão forte que nem consigo ouvir o programa.

Depois de um intervalo decente, subo. Escondo a nota debaixo do tapete da minha cama. Mais tarde, mostro o dinheiro para o Paul. Ele é rápido em assumir o controle.

– Guarda direito e vamos gastá-la no fim de semana – instrui. No fim de semana compramos doces, muitos doces. Doces para o irmão de Paul no orfanato, doces para Shane e Kelly, doces para nossos amigos e para nós. Nada para a fedelha mimada da Bethany, claro, que vai aos cultos das Testemunhas de Jeová de mãos dadas com Mamãe. Ela não vai ganhar nenhum dos meus doces.

No dia da aula de boxe, é Mamãe quem percebe a mantegueira vazia. Conta para Papai. Ninguém tem dúvida de quem pegou a nota.

– Nunca!

– Seu maldito bastardo! – grita papai naquela voz perigosa dele. Eu te mato, maldito!

E enquanto ele me espanca na sala de jantar, continuo a gritar que nunca fiz isso; e Papai continua a me dizer o quanto me odeia e parece que sempre dissemos essas coisas. Mas só um de nós está dizendo a verdade, e é Papai. Ele realmente me odeia. Nunca me sinto confortável quando está em casa. Fico longe do seu caminho e é assim que ele gosta. Não quer me ver, não quer me ouvir e preferiria que eu nem estivesse aqui.

– E o que – Mamãe exige saber depois da surra – você comprou com as cinco libras de Papai?

– Doces – admito.

– Doces! Você comeu tudo?

– Não! Eu comprei com ele – digo, apontando para Paul.

Há um silêncio terrível e todos se viram para Paul. Ele enrubesce.

– Ele sabia de onde vinha o dinheiro? – pergunta Mamãe. Sua voz está fraca. Tem esperança de que eu diga não. Papai olha para Paul e para mim novamente. Também não quer que isso seja verdade.

– Sim! – grito, e há triunfo em minha voz – Sim! Ele sabia que a nota era sua!

E esse é o fim da adoção e a última noite que Paul passa em nossa casa. Mamãe sobe para fazer a mala e ele volta imediatamente para o orfanato. Depois disso, vejo-o na escola às vezes, mas ele não é mais um de nós. Há um papo de me mandarem para o orfanato também. Como queria que me mandassem.

8
Capítulo

Bebo socialmente. Fico bêbado em festas com crianças mais velhas, especialmente nas festas da minha irmã mais velha. Sou a vida e a alma, ao menos até me embebedar a ponto de cair. Não sei o que faço, então, pois não consigo me lembrar. Mas quando começo a ficar bêbado, todos me acham engraçado e afiado, menos Kelly, que sempre fica brava comigo por sair com suas amigas. Pessoalmente, fico impressionado com o número de garotas de dezesseis anos que ficam com garotos de onze anos, mesmo um que pareça mais velho.

Kelly me odeia por me misturar com suas amigas, mas desaprova ainda mais quando me vê passando tempo com Pete e sua turma. Kelly quer entrar para a força policial um dia. Tem um rosto redondo bonito e se comporta como se tivesse um ou dois degraus acima de nós na sociedade. É o oposto de Pete. Ele costumava ser *skinhead* e é um dos caras com quem tomei meu primeiro porre com cidra Strongbow. Agora é *punk* e ocupa uma casa abandonada.

Kelly tem um pouco de medo desses invasores, mas sinto-me fascinado por eles. Pete não parece ter família alguma, apenas outras pessoas que vêm e vão da casa invadida. Parece uma casa comum de tijolo vermelho na frente, mas por dentro as paredes são pintadas com cenas *hippies* vertiginosas, o quintal dos fundos é cheio de ervas daninhas e partes de bicicletas e a cerca está caindo. As pessoas da casa não seguem nenhuma regra. Acordam quando querem, algumas vezes só quando a noite começa. Trocam de roupa quando querem, mesmo se houver outras pessoas por perto. Uma tem tetas tão grandes que não consigo parar de olhar. Como consegue carregar aquilo tudo com ela o dia todo? Ninguém mais parece notar.

Agora que os Allbuts partiram, a casa ocupada se torna meu caótico novo santuário. Sinto-me confortável lá. Há latas funcionando como abajures e, na maior parte, colchões em vez de camas. Gosto de conversar com Pete e seus colegas. Todo mundo aceita todos os outros como são. E ninguém faz perguntas do tipo: por que você não está na escola? Às vezes roubo comida da nossa cozinha e Pete prepara enquanto conversamos, ou batemos um papo enquanto ele lava suas meias com Dettol. Às vezes ajudo-o a consertar sua velha motocicleta.

Pete me apresentou muitas coisas novas e uma delas foi cheirar gás com um acendedor de butano. Isso foi há alguns anos e faço com freqüência em casa. Diferente de beber, cheirar gás não é uma atividade social para mim. É uma passagem para um outro mundo e gosto de viajar sozinho. Uma cheirada e escapo. Normalmente não percebo os vasos com plantas de Mamãe, mas quando cheiro gás me encontro bem dentro deles conversando com os caules por vinte minutos. Ou sento num monte de poeira e converso com um pedaço de tijolo. Ao acordar, vejo que babei e que minha cabeça está pressionada contra a parede, mas não ligo. Estava na sala de estar e o tempo todo não estava na sala de estar, então é uma ótima maneira de sair de casa sem nem mesmo abrir a porta.

Não tolero a companhia das minhas irmãs. As duas se comportam tão bem e Papai é tão diferente com elas. Mas só odeio minhas irmãs. Não odeio todas as garotas. Isso é porque sei para que servem as garotas agora. Estou achando essas descobertas muito excitantes. E são os italianos no nosso bairro que estão me mostrando o caminho.

Kidderminster tem uma grande população italiana. Eles vêm da Sicília, uma ilha muito quente em que as pessoas comem tomates todo dia. Têm escolas católicas e suas próprias lojas de derivados de salsicha pendurados nos caibros e cestas de azeitonas embaixo das mesas. Quando essas famílias deixaram a Itália, algumas delas vieram para Kidderminster e outras foram para New Jersey, na América, e as duas ramificações estão sempre voando para lá e para cá para se visitarem.

Sou bem amigo de alguns dos rapazes italianos. Minha amizade com Antonio baseia-se em insultos ao comércio e em brigas. No clube dos jovens católicos (eu, meu irmão e meu amigo Daniel fomos expulsos de todos os outros clubes de jovens, mas os católicos toleram tudo), são os italianos contra os ingleses. Antonio e eu nos matamos de bater um no outro e de xingar um ao outro todo sábado à noite, mas ainda somos bons amigos.

Com os garotos, faço coisas de gangues. Quanto às garotas, elas são para transar. Você deve transar com o maior número de garotas possível com a maior freqüência possível. E depois contar aos seus amigos sobre isso. Desde o episódio de Trevor, já me diverti com muitas garotas, beijei na boca, as senti e enfiei o dedo nelas, mas não transei com elas completamente ainda. Porém, agora tenho onze e Bianca está aqui.

No clube para jovens católicos, todo mundo transa. Nós garotos sentamos para conversar enquanto Daniel e eu passamos cigarros um para o outro. As garotas estão do outro lado da sala. Não há contato entre as garotas e os rapazes, a não ser para transar. Preparamos o caminho para isso, olhando uns para os outros o tempo todo.

Eu espiono Bianca. Ela tem cabelo preto curto e uma pele cor de azeitona, olhos grandes e lábios carnudos. É alta e magra, mas não tão magra. Fica ótima com sua saia moderna, top preto e meia calça preta de lã. E é tão, tão bonita. Deve ter pelo menos quatorze.

Tenho onze, mas sou desenvolvido para minha idade e a pego olhando para mim. Ela desvia o olhar rapidamente. E então tento a aproximação.

– Tudo bem?

– Sim.

– Quer dar uma volta?

Isso só pode significar uma coisa. Ela entende o que é.

– Tá bom.

Vamos pelo corredor do clube juvenil, passamos pelas mesas de sinuca e de pebolim. Vamos para fora e, apesar de estarmos de casaco, o frio nos apanha. Está chovendo e a chuva parece gelada. Seguro a mão dela. Não falamos nada. Levo-a para a varanda do convento. Provavelmente, deve ter feito esse caminho umas mil vezes quando era criança, estudando com as freiras. Mas agora está aqui para algo diferente.

Começo a beijá-la. Ela deixa. Então corro minhas mãos dentro de suas roupas e como não apresenta nenhuma resistência, jogo meu casaco e a levo para o chão. Já que está tão frio esta noite, fico com minhas luvas e ela com seu casaco.

Acima de nossas cabeças, a chuva bate na telha de plástico ondulado da varanda. Levanto sua saia. Não consigo sentir sua pele por causa das luvas, então corro minha boca nela toda. É tão bonita! E tem cheiro de italiana. Não é um cheiro desagradável, mas faz-me lembrar dos fundos do restaurante italiano da cidade: cebola e alho e temperos. Começo a empurrar suas coxas grossas. Primeiro tira minha mão, mas coloco de volta e em poucos momentos sei com certeza que ela vai deixar. Vai me deixar transar!

Ela se deita, quieta. Seu corpo parece madeira enquanto entro nela e perco minha virgindade. Não se mexe nem emite som algum. Talvez seja sua primeira vez também. Não dá nenhuma indicação de prazer e não espero que faça isso. Não demoramos muito.

Não há conversa depois. Não quero falar com ela ou estar com ela. Quero sair de perto e rápido, de volta para o clube juvenil e para meus amigos. Levanto-a e coloco meu casaco, e logo estamos de volta ao agitado e quente clube. Só que estou diferente agora. Realmente transei com alguém.

A primeira coisa a fazer é contar ao Daniel sobre isso. Ele sorri para mim com seu grande sorriso de bebê. Então conto para meus outros amigos. Conto tudo para eles, menos que foi a minha primeira vez.

Nas férias de verão todas as crianças das ruas ao redor se reúnem no parquinho da escola da rua Reynolds. É uma velha casa de tijolos vermelhos e, com exceção desse terreno, não há nenhum outro lugar para se reunir, com certeza nenhum outro lugar para jogar futebol. Tudo o que tenho que fazer é ficar por ali; e logo muitas outras crianças vêm, fumamos um cigarro e combinamos o que fazer no dia de hoje.

E alguém diz, vamos nadar.

Dispersamo-nos e voltamos com toalhas, roupas de banho, um pouco de dinheiro para pagar a piscina e um pacote de batata chips, para depois. Num grupo de mais ou menos dez a quinze rapazes, ingleses e italianos, atravessamos a cidade em direção à piscina próxima ao escritório da assistência social, batendo em portas, chutando latas, gritando palavras rudes. Antonio e eu somos os mais jovens, Carlo é provavelmente o mais velho. Ele tem dezessete e agora trabalha.

Dá ordens para todo mundo – Vem aqui, seu bostinha, você tem que fazer a porra que estou mandando.

E nós fazemos porque ele é nosso herói. Nós o chamamos de Comedor de Velhinha, porque foi para Butlins um fim de semana, transou com uma velhinha e tirou a corrente do banheiro do chalé dela para provar. Anda por aí com a corrente no seu bolso.

Carlo gosta da minha irmã mais velha, mas ela não gosta dele. Quando coloca sua roupa de banho, dá para ver toda a banha caindo pelo seu corpo.

Na piscina, quebramos todas as regras. Não se pode mergulhar e mergulhamos. Não se pode segurar a cabeça de seu amigo embaixo d'água e seguramos. Não se pode correr, saltar, lutar ou empurrar as pessoas e nós fazemos tudo isso. E o tempo todo fico de olho em Carlo e seu irmão mais novo Gianni.

Carlo arruma uma garota que é provavelmente a garota mais feia que eu já vi. Tem um rosto enorme e uma boca de cavalo, na qual metade do seu jantar ainda está grudado. Não há como Carlo ter algum interesse por essa garota que não seja sexo. Ele fala com ela atentamente, um braço atrás dela pela grade da piscina, o outro esticado bem sobre ela na grade do outro lado. Só Deus sabe o que será que está dizendo, mas ela está rindo. Olhando para ela bem de perto, dá para ver que não é apenas feia, é doida. Tem uns quatorze anos e provavelmente está em alguma escola especial.

Um pouco mais para frente, Gianni está fazendo a mesma coisa com a amiga da garota. Essa é um pouquinho mais bonita, mas só de olhar dá para ver que também freqüenta uma escola especial. Gianni deixa a garota nervosa. Ela não olha para ele e fica empurrando-o para longe, mas ele volta a agarrá-la. Está sendo dominador e insistente, mas ela não está tentando resistir muito a ele. Quando olho de novo para eles, as pernas dele estão presas às dela dentro da água. E, logo em seguida, ele a está apalpando todinha.

Saímos muito limpos, com nossos dedos enrugados e os cabelos desarrumados. Antonio e eu vamos ao estacionamento para esperar os outros. Fica abaixo do nível da rua e do outro lado há a pequena casa de máquinas. Há garotos mais velhos indo em direção a essa casa de máquinas, então nós os seguimos. Estão formando uma fila e vemos pessoas discutindo. Quando chegamos perto, entendemos sobre o que estão discutindo: todos querem ser o próximo. Próximo para quê? Ficamos ao redor da casa de máquinas. A rua está acima de nós e o concreto está quebrado onde estamos. Então ervas daninhas crescem sobre ele. Pessoas jogaram carrinhos de supermercado no final da rua e os esqueletos do metal quebrados estão espalhados por lá. E, entre a casa de máquinas e a parede de segurança da rua, há uma briga.

Fico olhando. Carlo está brigando com a garota com cara de cavalo. Não, não está. Está transando com ela. Segura a perna dela para cima enquanto a pressiona contra a parede; seu corpo bate de forma ritmada contra o dela. Mal dá para vê-la, porque um outro garoto está dando conta da sua metade superior. Agora começa a beijar sua cara de cavalo e suas mãos estão nas tetas dela. Então Carlo termina o que está fazendo e um outro rapaz toma sua vez na fila para transar com ela, enquanto outro rapaz fica sendo o próximo da fila.

A garota mais bonita está um pouco adiante, contra a parede, sendo trabalhada por outros dois rapazes. Posso ver seu rosto. Está sem expressão, apagado. Não está protestando nem gostando daquilo. Sua cabeça balança um pouco, de acordo com o ritmo do garoto. Não tenho certeza de que esteja mesmo lá. Talvez esteja se olhando de alguma árvore alta. Então é isso o que todo mundo faz?

Há dez garotos em cada fila deixando as garotas ocupadas. Assistimos um pouco, fascinados. Depois saímos e fumamos um cigarro, enquanto esperamos pelos rapazes mais velhos. Sinto-me triste, mas não sei por quê.

Finalmente todos aparecem. Os garotos vêm na frente, rindo, falando e pulando. As garotas ficam para trás, abaixando suas saias. Ninguém fala com elas e elas não falam uma com a outra. Vamos comprar batatas chips. Vejo as garotas irem em direção a uma propriedade cheia de colchões velhos e carros queimados. Ninguém se despede delas.

Na escola, o professor de biologia, estranhamente envergonhado, dá-nos aula de educação sexual. Mostra-nos estranhos diagramas de pintos e usa palavras como vagina e pênis. Fala sobre relações e fica tendo ataques de tosse. Sabemos que se trata de transar, mas não podemos adaptar essa linguagem, os diagramas e a conversa sobre relações a qualquer coisa que realmente fazemos ou a qualquer coisa que vimos na piscina.

9 Capítulo

Visito os Allbuts em sua nova casa, em Redditch. Eles me recebem da forma calorosa usual e então me mostram o que há no fundo de sua casa. Árvores. Uma floresta dividida por um riacho. A maior parte da minha experiência com árvores se resume às macieiras e as grandes sequóias perto do campo de críquete, mas essas são diferentes.

Rapidamente Jill e Brian pulam a cerca comigo e exploramos o local. Os troncos são espessos, mas são baixos, e pequenas mudas irrompem deles como cabelos. Brian explica que a maioria é salgueiro que foi podado. Isso significa que foram cortados, então, embora as árvores não sejam altas, são muito velhas. Folhas secas e enroladas são trituradas por nossos pés. Gosto do som que fazem. Piso nelas por um tempo, examinando as árvores, subindo nos estranhos berços formados por seus vastos troncos, conversando com seus pequenos galhos cheios de vida. Fico tão absorto nesse novo lugar que mal percebo que os Allbuts me deixaram curtir o lugar sozinho.

Fico o fim de semana todo sem fumar. Passo a maior parte do tempo na floresta, fazendo cabanas nas árvores densas, brincando com barquinhos de madeira no riacho. A manhã de domingo é relaxante, diferente da infelicidade de bar e igreja do número 89 da rua Reynolds. Jill ouve o programa The Archers Omnibus enquanto Brian e eu andamos pela parte de trás da casa. Conversamos como costumávamos. Conversa. No começo, sinto-me enferrujado, mas depois começo a me lembrar como se faz.

Neste claro dia fresco, o sol está forte. Posso ver minha própria respiração. Entramos na floresta e vamos para os campos atrás dela. Um deles está cultivado.

A luz toca no topo de cada estria marrom avermelhada como se houvesse ouro no solo. E vejo uma lebre. Ela corre sobre o brilhante solo remexido, com velocidade e alegria. Fico quase estupefato pela beleza dessa cena. Fico olhando a lebre desaparecer porque me dá imenso prazer ver o lugar para onde ela correu. Jamais esquecerei sua beleza.

Brian observa-me. Queria que me explicasse como um animal no campo pode me levar às lágrimas.

– Você é um artista, Mark – diz.

Quase me esqueci disso. Quase me esqueci de pintura e desenho e todas as outras coisas que adoro fazer. Foram espremidas para fora da minha vida. Essas coisas devem ser feitas em lugares calmos, tranqüilos, e para mim não há mais lugares calmos e tranqüilos. Preencho todos eles e os preencho com problemas.

Sempre tomei cuidado com a polícia: por roubar, por badernar com meus amigos no shopping center, por brigar, por subir nos telhados dos edifícios. Em casa, as punições ficaram piores e, quando sou pego roubando novamente, não quero voltar e encarar a gritaria. Em vez disso, vou para a casa invadida de Pete.

Ele não está lá e não reconheço nenhuma das pessoas que estão. São adultos, mas me deixam entrar e espero pacientemente por Pete. Estão ouvindo música *punk* e fumando. Estão sentados em cadeiras ou ajoelhados no chão e há uma sensação de ansiedade. Estão passando um pedaço de papel alumínio redondo e há uma mancha marrom nele. A pessoa depois de você no círculo segura o alumínio com uma mão, um isqueiro por baixo com a outra mão até que a mancha marrom começa a virar fumaça e você inala isso usando um tubo.

Estou sentado esperando por Pete, mas também sou um membro do círculo. Então, quando chega a mim, o homem a minha direita segura o alumínio e o isqueiro; copio o que todos fizeram e fumo essa coisa.

Inalo e um pouco depois algo muito, muito quente preenche meu corpo. Vai penetrando pelos meus dedos das mãos e dos pés como um líquido. Inalo de novo e, quando isso alcança a parte de trás da minha cabeça, fico consciente de uma grande bondade que me envolve e faz com que tudo pareça bem. Fumo um pouco mais e minhas preocupações param de me incomodar. Meus medos se evaporam. Nada mais importa. Apenas largo tudo. É como colocar seis pares de luvas num dia de inverno, luvas que caem perfeitamente bem em meu cérebro e mantêm todos os meus pensamentos quentes e seguros.

A mancha marrom passa por mim três vezes. Então vou para o quarto do Pete e me deito no seu colchão no chão e debaixo de um cobertor cinza que me dá coceira. A lâmpada está coberta por uma lata velha, rachada para deixar passar um pouco de luz. Deito lá e fico olhando para ela a noite toda, vomitando. É o melhor vômito que já tive, porque é uma expulsão sem dor.

Quando Pete me encontra, muito mais tarde, fica furioso com seus amigos. Ouço gritos. Não sei porquê e nem me importo. Aquela mancha marrom me convenceu de que tudo, tudo vai ficar bem.

Na manhã seguinte, sinto-me estranho ao acordar. Sonolento, meus sentidos entorpecidos, mas ainda com o calor da noite passada dentro de mim. Vou a uma casa de jogos e fico por lá, e um dos meus tios está lá. Ele me diz que todo mundo ficou procurando por mim a noite toda, inclusive a polícia. Ainda me sentindo estranho, mas vou para a delegacia. Não sou um estranho lá. Normalmente me levam direto para casa, mas dessa vez me colocam numa cela e trancam a porta. Não gosto, fico assustado com o barulho das chaves. Estou sempre encrencado, mas nunca fui preso antes.

Não há lugar para sentar. O lugar é simples e no alto há pedaços grossos de vidro que permitem um pouco de luz. As paredes têm cor de nicotina, o que me faz ter vontade de fumar. Desmorono no chão de concreto e espero.

Minha mãe vem me buscar. Ela não está brava, só está pálida e tem uma aparência horrível. Vamos para casa e ela não grita nem me bate, mas a estéril atmosfera mortífera parece uma punição, de qualquer forma.

Vejo o *moonwalk* do Michael Jackson na TV. Todos vêem. Todos querem fazer também. De noite, no parquinho da escola, nos divertimos fazendo o *moonwalk*. Depois assistimos ao programa Top of the Pops e a Jeffrey Daniel em *Soul Train*; e é óbvio para mim e para meus colegas que há algo acontecendo lá e queremos fazer parte disso. A música é *hip hop*, o movimento é *break*, e isso vem de lá dos guetos americanos diretamente para a rua Reynolds.

Alguns garotos, como meu irmão Shane, preferem os Ramones. Mas alguns de nós, ingleses e italianos, ficamos viciados. Estudamos os passos na TV e em filmes como *Break Dance* e *Beat Street*, então tentamos fazê-los. No começo, somos lentos. Parece que nunca aprenderemos coisa alguma, a não ser os gestos mais simples com as mãos. Alguns movimentos parecem impossíveis: virando um braço e andando como um caranguejo com suas pernas para trás, ou girando sobre a cabeça. Mas podemos fazer muitos dos outros passos, se praticarmos. E é isso que fazemos. Praticamos todas as horas, diariamente, toda semana. O interesse torna-se obsessão. Nossos padrões aumentam à medida que nossas pernas e braços começam a obedecer nossas instruções. Não aparecemos nas ruas com um passo enquanto ele não está perfeito.

Para dançar *break* é necessário ser muito poderoso e muito flexível, pois cada movimento é altamente controlado. A parte superior de seu corpo tem de ser forte, porque seus braços freqüentemente apóiam seu corpo. Estou aprendendo a desafiar a gravidade com meu corpo. Estou aprendendo a voar.

Na América, o *break* surgiu das brigas das gangues: os garotos com os maiores músculos se tornaram os melhores dançarinos de *break*. Aqui na Inglaterra, isso nos mantém longe de encrencas. Estou tão concentrado no *break* com a minha galera que não tenho mais tempo para roubar e badernar nos *shoppings*. Começamos a carregar conosco nossos próprios pedaços de linóleo enrolado embaixo dos nossos braços. Podemos parar em qualquer lugar – na calçada, no parquinho da escola, no *shopping*. Descemos o linóleo, entra o som portátil e lá vamos nós. Muitas pessoas nos assistem. Muitas pessoas nos observam, e isso inclui as garotas. Quanto mais difícil o passo, mais praticamos. Aprendemos os moinhos de vento, com nossos braços no chão, nossos corpos retos e nossas pernas no ar. Aperfeiçoamos o helicóptero de três homens. Pulamos, giramos, fazemos movimentos contínuos e, às vezes, quando grupos de crianças nos observam e ouço a batida da música e meu corpo está quase sem peso, sinto-me como se tivesse deixando Kidderminster para trás. Estou nas ruas da América, num filme de dança *break*, e é lá que quero estar.

As roupas são importantes: para nós, o agasalho adequado, os melhores tênis, isso diz tudo. Entrei de cabeça no *hip hop*, e ser um dançarino de *break* me dá o sentido mais forte do que nunca de quem sou, mais forte do que o trombadinha Mark, o bêbado Mark ou, até mesmo, o Mark comedor.

10 Capítulo

Estou com treze anos. Quando Shane e eu chegamos da escola, um dia, batemos na porta da frente e vimos uma sombra estranha se aproximando. Não é Mamãe nem Vovó. Papai está por aqui, nós o vimos passar de carro. Mas a sombra não é dele porque, depois de uma enorme briga, não está morando em casa. Sei de imediato que alguma coisa aconteceu.

A porta se abre. Em pé está Maureen, com seu nariz comprido e seu rosto fino, a amiga Testemunha de Jeová da minha mãe e odiosa doadora da MAIOR COZINHEIRA DO MUNDO! Ela nos olha com desagrado. Ninguém troca saudações.

– Cadê Mamãe? – pergunta Shane.

Maureen faz uma pausa. Seu rosto cora. – Está no hospital.

Ficamos na soleira, olhando fixamente para ela e sondando além dela, no corredor, procurando por Mamãe.

– Ela tomou umas pílulas. Uma overdose de pílulas para dormir, foi o que tomou.

Então Mamãe morreu. Deveria ir viver com os animais no Paraíso para sempre, mas em vez disso está morta, e suspeito que a ladra de cadáveres da Maureen foi quem a matou.

– Ainda está viva – diz Maureen, depois de uma longa pausa, porque não quer se apressar em nos dar boas notícias. – Mas está no hospital e vocês devem arrumar suas coisas para ficar comigo.

As manchetes das notícias vão passando pela minha cabeça novamente. Mamãe está no hospital. Tomou uma overdose de pílulas para dormir. As palavras não significam nada.

– Tentou se matar – enfatiza Maureen.

Entramos em casa e vemos que Papai está lá, e também Kelly e Bethany. Bethany está chorando. Papai não aparecia desde a última grande briga, mas não expressamos surpresa diante de sua presença, porque não há mais sentimento de surpresa dentro de nós. Ele não sabe o que fazer. Senta e levanta o tempo todo.

Kelly explica que Vovó sabia que Mamãe havia ido ao médico para pegar sua receita de pílulas para dormir e ficou preocupada quando ligou para cá e ninguém atendeu. Então veio direto para cá e encontrou nossa mãe gelada na cama. Uma ambulância veio com suas luzes piscando e levou Mamãe embora. Ouço suas palavras sem sentir nada. Estou frio e metálico como um robô de verdade, em vez dos robôs que finjo ser quando estou dançando *break*.

Kelly nos assegura de que Mamãe ficará bem – Estão tirando as pílulas do seu estômago agora.

– Puta que pariu! – dizemos.

Maureen dá a entender que Mamãe fez algo muito ruim tentando se matar. As Testemunhas de Jeová, embora estejam sempre prevendo o final, não devem, na verdade, trazê-lo à tona. Deus lidará com os que não estão salvos em sua própria hora. Contudo, suspeitamos que isso seja o tipo de coisa que Maureen faria em nome de Deus. Desde que converteu Mamãe, exerce um certo poder sobre ela, como uma tia malévola.

Papai nos salva de Maureen, assegurando que pode tomar conta de nós sozinho. Ela lança um olhar desconfiado para ele, um olhar que parece dizer que é tudo culpa dele Mamãe ter se drogado, e então faz o mesmo olhar para nós, querendo dizer que é nossa culpa também. Depois pega sua bolsa e vai embora.

Vai se foder, sua bruxa velha, penso eu. Porque o chefe aqui é meu pai, e não você.

A casa está quieta. Não reflito sobre o que aconteceu ou quais as conseqüências disso. Não penso muito sobre nada. Pergunto-me se, devido às circunstâncias, poderia colocar minhas roupas de *break* e sair com meu linóleo e meu som portátil. O resto da família está sentada, nem mesmo falam. Shane está lá em cima ouvindo música. Então eu troco de roupa, mas quando vou para a rua, é óbvio que todos já sabem das nossas notícias. Os adultos nas ruas me cumprimentam e depois desviam o olhar rapidamente. As crianças encaram. Alguns fazem perguntas que ignoro. E a dança também não está boa hoje. Meu corpo está sem leveza e meus movimentos não estão fluidos. Tento movimentos de robô e sei que não pareço um, o que é muito estranho, pois mais do que nunca me sinto um robô.

No dia seguinte, Mamãe está de volta. Está pálida. Não diz muito. Não oferece explicação alguma e vai direto para a cama. Ligamos a TV. Bethany sobe e deita na cama ao lado dela. Então Papai leva uma xícara de chá para Mamãe e há muita conversa, mas pela primeira vez suas vozes estão baixas. Vovó aparece; balança a cabeça e diz que Mamãe foi movida pelo desespero. Mas nós todos sabemos a verdade. Sabemos há bastante tempo que a selvageria dos berros e as choradeiras de Mamãe são avisos constantes de que sua vida está chegando ao fim. Bem, agora toda a rua Reynolds também sabe, e talvez toda Kidderminster: mamãe é louca.

Em setembro, eu irei para o ensino médio, pois agora tenho treze anos. Mas antes disso vêm as férias de verão e vou passá-las com Papai, para dar um descanso para a Mamãe. Papai vai trabalhar na usina Blythe, perto de Newcastle. Vamos viver juntos num *trailer*, perto do mar.

No primeiro dia no nosso *trailer*, Papai vai para o trabalho e me deixa uma libra para comprar leite ou cereal. Fico na cama e faço um cigarro para mim, usando os papéis de alcaçuz de Papai. Ligo o rádio e, enquanto me recosto e fumo, ouço rindo as histórias de amor de Simon Bates, porque os homens são muito suaves e afeminados. Quando resolvo sair, há um grupo de rapazes na mata e fico com eles. Estão pegando madeira para acender uma fogueira na praia. Isso parece bom para mim. Durante o mês, esses rapazes e eu fazemos fogueiras, nadamos pelo menos três vezes ao dia, pegamos peixes e os cozinhamos, fumamos muito e transamos com as garotas nas dunas de areia. É uma ótima vida.

A coisa mais surpreendente é Papai. Toda manhã ele sai e me deixa uma libra. Toda noite vem para casa com uma torta e batata chips, e é isso o que comemos. Nossa dieta nunca varia. O hábito de beber de Papai limita-se às latas e ele não fica bêbado. Temos um copo e um prato para cada um, lavamos e deixamos no escorredor. Temos um pano de prato que dura o verão todo sem ser lavado e não ligamos. É tão simples. Amo essa vida e amo meu pai.

Mas todas as coisas boas têm fim e finalmente Mamãe chega, em companhia da Bethany, com seis anos de idade. Assim que Mamãe e Papai estão juntos novamente, a atmosfera no *trailer* se torna estéril. Papai não sai de cima da Bethany e isso é irritante, mas a presença de Mamãe é um verdadeiro desastre.

Nós a odiamos. Nós nos ressentimos com ela. E Papai diz: – Nós estávamos bem, não estávamos, filho, até ela chegar?

Em setembro, muitas coisas mudam. Papai arruma um emprego na companhia de gás North Sea. São duas semanas sim, duas semanas não, e o pagamento é inacreditável. Pela primeira vez na vida temos algum dinheiro de verdade. Começo o ensino médio e fico com a tia Tanya meio período. Ela e tio Steve se mudaram para Lake District há alguns anos, quando uma das fábricas de tapete de Kidderminster fechou. Kendal é uma cidade pequena e entediante, e não há ninguém para se dançar *break*. É isso que digo para Mamãe quando ela me pergunta o que acho do lugar, como se minha resposta realmente importasse.

Alguns dias depois, chego em casa depois da escola e vejo uma placa de Vende-se do lado de fora da nossa casa.

Fico muito, muito chocado. Não quero ir para Kendal. Ninguém quer ir. Kelly tem dezoito anos e está morando com seu namorado desde que descobriu que estava grávida e Mamãe a colocou para fora, então com certeza não vai. Shane logo vai terminar a escola e começar a trabalhar para uma empresa de andaimes, então não vai de jeito nenhum; diz que vai morar com a Vovó. Mas nenhum dos meus motivos para não ir, como sentir saudade dos meus amigos, parece valer.

Algumas pessoas vêm ver a casa e ela é vendida quase que instantaneamente. E então, enquanto Papai está na companhia de gás North Sea, nós nos mudamos.

Nossas coisas são colocadas numa *van* e Bethany e eu entramos. Sento-me na poltrona marrom reclinável, sem reclinar, e Bethany senta no sofá. Para evitar que se quebrem, os quadros de chalé da sala de jantar de Mamãe são colocados no colo de Bethany e eu seguro o espelho. Olho para a rua Reynolds e suas casas vermelhas se alongando de ambos os lados até virarem a esquina. Kelly e Shane dizem adeus e seus rostos são a última coisa que vejo antes das portas baterem. Sentamos no escuro e ouvimos mais despedidas lá fora. Então a caminhonete começa, com seu barulho, e segue no escuro em direção ao que poderia ser qualquer lugar, mas sei que é o norte.

Chegamos. Alguém abre a porta. Agora vejo uma outra rua de casas geminadas, mas dessa vez são cinza. As pequenas casas de pedra são cinza. A chuva cai e a chuva é cinza. Ao longe, há verde. É uma montanha e nela há um castelo cinza, e acima dele o céu é cinza. Eu não quero sair da *van*, mas um homem começa a tirar as coisas e posso ouvir a voz da tia Tanya lá fora. Mamãe está toda agitada. Bethany ajuda da melhor maneira possível.

Vou fumar na chuva. Ando de uma extremidade de Kendal a outra, o que leva uns cinco minutos. As ruas são silenciosas. Não há crianças em lugar algum. Não consigo ver nenhum shopping coberto, onde possa estar havendo uma dança *break* fora da chuva. Se vejo alguém, é branco. Não há negros, não há italianos, ninguém que pareça interessante. Não há passagens subterrâneas de pedestres, pontes de ferrovias, canais ou qualquer tipo de lugar dos que costumo me divertir com meus amigos. E não há nenhum amigo. Kendal é um outro mundo e está morto. Ou talvez eu esteja.

Ando em silêncio e então entro na casa nova em silêncio.

Vou para o meu quarto novo e mal saio de lá por semanas, exceto para visitar tia Tanya. Seus filhos mais novos pulam para lá e para cá, ela me deixa fumar e há um pouco mais de vida aqui. Ligo para Shane, mas nós não sabemos o que dizer. Provavelmente nunca dissemos muito um para o outro, mas nem percebemos quando morávamos na mesma casa. Ligo para Daniel e ele conta umas histórias. Só de ouvi-lo já desejo estar lá.

Minha nova escola é moderna e retangular, no final da cidade. Entro no meu primeiro dia me sentindo doente dos nervos. Sou levado para a minha classe. Tem o mesmo cheiro da minha outra escola, uma mistura de giz, cimento, desinfetante e crianças, só que a escola de Kendal também tem cheiro de chuva. Esforço-me para mostrar uma boa aparência. É importante que esses caipiras do fim do mundo saibam que sou um cara durão da cidade, então visto uma calça cinza e vermelha, com bolsos de algodão. As calças têm um leve brilho, o que deve mostrar, a todos que sabem alguma coisa, que não sou da escola, sou um dançarino de *break*. É claro que as crianças de Kendal percebem as calças, mas não notam os sinais porque o *break* ainda não chegou na terra dos caipiras ainda.

– Deve ser alguma bicha – diz um garoto baixinho quando passo pela sua mesa, ao ir para a frente da classe, onde meu novo professor me cumprimenta. Para a surpresa do professor, eu hesito no caminho. Ele fica sem palavras de boas-vindas e seus olhos se arregalam quando me viro. Vou em direção ao garoto da boca grande e dou um soco nele. A classe faz um silêncio de descrença. Nem o professor sabe o que fazer. Então me põe para fora. E eu nem havia sentado ainda.

Depois da minha grande entrada, minha carreira acadêmica fica calma. Minha vida toda fica calma. É tudo tão calmo que me pergunto se não estou realmente morto. Aos poucos vou conhecendo algumas outras crianças e cheiramos cola juntos perto do rio. Viajando, cheiro a água e desapareço na correnteza; sou o rio e depois me torno a terra. É uma boa experiência e há muitas outras como aquela, mas nada consegue melhorar meu humor. Com exceção da notícia de que Papai está voltando para o feriado da Páscoa e todos vamos para Kidderminster por duas semanas. Vivo por aquelas semanas, perguntando para Mamãe o tempo todo se posso ficar lá e morar com Vovó. Ela diz não.

Quando chegamos perto de Kidderminster, sinto os antigos cheiros, vejo os velhos lugares e sorrio pela primeira vez em meses. Nada mudou. Meus amigos são os mesmos, a dança é a mesma e vou rapidamente para minha velha posição. Vivo minhas duas semanas no ritmo do *break*, tentando colocar um ano dentro de um feriado.

Estou andando pelo centro com Dan e alguns outros quando um garoto começa a falar das prostitutas de Balsall Heath. Você pode transar com a mulher que escolher, por dez libras: ele sabe porque já esteve lá. Estamos todos fascinados, menos um garoto que já está trabalhando; ele está mais do que fascinado, está obcecado. Faz tantas perguntas que acabamos decidindo ir. Essa vai ser o tipo de experiência que não se pode ter em Kendal. No carro, a caminho de Birmingham, o garoto que trabalha, tomado pela excitação, mostra seu salário. Dá a cada um de nós uma nota de dez.

Chegamos a uma rua em que as prostitutas se sentam nuas nas janelas, debaixo de luzes vermelhas. Parecem surreais. Algumas ficam embaixo de luzes verdes e parecem alienígenas. Homens que provavelmente não se lavam com freqüência perambulam por lá; outros parecem limpos, mas furtivos. Carros passam, dão a volta e passam de novo. As pessoas que moram por lá andam pelas calçadas sem se importar em olhar para esquerda ou para a direita, mostrando uma expressão de dor resignada.

Nós, rapazes, estamos excitados com a variedade de mulheres, com seus tamanhos, formas, cores e idades, e com o modo como nos chamam para dentro. Somos como crianças comprando balas, mas tentamos parecer homens.

– Puta que pariu, olha isso!

– Éeeeeee!

– Meu, vou me masturbar!

Algumas das prostitutas são jovens e bonitas. Poucas delas são desdenhosas, a maioria faz poses sedutoras para os que passam. Algumas são velhas e repugnantes. Devem ter uns cinqüenta anos. Parecem pescar os homens e a maquiagem é exagerada nos lábios, para cobrir metade dos seus rostos duros e envelhecidos. Elas sentam fumando e com as pernas abertas. A rua toda é como um show de horror.

O garoto que já esteve nesse lugar uma vez nos explica com conhecimento de causa: – Você pergunta para elas quanto é. É isso que você faz.

Mostra-nos como. Você tem que olhar diretamente para elas e indicar com a cabeça. As mulheres sorriem de forma sedutora e mostram dez dedos ou talvez menos.

Finalmente escolhemos uma. Ela tem idade de mulher adulta, talvez até uns trinta, bem constituída e bonita, e gostamos do jeito como nos olha. Seu sorriso é cheio de promessas. É atraente e experiente, e vamos nos divertir com ela, com certeza.

Um a um, entramos. O garoto que nos deu o dinheiro é o primeiro. Ele desaparece pelo corredor e a mulher fecha as cortinas. Fumamos maconha enquanto esperamos. Alguns minutos depois ele reaparece, fazendo barulhos apreciativos de homem. Sua mão treme ao pegar o cigarro de maconha.

Daniel é o próximo. Ele sai sorrindo. Agora é minha vez.

Estou nervoso. Não quero prestar atenção na parede descascando e na caixa de correio presa com fita adesiva. Quando entro, ela está esperando por mim. Olho rapidamente ao redor do quarto. As cortinas estão fechadas. Há uma cadeira. As paredes manchadas são simples. Na luz vermelha, a fumaça dos cigarros das prostitutas circula vagarosamente. Ela está encolhida na cama, com o peso apoiado nos cotovelos. Seus joelhos estão juntos. E lá está a porta. Está perto da cama e está entreaberta. Fico alerta imediatamente. O que está por detrás dela? Quem está por detrás dela?

Olho para a prostituta. Ela olha para mim. Abre suas pernas e revela uma extensão de pêlos pretos. Estou assustado, não estou com tesão. Sou só uma criança e essa mulher é adulta. Ela é maior do que eu e está olhando bem através de mim, e claramente não tem intenção alguma de deixar o seu cigarro enquanto fazemos nosso negócio.

Orienta-me a tirar as roupas. De repente, sentindo-me muito tímido, começo com a jaqueta. Ela acena a mão para me fazer parar e um leve caminho de fumaça segue seus dedos pelo ar.

– Só as calças – diz.

Só minhas calças? Coloco o casaco de volta em meus ombros e tiro minhas calças, e agora me sinto mesmo um idiota. Ridículo, na verdade, com minhas pernas esqueléticas de menino debaixo da minha grande jaqueta grossa. Excitado? Sexo é a última coisa que passa pela minha cabeça. Não posso de maneira alguma fazer isso com essa mulher, nesse lugar, sabendo que alguém pode estar atrás daquela porta, observando-me, talvez se preparando para me esfaquear. Este é um ambiente escuro, hostil e quero sair dali. Tiro a nota de dez do meu bolso e vejo os olhos dela brilharem.

– Olhe, está tudo bem – digo. – Pegue, tá bem?

Ela sorri, não o mesmo tipo de sorriso que estava dando na janela, mas um sorriso astucioso, sem graça. Aceita a nota. Olho para a porta aberta. Acho que percebo um movimento bem leve por detrás dela. Coloco minhas calças o mais rápido que posso.

– Bem... então tchau – digo para a prostituta.

Ela me ignora. Passa pela minha mente que todos os outros rapazes fizeram a mesma coisa. Essa puta está sentada numa cama de solteiro, fumando, enquanto entramos um a um e cada um dá uma nota de dez para ela por fazer absolutamente nada. Esse pensamento me faz rir ao sair. Acendo um cigarro e o próximo garoto entra. Durante todo o caminho de volta, no carro, nós nos gabamos do que fizemos, de como ela gemeu e de como enfiamos o dedo nela. Cheiramos os dedos uns dos outros. Não há cheiro algum.

Alguns dias depois, volto para Kendal. O retorno é horrível, pior do que da primeira vez, porque agora sei o que me espera por lá. Precisamente nada.

Capítulo 11

Alguns meses depois, Papai volta da companhia de gás parecendo muito feliz consigo mesmo. Tem um anúncio a fazer. Vamos mudar.

Comecei a ensinar *break* no centro de artes local. Tenho um grupo de novos amigos. Tenho namoradas. Ganhei algumas brigas. Sim, finalmente estou me estabelecendo em Kendal. E agora vamos embora de novo. Para onde dessa vez?

– Uma fazenda – diz Papai.

Uma fazenda? Não queremos nos mudar para uma fazenda, não somos fazendeiros.

– Agora somos.

Mas somos da cidade, pertencemos à cidade. Já foi ruim o bastante mudarmos para uma cidade pequena. Certamente Papai não quer que moremos no campo.

Papai diz: – Sempre quis uma fazenda e agora posso comprar uma; e a encontrei, comprei e nós vamos para lá.

Mas nós não queremos ir!

– Nós vamos. Nem vai afetar vocês, porque fica a uns quinze quilômetros daqui.

Quinze quilômetros!

– Vocês ainda virão à escola em Kendal – ele diz. Acha que isso nos dará segurança.

Nem adianta brigar. Não adianta nem mesmo minha mãe protestar. Papai está com a cabeça feita. E é a única pessoa por aqui com direito a escolha. Fala da fazenda incessantemente e, quando reclamamos para minha mãe, ela diz baixinho: – Ele está obcecado.

Pensei que Papai e eu tivéssemos ficado mais próximos no verão passado, no *trailer*. Depois do verão passado, se Papai estivesse procurando uma fazenda e pensando em comprá-la, imaginava que fosse me levar para ver o lugar. Ou pelo menos falar sobre isso. Mas não estamos mais no *trailer* e ele voltou a ser o mesmo velho pai.

Então, um dia carregamos uma *van* novamente e depois de aproximadamente meia hora, quando paramos e as portas se abrem, a primeira coisa que vemos é chuva. Está chovendo tanto que mal dá para ver coisa alguma além de cerração e um vale verde.

– É lindo! – Papai diz. – A casa é do século dezesseis.

Olhamos para a bonita casa de fazenda do século dezesseis. É comprida e baixa e dividida em duas casas. Papai comprou um lado e planeja comprar o outro, então em breve tudo isso será nosso. Dentro, o silêncio nos cômodos tem profundidade real, pois as paredes são bem grossas. É como o silêncio dentro de mim. Este lugar é desolador. Eu estou desolado. Do meu quarto, no fundo da casa, algo vermelho passa piscando tão rapidamente que já se foi quando chego à janela. O que era aquilo?

A chuva dá uma melhorada e vou lá para fora. Vejo depósitos e, bem ao longe, a mata é verde por causa da chuva constante. No final do vale, o céu é cinza. E próximo à casa há ainda mais água. Um rio.

– Quatro quilômetros e meio são nossos – diz Papai, com orgulho. – É uma das melhores águas frescas para se pescar na Inglaterra. Isso é o que todos no bar disseram.

Pego meu cigarro e vou para o fundo da casa; e ando por debaixo de uma ponte e subo uma montanha e, de repente, há um barulho de trovão tão imenso, tão alto, tão chocante, que me escondo. Então vejo a luz piscante novamente. É um trem. Um trem de alta velocidade. A ponte é uma ferrovia e o trilho passa bem atrás da casa. Continuo a subir a montanha. Consigo ouvir um zumbido distante e não é da linha do trem. Ao olhar para baixo através do vale, posso ver, de uma vez só, a casa da fazenda com Papai andando pelo terreno e investigando tudo o que possui, a ferrovia, e, passando a ferrovia, a rodovia. A M6 passa pelo vale como uma grande cobra cinza. O zumbido distante que ouço são os caminhões e carros indo para o norte ou sul, indo para algum lugar. Para muitas pessoas, a presença da ferrovia de alta velocidade de Londres a Glasgow e da M6 pode danificar a paisagem. Para mim, elas são paisagem, pois me levam para outro lugar.

Papai logo volta para a companhia de gás. Vou para a escola do outro lado da mata, de manhã, e quando chego lá estou sempre metido em encrencas. Estou sempre sendo levado à diretoria. Um dia, sentado do lado de fora da sala do diretor, esperando pelo meu sermão, encontro outro garoto mau fazendo o mesmo. É uma daquelas amizades que começam instantaneamente e que você sabe que durará por muito tempo.

Ian tem cabelo preto e sobrancelhas que se encontram no meio dos olhos. É grande e, se não fossem suas bochechas redondas de bebê, pareceria um homem. De várias maneiras tem que ser homem, pois tem um irmão e uma irmã mais novos e seu pai morreu. Sua mãe é uma alcoólatra sem esperança, que mija na cama. Moram numa casa suja e desarrumada, com manchas de cerveja e cigarro no tapete. Ian pode fazer o que quiser e ninguém realmente liga para ele, com exceção de sua avó, mas ela não está sempre por perto.

Logo começamos a cabular aula juntos. O professor pega o diário e, então, olhamos um para o outro e vamos embora pelos pátios ao ar livre da escola. Os professores param, observando, enquanto desaparecemos.

Vamos para os campos ou para o rio e deitamos na grama e fumamos, geralmente cigarro, mas às vezes maconha. E falamos. Falamos de todas as coisas que vamos fazer um dia, dos lugares que iremos. Para mim, é Londres. Desde que Jill Allbut me levou lá, sempre quis voltar.

Falamos de nossos pais também. Embora meu pai quase nunca esteja na casa da fazenda, quando está por perto é mais assustador do que costumava ser. Bebe muito e, à menor provocação, ou às vezes sem nenhuma provocação, ele me dá sérios socos de adulto, do tipo que dá no bar quando briga por uma mulher. E sempre que está zangado deixa claro para mim, com aquele tom baixo, sussurrado, o quanto me odeia.

Com Bethany ele é completamente diferente. Ela é uma criança doce, de bom coração, ama Papai e é óbvio que Papai a ama. Ele já comprou um cavalo para ela, que guarda nos estábulos perto da rodovia, e mais dois, que vivem na fazenda. Quanto melhor é para Bethany, pior fica comigo e com Mamãe. Fico muito ressentido com Bethany por isso. E, apesar de Bethany ser uma boa garota, que vai aos cultos das Testemunhas de Jeová, parece-me que Mamãe também começou a ficar chateada com ela. Então, quando Papai vai embora, tudo fica bem de novo e nós três chegamos a um tipo de equilíbrio juntos.

Ian me diz que daria tudo para ter um pai. O dele morreu quando ele era pequeno. Digo a ele que daria tudo para não ter um pai. Pelo menos, na memória dele, há um pai que ele respeita. Pelo menos, pode dizer que costumava ter um bom pai.

Minha mãe tem ganhado um pouco de dinheiro ultimamente. Desde que ela e papai compraram a casa ao lado, a tem alugado durante os feriados. Pessoas que visitam Lake District ficam lá por uma noite ou mais. A casa é independente e Mamãe deixa tudo o que precisam para fazer seu próprio café-da-manhã. Com o dinheiro comprou um carrinho, um Renault vermelho. Todos os dias ela dirige até a entrada do posto de gasolina da rodovia, onde arrumou um emprego no restaurante.

Papai volta do trabalho hoje, mas a primeira coisa que percebo quando volto da escola é o Renault 5. Está parado no lugar de sempre, mas está diferente. Foi destruído. Há várias marcas de golpes e seu capô está pendurado, o teto está caído em cima dos bancos, grandes partes laterais estão faltando, os faróis estão quebrados, o vidro está estilhaçado e espalhado por toda parte. Examino o carro sem acreditar. Não consigo imaginar que tipo de colisão poderia ter causado tamanho dano.

Dentro da casa, reconheço o silêncio imediatamente. É o mesmo da rua Reynolds. Você pode sentir o cheiro da raiva, da dor, da tristeza. Isso quer dizer que Papai está em casa.

Encontro Mamãe. Ela está desolada, com os olhos e o rosto vermelhos.

– O que aconteceu? – pergunto. – Você bateu o carro?

Faz que não com a cabeça. – Seu pai fez isso.

– Fez aquilo? – No carro?

Concorda com a cabeça. Olho pela janela para o Renault destruído.

– Com um machado – explica. – Simplesmente golpeou tudo. Até o teto.

Então faço aquela pergunta sobre Papai que é sempre difícil de responder.

– Por quê?

Ela tenta controlar as lágrimas. – Meu novo emprego.

– No posto de gasolina da estrada? – Claro, Papai chega em casa com a notícia de que Mamãe tem um novo emprego.

– Ele não quer que eu trabalhe lá.

– Por que não? Você já trabalhou em outros lugares.

– Diz que há muitas pessoas do bar que trabalham lá e ele sabe de tudo. Diz que sou uma vadia de caminhoneiros. Quer que eu peça demissão.

Isso vem seguido de uma nova série de soluços. Já vi Mamãe chorar muito para me sentir solidário. Mas estou chocado. Seu carro foi transformado em pedaços por um maníaco.

– Onde ele está agora? – pergunto à Mamãe nervosamente. – No bar?

– Nos estábulos, com Bethany.

Fico em silêncio.

– Comprou um cavalo novo para ela. Um palomino. Todas as garotas querem palominos.

Não há nada a dizer.

Ando até o alto da montanha e vejo o pôr-do-sol. O céu a oeste, atrás da mata, parece resplandecer em chamas, a leste a rodovia reflete sua luz vermelha. O asfalto se enrola preguiçosamente ao redor do vale, como um comprido gato vermelho. Sobre ele está o trânsito, que mal dá para ver, todos indo a algum lugar por alguma razão própria. Acho que é a rodovia mais bonita que já vi.

Ao cruzar o quintal, passando pelo Renault destruído e sentindo o ar puro da noite, ouço gritos dentro de casa. Minha mãe está no chão do corredor. Está caída sobre os azulejos, gritando. Não sei se Papai bateu nela. Ele parece descontrolado. Está parado perto dela, parecendo indefeso demais para um homem que acabou de bater numa mulher. Ela se contorce aos seus pés. Não entendo suas palavras. Nunca entendo quando meus pais brigam, apenas tento cuidar da minha própria pele. Sei que ela está cantando algum tipo de lamento emocional rancoroso e acusador. É quase incompreensível e provavelmente insano. Nem escuto.

Papai olha para mim e dá de ombros. Lembro-me do Renault destruído lá fora. Olho para Mamãe gritando no chão. Esta casa é um hospício.

– Vê se ajuda sua mãe! – Papai resmunga para mim. – Quer dizer, só descobre o que ela tem.

Ele vai embora e vejo Bethany olhando apavorada pela porta.

Estou sufocando, mas me ajoelho para a confusão de soluços e gritos que representa Mamãe. Na verdade, ela me assusta e quero chutá-la. Mas, em vez disso, ofereço-lhe minha mão.

– Venha, Mamãe – digo. Minha voz soa insegura até mesmo para mim. Sei o tom que deve ser adotado com pessoas loucas, do tipo firme e claro, mas não consigo fazer e por um tempo sua lamentação continua.

Finalmente ela consegue se levantar e levo-a para sentar na sala. Bethany faz uma xícara de chá para ela. Mamãe pára de chorar, mas ainda parece completamente louca. Diz para Bethany. – É melhor você ir arrumar as suas coisas. Nós vamos embora.

– Ela sempre me diz para arrumar minhas coisas. Mas nunca vamos.

Decido ir dormir cedo. Vou para meu quarto e estou fumando desesperadamente quando vejo as luzes do expresso de Glasgow para Londres passarem repentinamente.

Observo Papai e Bethany no dia seguinte. Vejo como ele brinca com ela, tirando sarro dela de um jeito gentil. Também tira sarro de mim, mas não dessa mesma forma boa. Já decidi que vou para a faculdade de arte e ele fica me chamando de bicha. Mas quando está com Bethany, age como se fosse um grande cavalo dócil que ela deve acariciar. Tem muito tato com Bethany e só com ela suas grandes mãos são gentis. Parece-me que aqueles dois têm um mundo próprio deles, com seus próprios problemas, compartilhados em sussurros.

Capítulo 12

Mamãe desiste de seu emprego e troca seu Renault, Bethany cavalga, Papai vai embora, e a casa está quieta novamente. Neste verão, posso concluir a escola e pretendo fazer isso. Meu objetivo principal é ficar longe da minha família e da fazenda e agora consegui uma vaga na faculdade de arte, em Stourbridge, lá em West Midlands. Só tenho que passar em algumas provas e então em junho estarei livre.

Entretanto, quando Papai volta da companhia de gás, percebe que roubei um pouco do seu tabaco. Ainda não consigo evitar. Há anos minha mãe dorme com sua bolsa debaixo do travesseiro porque sabe que vou roubar sempre que puder. Protesto dizendo que iria devolver o tabaco do Papai, só que esqueci. Papai nem ouve. Está nervoso. Diz que vai dar um jeito em mim e então vai para o bar e sei o que isso quer dizer. Precisa de um pouco de vodka dentro dele para me punir.

Fico tenso a noite toda. Todos ficamos. Bethany vai para cama relutantemente. Fico perto da lareira com Mamãe e, bem mais tarde, ouço a porta abrir. Dá para ver pelo jeito que bate a porta, pelos seus passos, que há um brigão na casa e vai escolher sua vítima. É claro que a vítima sou eu. Estava esperando por ele, esperando pela porta, pelos passos. Ele não vem direto para cá. Bate nas coisas, esbraveja... E diz que não merece uma família como essa. Que diabos, como foi ter um maldito filho ladrão? Por que tem que me tolerar por todos esses anos? Há uma tempestade que se forma, camada a camada, de uma nuvem preta espessa.

E então ele aparece, uma presença pesada e escura na sala. Olho para ele. Ele atravessa a sala, me pega e começa a me socar.

Seus cabelos vão para trás, seus olhos queimam de ódio, e há vodka em seu hálito e no cuspe que sai da sua boca. Bate-me mais forte com a mão esquerda.

Vejo o reflexo do crucifixo na minha direção. Sua mão esquerda, a que tem AMOR tatuado, segura-me com força, força demais ao redor da minha garganta. Posso sentir o imenso tamanho de seus dedos. Estou apavorado. Vivo a experiência do puro medo. Não há mais nada em mim além de medo enquanto sou confrontado por seu ódio até que, de repente, daquela maneira transcendental, estou olhando para nós do alto de uma árvore verde, vendo esse homem me odiar, perguntando a mim mesmo não por que ele faz isso comigo, mas por que ele quer fazer.

Bethany aparece, chorando, de pijamas. Mamãe está gritando. O braço enorme de Papai está posicionado para trás e cada vez mais endireita seus punhos contra o meu rosto.

Vejo seus dedos em câmera lenta. Ouço o estalo do meu nariz e sinto o metal em minha boca.

Então, após ter me batido por toda a eternidade e eu estar flutuando acima de nós, acima da casa, faz-me ajoelhar. Com o meu pescoço em suas mãos, ele força meu rosto em direção ao fogo. Sinto a resignação que vem com extremo pavor. Isso agora está completamente fora de controle. Qualquer coisa pode acontecer. O fogo já ficou ali a noite toda e está ardendo. Resisto com todas as minhas forças, mas não sou páreo para um homem que é feito de andaimes de aço.

Olho para Bethany no sofá, rosto vermelho, rosto molhado, gritando. Minha mãe corre ao redor em histéricos círculos. E sei, pela estranha forma da sua boca e pelos gritos da minha irmã, que isso vai ser ruim. Fecho meus olhos e Papai enfia minha cabeça no fogo. Posso sentir o calor pressionando minhas bochechas, começando a penetrar na minha pele, em todos os lugares macios e vulneráveis do meu corpo. Ele vai me matar. Não consigo ver outro modo disso terminar.

Posso ouvir Mamãe ao telefone. A polícia. Ela pede para virem.

Sua força cede um pouco de repente, sem avisar, e eu me agarro a esse momento para me livrar dele, fugindo como uma criatura selvagem encarcerada. Arrasto-me debaixo do seu corpo enorme. Suas mãos imensas mergulham em mim. Ele é mais forte, mas eu sou mais rápido.

Corro para fora sem meus sapatos. Tudo o que posso sentir é meu próprio pânico. Nunca mais volto para esse lugar, para essa casa de loucura, jamais. Porque nada vai ser igual novamente. Com exceção do meu profundo instinto, não sei nada e não penso em nada. Não sou ninguém.

A polícia me encontra caminhando ao lado da rodovia, de meias molhadas. Colocam-me no carro e levam-me para casa. Papai não aparece. Mamãe conversa com os policiais e, então, vai à casa do lado e avisa aos hóspedes que vai usar um dos quartos. Sou depositado lá, em um quarto.

Fico com minha tia Tanya sempre que Papai está por perto. Quando vai para a companhia de gás, volto para casa. Bethany me recebe com carinho e suas boas-vindas fazem meus olhos arderem. Entro no corredor, ouço o denso silêncio familiar, sinto os cheiros da casa e, de repente, surpreendentemente e até de forma chocante, começo a chorar. Vou direto para o meu quarto antes que minha mãe ou Bethany percebam e me lembro das cordas da minha infância; como me amarravam com tanta força que eu não podia me mexer ou respirar! Bem, elas voltaram.

Na janela, o trem expresso aparece e desaparece, como uma visão. Tento controlar minhas lágrimas. Faço meus olhos seguirem cada ângulo do grafite que fiz nas paredes. Quando isso não funciona mais, tento parar minhas lágrimas, apertando meu corpo como se estivesse numa briga. Então fecho meus olhos com força, até fazer meu corpo tremer pelo esforço. Mas não adianta nada. Entrego-me ao poder das minhas próprias lágrimas. Choro e choro e não consigo mais parar. Choro por dias. Não minutos ou horas, mas semanas.

Minha mãe diz que entende. Diz que estou deprimido e entende, porque ela também chora muito. Olho para ela e penso: você se colocou nessa situação e me arrastou com você.

Fico melhor quando estou em Kendal. Sempre fico ansioso para ir para lá. Mas quando volto para casa, na nossa prisão da fazenda, as lágrimas começam a rolar novamente. E, como a chuva do Lake District, quando o dilúvio começa, não pára por muito tempo.

Devo ser bicha. Ando chorando muito.

Papai vem para casa e eu fico longe do seu caminho. Então o pior acontece: ele me pega chorando. Seu rosto se contorce de desgosto, como faz quando minha mãe chora, grita ou fica jogada no chão como geléia. Não há bondade, só vejo ódio. Ele me despreza. Quando me olha, seus olhos parecem gelo azul congelado.

É aquele gelo azul que me faz tomar uma decisão calma e clara. Estou no meu quarto, com paredes tão densas que não dá para ouvir os trens em alta velocidade. Estou deitado em minha cama, olhando todos os enormes grafites que cobrem as paredes. O silêncio é tão pesado que quase dá para vê-lo, quase dá para tocá-lo.

Decido parar de chorar. Chega de lágrimas para mim. Não vou mais chorar. Papai me odeia e há razão para isso: sou detestável. Eu mesmo me odeio. Ele me despreza porque sou desprezível. Eu desprezo a mim mesmo. Papai quer me destruir porque essa é a melhor coisa para se fazer com uma criança como eu. De agora em diante, destruirei a mim mesmo.

Assim que as provas terminam, faço minhas malas. Tenho agora dezesseis anos e estou deixando a casa da fazenda para trás para sempre. Vou para a faculdade de arte. Vou me tornar um artista, não importa o quanto Papai pense que sou bicha. Quando saio, Mamãe me olha com alívio. Papai não está lá. Apenas Bethany chora.

Capítulo 13

A faculdade de arte não começa antes da chegada do outono. É junho. Não tenho lugar algum para ir, então vou para a casa da minha irmã Kelly. Minha irmã mais velha mora numa casa semigeminada, numa área de Kidderminster em que não há nada. Tem um bebê e me trata um pouco como mãe também. Eu gosto disso. Ao olhar para trás, percebo que algumas vezes tentou brincar de mãe comigo antes, mas tudo o que fiz foi odiá-la porque era minha irmã mais velha e a favorita do Papai, pelo menos até Bethany vir ao mundo. Agora é mais como uma amiga.

Apesar de sempre ter sido uma garota tão boa, meteu-se com um dos caras mais violentos e temidos da nossa velha vizinhança. A princípio ele é amigável comigo, mas logo se cansa da minha presença e começa a demonstrar. Sinto pena por ela, mas sei que é hora de partir.

Passo o verão dormindo nos sofás de qualquer um que me recebe: Vovó, tias, Shane, Daniel. E arrumo o emprego de férias perfeito.

Sempre gostei do West Midlands Safari Park, desde quando ficamos presos lá, anos atrás, no carro do meu tio Mike. Lembro-me de como sentamos, rindo no carro fervendo, enquanto o mundo se tornava uma paisagem sob o céu vermelho. E agora estou trabalhando lá. No parque de diversões, no trem fantasma. Sempre gostei da arte do parque de diversões: nas curvas e voltas há algo do grafite que aprendi a amar. As cores do trem fantasma são tão plenas, seus roxos e vermelhos são tão profundos e imediatos, que fica fácil perceber o alto nível de habilidade usada para criá-las.

Meu trabalho é organizar os passeios no trem e cuidar dele, e faço isso com muita energia. E pego as garotas. Algo na música, o barulho e as cores fazem com que todo mundo relaxe um pouco. Fico ao lado do trem, conversando com as mais belas garotas que estão na fila.

– Tinha um cara grandalhão na semana passada, valentão, sotaque da região de Tyneside, mãos enormes com tatuagens em cada dedo e em seus braços, provavelmente um trabalhador do aço, vestido de *cowboy* e com um enorme bigode...

Olho para elas. Fico surpreso que ainda não estejam assustadas.

– Então, ele entrou no trem fantasma e ficou apavorado. Quer dizer, dava para ouvir seus gritos pedindo misericórdia por toda Kidderminster. Quando o passeio terminou, seu cabelo estava branco. Branco puro. E seu bigode também.

Elas entram nos carros, olhos arregalados.

– Sejam corajosas, garotas! – digo, em tom solene.

Se gosto da aparência delas, desligo a energia no meio do caminho. Elas gritam. Seus gritos não são como os de Mamãe: não há medo real, só uma mistura de prazer e excitação. Quando o carro delas aparece no final do passeio, estou lá para ajudá-las, sorridente.

– Gostaram? – pergunto casualmente.

Apontam para mim. – Você desligou a energia lá dentro!

E o jogo começa. Decidem entrar no trem fantasma novamente e talvez mais uma vez, e no fim do dia tenho o telefone delas.

Antes de acabar as férias, procuro por uma *kitchenette* em Stourbridge. Sou independente, livre e adulto. Exceto pelo fato de que, secretamente, embora no fundo eu não consiga admitir isso, gostaria que minha mãe me ajudasse. Ela não me ajuda, claro, mas ao menos arruma uma renda para mim. Ela explicou ao Serviço de Assistência Social que, embora eu só tenha dezesseis anos, não posso ficar em casa por causa da violência do meu pai, e agora eles me pagam trinta libras por semana.

Sinto-me diferente dos outros alunos. A maioria deles ainda mora com seus pais. A aula termina e eles pegam seus ônibus; vão para casa, para uma refeição quente e um pouco de amor. Sou mais novo do que a maioria, mas parece que sou muito, muito mais velho.

Fico feliz por ainda ter meus velhos amigos para dar um tempo na minha solidão. As trinta libras do Serviço de Assistência Social chegam toda segunda-feira de manhã, e na segunda-feira à noite vou para as discotecas com os rapazes e gastamos a maior parte dela com bebidas e drogas. Mais tarde, na mesma semana, quando a mesada ou os salários dos meus colegas chega, fazemos o mesmo de novo, mas dessa vez eles pagam. Sabemos quem somos quando bebemos e nos drogamos. Somos maus. Somos donos das nossas próprias vidas. E daí se não sobrar dinheiro algum para comer? A comida não importa e não há ninguém por perto para nos dizer que importa sim.

No começo, vou para a faculdade todos os dias. É horrível levantar e sair de manhã. Eu queria mesmo ser um artista? Talvez eu só quisesse escapar. Nunca pensei muito sobre o que eu queria criar e como e porquê.

Faço uma série de seis auto-retratos com tinta. Sei tudo sobre tintas, porque elas eram o material favorito do meu professor de arte em Kendal. Ele é um artista preciso e tradicional de Lakeland, que pinta paisagens e depois raspa a lã da ovelha, linha por linha. Desaprovava meu interesse por grafite e abstratos. Agora tento usar materiais tradicionais, como tintas, de uma maneira mais abstrata. E desenvolvo uma paixão por Oleopasto, uma resina grudenta como cimento que uso para as texturas do meu trabalho.

Gosto de alguns dos professores, mas meu coração não está dentro das paredes da faculdade. Está do lado de fora, no mundo das pessoas e das idéias. Aos poucos conheço outros alunos que estimulam essas idéias. A maioria é bem mais velha do que eu e alguns são artistas de verdade, trabalhando com integridade em várias técnicas. São pessoas boas e gentis. Alguns são *punks*, poucos são *hippies*. Nunca falei sobre arte antes, a não ser quando criança com os Allbuts. Mas aqui todo mundo têm idéias para expressar sobre arte, e sobre política. De onde venho, espera-se que você seja desarticulado. E agora, de repente, as pessoas falam comigo e percebo que tenho muito a dizer. Levam-me para Stonehenge num ônibus velho em que as mulheres amamentam seus bebês. É como a casa ocupada de Pete: uma outra família caótica em que posso enganar a mim mesmo, fingindo fazer parte. Mas sou de Kidderminster. Não pude apresentá-los aos meus velhos amigos. Se Dan ouvisse qualquer uma de nossas conversas, tiraria sarro de mim para sempre.

Tornar-me um artista não será fácil com Daniel e os outros por perto. Uma noite, um grupo de rapazes está indo de carro para Birmingham. É hora do pôr-do-sol. O céu no oeste está pegando fogo. Tons incomuns de vermelho, laranja, amarelo e azul rasgam o céu atrás das nuvens como camadas de seda.

– Olha aquilo! – digo.

Eles olham pelas janelas. Ficam se perguntando sobre o que estou falando.

– O pôr-do-sol! É lindo!

Todos se viram para me encarar. Até mesmo o motorista.

– O quê? – dizem.

Meu melhor amigo Daniel me dá um soco. Diz: – Seu maldito esquisito!

Bem, não vou falar sobre isso de novo. Eles não conseguem apreciar a beleza, ou não querem. Devo me lembrar de ser menos aluno da escola de arte ao estar com eles. E fico muito com eles.

A única coisa que a galera de Kidderminster e a galera da faculdade de arte têm em comum são as drogas. Os caras broncos usam drogas, pois são o caminho mais rápido para a destruição. O pessoal da faculdade procura algum tipo de estímulo artístico, de forma que as drogas são usadas para alterar ou expandir os limites. Os mais velhos, artistas mais sérios, incorporam essas transformações aos seus trabalhos. Sempre tento fazer o mesmo e considero o uso de drogas uma experiência realmente criativa, mas logo as idéias fogem de mim como fragmentos de um sonho. E movo-me em direção à destruição, porque, no íntimo, sou um cara bronco de Kidderminster.

Há apenas algumas pessoas na faculdade que são como eu: caras broncos que querem ser artistas. Tornam-se meus amigos especiais. Um deles é um entalhador de pedras que descobriu que gostava tanto de esculpir que está aqui para estudar outras técnicas. É dez anos mais velho do que eu e ele me apresenta ao *blues*, às discotecas ilegais de negros pós-revolta da região de Handsworth. São cheias de *reggae* e do doce cheiro de haxixe. Uma vez, voltamos de Handsworth para o seu apartamento com um pequeno pacote de pó marrom. Estou muito animado para experimentar. Essa coisa é a droga do próprio diabo. É estigmatizada e temida. É heroína.

Observado por mim e por uma coleção de meia dúzia de esculturas de pedra inacabadas, ele dobra papel alumínio na mesa da cozinha como se estivesse fazendo um pequeno avião de papel. Depois o enrola ao redor de uma caneta, para criar um tubo. Dobra mais alumínio, divide o pacote com a faca da cozinha e coloca seu conteúdo numa canaleta. Acende o isqueiro e a chama brilha no alumínio. O pó borbulha até não ser mais pó; torna-se uma mancha e, com a cabeça apoiada de um lado, ele segura o tubo na boca e inala. A heroína está fluida agora e ele a procura pelas dobras. Há um cheiro estranho na sala que reconheço de uma vez. De onde? Como eu conheço o amargo odor químico da heroína?

Passa para mim. No começo sinto um gosto desagradável no fundo da minha garganta. Na hora que aspiro a mancha por três linhas de papel alumínio, sinto um par de confortáveis luvas de lã preso ao meu cérebro e sei com certeza que já usei essa droga antes. O cheiro, os efeitos, o alumínio. Usei pela primeira vez quando tinha onze anos, na casa do Pete em Kidderminster, na noite em que fugi e ele não estava lá. Eu tinha onze anos e já havia perseguido o dragão.

Tenho namoradas na faculdade de arte e uma delas é uma cabeleireira chamada Kirsty. Ela gosta de estar perto de alunos de arte mais originais. Juntos descobrimos o *rare groove*. Vamos a uma discoteca chamada Salvation Disaster, em Birmingham, onde todos se esforçam para se vestir de forma extravagante. Todas as Patricinhas e os Mauricinhos estão com suas roupas brilhantes, fazendo fila para a entrada principal da discoteca no andar debaixo, a Power House, enquanto Kirsty e eu ficamos numa pequena fila de excêntricos, esperando na escada adjacente. Estamos vestidos para o puro *funk* psicodélico. Há garotas com chapéus imensos e enormes vestidos cheios de babados; homens com calçados indianos e chicotes; fãs do grupo Kraftwerk, com suas franjas cortadas em ângulos retos numa aparência futurista e saias retas; homens negros com chapéus largos de abas de couro ou pele de leopardo. Eu estou com minha calça xadrez branca e preta, influenciado pela moda, meias vermelhas e sapatos irlandeses, e uma camiseta branca.

Os Mauricinhos tiram sarro com crueldade. Nem ligamos. Secretamente os desprezamos, com seu fanatismo, sua falta de imaginação, sua maneira de brigar quando estamos pegando o ônibus noturno com nossas roupas extravagantes. Sou um estudante de arte e não sou como eles: gostamos de *rare groove* e nossa droga é a anfetamina, não apenas o álcool, que logo vai deixá-los muito violentos.

Quando Salvation Disaster fecha, Kirsty e eu vamos para uma discoteca que fica aberta a noite toda na Universidade de Aston, chamada Jug. Sinto-me animado e diferente; parece mais um enorme baile do que uma discoteca. Há um disco chamado "Future Acid Tracks" do Future, e outros do mesmo estilo, os quais percebo serem sinais. Estão sinalizando que algo novo vai acontecer musicalmente, socialmente, mas não sei o que é. Estamos ocupados demais com o agora e com o nosso *funk*.

Anfetaminas tornam mais fácil ficar acordado a noite toda. Fazem com que consigamos beber muito, pois, depois de tomá-la, o álcool não mais entorpece. Você dança ou fala besteira por toda a noite, e fala rapidamente, sem se importar se seus amigos estão ouvindo ou não; você consegue falar com eles por quatro horas, sem esperar que respondam ou façam uma pergunta. Com anfetaminas, você pode falar com uma parede e, depois de um tempo, você terá discutido com ela isso de ser uma parede e a terá persuadido de que é na realidade uma cerca.

Uma vida sem drogas é impensável para mim: é o único caminho que conheço. Trinta libras por semana não me permitem comprar muito, mas até agora experimentei ou usei regularmente heroína, ópio, anfetaminas, ácido, cocaína, cogumelos mágicos, haxixe e meu velho amigo, o álcool. Estes dois últimos, uso diariamente. Eu tenho que beber. E tenho que ter pelo menos um bagulho. Não consigo dormir nada sem isso.

Não sou a única pessoa sem condições de comprar drogas suficientes; os rapazes de Kidderminster também não podem. E sabemos a resposta. Roubar. Geralmente roubamos juntos. Roubo é a coisa que me mantém na turma dos broncos. Roubar é o que faz de mim um deles: não a história de faculdade de arte. E, lá no fundo, sinto que é assim que deve ser. Porque talvez eu esteja fingindo ser um estudante de arte. Junto com meus velhos companheiros, estou em trilhos de ferrovia e não consigo sair, por mais que tente bravamente. Todos os que cresceram comigo estão nos mesmos trilhos, e eles levam às drogas e ao crime. Deixar a escola é o que te espera na próxima estação. Quando entrei na escola de arte, não estava apenas tentando fugir de Papai, mas também da ferrovia. Então, quando me lembro das luzes piscando no trem veloz de Glasgow para Londres, apitando pelos vales da região dos Lakes, rápido como um viajante no tempo, sei de fato que ninguém consegue saltar dele.

Uma noite, estou com uns colegas de Kidderminster e tomamos anfetaminas, bebemos e tomamos alguns cogumelos mágicos também. Estamos dopados, mas temos certeza de uma coisa: queremos beber mais. Só há um jeito de conseguir. Um garoto arrebenta a vitrine de uma loja de bebidas alcoólicas, e meu primo e eu, muito excitados, derrubamos o vidro, entramos correndo e pegamos algumas bebidas. Somos incompetentes: caímos. As bebidas se espatifam no chão. As luzes giram e a coisa toda acontece numa velocidade de cento e cinqüenta quilômetros por hora.

Sentimo-nos como criminosos perigosos, visto que sabemos que crimes sem planejamento quase nunca são bem-sucedidos. E é claro que, em poucos minutos, estamos cercados por carros de polícia. Aparentemente, nosso assalto foi filmado por uma dúzia de câmeras da loja e do centro da cidade. Estávamos tão chapados que nem passou pelas nossas cabeças cobrir nossos rostos.

Já tenho um histórico de delinqüência juvenil de menor porte, então essa não é a minha primeira acusação, mas é a primeira vez que sou preso por perturbar a ordem, algo impossível quando estou com meus amigos.

É uma segunda-feira próxima do final do ano letivo na faculdade; como sempre, às segundas estou com Daniel, gastando meu dinheiro da assistência social. Vamos nos encontrar com meu irmão Shane, nosso primo e alguns de seus amigos. Shane não gosta de *funk*. Ele é um *hooligan*. Os caras com quem tem andando ultimamente são bem de classe média, com suas camisas passadas e loção após barba da marca Kouros.

Encontramo-nos numa adega para *yuppies* em Kidderminster, que não é o meu tipo de lugar, mas há muitas delas ultimamente. Brotaram de repente, como se a Sra. Thatcher estivesse plantando sementes de adegas pelo país.

– O que é isso no seu casaco? – pergunta Daniel.

Coloco a mão dentro das minhas roupas e acho algo que estava usando em minha última aula de hoje. Não tinha onde mais colocar minha curva francesa: é uma régua de plástico transparente que uso para desenhar. Os garotos vão passando uns para os outros. Vem de uma escola de arte, então deve ser idiota e afeminado.

Do outro lado do bar, um grupo de forasteiros está saindo da adega; eles empurram uma mulher grávida que está em seu caminho. Ela está protestando e seu namorado também, junto com algumas outras pessoas, mas estamos numa adega e não num bar, então ninguém briga. E os garotos responsáveis por isso, que falam como se tivessem vindo do norte, não estão pedindo desculpas.

Bebi e tomei anfetaminas. São as mesmas drogas que tomo nas festas da faculdade, mas aqui sou o outro Mark e elas têm um efeito diferente. Quando Shane, nosso primo e nossos amigos se levantam para seguir os encrenqueiros lá fora, coloco minha curva francesa de volta no meu casaco e Dan e eu vamos também.

Seguimos os caras do norte por uma área comercial até que, finalmente, nós brigamos. Sinto meus cotovelos dobrando e esticando como pistões, sinto meus punhos batendo na pele. Há uma pausa quando minha curva francesa cai e, enquanto eu a enfio dentro do meu casaco, os caras com quem estou brigando fogem correndo. É tudo uma nuvem de botas e punhos e postes de luz e calçadas. Olho para Dan, que é muito magrelo para ser um bom lutador, voando em direção a um outro cara que alguém está socando, esperando por um bom momento para chutar. No final, há sangue na rua e homens por todo o chão, e meu irmão chuta a cabeça de um deles e o homem começa a se debater. Então corremos.

Naquela noite, a polícia aparece. Eles têm um interesse nada saudável pelos cortes dos meus dedos. Expliquei que fui impiedosamente atacado por uma lata de cerveja que estava abrindo. Convido-os a ver a lata. Digo-lhes que espero que ela não resista à prisão. Estão olhando para mim bem de perto agora. Querem que diga o que estive fazendo hoje à noite e onde estava. Minto e, apenas para provar que não sou do tipo que luta, conto que sou um estudante de arte. Parecem tão surpresos que mostro a coisa que coloquei dentro do meu casaco no final da aula de hoje.

– O que é isso? – pergunta o policial mais curioso.

– Curva francesa – explico. – Uso isso para desenhar.

O policial pega minha curva francesa gentilmente, com suas mãos grandes, estudando-a. Ele a vira. Na parte de trás há sangue. E agora me lembro dela caindo durante a briga e meu estômago dá uma pontada. Tento botar a culpa do sangue na lata de cerveja, mas já estão me algemando. Dizem, já que insisto que ainda não sei de nada, que houve uma briga depois de um incidente em uma adega, esta noite. No final, havia dois homens em coma e uma trilha de ossos quebrados. Lembro-me do jeito que o homem no chão se debatia quando Shane o chutou. Passo mal.

Um a um, somos os seis colocados em celas da delegacia. Em algum lugar distante, um rádio toca. A música é um sucesso do momento: “Don’t worry. Be happy”.

Nos três dias de interrogatórios que se seguem, vou aos poucos parando de mentir. Um dos amigos de classe média do meu irmão entregou todos nós, então não adianta mentir. A polícia também descobriu o quanto havíamos bebido naquela noite e, alegando que nossa lembrança coletiva da luta deve estar obscura, eles nos indiciam. Somos todos acusados de perturbação da ordem pública; Seção Dois de Desordem Violenta. Tenho dezessete anos.

Capítulo 14

Nosso advogado diz que com certeza seremos presos. Há uma fervente raiva pública em relação a *hooligans* e alcoólatras, e o governo está louco para nos fazer servir de exemplo. Uma vez que nenhum de nós consegue dar uma versão coerente do que aconteceu durante a luta e que alguns de nós não têm lembrança alguma, somos todos considerados culpados. Sendo assim, seremos condenados, sem julgamento, a talvez uns poucos anos de cadeia. O advogado nos pergunta se queremos adiar nossas sentenças o máximo possível. Queremos.

Saio da minha kitchenette. Minha vida vai mudar agora. A faculdade de arte já era. Provavelmente estive fingindo desde que cheguei aqui, de qualquer forma. Fingi ser artístico, fingi ser um dos caras da faculdade, fingi fazer parte, quando na verdade, era apenas um cara bronco. O trem ficou no trilho e eu saí na próxima estação, junto com todos os outros. Vou para a cadeia. Vou para a cadeia por um crime que eu mal me lembro ter cometido.

Pelo menos não tenho mais que fingir. Posso parar de tentar ser diferente. Sou mau. Sou bronco. Sou durão. E logo cumprirei pena na cadeia, para provar.

Nos longos meses de verão entre a luta e a nossa inevitável apresentação à corte, eu desisto. Entrego-me a uma vida de drogas e crime, e nisso Daniel e eu nos tornamos camaradas inseparáveis. Não temos lugar algum para ir, então vivemos de forma rude, dormindo em certas áreas como mendigos. Ou, algumas vezes, invadimos apartamentos de pessoas. São apartamentos de garotas ou caras fracos e mudamos para lá e os colocamos para fora como cucos. Transamos com as garotas, que nos deixam fazer o que queremos com elas e, depois, com seu jeito triste e macio de menina, pedem por mais. Elas vêm a nós como imãs. Acham que merecem caras como nós.

Entramos em garagens, casas e carros, e depois temos dificuldade de lembrar qualquer coisa a respeito. Enganamos qualquer um que se aproxima de nós. Empurramos bêbados que saem tropeçando da adega de *yuppies* em que a nossa grande briga começou. Se resistem, levamo-nos para a esquina e batemos neles. Não instigo esse crime e nem mesmo gosto dele, mas faço parte do grupo e é isso que fazemos. E nos aproximamos de pessoas que são mais velhas e mais rudes que nós. Secretamente, estou assustado. Será que a próxima estação da ferrovia será me tornar um deles?

Os mais assustadores são irmãos, Jake e Glen. Estamos sentados num sujo cômodo vazio, em um apartamento sujo e vazio em um prédio alto. O apartamento está cheio de pessoas que beberam tanto que todos chegaram ao estágio da inconsciência. Jake está arranhando seu rosto. Ele não consegue parar. Arranha seu rosto repetidas vezes, até sangrar. Está injetando anfetamina e bebendo vodka. Termina a garrafa e continua a colocar o copo em seus lábios. Depois de um ou dois minutos, percebo que ele não está bebendo, na verdade está comendo o copo. Mordeu um pedaço e agora está mastigando. Sua boca está cheia de sangue. Mastiga, mastiga, mastiga. Tento não olhar para ele. O que quero mesmo fazer é fugir.

Seu irmão Glen é ainda mais assustador. Estou no seu apartamento quando chega um cara negro para comprar haxixe. Começa com seu papo sobre a ousadia dos negros e Glen o encoraja. O cara negro pensa que fez um novo amigo; senta no sofá sujo, fuma um pouco, bebe um pouco e continua se gabando. E sei, simplesmente sei que Glen vai se voltar contra ele. O clima é denso. É horrível esperar acontecer, é como esperar meu pai chegar em casa depois de um porre. O cara negro está distraído, feliz, conversando, rindo e brincando com Glen. E então acontece. Glen pára de rir e sua voz fica fria quando diz: – Com quem você pensa que está falando? Eu te odeio, maldito preto, e vou pegar tudo o que você tem.

Fico lá impotente e enojado, fingindo ser normal vê-lo bater no cara negro. Até finjo, a pedido de Glen, bater na vítima. Depois disso, preciso de um santuário. Vou direto para a casa de Vanessa.

Vanessa é a minha primeira namorada de verdade. Houve muitas garotas, claro, mas com Vanessa é diferente. Estava com um grupo de rapazes e vi logo de cara que ela era melhor do que as outras. Quero mostrar a ela que sou diferente também. Posso parecer um criminoso violento, e agir como um e falar como um, mas quero que essa garota entenda que há alguém mais dentro de mim. E, pouco a pouco, ela acredita em mim.

Vanessa é pequena e muito bonita, e nunca tem um fio de cabelo preto fora do lugar. Trabalha numa loja de roupas. Diferente da maioria das pessoas que conheço, levanta pela manhã e vai trabalhar. Mora numa casa imaculada, com sua atraente mãe que sabe mastigar os homens e cuspi-los fora. Mas Vanessa não é assim.

As garotas estão sempre falando de amor e logo Vanessa diz que me ama. Isso é uma permissão para tratá-la como merda. Mas refugio-me em seus braços sempre que a confusão que armei fica muito pesada para mim. E ela está sempre lá, me amando, me entendendo, me dando dinheiro, comida e um confortável santuário organizado diante da loucura. E acho que a amo. O que quer que seja o amor.

Em setembro, temos que aparecer perante a Corte Real de Worcester. A mãe de Daniel nos leva lá de carro. No carro, concordamos que aproveitamos bem o tempo desde que estivemos presos. Curtimos nossa liberdade. Divertimo-nos muito. Se o que fizemos fugiu ao limite da diversão para uma nova e feia realidade, bem, na maior parte do tempo, eu estava muito destruído para me importar.

Precisamos de um bagulho antes de entrar, então Dan e eu estamos atrasados para a corte e chapados. Estou usando o meu casaco de pele de carneiro com rasgos nas costas: dormimos de forma rudimentar e parecemos rudes. Meu irmão está aqui, com sua camisa boa e suas calças modernas. Agora ele trabalha com andaimes durante a semana e vira *hooligan* aos fins de semana. Meu primo e seus amigos estão todos apresentáveis. São caras que bebem, mas não são como Daniel e eu. Apenas para nós o crime de utilização de drogas se tornou norma. Deve ter sido um golpe na vida dos outros. Para nós, é a vida como ela é.

O tribunal é Vitoriano. É grande, com teto alto e marrom, almofadado. No banco dos réus, somos levantados a absurdos cinco metros acima do chão e o juiz está ainda mais alto, e isso dá ao processo um tom de história em quadrinhos. Nem sinal de Mamãe, Papai ou nossa irmã Kelly. Ou Vovó, mesmo havendo três de seus netos na corte hoje. Não esperávamos que alguém viesse. Mas me sinto bem em saber que a mãe de Daniel está aqui, uma alma de bom coração, que me dá roupas e me deixa dormir na sua casa. E é assim que Dan chega à maioridade.

Ficamos algemados no banco dos réus e o velho juiz de perucas começa a falar. Posso sentir minhas orelhas queimando. Não consigo entender as palavras reais que o juiz está falando, mas sei que são horríveis. Deve estar falando de outras pessoas. Não pode estar se referindo a mim. Não sabe que não sou realmente violento por dentro?

Conforme as sentenças são anunciadas, todos reagem de forma diferente. Os dois caras de classe média, os amigos do meu irmão, desesperam-se: o que dedurou a gente chora e o outro desmaia, então, extraordinariamente para um crime violento, são mandados para uma prisão aberta. Meu irmão, meu primo e Daniel riem ao ouvirem suas sentenças. Fico em pé, silencioso, incapaz de rir, incapaz de me mover.

Pego dezenove meses e meio.

Estou entorpecido ao sair do banco dos réus, da corte e, no andar de baixo, numa longa fila de algemados a espera do transporte, com policiais de ambos os lados. Penso: parem o trem, quero sair. Mas é tarde demais.

Do lado de fora há uma viatura, esperando para nos levar para a cadeia; ainda com nossas algemas, entramos.

Capítulo 15

Somos levados à Cadeia Gloucester até que possam nos colocar em outras prisões. Divido uma cela com meu irmão. Estou assustado, mas não há surpresas. Uma cama de cada lado, uma janela pequena, superfícies lixadas, ângulos retos. Nenhum lugar secreto, nenhum lugar para se esconder. Os berros dos outros prisioneiros. O som das chaves próximas ou distantes nos corredores, sempre trancando, destrancando, trancando... E aquele cheiro como na escola, apenas o desinfetante é mais forte.

Recebemos uniformes de prisioneiros para vestir e nossas coisas são colocadas numa fronha. Meu irmão tira os artigos da fronha e coloca na cama, e há algo que não pertence a ele: uma enorme cueca. Ele a segura. Está rasgada e coberta de sangue. Olhamos um para o outro com pavor. Ouvimos falar sobre intimidações na cadeia: é isso o que nos aguarda? Ou isso é algum tipo de piada que os guardas estão fazendo?

No prazo de um dia, Shane e eu já começamos a brigar, então exigimos uma troca dos parceiros de cela. Shane sai para dividir a cela com nosso primo e Daniel fica comigo. Está alto agora, mas ainda parece anêmico. Seu corpo é sofrivelmente magro, com veias azuis nas laterais do rosto, e ainda tem os grandes olhos de bebê que tinha quando criança, que fazem com que ele aparente quatorze anos. Durante todo o verão, criamos um louco mundo de crime, repleto de drogas: outros podem tê-lo visitado, mas nós vivemos juntos lá. Então, e daí se Dan não aprecia o pôr-do-sol, como eu? Somos mais do que amigos, somos irmãos.

A cada vinte e quatro horas, podemos andar lá fora por uma hora, ao redor de um pátio de muros altos. Um cara com o rosto cheio de cicatrizes anda com a gente e nos dá uns conselhos, quando descobre que é a nossa primeira vez. Explica que o fumo é moeda de troca aqui na cadeia.

– Se você quer ficar por cima entre as pessoas, não fume todo seu maldito dinheiro do tabaco. Só fume metade, e no fim da semana, os outros caras estarão desesperados por um cigarro e você terá uma boa quantidade para emprestar aos imbecis. E, o quanto você der, você recebe o dobro na próxima semana. Entendeu? O dobro.

Esse é um tipo estranho de interesse. Sentamos e ficamos pensando sobre isso, ao voltarmos para nossa cela vazia, por horas vazias, com apenas nosso penico para urinar. Concordamos que, se o fumo que é dinheiro, essa é a chave para o poder por lá.

Podemos escolher um livro da biblioteca todos os dias, mas a maioria dos assuntos é entediante. Leria o rótulo de um pote de geléia, se pudesse, para deixar a minha mente sair da cela por alguns minutos. A biblioteca dá a cada prisioneiro um marcador de livros que tem a foto de um homem escalando uma parede de palavras, e as palavras Escapam com os Livros.

Sinto aceitação. Aceitação é o conhecimento de que você está na cadeia e não sairá de lá tão breve. Vivo minha vida dentro de umas pequenas paredes e vivo dentro das regras que outros fizeram. Entretanto, não posso acomodar-me com elas, pois sei que não vou ficar aqui.

Em quinze dias, nos mudamos novamente para Pucklechurch, onde prisioneiros de todo o país são reunidos para serem então separados em grupos que levam a sua cadeia de destino. Nunca soube que existia esse vasto sistema de carga humana, silencioso e invisível, levando homens pela Inglaterra o tempo todo. E agora faço parte dele.

Daniel, Shane e eu vamos para Portland, em Dorset.

– Portland! – dizem os outros prisioneiros.

– O que há de errado com Portland? – perguntamos. Dão de ombros.

Finalmente alguém diz: – Veja, tem uma reputação.

Apenas sabemos que é uma cadeia de Boa Ordem e Disciplina. Isso significa que é um reformatório. Parece um longo, longo caminho e, quando o ônibus se aproxima da costa sul, já é noite. O sol se afunda no oeste e joga sua luz vermelha pela água. Mais um pôr-do-sol bonito, porém não sou mais besta de comentar com Daniel ou qualquer outra pessoa. A praia é uma grande duna de pedras que se estende ao longe e o ônibus se encaminha direto para lá. Espero por um solavanco e então percebo que na verdade estamos em uma estrada paralela à praia. Há água vermelha dos nossos dois lados, preenchida pelo pôr-do-sol.

Portland parece uma ilha. Agiganta-se diante de uma cerração cinza ao seu redor. Onde se une ao mar, há a desolação da indústria: edifícios navais, tanques de gasolina, grandes depósitos e um vasto número de imensos lugares de cor cinza e conservadores, que devem ser reformatórios. Mas o ônibus não pára lá. Sobe a montanha íngreme, entrelaçando-se por entre as tristes casas cinzas, seu motor vibrando pela marcha lenta. Então, chegamos ao topo da montanha, olhamos para trás e vemos que estamos cercados pelo oceano. Longe, lá embaixo, está o pedaço de praia que liga Portland ao continente.

De repente, o ônibus pára diante de um alto penhasco. Todo mundo, simultaneamente, respira fundo ao perceber que estamos realmente no topo e que aquele penhasco está abaixo de nós. Na nossa frente, muros. Pesados e imponentes muros de cor cinza.

Um enorme portão entre os muros se abre e o ônibus entra. Sinto-me enjoado. O portão fecha atrás de nós.

A cerração atinge até o chão, aqui no alto. Lá fora há um ar úmido e uma sombra profunda.

Assim que meu pé toca o chão desse lugar sem idade e sem época, uma voz ruge: – Entrem na maldita fila!

Então cheguei ao reformatório.

Um cara grande olha com raiva para a nossa parca fila e grita: – Tudo o que sabiam antes de chegarem aqui, podem tratar de esquecer.

Recebemos uniformes: gravatas vermelhas e camisas listradas azuis, calças e jaquetas jeans. Então somos levados às nossas celas.

Portland não é tecnicamente uma ilha, mas parece uma quando estou sozinho na minha cela no bloco Hardy, com vista para o mar. Observo-o pela minha pequena janela com grades e percebo sua mudança de humor, de bravo para calmo e depois ameaçador. Então é assim que é a prisão. Gloucester era sociável ao seu modo, e os carcereiros não eram estressados. Agora estou completamente sozinho, num quarto pequeno, com um futuro incerto. Tem sido assim para os prisioneiros desde o início dos tempos.

Na cadeia de Gloucester, Daniel e eu fazíamos perguntas aos outros colegas de cela sempre que podíamos, e agora sabemos que a cadeia é um sistema e que precisamos entendê-lo para fazê-lo funcionar a nosso favor. Temos que subir ao topo, em vez de ficar por baixo com os indivíduos fracos, intimidados. Já sabemos que, de um lado, há uma grande quantidade de regras e regulamentos. Quebre-os e você é levado para um lugar chamado Bloco, que assusta até os caras mais durões. Do outro lado, no dia-a-dia, não há regras. É uma selva.

Daniel e eu queremos duas coisas: ficar juntos e trabalhar na cozinha. Não demorou muito para aprendermos que a área da cozinha é o melhor lugar para se ficar, e, por cinco libras e sessenta por semana, o melhor pagamento.

Dizemos aos guardas que somos primos e que Dan tem um problema com leitura, então precisa de mim para ler as cartas pessoais que recebe. E digo que sou *chef* de cozinha. Nosso esquema funciona. Somos ambos designados à cozinha, longe do mar. Shane vai para a área dos trabalhos. Estamos na Marcha, é assim que dizem quando marchamos e nos alinhamos, e eles gritam o nome de Shane e ele vai embora. Observo-o da fila. Ainda tem orelhas grandes e, embora já seja adulto agora, ainda é aquele mesmo garoto encardido, mal-amado. Lembro-me como costumava implorar ao nosso pai para assisti-lo jogar nas partidas de futebol da escola e nosso pai nunca apareceu. Queria que Shane se virasse e olhasse para mim agora. Mas ele não vira. Sinto aquela dor novamente, a dor de tristeza aguda que reservo apenas para Shane. Vejo-o cruzar o pátio até não conseguir mais distinguir seu macacão entre os demais.

No primeiro dia na cozinha, informam-nos que Dan vai limpar e eu vou preparar o café-da-manhã.

A cozinha é imensa e reluzente, com uma pesada mesa de madeira bem no meio. Somos observados por um guarda numa redoma de vidro. Eles me dão um tempo para que me organize e, então, quando o intervalo começa, os caras largam suas ferramentas e anunciam: – Iniciação!

É hora do Tribunal De Mentira. Tenho que mostrar quem sou de alguma forma, e com meus punhos.

Olham para o escritório, onde o guarda está trabalhando atrás da divisória de vidro. Ele não consegue ver dentro do banheiro, mas nós podemos ver uns aos outros lá, pois não há portas nos cubículos. Algo no modo como o guarda trabalha, com um visível grau de concentração, convence-me de que ele sabe o que está para acontecer.

Os caras me dão opções. Posso escolher alguém do mesmo tamanho e peso que eu até um de nós sangrar. Ou então todos me espancam.

Escolho um cara galês que é um pouco maior do que eu, com tatuagens no braço e no rosto. Os caras me dão um par de luvas de cozinha finas, para servirem como luvas de boxe. Lembro-me das aulas de boxe que tive quando era criança. Mais uma vez, agradeço silenciosamente à psiquiatra da escola.

Vamos para o banheiro, longe da linha de visão do guarda, onde há cheiro de urina, cuspe e sangue no chão. Ficamos em nossos cantos, com nossos aventais de cozinheiros e nossas luvas de cozinha. Estou com medo e murmuro uma oferta:

– Ouça, cara. Vamos só fingir. Não machuco você se você não me machucar.

Mas o galês não quer fazer teatrinho e mal acabo de falar quando me bate forte, bem no rosto. E agora estou com raiva, estou furioso. Então brigo, e brigo pesado. Brigo pelo meu espaço, tomado pelo medo e por uma profunda fúria que não sabia estar dentro de mim. Posso sentir meus socos pela luva de cozinha, sentir a pele do rosto dele e seus ossos debaixo de meus punhos. Reconheço o olhar fixo de medo em seus olhos. Os músculos dos meus braços se contraem como milhares de elásticos toda vez que os coloco para trás, e com cada golpe tornam-se aço.

– Vai, John! – gritam os rapazes. Não há nomes próprios na cadeia. Mas aos poucos isso vira "John-o, John-o" e, de acordo com o ritmo que cantam, vou socando a cara do galês até que seu rosto todo se contorça aos meus pés. Pulo nele e continuo a bater. Um demônio tomou conta de mim, um demônio de pura raiva incandescente.

Minha fúria permanece até haver sangue suficiente para parar a luta. O avental dele tem sangue e urina do banheiro. Ganhei. Olho para cima. Os caras estão torcendo. O guarda é surdo, aparentemente. Dou um passo para trás. Mais do que tudo, estou surpreso. De onde veio aquele John-o e para onde foi? Não sinto mais raiva. Não sinto nada. Ajudo minha vítima a se levantar.

Pelo resto do dia, todos cantam: – John-o! John-o! – Assim, passei minha iniciação e sou um dos caras. Essa é uma forma tranqüilizadora de proteção. Tenho apenas dezessete anos e o reformatório atende garotos de até vinte e um anos. A maioria deles é garoto bronco e de lugares broncos como eu. Mas alguns são extremamente perigosos: você pode dizer quem é ao olhar rapidamente. Há um lunático perigoso do exército que está aqui por estupro. Ele foi condenado um pouco antes do seu vigésimo primeiro aniversário, então ainda está aqui com vinte e dois. É durão e pula em cima de qualquer pessoa mais fraca ou qualquer um que fique no seu caminho. Não vou cruzar com ele.

Na primeira semana, Dan e eu nos lembramos que aqui tabaco é dinheiro. Fumamos metade da nossa cota, emprestamos o resto e, antes que você possa dizer selva, há rapazes por todo o bloco devendo para nós, e devendo tanto que nunca poderão nos pagar. Eles estão em nossas mãos. Rapidamente, temos tanto tabaco que não dá para fumar tudo, e pedimos aos rapazes para nos dar bolachas ou abóbora ou xampu. E deixamos claro que queremos da marca Timotei. Isso é poder.

Quando a mãe de Daniel vem nos visitar, diz aos guardas que veio ver nós dois. Na sala de visitas, há filas de mesas, mas nenhuma mesa vai se colocar entre ela e seus rapazes. Joga-se em cima de nós. Ficamos felizes em ver tamanha demonstração de amor duro, sofrido. Enxugando as lágrimas de suas rugas, coloca a mão dentro da boca e nos dá um presentinho. Dan já abriu a calça. Pega o pacote e, então, rapidamente enfia no único esconderijo possível, sua bunda, uma área que já deixou preparada com loção para bebê. Passamos o resto da visita numa mistura de ansiedade e paranóia.

A mãe de Dan sussurra para ele: – Não vou mais contrabandear esse maldito haxixe nesse lugar de novo, nunca mais!

Os homens da família dela a fizeram fazer isso. Todos já serviram de mula. Todos sabem.

– Voltarei em quinze dias – a mãe de Dan nos assegura. – E não vou trazer mais nada desse bagulho.

Mas sabemos que trará. Pode parecer uma tingida cabeça dura para outras pessoas, mas para nós é uma princesa. Ficamos triunfantes por conseguir trazer o haxixe em segurança para nossa cela. Guardamos tudo só para nós. E então, quando os guardas trancam tudo à noite, posso uma vez mais relaxar com um cigarro e sei que dormirei.

Daquela vez em diante, a mãe de Dan mantém o nosso estoque em dia. E quando a adorável Vanessa diz que vai me visitar, convenço-a também que trazer um pouco de haxixe não é uma coisa tão perigosa de se fazer.

Gosto de cozinhar e sou bom com bolos. Acordamos às 4h30 da manhã, mais ou menos dez de nós. Todos tomamos café-da-manhã juntos, na mesa enorme da cozinha. Comemos nossos sanduíches de bacon e bebemos chá; e há um grande balde de leite no meio da mesa, em que podemos mergulhar nossas xícaras. Quando termino meu turno, pego bolos e cereais escondido e pago o servente para deixar levá-los para minha cela. Durmo o dia todo. Então, acordo na hora da Socialização, hora em que podemos sociabilizar e jogar sinuca. Finalmente, fico chapado. Tenho me drogado muito, mas sempre antes de dormir. E assim que durmo, consigo encontrar um tipo de felicidade nos pequenos ritmos do meu dia. A cadeia não é tão ruim, contanto que você fique fora do Bloco.

Mas sinto muita falta do mundo exterior. Porque sei que está mudando, e está mudando sem mim. Quando novos prisioneiros chegam, falam de novas músicas, de novas drogas e de um novo cenário. A droga que todo mundo está usando agora é o LSD, ou ácido. A música é *acid house* e o cenário são as *raves*. *Raves* são festas intensas, que geralmente acontecem em locais abertos ou em algum lugar enorme fechado, como hangares de aviões; e milhares de pessoas usam ácido e dançam de acordo com a música.

Lembro-me de ter dançado a noite toda na Jug. Pareceu-me que o lugar era um pouco como as *raves*, de que todos têm me falado, só que lá era numa escala menor e a música era *rare groove*. Quanto ao ácido, já experimentei, claro. É uma droga interessante, que expande os limites, desafia as estruturas e leva a viagens incríveis, mas não sei bem por que de repente milhares de pessoas a estão usando.

Os caras falam sobre as *raves* em que estiveram e me emprestam fitas de *acid house*. Ouço cuidadosamente, mas não entendo. Não entendo como a música, a droga e o cenário se encaixam direitinho. Não vejo a hora de estar lá fora para descobrir o que está acontecendo.

Capítulo 16

Uma manhã, alguém tenta levar um sanduíche escondido para fora da cozinha. O guarda o encontra escondido no poço do elevador e fica furioso. Estamos todos encrencados. Diz que não podemos tomar café-da-manhã hoje, mas estamos com fome e queremos comer.

Vamos para o banheiro, aquele em que espanquei o cara galês com luvas de cozinha no lugar das de boxe. Depois de alguns minutos de uma discussão nervosa, chegamos a um acordo. Vamos nos recusar a trabalhar.

Os guardas batem no vidro do escritório, mandando a gente voltar ao trabalho. Dizemos: – Vão se foder!

Batem com mais força. Seus rostos mudam de repente: ficam mais vermelhos, mais largos, mais sombrios.

Dizemos: – Se não podemos tomar café-da-manhã, não vamos trabalhar.

Alguns guardas saem do escritório. Andam em direção ao banheiro com passos firmes, suas correntes e chaves ressoando com seus movimentos. Tentam abrir a porta. Colocamos os pés para impedir. Uma barricada. Na verdade, somos apenas dez crianças querendo seu café-da-manhã, mas, de acordo com as autoridades de Portland, somos uns baderneiros.

O guarda toca o sino de alerta para baderna e, de repente, há sons de grandes pés em grandes botas na porta. A entrada é forçada e, de uma vez, estão todos em cima de nós: botas, capacetes, escudos... equipamento total anti-baderna, de fato.

Somos retirados do banheiro um a um, com força cruel, e jogados ao chão. Na minha vez, meus joelhos são dobrados embaixo de mim num movimento enérgico e violento, e um cassetete é colocado no meio deles. Um outro cassetete é dolorosamente colocado sobre as minhas costas e entre os meus braços e sou carregado, a alguns centímetros do chão, de volta a minha cela. Dizem-me que vou para o Bloco.

Jogo todas as minhas coisas numa capa de colchão para serem trancadas. Não me permitem nem mesmo uma escova ou pasta de dente no Bloco. Dois guardas vêm até mim. Vão nos isolar, lidar conosco separadamente. Estou sozinho e morrendo de medo. Não sei o que me aguarda, mas sei que vai ser ruim.

Levam-me para o Bloco e é como ir para a masmorra, pois é a parte mais antiga da cadeia. Há um entalhe no degrau que foi raspado por muitos anos e a placa do lado de fora está em branco, pois muitas mãos ocupadas a poliram até sair.

Tenho que descer os degraus para passar pela porta. Vejo uma fila de guardas esperando.

– Entre, seu cretino! – gritam. A porta se fecha atrás de mim e meus pés não tocam o chão. Os guardas me carregam, segurando-me pelos dedões. Sou jogado numa cela e atirado contra a parede. Escorrego por ela e eles gritam para que me levante, e quando me levanto há seis guardas dentro da minha minúscula cela de pedra. Eles pulam sobre mim, arrancam minha camisa e me algemam. Abaixam minhas calças e minha cueca até o tornozelo e, quando fico pelado e indefeso, me batem. É uma surra de verdade. Usam seus punhos, joelhos e cotovelos. Olho para cima e vejo um guarda que me é familiar. Ele é cristão; pelo menos, está sempre declamando coisas de cristão. Mas agora está sorrindo, e a pequena cruz sagrada na sua gravata brilha. Está gostando, talvez até tendo satisfação sexual ao olhar um adolescente pelado e humilhado sofrer. Fecho meus olhos. Qualquer coisa poderia acontecer, pois agora entendo que estou longe do regime organizado do resto da prisão. Estou na cadeia dentro da cadeia. Alguns guardas criaram seu próprio mundo secreto, deturpado, regido por suas próprias regras, onde podem fazer o que quiserem comigo e ninguém vai saber. Mantenho meus olhos bem fechados. Estou nos galhos de uma árvore alta, olhando para baixo e vendo seis homens baterem num rapaz assustado.

A surra continua e continua. E então, quando finalmente termina, eles me dão instruções. O chão está coberto por azulejos de borracha e dizem que tenho que ficar em pé nos dois azulejos do fundo, à esquerda, sempre que os ouvir abrirem a porta. Tenho de ficar em pé com atenção, com as mãos nas pernas, como se estivesse na Marcha, e devo dizer meu nome, número e casa.

Então eles saem e me deixam pelado. Tremo. É dezembro e a pequena janela alta está totalmente aberta. Está coberta por uma grade e, não importa o quanto eu tente, é impossível colocar a mão pela grade para fechar a janela.

As paredes têm as camadas de pedra branco-acinzentadas de Portland. E, além de um penico, um pano de chão e um papelão, não há mais nada na cela. O papelão está lá porque, provavelmente, há alguma lei de direitos humanos que diz que toda cela deve ter uma cadeira e uma mesa. Mas não dá para sentar numa cadeira de papelão. E para que uso minha mesa de papelão?

Não posso fumar. Não posso fazer nada. E, na hora do jantar – sei disso apenas pelo meu estômago, não há outra maneira de marcar o tempo –, ouço a porta e pulo para os meus dois azulejos.

– Johnson, WM1702, Casa Raleigh, senhor!

– Jantar! – grita o guarda. Entra, agarra minha cabeça, empurra-a para baixo e aperta minhas têmporas até eu pensar que seus dedos vão entrar no meu cérebro. Continua gritando, embora esteja a meio centímetro de distância do meu rosto.

– Pegue seu jantar! Agora!

Tento sair da cela, mas ele me pára de uma vez.

– Certo, quando eu disser corra, quero que você corra. E quando eu disser corra, quero ver seu maldito rosto, seu cretino maldito.

Volto para meus dois azulejos especiais e me preparo para correr. Meu corpo diz corra. Meu rosto diz corra. Ele grita e corro para a porta, mas sou parado quase que imediatamente.

– Pare! Eu não mandei você sair da maldita cela, mandei? Você corre para mim. Você corre bem para mim. O mais rápido que conseguir. E lembre-se, quero ver sua maldita cara.

Hesito porque não sei que tipo de jogo é esse, mas ouvi as instruções e não quero outra surra. Estou apavorado. Volto rapidamente para meu lugar e corro para ele, rosto para frente e dentes à mostra. Ele pega meu corpo e me joga para fora da cela, usando a força do meu próprio ímpeto. Bato com tudo, rebato-me contra a parede e corro de novo, corro como um maníaco pela passagem antiga até chegar em outro guarda que me joga de novo, e então outro. No final dessa corrida, está o jantar. Um guarda joga para mim e tenho que correr de volta com ele. O jantar vai para todo lado. Cai em mim, no chão, mas continuo correndo. Estou pelado e os guardas riem de mim.

– Olha o tamanho do pinto dele! – gritam. – Ah, pintinho! Pintinho de merda!

Então fecham a minha porta e sento pelado, comendo o que restou do meu jantar.

Está escuro lá fora e estou com muito frio. Tento fechar a janela de novo e não consigo. Há um cano quente na cela, na parede de trás, embaixo da janela. Pressiono meu corpo contra ele para conseguir calor. Só dá para aquecer um pouco da pele de cada vez, mas já é alguma coisa.

Voltam mais tarde e vêem as marcas vermelhas que o vapor deixou. Então me batem de novo. Você não pode se aquecer.

Mais tarde, a porta se abre uma vez mais, vou para os meus azulejos e digo meu nome e número; estou tremendo de medo e também de frio. Sempre que eles abrem a porta, não dá para imaginar o que vai acontecer. Mas dessa vez uma figura menor entra, cuidadosa e silenciosamente. O padre.

Ele vê meu terror. Já viu isso antes, em cada cela, toda noite. – Está tudo bem – diz. – Não vou te machucar.

Olha meus ferimentos, estudando-me com preocupação nos olhos. Deram-me um short de ginástica, senão estaria pelado até agora. Até o padre treme. Pergunta se eu estou bem, se gostaria de conversar, se poderia fazer alguma coisa. Talvez pudesse rezar comigo? Digo: – Não, obrigado, padre. – sai, ainda parecendo preocupado.

Os guardas jogam um colchão e um cobertor. O colchão é bem fino. Deito no chão e tremo debaixo do meu cobertor. Há um silêncio profundo, quebrado ocasionalmente por gritos. Alguém está sendo espancado no final do corredor. Mais tarde, bem distante, posso ouvir o que parece um animal ferido ou um garotinho chorando. Mas não choro. Sei que logo será Natal, então chegarei ao meu décimo oitavo aniversário.

Há inspeção esta manhã, um processo nojento, pois tenho que me limpar com o trapo que eles me deram para ser usado como papel higiênico.

– Hora de fazer a cama, seu bosta! – grita um guarda. Tenho que dobrar tudo, incluindo minhas roupas, num quadrado perfeito com as pontas afiadas como uma lâmina de barbeador – Livro! – grita o guarda, e tenho que correr pelo corredor até a prateleira, pegar um livro e, sem tempo nem mesmo para ver o título, correr de volta. Os livros são romances e juro que, sem exceção, todos têm as últimas dez páginas arrancadas. Malditos.

Toda vez que corro pelo corredor, tenho um microssegundo para maravilhar-me com sua limpeza. Olho para cima e vejo que até os canos de cobre no teto estão reluzentes. Demoro um pouco para entender que, silenciosamente e muito ocupado, fora da minha cela, um exército de serventes está esfregando e polindo. São os pedófilos, os criminosos sexuais, que são mantidos no Bloco para sua própria proteção, mas com liberdade dentro dele. E gostam de manter o local cintilando.

Com exceção dos breves intervalos de correria ou violência, fico na minha minúscula cela o dia todo, sem roupas. Depois de alguns dias, não consigo nem ler o livro que peguei de manhã. Não consigo me concentrar em nada. Conto as pedras da parede várias vezes (142 de cada lado). Corro em volta, cantando todas as músicas que sei, e depois invento outras. Grito, danço, canto, pulo. Danço *break*. Danço pop. Faço movimentos de robô. Canto mais um pouco. Então minha mente fica entorpecida demais até mesmo para isso e só pulo em silêncio para me manter aquecido. Continuo tentando fechar a janela, mas sem sucesso.

Um dia me deixam escrever cartas. Geralmente recebo muitas de Vanessa e tento escrever de volta, não cartas contando que a amo e pedindo para me esperar (sou muito durão para esse tipo de coisa). Mas Vanessa é uma das poucas pessoas que sabem que há um outro Mark, então quando escrevo tento mostrar que sou mais do que um criminoso. Conto o quanto eu quero mudar. E ela parece entender. Hoje lhe escrevo da forma mais aberta e honesta que sei. E escrevo para Kirsty, a garota que conheci na faculdade de arte. Nosso relacionamento foi curto, mas agora, nessa pequena cela, preciso me comunicar. Kirsty não é apenas uma cabeleireira, mas uma consultora de cabelos, com batom vermelho brilhante e roupas modernas. Mora com seus pais ricos em Wolverhampton. Não declaro amor eterno a Kirsty também, mas falo em vê-la ao sair daqui.

É claro que os guardas lêem minhas cartas. Então aprontam uma comigo: colocam a carta de Vanessa no envelope da Kirsty. Mandam a carta da Kirsty para a Vanessa. Sei o que aconteceu, pois quase que imediatamente recebo duas cartas de fim de relacionamento, trazidas a mim por um guarda feliz e sorridente. Quase chego a chorar. Agora estou realmente sozinho neste frio quarto vazio. Perdi Vanessa.

Minha mãe me visita, com Bethany. Eu mal as vi desde que saí de casa, mas como estou no Bloco, só tenho permissão para quinze minutos com elas. Mamãe e Bethany viajaram mil e quinhentos quilômetros de Lakes até Portland e só têm quinze minutos comigo. Shane já está sentado com elas e sou levado até lá. Mamãe e Bethany vêem meus cortes, meus machucados e o olho roxo. Começam a chorar. Tento explicar sobre o Bloco. Shane sabe dele, claro, mas fica chocado também.

Minha mãe diz, entre as lágrimas, que vai escrever para a primeira-ministra, Sra. Thatcher. Peço que não faça isso, pois poderia deixar as coisas até piores para mim.

Tem tempo de me dizer que Kelly deixou seu namorado e se mudou para Lakes. Ah, Mamãe e Papai estão formalmente divorciados, finalmente. Balanço a cabeça. Já havia aprendido, uns mil anos atrás, quando estava na faculdade, que eles no fim concordariam em parar de torturar um ao outro. E não porque Mamãe mandaria Papai embora, mas porque Papai tem uma namorada e ela está grávida. Agora ele está com sua nova companheira, em Durham. Mamãe disse que a casa da fazenda foi vendida e ela e Bethany vivem em Kendal. Então chega a minha hora de voltar ao isolamento. Não olho para elas quando o guarda me tira de lá.

Nos meus dez dias de Bloco, tenho dez minutos para me exercitar no minúsculo pátio. E está chovendo. O resto do tempo, estou isolado. O silêncio é infinito. O tédio, a depressão, a tristeza e o medo são infinitos também.

Meu momento mais feliz é quando um guarda aparece com um saco de batatas para eu descascar. Então deve ser Natal. Fico grato porque ele me deu algo para fazer e parece que está sendo bom. Mas, na maior parte do tempo, os guardas são cruéis, sádicos e imprevisíveis. Eles aterrorizam com a constante ameaça de violência. Tudo me parece muito familiar.

Quando finalmente posso voltar ao meu antigo bloco, vejo que Daniel arrumou as coisas para que eu fique numa cela próxima à dele. A nova cela parece estranha e inadequada. A princípio fico desconfortável e desorientado. Qualquer mudança, na prisão, é traumática, mesmo uma troca para uma cela melhor, pois perturba a rotina que te mantém são e lembra que você não tem o controle. Alguém pendurou suas fotografias nas paredes com pasta de dente, e você pode ver os fantasmas da presença deles e deve aprender a viver com eles.

Quando o guarda aparece, carregando a capa de colchão com minhas coisas dentro, começo a me sentir em casa. Pego meu radinho, ligo e deito na cama. Está tocando Sinéad O' Connor e ela canta "Nothing Compares 2 U". Fecho meus olhos e relaxo. Sinto-me como se tivesse acabado de sair da cadeia.

Capítulo 17

Vou ser diferente. Vou mudar. Estou no trem para Weymouth, onde os prisioneiros são soltos. Vou ser diferente. Vou mudar. Passamos pela praia, pela estrada e olho para o horizonte sem acreditar. O planeta Terra era tão grande antes? Suas cores eram tão vivas? A imensidão do mar me lembra como meu mundo foi pequeno nos últimos oito meses. Respiro bem fundo e sinto o cheiro da liberdade.

Somos seis no microônibus e todos com envelopes marrons de trinta libras no bolso. Tenho uma aparência horrível, porque estou usando as roupas que usei quando recebi minha condenação: o casaco rasgado de pele de coelho e uma calça de moletom.

Descemos na estação de trem de Weymouth. Sinto-me leve. Carreguei uma carga pesada por oito meses e de repente não carrego mais. A maioria de nós vai imediatamente para a loja de bebidas alcoólicas, convenientemente instalada em frente ao estacionamento. Compro Cerveja Especial. Fecho meus olhos ao sentir o refrescante líquido gelado escorregando pela minha garganta. Nunca teve um gosto tão bom antes. É como voltar para o seu melhor amigo, seu amor perdido há muito tempo, suas roupas mais confortáveis, seu lugar favorito. Sinto uma confusão familiar e acolhedora se espalhando pelo meu corpo e na minha cabeça. Então, pego um trem para Birmingham.

Tive bastante tempo para decidir para onde ir ao ser solto. Dan já voltou para Kidderminster, pois minha sentença foi prolongada, depois do tumulto na cozinha. Mas se for lá, sei o que acontecerá: vou cair de cabeça naquela vida louca que deixei para trás. Provavelmente, a melhor coisa que tenho a fazer é voltar para Mamãe e tentar me estabelecer num emprego em Kendal, usando minhas novas habilidades culinárias. Mas, primeiramente, vou visitar uma garota. Vanessa ainda está brava comigo, depois de ter lido minha carta para Kirsty. Mas Kirsty me perdoou e prometeu me mostrar o que estive perdendo. E vai me ajudar a encontrar um visual novo, do cabelo às roupas que devo vestir.

É 1989 e sinto como se tivesse passado minha vida toda na cadeia. Transamos muito, mas a transa não é boa. É estranha e desconfortável, porque não me lembro dela de verdade, não me lembro do seu corpo. Mas quando mergulho numa cama de verdade, com roupa de cama macia e travesseiro macio, sinto como se minha vida tivesse mudado de monocromática para colorida.

Kirsty corta meu cabelo num estilo da moda, para frente com uma franja horizontal. Vamos às compras e compramos um casaco verde-sapo, com capuz de sapo. E boca larga. Tenho que ter calças de boca larga. Finalmente, ao ficar equipado, vou para a minha primeira *rave*. Mas, a essa altura, Kirsty e eu estamos infelizes. É óbvio para nós dois que nosso relacionamento acabou há muito tempo e não sabemos porque estamos fazendo isso. Vou para Kendal.

Mamãe e Bethany estão morando numa casa em uma viela de paralelepípedos chamada Shambles. Ficam felizes ao me ver. Bethany tem doze anos e parece uma criança, pulando em mim de alegria. Não gosto de toda essa afetividade. Não mostramos isso em nossa família e, quando Bethany me abraça, sinto-me mal. Olho para ela, uma criança indefesa, e ela me faz lembrar como era isso anos atrás para mim, Shane e Kelly. Visito Kelly, que também está em Kendal. Ela agora vive sozinha com seus dois filhos, um deles recém-nascido.

Digo à família que vou mudar e começo a procurar um emprego imediatamente. Meu amigo Ian mudou-se com sua família, mas há outros amigos e, ao perceber folhetos anunciando o lugar de uma *rave* em Blackburn, temos de ir.

Assim que chegamos perto de Blackburn, pegamos um engarrafamento. Há todo tipo de carro, de Mercedes a Fusca, e cidade está apinhada de gente. Os sons dos carros tocam alto, as pessoas ficam nos tetos solares ou se empolgam bem no meio da rua; algumas até tiram as roupas. O doce cheiro da maconha circula mais rápido que o trânsito. Há assobios, música, gritos e amassos, enquanto o farol muda de vermelho para verde e para vermelho de novo, sem que ninguém se mexa. A festa está acontecendo lá mesmo.

Os policiais estão perplexos. Ninguém disse para eles que aconteceria algo em Blackburn esta noite.

Finalmente chegamos a um vasto campo escuro. Ninguém pede para pagarmos. Nunca vi tanta gente, todos jovens como eu e todos usando ácido e dançando. Gosto. Adoro. Faço parte.

Ao usar ácido, tudo o que achava que sabia torna-se desconhecido. Minha vida não tem sido nada além de superficial e entediante, foi dominada pelas pequenas rotinas imbecis da cadeia e agora foi substituída por um mundo colorido, vital, primordial. Parece-me que as verdades foram reveladas, que após todos esses meses pensando, na cadeia, entro em um novo estado mental, com novas possibilidades e novas esperanças. A música me prende, com sua repetitiva batida primitiva. A experiência é hipnotizante. Algumas vezes parece transcendental. Beber, brigar e transar com alguém de quem você não consegue se lembrar pela manhã é parte de uma velha cultura e, desse momento em diante, algo que parece desagradável e superficial. Agora entendo o que são as *raves*. São a novidade, são o agora, são uma revolução.

Depois disso, fica difícil me acalmar para conseguir um emprego. Mas logo encontro um: vou ser cozinheiro num hotel. Toda manhã eu levanto cedo e depois eu bebo o meu salário até tarde. Bebo muito e fico muito bêbado. Uma noite, faço xixi na cama. Isso é a gota d'água para Mamãe.

– Você ficou igual a seu pai – diz. E pede que eu vá embora.

Por algumas noites, durmo num carro e me pergunto se há mais na vida do que desdobrar meu corpo dolorido de manhã e cambalear para um emprego sem graça, com outras pessoas de rostos sombrios. Então penso: foda-se. Afinal de contas, estive no Bloco, então devo ser mesmo muito mau. Pego o próximo ônibus para Kidderminster, onde meu amigo e irmão Daniel estão esperando por mim para retomar a vida louca que nos levou para a cadeia.

A mãe de Dan fica muito feliz em me ver e me deixa ficar lá. Ela parece entender que Dan e eu somos irmãos de verdade, pois dividimos uma cela. E, a partir de então, estamos sempre juntos.

Começamos a roubar e traficar, tudo de novo, mas dessa vez somos mais duros, muito mais duros, e nossos crimes são mais cínicos. Mudei e sei disso. Faculdade de arte? Aquela idéia louca de um dia me tornar um artista? Bem, isso foi arrancado de mim com as surras. Na cadeia, aprendemos a viver com a nossa esperteza, a manipular as pessoas e a usar violência e retaliação como meios de sobrevivência rotineiros. E agradeço ao Bloco por ter me transformado num especialista em brutalidade. Que grande centro de treinamento Portland foi para uma vida de crime: é muito mais fácil agora fazer essas coisas e não sentir náuseas.

Em apenas uma questão de dias, estou novamente com os irmãos loucos, Jake e Glen, e com seus amigos. Não quero me comportar assim. Minha própria impotência decide me sobrepujar.

A melhor coisa é que Vanessa me perdoa. Olho para seu doce rosto simétrico e digo que sinto muito, e mais uma vez ela vê, através do Mark criminoso, que há outro Mark que precisa dela, mas não consegue admitir. Ela sorri. Ainda me ama. Mais uma vez faço da sua casa meu santuário. Mas, na maior parte das vezes, as drogas são meu santuário. As drogas da minha escolha são Cerveja Especial e anfetaminas. Anfetaminas fazem com que você consiga beber grandes quantidades sem realmente ficar bêbado, e além disso você consegue uma euforia extra. O lado negativo é que essa pode ser uma combinação psicótica. Você não é um bêbado feliz. Distorce as coisas na sua mente, fica paranóico e faz coisas que normalmente não faria.

Um dia, tomamos Cerveja Especial e ficamos chapados com anfetaminas, como sempre, quando um homem se aproxima de nós no parque. Michael é muito velho, tem mais de trinta e veste terno e abotoadoras elegantes. Ele é um trapaceiro conhecido e diz que quer falar conosco sobre uma proposta de trabalho. Nossas mentes voam, conforme ele nos conta sobre um corretor de seguros que estará em Kidderminster hoje. Trará consigo muito dinheiro, cartões de crédito e alguns talões de cheque comerciais muito úteis, que Michael não encontrará dificuldade em transformar em dinheiro.

Concordamos com a cabeça. Isso já parece bom. Somos maus e precisamos bancar nosso vício de drogas, portanto, certamente estamos a fim de um crime fácil. Já fomos para a cadeia, então sabe que somos criminosos.

Michael diz que precisa de dois caras rápidos, jovens espertos para separar esse corretor do conteúdo do seu bolso. Se pegarmos o serviço, seremos recompensados.

Cheios de energia e ousadia, seguimos Michael até um bar, perto do centro da cidade, e ele nos diz para esperar enquanto entra. Mais tarde, sai e nos dá um sinal, apontando para um homem que desce a rua principal. Alto, ereto, blazer azul e calça cinza, cabelo branqueando nas têmporas.

Seguimos o corretor de seguros pela rua. Estamos muito excitados; a anfetamina faz nosso sangue bombear de forma mais dura em nossos corpos. Daniel fica rindo; sempre ri quando está com medo. O corretor continua descendo a rua e andamos atrás dele, tentando parecer normais, tentando parecer que não estamos agitados. O homem vai para a passagem subterrânea de pedestres, na grande rotatória. Lembro-me de ter escorregado os degraus numa bandeja quando era criança.

Quando ele está embaixo da rotatória, entra no banheiro público. Nós o seguimos e a atmosfera muda. Está fria, com ecos e escura. É o lugar bem certo para fazermos o tipo de coisa que vamos fazer. Ele caminha para o urinol e, assim que chega lá, estamos bem atrás dele. Coloco um braço ao redor do seu pescoço e o pé nas suas pernas, uma posição que aprendi no passado. O homem luta. Bato sua cabeça contra a parede, com força, e ele fica imóvel. Seguro-o rapidamente, seu caro blazer azul me pressiona de forma que veja até a costura. – Se você não se mexer, ficará bem – digo. Ele diz que tudo bem e não se mexe enquanto Daniel remexe seus bolsos e pega sua carteira. A coisa toda só leva alguns segundos e é excitante como uma montanha russa.

Assim que o solto, o homem gira e tenta me pegar. Daniel o pega e mostra uma faca. Nem sabia que Daniel estava carregando uma faca. Há um esguicho de sangue e, de repente, está por toda parte, colorindo o chão do banheiro de vermelho, cobrindo as paredes, manchando a minha roupa. O homem cai. Não está mais em pé. Está se afundando no urinol e nos viramos e corremos de volta pela passagem subterrânea para o parque. Uma mulher está andando com suas compras. Dan a empurra contra a parede, suas sacolas caem e suas compras se espalham por tudo. Dan ri como um psicopata.

Corremos para o parque. Debaixo de uma árvore, tiramos o dinheiro para nós. Não procuramos Michael. Vamos para casa e ficamos calados com a carteira; quando a euforia diminui um pouco, começo a sentir lá no fundo um medo profundo e corrosivo, achando que matamos o corretor de seguros. Estou assustado. E algo mais me assusta também. Machuquei e possivelmente matei um homem, e não sinto nada. Foi como se outra pessoa tivesse feito isso, não eu. Como quando meu pai ou os guardas em Portland me batiam. Estava tudo acontecendo com uma outra pessoa.

Michael aparece no dia seguinte. Damos os cartões para ele e nos leva às lojas para comprar as coisas que quisermos, como roupas e jóias. Compro uma camiseta clara, calças amarelas, botas beges. Começamos a ir a *raves* numa discoteca de Birmingham chamada Humming Bird, onde a música é *acid house*, a droga é ácido e todos usam bizarras roupas coloridas.

Algumas semanas depois, Michael é preso por tentar passar um dos cheques do corretor de seguros. Entrega-nos totalmente. Na delegacia, ficamos sabendo que o suposto corretor de seguros era um aposentado. Bem, não parecia tão velho. Graças a Deus não morreu, embora aparentemente Daniel tenha arrancado um pedaço da sua orelha. Então Michael havia inventado a história do corretor de seguros; só entrou num bar e escolheu uma vítima que parecia ter dinheiro. Michael é um trapaceiro e certamente nos trapaceou.

Nego todo o conhecimento do crime por dois dias de interrogatório, mas no segundo dia rendo-me ao fato de que retornarei à cadeia. Quando a polícia diz que vai às lojas em que Michael comprou as roupas para nós, eu desisto. Sei que fomos filmados pelas câmeras de segurança.

Conto à policia tudo o que aconteceu, mas deixo de lado o uso das drogas. Aprendi, na minha última condenação, que se você deixar escapar um certo grau de incoerência, vão tentar alegar o que quiserem sobre você. É um sistema e estou jogando.

A acusação é Roubo com Violência e somos levados diante de três magistrados. A juíza encarregada é uma senhora bem velha, deve ter pelo menos uns noventa anos. É como um filme, pois sinto como se estivesse observando uma outra pessoa em vez de estar realmente lá. A juíza me diz que fui acusado de um crime hediondo e que as ruas não estão seguras comigo nelas. Diz que sou uma pessoa violenta. Olho para ela sem acreditar. Penso: mas você não me conhece!

Ela diz que o tribunal não é grande o suficiente para tratar do nosso crime, e isso deve significar que ficaremos presos por mais de um ano: a polícia falou em cinco anos. De repente, fica difícil respirar. Há uma pausa longa antes da minha saída. Dan está comigo e recobra a compostura primeiro. Quando nos viramos, exibimos nossa velha ousadia. Ouço alguém rir e mandar a juíza se foder. Não sei de quem é a voz, se de Dan ou minha. Por dentro, estou desolado.

Então eu estou de volta, menos de dois meses de ter sido solto. O centro de detenção é em Redditch. A última vez que fui para Redditch foi para visitar os Allbuts; e brinquei na mata o dia todo, vendo uma lebre correr pelo campo cultivado. A beleza daquela imagem me dá prazer até agora. Imagino se os Allbuts ainda moram lá. Estão a poucos quilômetros de distância, mas podem muito bem estar do outro lado do continente.

Depois de quatro meses, sou condenado por dois anos e meio. O juiz diz que foi um crime desprezível.

18 Capítulo

Sou levado a uma cadeia para jovens transgressores em Rugby. Tenho uma cela individual e conto com as visitas de Vanessa, de meu irmão Shane e da mãe de Dan, que me fornece um estoque de maconha para toda noite. É uma boa cadeia, com guardas decentes e, algumas vezes, até mesmo vasos sanitários com descargas. Mas conforme o fim do ano se aproxima, o confinamento começa a me incomodar. Sinto-me irritado. Não consigo me acalmar. Não considero mais o cigarro de maconha uma experiência relaxante: apenas me dá ansiedade. Tenho ataques de pânico e suo de terror na minha cela. Estou ansioso por ser solto. Não sei como eu posso mudar. Vanessa é minha namorada. Vou voltar para Kidderminster com ela? Se fizer isso, volto direto para cá.

Faço todas essas perguntas ao ser interrogado por uma oficial da liberdade condicional no final do meu primeiro ano aqui. É uma funcionária pública de meia-idade, de classe média. Ela segue adiante.

– Admita, Mark, você tem um problema com as drogas.

Olho para ela.

– Não tenho.

– Você cometeu um crime que mal consegue se lembrar. Havia saído há dois meses e, totalmente drogado, cometeu outro crime. Seu vício nas drogas custou-lhe dois anos da sua juventude. Não dá para admitir que você tem um problema?

Engulo seco.

– Bem – tusso. Há uma longa pausa. Ela espera. – Quando você coloca dessa forma, provavelmente tenho.

– E quando você sair, pode acontecer tudo de novo. Você precisa de ajuda, não é Mark?

Algo em seu tom sugere que vai me fazer uma proposta. Sinto o cheiro de algo. Sinto um desvio.

– Sim – digo. – Preciso de ajuda.

– O que você fazia antes da sua primeira condenação? Você tinha um emprego?

Digo a ela que estava na faculdade de arte. Quero rir de mim mesmo, rir e chorar, quando admito, tropegamente, que esperava me tornar um artista.

Ela ouve. Então sugere que em vez de completar minha sentença na cadeia, eu vá para um centro de reabilitação de drogados em Birmingham. Essa mulher está dizendo que eu posso sair da prisão. Mal posso acreditar em meus ouvidos.

– Há condições – avisa-me. – Você não pode beber ou usar qualquer coisa na reabilitação. Se fizer, voltará direto para cá para completar sua pena.

Digo: – Quero tentar – e quero mesmo. Não quero só sair da cadeia. Realmente quero mudar. Preciso ir a algum lugar em que possa ter uma vida longe da ferrovia em que comecei. A oficial da condicional está me oferecendo uma casa segura.

Assim que Dan fica sabendo disso, diz ao Serviço de Liberdade Condicional que tem um problema com as drogas e precisa urgentemente de reabilitação. Eles o ignoram.

Minha ansiedade por deixar a cadeia é aguda. Estou nervoso no trem. Vejo, pela janela, o maravilhoso frescor do mundo. Tudo na cadeia é velho e aqui fora as cores são tão vívidas que parecem pular em mim.

Um oficial da condicional me leva para uma casa bonita e enorme em Edgebaston. A casa foi recentemente reformada por uma instituição de caridade de combate às drogas chamada Turning Point e foi inaugurada pela Princesa Diana. Tem tetos altos, janelas do chão ao teto, terraços e jardins. Alguém me diz que J. R. R. Tolkien escreveu *O Senhor dos Anéis* no jardim e, ao andar lá fora, vejo luzes com ornamentos antigos e estranhos embaixo dos arbustos.

Intimidado pelo tamanho da casa, vou para o meu quarto e deito na minha cama, porque parece ser o único lugar seguro para estar. Na outra cama, há um homem tremendo e gemendo, chutando as pernas, dançando, falando consigo mesmo.

Sei o que é; já vi isso antes. É viciado em heroína e esses são os sintomas da abstinência. É a chamada fissura.

– Não uso nada há uma semana – diz.

Meu orientador, Hugh, aparece; levanto rapidamente e começo a dobrar meus lençóis, como se estivesse na arrumação de cama da prisão.

– Ei! – diz Hugh, sorrindo. Ele tem uns dez anos a mais do que eu, usa um corte de cabelo da moda e jeans. – Relaxe, aqui não é a cadeia! Quero falar com você sobre o tipo de arte que te interessa. Recentemente obtive meu bacharelado em artes, na verdade.

Sento na cama de novo.

Hugh me explica como o centro funciona. Todos os funcionários são assistentes sociais ou da área de saúde mental. Acreditam que o vício em drogas é resultado de condições ambientais e familiares.

– O vício é uma resposta aprendida – ele me diz. – Pensamos que, com o tratamento adequado, possa ser desaprendida.

Isso parece simples demais. Exceto pelo fato de não me ver como um viciado em drogas. Joe, deitado, fissurado na cama ao lado da minha por não conseguir tirar suas mãos da heroína, ele sim é um viciado. Usei muitas drogas, provavelmente mais do que muitas pessoas, mas não sou como ele. Além disso, não tenho intenção de colocar um breque a longo prazo no meu uso de drogas. Viver sem bebidas ou drogas seria como viver sem pernas ou dedos. Impensável. Além da minha imaginação.

Hugh estava certo ao dizer que esse lugar não é a cadeia. Não há travas nas portas. Posso sair. Dão-nos dinheiro, em vez de nos fazer trabalhar por ele. Há passeios, grupos de história da vida e grupos para falar sobre como você se sente. Recebo um questionário para preencher, com uma lista de palavras no lado esquerdo. No lado direito, tenho que escrever o que essas palavras significam para mim. As palavras são Impotência, Desesperança, Desonestidade...

Estou confuso. Não sei o que querem que escreva sobre Desonestidade. Viro para um cara à minha direita e uso as técnicas para colar nas provas que desenvolvi na escola: olho rapidamente para o papel dele. Rascunho uma versão modificada na folha de respostas. É isso o que Desonestidade significa para mim.

Nos primeiros meses, continuo ansioso. A adaptação de um regime prisional para este mundo liberal me assusta. Comi sozinho numa cela por tanto tempo que tenho medo de fazer as refeições na frente de outras pessoas. Não sei bem como me comportar. E não sei como me relacionar com outros companheiros sem o comportamento da cadeia: ou seja, manipulação, ameaças ou violência. Além disso, por muito tempo até agora, tem sido Dan e eu contra o mundo e agora sou apenas eu.

Aos poucos começo a relaxar e a pertencer à vida da casa. Os assistentes sociais são como pais afáveis, se não incapacitados. Mas as relações com os companheiros são complexas. A maioria está dormindo junto. Há um padrão complicado de namoradas e namorados e, depois de algumas semanas, tudo muda; alguns estão magoados, outros estão com raiva, e a dinâmica da casa fica diferente por um tempo. Depois nos acalmamos até a próxima mudança. Vanessa, que me fornecia haxixe na maior parte do tempo das duas prisões, vem me ver com freqüência. Até conseguimos dormir juntos. Mas tenho namoradas na casa. E a melhor delas é Jodie.

Jodie é uma prostituta negra, estonteante, viciada em crack. É engraçada e animada, ri muito e é boa para todo mundo. É cinco anos mais velha do que eu, mas rapidamente descubro que debaixo daquele exterior risonho, seu estilo jamaicano extrovertido, há uma tristeza profunda. Algo nessa tristeza conecta-se a minha própria tristeza interior.

Jodie apresenta-se de forma muito sexual: praticamente tudo o que diz e faz tem um subtexto sexual. Foi severamente abusada sexual e psicologicamente por toda a sua vida e, agora que está viciada em crack, a prostituição é a única oportunidade de carreira que fornecerá a quantidade de dinheiro necessária para financiar o seu vício. Está na reabilitação porque, como todo viciado, realmente quer parar. Ou só dar um tempo nas tristezas diárias do vício nas drogas. Mas qualquer um pode ver que as chances de recuperação de Jodie são mínimas. Na verdade, esse lugar é mais como uma trégua para ela. Embora não use drogas na reabilitação, como a maioria de nós, ela está esperando pelo dia em que vai sair para poder usar drogas novamente.

Além de Jodie, a melhor coisa na reabilitação é o espaço de arte. Fico lá a maior parte do tempo. Hugh trabalha comigo bem de perto, discutindo idéias, sugerindo materiais. Faço rascunhos, pinturas e algumas coisas com argila, mas meu novo amor é a fotografia. Por sugestão de Hugh, candidato-me ao Programa de Financiamento do Príncipe para conseguir dinheiro para comprar uma boa câmera. Com ela, tiro fotos por Birmingham, e algumas são aceitas para uma exposição. Minha predileta é a de três mendigos apoiando-se uns nos outros num banco, com seu cachorro e sua cidra. Você olha para os rostos deles e cada um conta uma história, e você imagina como eles vivem nas ruas. Fizeram uma série de escolhas ou de erros?

Recebo uma proposta de trabalho fotográfico. Há um grande evento beneficente de moda em Birmingham e sou pago para tirar as fotos oficiais. Jodie vem comigo. Usa um vestido preto com pequenas contas e está fantástica. É logo rodeada por homens de gravatas pretas. Tiro fotos das modelos e da riqueza do coquetel oferecido depois. Todos estão vestidos como personagens da novela Dinastia. Quando termino, vou direto para a câmara escura. Jodie não vem comigo. Ela fica lá, enxugando um copo de champanhe atrás do outro. Aparece na reabilitação no dia seguinte, toda descabelada e fedendo a álcool. Você não pode ficar bêbado na reabilitação, então a expulsam.

Quando chega a minha hora de sair, vou direto para a loja de bebidas alcoólicas. Todos nós fazemos isso. Ficamos na reabilitação falando sobre o que vamos usar quando sairmos e nenhum de nós considerou desistir de vez. Os assistentes sociais, bons de coração, mas desorientados, tentaram nos convencer a parar, mas, pelo que sabemos, não obtiveram sucesso com nenhum de nós. Nós todos nos referimos ao nosso vício nas drogas como controlável. Para nós, as drogas não são um problema que precisa ser resolvido.

Entretanto, não posso dizer que a reabilitação foi uma completa perda de tempo. Foi bem melhor do que a cadeia, pois encontrei Jodie e fiz vários trabalhos de arte. E tive tempo de decidir que não quero mais viver como bandido com Dan, em Kidderminster. Sei que não quero passar o resto da minha vida perambulando pelas casas feias em que fui criado, bebendo e roubando. Tomo a consciente decisão de sair do trem e mudar de estação.

Escrevo para Daniel, que ainda está na prisão, dizendo que vou ficar em Birmingham e mudar minha vida. Certamente seremos sempre amigos, mas minha vida vai tomar um curso diferente agora. E explico a Vanessa que vou deixá-la. Ela chora. Seu rosto doce se contorce. Passou os últimos dois anos me visitando na cadeia e, agora que saio, digo que estou em outra.

– Por quê? – ela pergunta, com o rosto molhado.

Não consigo olhar para ela. Não sei como explicar que seu destino está num caminho e o meu em outro. Não posso dizer que não quero mais estar no mesmo trem que ela, que é minha hora de mudar de uma boa e conveniente vendedora para alguém mais excitante: uma prostituta viciada em crack.

19

Capítulo

Uma associação de casas populares oferece-me um apartamento em Birmingham. Gosto de lá. Adoro a agitação da cidade ao meu redor. E, depois de um longo período de abstinência, estou pronto para consumir enormes quantidades de drogas.

Vou direto para a casa de Jodie, que já saiu há algumas semanas. Sei que uma das primeiras coisas que vamos fazer juntos é fumar crack.

Ela mora num quarto surrado, numa casa caindo aos pedaços na rua Murdock, no bairro caindo aos pedaços de Handsworth. A escada tem um carpete grosso que cheira mofo e o quarto é sujo e quase vazio. Não posso dizer que realmente more lá porque a idéia de um lar convencional não se adapta ao seu estilo de vida: o crack mantém as coisas agitadas demais para isso. Deve dormir nas casas de crack, nas ruas, em casas de outros homens, carros, qualquer lugar.

O quarto parece ser onde Jodie trabalha. Há uma pilha de camisinhas usadas no cesto de lixo. A cama tem uma capa, mas não há lençóis ou cobertores. As paredes são simples. O abajur é simples. Fora isso, há apenas uma geladeira e um aparelho de som.

Crack é um derivado da cocaína. É uma pedrinha, que pode ser branca, amarela ou cinza. Observo Jodie, nua, negra e bela, fazer um cachimbo. Há um cigarro queimando no topo da geladeira, no final da cama, e quando há cinzas suficientes ela acende o cachimbo. O cachimbo é um pequeno arranjo complicado de uma garrafinha de Bacardi quebrada, cola, elástico e papel alumínio. Achata as cinzas e, muito cuidadosamente, coloca o crack no topo. Então, fica em pé contra a parede e o acende. Segura-o com cuidado e muito respeito, pois é uma coisa preciosa, mais preciosa do que ouro, mais preciosa do que diamantes. Ela inala. Suas bochechas inflam quando tenta segurar a fumaça dentro da boca. Um pouco escapa pelo nariz. Sua cabeça volta para a parede. Seus olhos se fecham, mas dá para ver eles se mexerem, dá para observar a euforia e a confusão dentro daquelas pálpebras. Engole a fumaça em pequenos sopros. Então, depois de dois minutos, ela desce.

Ainda está chapada ao ir em direção à geladeira. Sento, nu, ao pé da cama, observando, esperando ansioso enquanto, com grande precisão, ela aos poucos refaz o cachimbo com cinzas e cocaína. Carrego-o bem devagar para a parede, viro-me e, cuidadosamente para que nada caia, levo-o até minha boca. Seguro o isqueiro de ponta cabeça e o cachimbo faz um pequeno som de gargalhada, como um sorriso desdentado. Vejo o crack derreter como vidro quente e o cachimbo ir se enchendo da fumaça muito branca. Meus olhos estão fixos nele. Daí, levanto meus dedos do papel alumínio e inalo.

Ao receber a fumaça, meu peito explode. Meu cabelo se arrepia. Minhas pupilas se dilatam e minha cabeça se agita. Minhas mãos tremem. Posso sentir tudo. Posso sentir meu coração, meu sangue, posso sentir um canal se abrindo na minha nuca em direção ao meu cérebro... E então vem o prazer. Como nenhum outro prazer anterior. É a melhor transa, é voar sem avião, é a alegria do nascimento, é uma viagem para a lua, é ganhar as Olimpíadas, é uma sinfonia, é amor, é a felicidade mais extrema que você pode experimentar e mais um pouco de felicidade logo depois. É incomparável e, para fazer durar, tenho de manter a fumaça dentro de mim, tenho de respirar com minhas orelhas para que nada escape pela minha boca, tenho de ter certeza de não perder, remover ou espirrar nada do crack no cachimbo, pois o perder seria como perder a própria vida.

Depois de três minutos, ao ficar roxo por falta de oxigênio, começo a sentir a descida. Primeiro é somente uma pequena fenda na minha felicidade.

Então fica maior e maior, até que há um imenso buraco na minha experiência com o crack e sou um homem caindo de pára-quedas, batendo no ar, pendurado, pendurado no ar fino, tentando fazer a droga durar um segundo, um momento mais.

Mas a descida começou, e eu estou mergulhando em desespero absoluto e profunda tristeza. Algo terrível vai acontecer. A polícia vai aparecer e me levar embora. O diabo está esperando por mim. O desastre está ali na esquina, um desastre do tamanho de uma onda no mar, o mundo vai acabar, meu mundo vai acabar, ouço vozes me dizendo que sim. A ansiedade torna-se terror.

Então essa é a famosa paranóia do crack. Bem, agora entendo tudo sobre essa droga. Crack é crueldade, crack é crime, crack pode destruir tudo. Use crack e não se importe com seu cônjuge, com seus filhos ou com ganhar dinheiro ou ter reputação; não se importe com mais nada, a não ser com a droga. E você vai roubar, você vai matar, vai cometer qualquer crime para consegui-la.

Fumamos um pouco mais, mas mais cedo ou mais tarde, inevitavelmente, não há mais crack. Encaramos o retorno para o qual não há alívio. Só há estrondos. Estrondo é o diapasão que nunca pára de vibrar. Estrondo é o barulho de dois rolos compressores batendo um no outro em velocidade, na estrada. Estrondo são as unhas nas tampas dos cestos de metal. Estrondo é seu corpo e sua mente sendo cortados e expostos a tudo o que é afiado no mundo.

Jodie me dá um Valium para me ajudar a lidar com minha tristeza. Estou pequeno e assustado como um bebê, e ela me abraça. Desce falando, profetizando, fazendo suas coisas de vidente jamaicana. Depois, coloca-se de quatro no chão e começa a chorar. Procura por pedaços de crack caídos no chão, obsessivamente, pegando qualquer coisa que possa ser, pudesse ser crack. Deus a ajude, pois ela até tenta fumar a porra do tapete. Finalmente, lava o cachimbo, joga o líquido no espelho e o ilumina, para tenta reciclar o crack; mas o espectro patético que ela produz faz tremer mais do que o normal, e talvez atrase a descida um pouco, mas por apenas um minuto depois que fumamos.

Para administrar a volta, tento dormir, tento deitar, tento levantar, tento tomar banho. A água cai sobre mim e sentir o seu toque ao correr pelo meu corpo distrai-me e, por um momento, bloqueia tudo. Levo uns dez minutos para voltar a mim e, então, tudo o que consigo pensar é em fazer isso de novo. E fazemos com freqüência. Em breve, fumar crack com Jodie se torna um modo de vida. É uma droga sexual, mas não uma droga de intimidade. A única intimidade real é a aderência da descida. Fico tão tenso que preciso de um amigo, assim como Jodie, e é essa necessidade que nos une.

Mas tenho outra vida também. Mal completei vinte anos e fiquei isolado por uns anos, e agora quero me divertir. Fumar crack com Jodie é uma experiência intensa, mas não dá para chamar aquilo de diversão. É nas discotecas que há diversão. Assim que saio da reabilitação, meu irmão me apresenta o novo cenário da contracultura nas discotecas de Birmingham, além de um grupo de amigos dele que adoram isso.

Os caras não são exatamente abastados, mas vivem em lares estáveis em Staffordshire. É um grupo bem apessoado, a elite das discotecas. Eles têm cabelos compridos e roupas de marca. Um deles, Mark Downes, torna-se um bom amigo imediatamente. Ele vende carros clássicos. Outro, Neil Macey, é DJ. Dirigia uma gravadora quando tinha seus vinte anos e entende de música mais do que qualquer pessoa que conheço. Ele parece selvagem e sombrio, mas os outros têm empregos, empregos de verdade, projetando ou vendendo, o que significa que realmente trabalham de segunda à sexta. Nunca tive amigos que fizessem isso antes. E eles têm carros legais, e alguns até mesmo começaram a comprar suas casas próprias.

Assim que os encontro, percebo que minhas roupas não estão adequadas. Como acabei de sair da cadeia e da reabilitação, não faço idéia do visual do momento e não tenho dinheiro para comprá-lo, de qualquer forma. Visto uma malha que comprei por uma libra. É escura, o que é bom. Tem uma listra horizontal, o que é mau. Na verdade, pelo modo como os caras olham para ela, sei que é muito mau.

Vamos a várias discotecas juntos. Sentamos em algum lugar próximo ao calor da batida da discoteca. Recebo uma pequena pílula cinza, manchada, chamada de pomba. Meu primeiro E. Tomo e subo pelas paredes.

Alguém abriu minha cabeça e arrancou meu crânio. É tão poderoso que, por um minuto, minha mandíbula se fecha e não consigo movê-la. Então corro para o fundo e começo a vomitar, pois o que está acontecendo na minha cabeça é muito espantoso.

Estou numa nuvem de euforia de *ecstasy*. Amo todo mundo. Amo tudo. Quero falar com Shane e com todos os meus novos amigos, quero falar com todo mundo, quer os conheça, quer não. Quero socializar com pelo menos cem pessoas e quero que todos saibam que os amo. E a música é batida 4 por 4, o que é primordial. Está lá por toda a história, aquele ritmo hipnótico. *Acid house* tinha ritmo, mas agora que a droga é o *ecstasy*, *acid house* diversifica-se para *techno house, uplifiting house, garage...* A toada do *ecstasy* se constrói pela batida 4 por 4. É tão sólida que te apanha e te leva com ela, você continua batendo os pés, continua envolvido pela base calorosa como se tivesse ido para casa. Faz com que eu sinta que posso dançar para sempre com meus novos amigos. Porque os amo. Coloco meus braços para o alto, fecho meus olhos e não sinto nada além de amor; estou praticamente tendo uma experiência evangélica. É importante que minha malha escura com uma listra branca não é o visual do momento? Não é, pois amo todo mundo. Isso é brilhante! E você aí, amo você também!

Quero dançar a noite toda. Vejo as luzes na pista de dança e me deleito com sua brancura. Olho para meu irmão e estou feliz por ter um irmão e por estarmos bem, unidos como deveríamos ser. Mark Downes está aqui. Meus amigos me rodeiam. *Ecstasy* é uma celebração à vida, diferente de todas as outras drogas. Melhora o mundo. É uma droga social. Une as pessoas, acaba com a guerra das gangues e a violência no futebol, faz-nos lembrar que o amor é que é importante. É algo só para nós, a geração Thatcher.

Quando a discoteca fecha, vamos para outra e depois para uma festa e aí é quase sábado à tarde. Dormimos. Ao acordar, é hora de se arrumar para o sábado à noite. Fazemos tudo de novo. E, na noite de domingo, isso acaba. Os rapazes têm de voltar ao trabalho na segunda de manhã.

Minha vida rapidamente se adequa ao ritmo dos caras de Staffordshire. Os fins de semana são para festas e uso de drogas recreativas, mas quando os outros voltam aos seus empregos, durante a semana, minha mente devagar se dissolve na descida e começo minha semana de crack com Jodie. Ela arruma as drogas, e são tão boas que consigo ignorar o fato de que dormiu com todos os homens casados imundos para consegui-las. Não me importo com o trabalho dela. Não me importo que a descida seja uma experiência que rouba o sentido da vida. Não me importo que fumamos em lugares imundos e sórdidos. Não me importo com as pessoas perigosas de quem compramos nas ruas. Só me importo em conseguir mais.

Na reabilitação, disseram-me que o crack não é uma droga que causa dependência física, como a heroína. Seu corpo não precisa continuar usando crack, mas ele causa dependência psicológica. Uma vez que sua mente esteve lá, vai querer retornar de novo e de novo e de novo. E a minha quer. Não, claro que eu não me vejo como um viciado. Olho para Jodie e sei que "aquilo" é vício.

Torno-me um Mark inteiramente novo nos fins de semana e para minha nova vida preciso de dinheiro. Então arrumo um emprego num posto de gasolina, no centro da cidade. É um posto de gasolina clandestino e trabalho durante a noite. Observo a loucura do mundo noturno da minha cabine de vidro e depois, indo para casa no ônibus, ao amanhecer, vejo a cidade acordar. Triplico meu salário comprando cartões de crédito de um mafioso asiático e registrando vendas à vista neles.

Então, agora tenho condições financeiras para me reinventar. Minhas roupas passam a ser escuras e com sobretons. Uso botas de lagarto negras, calças azul-escuras e um colarinho dupla face azul. Jogo fora a malha de listra branca. Neil começa a fazer piada sobre ela e isso me faz sentir como um deles. Porém não sou. Eles cresceram todos juntos e eu acabei de chegar. Têm bons empregos e carros legais, enquanto eu trabalho no posto de gasolina e nem tenho carteira de motorista. Eles não têm condenações criminosas; eu já tive duas. Quero ser como eles, mas nunca poderei ser, pois algo na minha visão de mundo, talvez a criatividade que me levou para a faculdade de arte, torna-me fundamentalmente diferente.

Um fim de semana, vamos a discoteca e, quando fecha, entramos todos nos carros. Neil sabe que há uma festa no meio de um campo em algum lugar, e todos saem para procurar por ela.

Parece-me que há centenas de nós numa corrida de carros, mas só alguns de nós chegamos. Todos os outros viajam em círculos e então vão para casa, mas nós dirigimos por travessas, por subidas e descidas e pela escuridão, como as pessoas que vão a lugar algum. E então paramos e deixamos o carro pelo campo. Chegamos a Lugar Nenhum.

No campo, o ar tem um cheiro diferente: mais claro e mais fino, e dá para perceber cada pequeno odor – uma planta, uma árvore, um animal que passou pelo caminho. Minha percepção parece mais aguçada. Eu estou vendo. Estou ouvindo, estou ficando tenso, pois sei que há alguma coisa fora aquilo. Acima de nós, tudo está escuro, não como o escuro da cidade. Olho para cima e vejo as estrelas.

Descemos a rua e passamos por outros carros, depois viramos em uma esquina e, quase que imediatamente, podemos sentir a música vibrando no chão. Sentimos o som do baixo. É excitante, como se algo muito especial estivesse para acontecer. Andamos em direção ao barulho e aos poucos vamos ouvindo mais e mais e, antes mesmo que possa ver as luzes da festa, estou eufórico. Há algo novo e diferente na música. Baseia-se em *acid house*, mas é mais profunda, mais fresca e mais melódica do que tudo que já ouvi antes. Seu som é literalmente hipnótico. Fico tão maravilhado com ela que fico parado por um tempo. Há algo novo. É puro. Tem uma clareza especial.

Quando finalmente chegamos à festa, vemos sua beleza. Dá para ver até de longe. Há um grande toldo no meio de um espaço e por volta de trezentas sombras perambulando por toda parte. Somos arrastados até lá, levados como moscas em direção ao grande toldo brilhante, com nossos olhos fixos nele. O som está alto agora e pulsa por todo o meu corpo; o baixo parece emergir do solo, as notas agudas penetram na minha cabeça. E quanto mais nos aproximamos, mais o som nos envolve. Estou num mundo novo.

De um lado estão os falantes. O DJ parece pequeno numa paisagem de alta tecnologia que é simétrica, pesada e sólida como lápides. Todo o restante se move. Todas as pessoas estão dançando juntas e parecem partes de um único e imenso organismo, unidas pela batida 4 por 4. Seus rostos se contorcem, seus olhos não param; todos tomaram *ecstasy* e dançam dentro de suas próprias cabeças, mas juntos num mar de humanidade, flutuam juntos; línguas, braços, cabeças e pernas como partes de um todo, guiados pela batida da música. Tomamos *ecstasy* para poder pertencer ao grupo também, deixamos a batida nos guiar e ela nos guia aos limites da Terra.

Tenho alguns comprimidos. São comprimidos de ácido com um tamanho bem reduzido. Eles intensificam o que já é uma experiência extraordinária. Fico preso ao chão. Estou à beira do delírio. A luz, a cor e as pessoas estão agora transcendentais em sua beleza, e não sei em que momento a festa termina e a minha alucinação começa.

Meus braços doem. Por quê? Vejo um homem fazendo misteriosos movimentos com seus braços o tempo todo, é como se estivesse pintando uma enorme tela, enviando pequenas nuvens de poeira ao varrer o chão com seus dedos. Pinta o ar por horas e percebo que estou fazendo o mesmo. Mais tarde, meus tornozelos doem. Por quê? Olho para baixo e vejo que meus pés estão torcidos para dentro, e que estou dançando com meus tornozelos. Talvez por cinco minutos. Talvez por cinco horas. É uma dança em transe. Eu estou em transe.

Há uma garota do outro lado do toldo. A beleza de sua dança quase me tira o fôlego. Olho para ela e está dizendo: Venha para cá. E digo para ela, sem mexer meus lábios, nem falar, apenas pensando: Não, vai estragar tudo se eu for, e não quero estragar isso. Ela sabe o que estou dizendo e sorri. Nós nos comunicamos sem palavras. *Ecstasy* e ácido fazem com que você veja coisas que normalmente não veria. E não dá para esconder nada. Se você está com ódio, todos percebem. Se está criativo, é óbvio para todos. Tristeza, alegria, raiva, tudo está lá para que todos vejam, pois sua mente está nua.

Quando o sol nasce, a luz muda e a atmosfera fica diferente. O ritmo diminui é há uma nova melodia na música. As notas ficam mais espaçadas. Cada uma delas se atrela a uma vértebra da minha espinha de forma que, se mover minha cabeça para cima ou para baixo, posso sentir diferentes sons.

Todos estão como eu. Jovens e belos, nossos rostos brilham cheios de vida. As roupas das garotas mostram uma graça especial e leve. A forma como dançam pode ser selvagem, fluida ou lenta, mas nunca parece desajeitada. Elas podem ser viajantes, *punks*, *hippies* e muitas poderiam até ser totalmente estranhas, mas aqui a sua selvageria é adequada e adorável.

A seda se estica de mastro a mastro no toldo com muitas cores diferentes e, com a luz do sol brilhando sobre a seda e ao redor dos dançarinos, a cena é suntuosa. Faço parte disto. Este é o meu lugar. É aqui que tenho que ficar, não em discotecas, pois as discotecas são exclusivas. Este lugar e estas pessoas são inclusivos e me incluem. Ao vermos um rapaz dirigir um trator pelo campo, fingindo ser um fazendeiro, rimos até chorar. Não é um fazendeiro, é um de nós.

A música é *deep house*, direto da América, e depois de um dia e uma noite a festa é ainda tão mágica que a odeio. Quero que a experiência vá embora, pois sei que vai alterar a minha vida; e não é qualquer mudança, pois vai arruiná-la. E sei que esse é o meu destino e não tenho escolha.

Capítulo 20

Estou num ônibus para Birmingham para encontrar-me com Jodie. É uma noite fria de um domingo de inverno e desde quinta que danço em discotecas e na festa livre. Agora chega. Todos os rapazes voltaram para Staffordshire para uma boa noite de sono e para a recuperação antes do trabalho, amanhã. Quanto a mim, não posso parar. Se as drogas recreativas acabaram, preciso encontrar Jodie e fumar crack. Quero Jodie. E nesse momento ela está visitando sua mãe, uma pastora aposentada que mora em uma repugnante moradia de concreto, no centro da cidade.

Não me sinto muito bem, dentro de minha cabeça. Talvez tenha pegado muito pesado neste fim de semana. No bar, Jodie e eu encontramos Beano, um traficante negro, grandalhão. Ele me conhece, pois estivemos juntos na cadeia e, para a surpresa de todos os outros jamaicanos, cumprimenta o homem branco calorosamente.

Fico surpreso quando coloca algo na minha mão. Uma grande pedra de crack.

– Não, sério. Pega isso! – insiste. – Pelos velhos tempos.

Agradeço-o e volto para a casa da mãe da Jodie. Jodie quase dança pela paisagem de concreto. Mas fico desconfiado, quase bravo.

– Por que o Beano me daria isso? – exijo saber.

– Porque ele gosta de você! Gosta tanto de você que te deu um docinho! – Jodie grita de alegria, ainda dançando, quase rindo. Essa é a palavra que ela usa para o crack. Chama de docinho.

Balanço a cabeça.

– Não. Errado. Não é porque gosta de mim. É porque quer que eu fique viciado. Deu-me uma pedra para ter poder sobre mim.

– Que poder ele tem? Vamos fumá-la juntos, você e eu! – diz Jodie, segurando minha mão. Coloco a pedra no meu bolso e tiro a mão dela.

Ela diz de forma sedutora: – Vamos voltar para a sua casa e...

– Não.

Olha para mim com surpresa. Não respondo às suas tentativas de diálogo. A mãe dela assiste televisão na sala, cercada de recordações da Jamaica e de quadros. Nós a ignoramos. Vou ao banheiro.

– O que você está fazendo? – Jodie exige saber. Ela está bem atrás de mim. Está ligada à pedra de forma umbilical.

– Vou mostrar a ele quem tem o poder por aqui – digo. Ainda não me sinto bem. Acho que vou vomitar e meus olhos doem. O sangue bombeia rápido pelo meu corpo e quase me ensurdece ao passar pelos meus ouvidos.

– Pare! – Jodie grita. Ela ainda não sabe o que eu vou fazer, mas sua intuição está certa – Pare, pare com essa maldita loucura, pare, pare.

Jodie tenta agarrar a pedra que jogo na privada, mas não consegue. Foi para a água. Está dentro da privada. Ela corre para pegá-la e eu a seguro. Tenta me impedir de dar a descarga e está gritando e chorando histericamente. Dou a descarga e seguro Jodie para que não mergulhe no vaso, entre pelos canos e vá para o esgoto de Birmingham. Vemos a pedra ir, paralisados. Tenho uma aguda sensação de perda enquanto ela fica girando no vaso até desaparecer.

Para Jodie, isso é o inferno. É um avarento observando o vento carregar vinte notas de uma libra irem embora, é um minerador derrubando pepitas de ouro num precipício, é o desaparecimento da própria vida. Ela cai no chão, gritando e chorando histericamente. Olho para ela e desejo chutá-la. Onde já tive essa sensação antes? Ah, sim. Em casa, quando era criança. Papai fica parado como uma pedra, enquanto Mamãe berra e se contorce. Observo Jodie com frio desapego. Pergunto a mim mesmo como me tornei Papai e Jodie se tornou Mamãe. Então eu olho para cima e vejo a mãe do Jodie em pé, na porta, com seu redondo rosto negro confuso, questionador.

Depois de uma briga terrível, pegamos o ônibus para casa. Jodie não fala comigo. Fumamos maconha, pois estamos sozinhos no andar superior do ônibus.

Começo a me sentir horrível. Fecho meus olhos e pareço estar ausente por alguns minutos.

– Você está bem? – pergunta Jodie, ansiosamente. Ela fica me olhando.

Coloco a mão no meu rosto e está molhado. Olho para meus dedos e há sangue neles. De onde vem?

Jodie começa a rir, nervosa e incontrolavelmente. Fica me olhando e desviando o olhar. Chego à conclusão que há algo errado na minha aparência. Com certeza não me sinto bem. Sinto-me como se estivesse queimando por dentro. Essa sensação é tão forte que, se pudesse abrir a janela, pularia agora mesmo só para me livrar disso.

Cambaleio escada abaixo, dentes batendo, rosto molhado. O motorista pára o ônibus. Desce do assento e vem em minha direção, preocupado.

– Ouça, parceiro, você tem que ir para o hospital – diz.

Jodie lhe assegura que moro a poucos metros dali, mas ri nervosamente e ele a ignora.

– Os taxistas param ali para descansar e tomar chá – aponta para uma barraquinha do outro lado da rua. – Um deles vai te levar ao hospital.

Mas sei que não posso ir. Hospitais soam demais como as autoridades para mim, e evito as autoridades.

Saio do ônibus ajudado por Jodie, que ainda ri incontrolavelmente. Só está nervosa, mas a sua risada trás um novo elemento surreal para um mundo surreal. Entretanto, leva-me para a barraca dos taxistas, onde um taxista está se aquecendo em frente de uma lareira elétrica. Olho meu rosto pelo pequeno espelho rachado. Há sangue por toda parte, e ele sai dos meus olhos.

O motorista diz que vai me levar direto para um pronto-atendimento.

Protesto e Jodie também protesta também, gritando de rir. Então o taxista me leva para casa, em vez do hospital; Jodie me enrola numa manta e não me lembro de mais nada até a manhã seguinte. Acordo e Jodie não está, e tenho certeza de que me deixou por achar que morreria. Ela não queria estar aqui quando eu morresse.

Meus olhos ainda sangram, mas, fora isso, sinto-me melhor. O que pode ter causado esse problema? Tomei dez Es entre quinta e domingo, um pouco de maconha e um pouco de cocaína. Pode ter sido uma safra ruim de Es. Nunca dá para saber, quando se trata de *ecstasy*. Ele é feito de um componente químico chamado

MDMA, que tem centenas de irmãos e irmãs. Por conta da sua complicada árvore genealógica, não há como saber exatamente o que você está tomando e do que foi feito.

Depois do incidente do ônibus, fico assustado o suficiente para me perguntar o que essas drogas podem estar fazendo comigo. Decido parar com o E. Minha decisão dura a semana toda. Durante aquela semana, sempre que fecho meus olhos, vejo a imagem horrorosa da grande pedra cinza de crack circulando no vaso sanitário e sendo engolida por ele. Por que fiz isso? Uma sensação de perda e arrependimento toma conta de mim, como se alguém tivesse morrido naquele domingo.

Mais um fim de semana chega e mais uma festa livre e, claro, mais Es. Depois da primeira experiência maravilhosa no toldo no campo, vou a toda festa livre que fico sabendo e todas são tão boas como a primeira. O nome coletivo do grupo que administra essas festas é DIY, embora, devido à natureza anárquica do grupo, ninguém realmente administra nada. DIY, em inglês, significa Faça Você Mesmo (Do It Yourself), ou seja, faça suas próprias regras e aja a seu modo. Ou talvez possa significar o Demônio Em Você (Devil In You). Ninguém lucra com as festas: são feitas pelas pessoas e para as pessoas. Ficam acontecendo por dias e não dá para reconhecer quando começam ou terminam. A música é eletrônica, baseada em *acid house*, porém com suas próprias qualidades, profundas e distintas, especialmente quanto ao baixo. Dezenas ou centenas de nós nos reunimos e tudo o que nos une vai inflando e se transformando em algo identificável e único para nós, bem aqui, bem agora. DIY é para nós. Somos os filhos de Thatcher, crescendo e deixando os anos 80 para trás.

Para a geração anterior, a música era baseada nas bandas ao vivo. Para crianças como eu, o DJ é Deus. Ele deve escolher a música certa na hora certa. Faz a leitura da multidão e nos leva a uma jornada. É o flautista de Hamelin e nós, as crianças, o seguimos. Um bom DJ fará você dançar e depois diminuirá o ritmo, levará você à felicidade e pelas portas da escuridão, vai te deixar relaxado e excitado, e então te mostrará a luz. Toda noite é diferente e toda noite é uma obra de arte viva que não pode ser copiada ou reproduzida: mesmo se você a gravar, não poderá recapturá-la, pois a arte só pode ocorrer naquela hora e naquele lugar. E alguns do DJs do DIY criam a melhor arte já vista.

Aos poucos vou conhecendo as pessoas. Simon DK é o vovô do cenário. É magro como uma bengala, mas é atraente, pois dá para ver seu caráter pelo rosto, doce e infinitamente generoso. Rick e Pete, mas conhecidos por Digs e Whoosh, têm a mesma atitude anárquica em relação ao dinheiro e à vida. Rick é bem alto, formado em física, e Pete, também já formado, é pequeno, tem por volta de um metro e meio, apenas. Geralmente tocam juntos, e o contraste em sua altura dá um aspecto bem estranho. Há também um DJ de Sheffield chamado Callum e um outro chamado Jack, com cabelo rastafári, que é de Kendal, surpreendentemente, embora eu nunca o tenha visto por lá; há também Cookie, o ruivo, e Harry, que dirigiu o trator na primeira festa e fez todo mundo rir, e ainda sua namorada Bárbara e duas DJs femininas, Pip e Emma. A maioria deles já é formada, alguns pela Universidade de Nottingham, e eles são atraentes, musicais, criativos, caóticos e talentosos. Eles não fazem perguntas ou julgamentos, pois sabem como viver o agora. Minha vida social centraliza-se no circuito do cenário das festas livres.

Esta noite o DIY está tocando numa discoteca de Birmingham, algo que eles fazem ocasionalmente. Chama-se Attic e tem um vasto contingente *gay*. Tomamos comprimidos de LSD. Ao dançar, penso ser um guerreiro Zulu, com uma espada e uma lança. Colo no chão durante a minha viagem. Danço. Danço como um louco.

De repente, sinto cheiro de algo estranho que não deveria estar aqui. Bosta de vaca. Bosta de vaca? A música se intensifica e ganha uma nova clareza que me sacode. Olho para cima me dou conta de que, atrás do DJ e dos falantes, há uma enorme figura escura se aproximando. O DJ deve ter por volta de um metro e oitenta. A enorme sombra atrás dele tem pelo menos dois metros e meio. Vejo seu contorno claramente. Tem o formato de um homem, cabelos encaracolados. Tem chifres. Olho ao redor, na esperança de que alguém mais esteja vendo, mas os dançarinos estão absortos pela intensidade da música.

Olho para o palco novamente e a enorme sombra, parte humana com chifres, ainda está acima de nós todos. Fico encarando. É uma figura sinistra, mas há algo na sua presença que me conforta. Penso: conheço você. Sou um de vocês e você tomará conta de mim. É velho, tão velho quanto o homem, talvez mais velho.

Ao olhar de novo, a sombra escura se foi.

Indo para casa, lembro-me de todos aqueles velhos anos, descendo as escadas para ver Jack Gelado sentado no muro do jardim e olhando para mim com seus olhos de gelo cristalizado. Nunca duvidei que não fosse Jack ou que não o tivesse visto.

Quem era a figura na Attic? Quando todos voltam para seus empregos, vou à biblioteca pública de Birmingham. Acho um livro sobre Mitologia Grega, porque o bibliotecário me diz estar entre as mais antigas lendas, e sei que a sombra que vi está entre as mais antigas figuras. Leio sobre Pan, deus da música e das montanhas distantes, que aparece quando se ouve música de forma clara, a flauta de Pan. Pan costumava freqüentar Attica, local em que jovens homens exercitavam seus talentos intelectuais e sua força.

A conexão entre a discoteca Attic e os freqüentadores gays, a maneira como a sombra apareceu quando a música atingiu uma certa clareza, a gravura no livro de uma criatura de chifres parecida com o homem... Tudo isso me deu a certeza de ter visto o deus Pan e de sua presença em nossas festas.

No final do inverno, vou a uma festa livre do DIY num celeiro antigo perto de Sheffield, nos vales nevados. A batida do baixo parece dar ao lugar um calor próprio. Estou dançando, sentindo a música que, de repente, atinge um novo nível de clareza. A flauta de Pan. Sei pela intensidade repentina do ambiente e pela melodia que surge em meio à confusão de sons. Olho para cima e lá está ele. Sua enorme sombra aparece atrás de Simon DK, que parece um pequeno pedaço de papelão com seus aparelhos de som. Pan não tem rosto, mas sei que é ele.

Tomei ácido, mas não estou eufórico e estou vendo algo que toca meu coração. Olho ao redor. O lugar todo chegou a um estágio de delírio e intensidade. Todos estão trancados em sua própria dança louca. A música é tão penetrante e bonita que eu poderia chorar. Olho para Pan novamente e por alguns minutos ele está lá; e, embora seja sinistro e misterioso, sei que está sorrindo para suas crianças e que é nosso amigo e protetor. Então ele vai embora. Sai deixando-me aconchegado e com a sensação de ser cuidado. Sou parte de algo antigo que apenas algumas pessoas em algumas gerações experimentaram. Tenho certeza de que essas festas selvagens, bonitas e sem fronteiras são partes de uma fábula atemporal. Sinto-me privilegiado por estar aqui e sei que este é o meu lugar, com estas pessoas e com o antigo deus Pan.

21
Capítulo

No domingo à noite, de volta a Birmingham, Jodie está fazendo um cachimbo. Vejo-a fazer. Minha mente passa daquele lugar selvagem e aberto em que passei o fim de semana para este lugar pequeno e escuro em que estou agora.

Depois de fumarmos todo o crack que Jodie trouxe, preciso de mais. Sempre preciso de mais, mas desta vez minha necessidade é aguda. Eu tenho que ter mais. Depois da incrível experiência da festa livre, não posso encarar a descida do crack. Tento resistir, mas é demais depois da euforia de *ecstasy*/ácido dos últimos dias, que me fez sentir pleno novamente.

– Vai, então! – digo a ela. – Arruma mais.

Ela sabe o quero que faça, que vá para a rua e arrume um ou dois programas.

Então se veste. Jodie não precisa se enfeitar demais para atrair os homens. Só coloca um jeans e já está linda. Vai para as ruas com prazer. Vira a esquina em direção ao parque. Espero. Tomo banho. Espero um pouco mais. Minha garganta está seca, fechada pela fumaça do crack que fumei. O silêncio no apartamento agrava os medos mais profundos e os pensamentos mais sombrios da descida. Agora eu suspeito – não, tenho certeza – de que ela vai me enganar. Vai ficar com três homens e me dizer que foram apenas dois, ou vai entrar no carro de alguém e guardar segredo disso. Depois vai voltar com muito menos crack do que poderia ter comprado. Ou vai comprar o crack e não vai dividir comigo.

Essa possibilidade me consome com força física, como se os policiais tivessem algemado meus braços. Dou um giro. Não há ninguém. Giro novamente. Ninguém, apenas o silêncio. Sei que a pata de macaco está a caminho: esse é o nome dado para o sentimento da descida do crack de que alguém vai te agarrar a qualquer momento. No silêncio, minha paranóia goteja. Meu medo da polícia. Meu medo da traição. Jodie é monstruosa, mesquinha, viciada e uma puta. Tenho certeza de que planeja me trair.

Estou para ir atrás dela quando a ouço lá embaixo. Ela fala com um homem. Ouço, certificando-me de que ele não está causando problemas. Então o homem parte, em silêncio. Em seguida, há outra pessoa. Então, depois de alguns segundos, Jodie sai para comprar drogas. Toda parte da transação do crack é perigosa, e não apenas por causa da polícia. As negociações são perigosas. Entregar o dinheiro é perigoso. Perceber que te deram bala em vez de crack e saber que não há nada a ser feito, pois você pode ser esfaqueado, isso é perigoso. Qualquer um que usa droga das ruas fica vulnerável, porque estão comprando, porque estão usando. Muitos traficantes de crack, dos velhos jamaicanos aos jovens de estilo empresarial, com suas BMWs pretas, tentam não usar. Tentam tocar na mercadoria apenas ao vendê-la. Quanto mais puderem se controlar, mais estão em vantagem. Tenho ódio deles por seu poder.

Quando ela volta, estou pronto para Jodie, pronto para o crack.

Tira suas roupas e eu a examino em relação a quanto ganhou e quanto gastou; conto as camisinhas e, depois que estou satisfeito por saber que não me traiu, ela finalmente faz um cachimbo.

Não diria que sou um viciado. Viciados são pessoas que injetam e moram nas ruas. Mas há momentos em que percebo que tenho mais necessidade do que outros caras. Sou mais magro do que eles e mais pálido, e não pareço pertencer à mesma tribo. A galera de Staffordshire só toma drogas recreativas e não tem ido a muitas festas ultimamente.

Mark Downes me olha bem de perto.

– Você precisa diminuir um pouco, cara – ele diz.

Pisco para ele: – Quê?

Não quero usar os freios. Quero sempre mais. Quero que a festa nunca acabe, quero o que quer que esteja disponível. Meus novos amigos, viajantes e baladeiros, são caóticos como eu. A vida deles não tem ordem nem estrutura. São anárquicos.

Cada vez mais há crack nos *trailers* estacionados nas festas. As drogas pesadas estão começando a penetrar as festas livres. E agora que fumamos crack, alguns de nós estão fumando heroína, para minimizar os efeitos da descida do crack.

Fumando, não injetando. Usamos heroína regularmente, talvez a fumando por alguns dias, até percebermos os sinais do início da fissura da heroína: dores e tremedeiras. Valium ou um pouco de bebida normalmente ajudam a melhorar, mas não sem dor. Uma maneira de sair disso é prometer a si mesmo um pouco mais de heroína em breve.

É Natal, uma data de que eu nunca gostei muito. Aqui estou eu, na casa do meu irmão. Shane e sua namorada já haviam usado ácido e estavam drogados quando Jodie e eu chegamos, e agora estamos bebendo e conversando. O que poderia ser mais normal no Natal? Há uma comédia na TV: um peru fica pulando para fora do forno e todos riem muito. Isso também é normal. Há apenas uma coisa que não é normal. Estou ficando louco.

Sento, segurando-me nos braços da poltrona, observando a tela da TV, aterrorizado com o peru saltador, aterrorizado com tudo. Minha mente mergulha por lugares e geralmente só vai para os lugares mais profundos, mais obscuros da influência das drogas. Mas hoje, embora esteja bebendo como sempre, não usei drogas.

Vozes falam comigo. Ameaçam-me. Riem de mim. Há algo diabólico aqui, é sinistro e está penetrando em meu mundo. Começo a tremer. Grito. Berro.

Olhos movem-se da tela da TV com surpresa.

– O que você tem? – pergunta Shane suavemente. Jodie me olha com irritação: então o Mark está usando crack sem mim.

Não consigo me segurar, o sentimento vai ficando cada vez mais forte e está me dominando, algo assustador está querendo a minha vida.

– É o demônio! – grito. – Vocês não estão vendo que o demônio está vindo me pegar?

Eles me olham. Conversa de usuário de crack. Já ouviram antes.

– Acalme-se – diz a namorada de Shane.

Ela planeja algo, com certeza. Vai contar ao demônio onde estou. Agarro-a e prendo seus braços. Shane dá um pulo.

– Mark, o que está acontecendo?

Mas estou tremendo muito e muito assustado para responder. Essa é a pior descida do crack que já tive e nem tomei crack nenhum.

Grito com eles. Grito ameaças e obscenidades. Quando fico quieto por um tempo, todos me ignoram. Tenho de sair daqui, os sentimentos são muito fortes e não posso contê-los, não posso conter meus medos. Vou para meu apartamento vazio, mas dessa vez não tenho a sensação de santuário. Há algo monstruoso e diabólico aqui. Está à espreita, escondido, mas está aqui e sabe quem sou. Gritando, berrando, jogo meus pertences numas sacolas. Chorando, grito para que a coisa vá embora. Mas ela ainda está aqui. E sabe quem sou eu.

– Você é meu, você é meu – ri o demônio. – Canalha maligno. Mau como eu.

E agora eu sei o que aconteceu. Toquei o sol e fiquei queimado. Nas festas do DIY, no lindo e insano caos tão selvagem que faz Pan aparecer, às vezes, rindo com aprovação, eu toquei o sol e agora o demônio veio me buscar, pois ninguém tem a permissão de tocar o sol e viver.

A paranóia me domina, segura cada poro com força, ao mesmo tempo me deixa paralisado e me sacode por todo o apartamento. Minha cabeça está explodindo de medo e raiva. Estou louco. As drogas já me trouxeram aqui algumas vezes, mas agora encontrei meu próprio caminho para o inferno, sem um comprimido, uma bebida ou um fumo.

Preciso de ajuda. Alguém tem de me ajudar. Shane está drogado. Jodie é inútil – veja o modo como ela ficou rindo quando meus olhos sangraram – todos os meus amigos estão em seus momentos familiares, pois é Natal, e eu estou aqui sozinho e ficando louco.

Meu isolamento me faz chorar. Estou assustado. Estou sozinho. Estou louco. Quem me ajudará? Então me lembro. Há uma pessoa que tem de gostar mais de mim do que qualquer um. Uma pessoa que tem de enxugar as minhas lágrimas e acalmar meus medos.

É difícil chegar a uma cabine telefônica. Há sombras diabólicas por toda parte nas ruas noturnas, esperando por mim, pulando em mim, tentando me arrastar para a escuridão. Grito e xingo enquanto ando. Corro para escapar delas, às vezes escondo-me. A porta da cabine parece tão pesada, como se enormes forças a tivessem empurrando contra mim.

Dentro, o ar está morto, de forma nada natural. Minhas mãos tremem tanto que só consigo discar o número dela após várias tentativas.

– Mamãe? É Mark.

Ela fica surpresa ao ouvir minha voz. Faz muito tempo que não nos falamos e explico sobre ter tocado o sol, e ela fica quieta. O demônio, digo, está tentando me pegar há muito tempo e agora finalmente conseguiu. Isso é algo que ela entende.

Mamãe sabe bem o que é o demônio há muitos anos e, quando se trata de falar sobre ele de forma louca, está sempre pronta.

Sua voz me conforta. As velhas superficialidades que ouvia a vida toda sobre Jeová me observando e me amando, sobre a vida eterna para aqueles que acreditam, soam-me bem esta noite. Ouço. Acredito.

Ao voltar para o apartamento, abro e fecho todas as portas de armários várias vezes, verifico todos os cantos, certifico-me de que o diabo não esteja se escondendo atrás das cortinas ou debaixo da pia. Enrolo os tapetes. Jogo mais coisas dentro de caixas. Choro.

Fico muito assustado ao ouvir uma batida na porta. Acendo as luzes. Com cuidado, espio pelo canto da janela. Duas pessoas negras vestidas de preto, um homem e uma mulher, carregando livros. Têm o inconfundível ar das Testemunhas de Jeová. Minha Mãe deve tê-los mandado. Deixo-os entrar e abrem a Bíblia no salmo sessenta e um.

– Ouve, ó Deus, a minha súplica...

Falam baixo, macio. Quando saem, eu não fecho a bíblia. Fico recitando o salmo como se fosse um mantra. No dia seguinte, Mamãe vem com uma amiga das Testemunhas. A amiga fala comigo calmamente, enquanto Mamãe coloca minhas caixas no carro.

No caminho, a presença da minha mãe parece estranha. Quem é ela? Parece a mãe que me lembro, talvez um pouco mais velha e mais redonda. Ou não seria o demônio? Tremo e suo. Preciso de drogas, mas estou com medo de usá-las, pois estou tendo a pior experiência com as drogas sem nem mesmo ter tocado em uma.

Vamos na direção nordeste. As ruas da cidade e as torres de concreto, que têm sido minha paisagem por tanto tempo, ficam para trás. A estrada se alonga de forma interminável. Então, finalmente, chegamos em Kendal, a cidade cinza de chuva cinza, e tenho quatorze anos de novo.

Paramos em frente a uma casinha. É uma residência de caseiros e, depois dela, há um caminho que leva a uma distante mansão gótica de pedra no alto da montanha, onde o demônio deve morar, embora Mamãe explique que é a casa do seu patrão e ela é a caseira.

Bethany aparece. Tem quinze anos, mas ainda parece uma criancinha para mim. Não que preste atenção nela. Não que preste muita atenção em Mamãe ou alguém ou alguma coisa mais. Afinal de contas, estou louco.

Jodie e eu nos falamos, temos muitas conversas telefônicas angustiadas. Ela sente a minha falta. Quer ficar comigo. Também quer deixar o vício do crack e ficar limpa. Se eu consigo deixar as drogas para trás em Lake District, ela também consegue. E, depois de alguns dias, vem para cá.

Mamãe e Bethany ficam chocadas com a chegada de uma prostituta negra, viciada em crack. Não há muitas delas em Lake District. Na verdade, provavelmente não há nenhuma. Além disso, a casa é muito pequena. Entretanto, elas tentam ser compreensivas. Sabem que estamos saindo das drogas e atormentados e, como boas Testemunhas de Jeová, vêem o sofrimento dos outros como uma oportunidade. Já que nós dois tivemos uma infância impregnada pela luta entre o bem e o mal, elas falam uma língua que entendemos. Ficamos apegados às muletas que nos oferecem e concordamos em estudar regularmente com as Testemunhas, e até mesmo participar dos cultos.

A vida na pequena residência de caseiros é dura para todos nós. Jodie e eu ocupamos toda a casa. Mal nos damos conta da presença das moradoras originais, pois estamos muito obcecados com a abstinência do crack. Estamos vivendo sem crack e, para compensar isso, bebemos muito e tomamos enormes quantidades de remédio para dormir. Estamos nervosos, voláteis, briguentos e, às vezes, violentos.

– Não sei quem você é – diz Mamãe tristemente, um dia, após ter gritado com ela e a empurrado de lado. – Quem é você, Mark?

Bethany fica perplexa conosco. Ela e Mamãe parecem estar presas às paredes. Tornam-se fantasmas enquanto dominamos todos os cômodos. Elas têm medo de Jodie e medo de mim, e parecem pálidas e cansadas.

Toda semana visito um casal idoso para estudar a Bíblia e falar sobre a vida eterna. São bons. Sua filosofia me conforta. Com a ajuda de medicamentos controlados e a influências dessas Testemunhas, começo a sentir-me seguro novamente. As vozes dentro da minha cabeça param.

Depois de algumas semanas, Mamãe volta para casa do trabalho chorando. O clínico geral que está prescrevendo os medicamentos controlados para nós é amigo do patrão dela. Depois de um copo de vinho do porto, o médico deixou escapar que a caseira abriga um casal de drogados. Mamãe foi demitida. Perdeu a casa e o emprego.

Mudamos, Mamãe e Bethany para um apartamento em Kendal, eu para uma república e Jodie para uma kitchenette em Penrith, onde ela arruma um emprego num supermercado e continua a estudar com as Testemunhas de Jeová.

Ainda não estou bem o suficiente para trabalhar. Tento pintar e vendo algumas pinturas. Improviso uma câmara escura. E dentro de mim há um medo profundo, uma tristeza incontrolável, sei com certeza que o demônio está em mim. Bebo como um gambá e freqüentemente me pego, pela manhã, com uma garrafa de vinho em uma ladeira fria, sem nenhuma lembrança de como fui parar lá. Mas estou me recuperando, lentamente. Posso sentir que estou ficando estável.

Assim que me sinto capaz, vou para o sul para uma festa livre do DIY. Fico imerso na música, nas drogas, nas pessoas, no estranhamento. Estou feliz aqui. Estou feliz ao ver todo mundo. Não quero que a festa acabe nunca.

– Você está bem? – as pessoas perguntam, olhando para mim com insegurança.

– Bem – digo. – Muito bem.

Quando a festa acaba e minha cabeça não funciona de novo, volto para Kendal e retomo minha vida cotidiana com os medicamentos controlados e as Testemunhas de Jeová. Assim que me sinto melhor, vou para outra festa. Mas talvez porque as drogas que usamos agora parecem mais fortes e mais abundantes, talvez porque a música esteja se transformando, talvez porque as festas livres estejam mudando. Foram grandiosas por um tempo, mas agora esse tempo está passando. No meu coração, reconheço isso, mas não quero que aconteça, não quero que o tempo passe, não quero ficar mais velho, quero diversão. E ainda há muita diversão.

Vou para discotecas com Neil em Liverpool, e depois Birmingham, e terminamos indo parar numa festa livre do DIY na Floresta Sherwood, perto de Nottingham. Todo mundo está desorientado. Para mim, essa jornada de discotecas e festas já durou três dias e três noites até agora. Sou incapaz de controlar meu consumo de drogas. Mas também não quero. Quero ficar inteiramente submerso na experiência da festa. Depois, quando voltar para Kendal, me recupero.

Ao chegar na Floresta Sherwood, minha cabeça parecer ter desintegrado. Na vinda para cá, no carro de Neil, tomei pílulas, coca, Cerveja Especial e uma porção de anfetaminas marrons, mas ainda consigo apreciar a beleza da floresta. A cortina de fumaça, mais um acessório das festas livres, parece uma lona por entre as árvores com suas luzes penduradas nos galhos. Os DJs ficam no alto de um andaime. Mais para frente, na floresta, há um grande poço circular com uma enorme fogueira no meio. As pessoas sentam-se na grama. No alto da montanha, há uma tenda do grupo DIY com uma parede de falantes e um DJ invisível. As pessoas andam em meio aos sons.

Neil anda pelas árvores comigo. Provavelmente ele nasceu numa festa. Vive para festas. Vemos alguns amigos sentados numa cerca como crianças, conversando.

– Esse lugar é maravilhoso – diz Neil. – Não uso drogas há séculos, mas hoje vou viajar.

– Vou fazer companhia para você – digo. – Não sou de ficar de fora.

Uma garota na cerca mostra sua mão com ácido.

– Americano – ela nos diz.

Está num canto da palma da mão dela. Tem uma pintura estilo nó celta, com brilhantes roxos e dourados. O desenho é ao mesmo tempo confuso e belo. Nunca vi um ácido assim.

Olho para essa droga bonita e, com rapidez e até agressividade, arranco-a da mão dela e a engulo.

Ela me encara. Neil me encara. Todo mundo me encara.

– O que vai acontecer com você – diz a garota devagar – será bem-feito, por causa da sua ganância.

– Eram quatro pedaços, não só um – diz Neil para ajudar.

Após alguns minutos, saio de sintonia. Não consigo curtir a música, não consigo me comunicar com ninguém: as palavras me escapam. Sento-me no meio de dois sons, DIY num ouvido, Cortina de fumaça no outro e, de alguma forma, os dois se encontram no meio do caminho e explodem a minha mente. Posso sentir. Atravessei o limite da sanidade. Não tenho braços e pernas e não sou Mark Johnson ou qualquer pessoa, em absoluto. Estou perdido, tão perdido que nem tenho medo. Não sou nada.

O sol nasce e examino a loucura da festa. As chamas da fogueira, os *hippies* com suas tranças até os joelhos, os coroas viciados em anfetaminas dançando seminus, as luzes penduradas, os viajantes, as cores, os vestidos fluidos. E sei que, onde quer que seja o limite disso, eu o ultrapassei.

Ao voltar para Kendal, ainda sinto um torpor. Tomei *ecstasy*, ácido, coca, Cerveja Especial, maconha, pó de MDMA. Não dormi, não comi, e ainda tive uma experiência devastadora na festa. E agora mal consigo agir. O clínico geral encaminha-me a um psiquiatra, depois que lhe explico que meus olhos são faróis e que não consigo fazê-los brilhar, a não ser que estejam olhando para o chão. O psiquiatra me dá mais drogas legais para ajudar a controlar minha experiência com as drogas ilegais. Não sei mais como fugir de mim mesmo.

Paro de manter qualquer contato com meus colegas de discotecas e festas livres por um tempo. Jodie é meu conforto e meu apoio; e meu contato ocasional com as Testemunhas de Jeová é meu centro de reabilitação contra as drogas, pois é o único tipo de reabilitação por aqui. Jodie e eu nos vemos sempre que desejamos. Nenhum de nós faz parte desse lugar. Estamos ambos exilados.

Capítulo 22

Quando Jodie toca a minha campainha e me convida para passar o fim de semana em Manchester, eu aceito. Sei o que ela quer com isso. Sou um rádio e minhas antenas estão ligadas nas drogas. Jodie é viciada e está em Penrith obcecada por crack, e sua obsessão está saindo pelos poros, quase dá para ver. Acabou de receber seu pagamento e sei que vamos gastar o seu salário.

Pegamos um trem, instalamo-nos em um hotel em Piccadilly e depois pegamos um táxi para os parques, em Moss Side, que transbordam de traficantes.

Compramos bem, pois temos um mês inteiro de salário para gastar. Então levamos as drogas de volta para o hotel conosco e fazemos a festa. Fumamos crack e na descida usamos Valium, conhaque ou heroína, de sexta até domingo à noite, sem nem mesmo parar para dormir. E depois, silenciosa e vergonhosamente, sem dizer uma palavra no trem de volta para casa, retomamos nossas vidas religiosas em Kendal.

No mês seguinte, fazemos de novo. E no seguinte.

Estamos num grande hotel em Manchester, acabamos de voltar da nossa compra e o ar está repleto de ansiedade. No nosso quarto sem rosto e sem caráter, Jodie tira a roupa e se ocupa com a execução de um novo cachimbo. Cobrimos a porta com toalhas, para que o doce cheiro sintético da fumaça não saia. E na cama fica toda a nossa parafernália, incluindo um pouco de heroína que foi derretida no papel alumínio, pronta para ser consumida na hora da descida, mais tarde.

Cada um fuma um pouco. Jodie prepara o próximo cachimbo. Estou de shorts na beira da cama. Ainda estou descendo, e estou naquele estado nervoso, paranóico, que me faz tremer e ouvir vozes ameaçadoras na minha cabeça. Tento controlá-las respirando devagar e ficando bem parado. Ouço algo do lado de fora.

Digo: – Ouça!

Jodie me olha de cara feia. Faço um sinal para que ela não se mexa.

– Ouça! Você consegue ouvir?

Tenho certeza de ouvir sussurros.

– E lá vamos nós novamente – diz Jodie com irritação.

– Não estou paranóico! Estou ouvindo algo!

Jodie está com raiva agora. Ela faz outra careta.

– Porra, você está chapado – diz e começa a fumar.

Posso entender sua irritação. Quem quer o seu ápice destruído por alguém que está sentindo a paranóia da descida? Porém, isso não é paranóia. Realmente ouço alguma coisa. Posso? O crack não permite distinguir a linha dos medos justificados da dos medos paranóicos, e você pode estar cem por cento errado tendo cem por cento de certeza de que há alguém lá fora. Ainda assim, eu estou certo de que realmente há alguém lá fora.

Vou até a porta para ouvir. Jodie vai ficando chateada. Se não estava paranóica antes, está ficando agora.

Ela termina sua respiração circular e não se mexe durante a descida, mas está toda nervosa e brava comigo.

– Alguém está sussurrando lá – digo. Ela não acredita, mas está com medo agora.

Fica difícil ouvir alguma coisa, pois há um tipo de avião voando baixo lá fora. Mas faço força para ouvir e, então, no corredor bem do lado de fora do quarto, eu ouço. Um inconfundível indicador da presença da polícia. Corro de volta para Jodie.

– Eles estão aqui. A maldita polícia. Estão aqui. Ouvi o barulho do rádio deles.

Naquele momento, o barulho lá fora vai aumentando. Parece um helicóptero. Jodie se transformou numa estátua, mas agora corro para o outro lado do quarto, onde as cortinas estão se mexendo de forma estranha. Num insano gesto de coragem, eu as abro e uma enorme luz branca brilha em cima de mim, no céu. O barulho do helicóptero é ensurdecedor. A luz cega. Parece uma cena de um filme de guerra. Porra, a polícia acha que há um casal de poderosos traficantes internacionais aqui e somos simplesmente Jodie e eu.

Olhamos um para o outro. Ela está chapada e eu também. Isso é um ataque às cegas da paranóia.

Nesse momento, há mais barulho. Bam bam bam bam bam. A porta. Jogo-me do outro lado do quarto, por cima do corpo sem movimento da Jodie, respiro fundo, tiro as toalhas e abro a porta.

Não só um, mas uma equipe inteira de policiais está lá fora. Estou ciente de que nosso quarto está azul de fumaça e com o doce, distinto e pungente aroma do crack. Jodie está nua, aparentemente congelada, com um cachimbo de crack bem na sua mão. E por cima da cama toda há drogas suficientes para nos colocar na cadeia por muito tempo. Estamos fodidos.

Há pelo menos dez policiais olhando para nós.

– Desculpe incomodá-lo, senhor – diz um deles. – Acreditamos haver um foragido no telhado, do lado de fora do seu quarto.

Estou tão drogado que até minha voz soa estranha.

– Sim! – grito.

– O senhor se importaria se entrássemos e déssemos uma olhada pela sua janela?

Deixo a porta aberta e o policial entra. Com uma incrível presença de espírito, passo na frente dele e estico as cobertas. Parece que estou modestamente cobrindo a nudez de Jodie, mas na verdade estou cobrindo as drogas. Até consigo esconder o cachimbo de crack, aparentemente preso aos dedos de uma Jodie estática.

– Desculpe o incômodo, senhorita – diz o policial. Jodie não consegue responder.

Ele vai até a janela, abre as cortinas e examina o teto, ajudado pela luz do helicóptero que ainda paira com seu barulho ensurdecedor. Diz algumas palavras no rádio e depois se vira para mim.

– Muito bem, senhor, muito obrigado, não vamos acessar o teto por aqui – diz após um minuto. – Nossas desculpas por incomodá-los.

Une-se aos seus colegas no corredor, todos estavam observando todo o ambiente. Fecho a porta. Os passos no corredor vão embora. O helicóptero sai. Depois de alguns minutos, há silêncio. Jodie ainda está paralisada.

Não falamos. Não olhamos um para o outro. Não fazemos nada.

Finalmente digo: – Para mim chega. Vou parar. Não quero mais saber de crack, nem hoje e nem nunca.

Pego o papel enrugado, o alumínio com a heroína, para acalmar minha loucura. Fumei um cachimbo de pura paranóia e, assim que acabei, a polícia estava dentro da minha cabeça e do lado de fora do quarto. Como posso usar isso de novo sem sentir esses imensos medos? E se usar mais esta noite, esses medos vão sair do meu controle.

Jodie desbloqueia seu corpo e seu cérebro bem devagar.

Ela fala: – Não vou parar.

– Mas quando os policiais terminarem de procurar esse fugitivo, eles vão voltar. Todos sentiram o cheiro do crack.

– Não vou parar – diz Jodie.

– Você vai ficar cada vez mais drogada e cada vez mais paranóica. Tome uma das marrons, é disso que você precisa agora.

– Não vou parar – diz Jodie. Bem, ela é viciada em crack.

Durmo e ela continua fumando. Acorda-me várias vezes para sentir-se segura.

– Deixe-me em paz! – digo. – Só quero levantar amanhã e me esquecer que tudo isso aconteceu.

Mas Jodie está apavorada e vai ficando cada vez mais apavorada. Fica me agarrando.

– Não durma, Maaaaaaark! Por favooooor!

– Pare de fumar essa porcaria e você ficará bem e também dormirá.

– Por favor, não me abandone!

Empurra-me e puxa-me, chorando e soluçando histericamente. Abro meus olhos e olho para seu rosto. Vejo que o medo a transformou em uma mulher velha. Ela não é mais a linda Jodie e seu terror acrescentou-lhe muitos anos de idade. Tenho nojo de vê-la chorando na cama. Empurro-a. De repente, como se estivesse vendo um fotografia, vejo meu pai, com seus lábios se contorcendo de desgosto por ver Mamãe berrar e soluçar no chão, aos seus pés. Como isso aconteceu de novo? Aconteceu quando joguei o crack privada abaixo e, agora, uma vez mais, transformei-me no durão do meu pai e a Jodie na geléia da Mamãe. Ela sempre foi assim ou foi algo que fiz a ela?

Sentindo-me mal, tento dormir de novo. Porém, espero a polícia voltar. Não voltam. Na manhã seguinte, saímos do hotel. Entramos no ônibus e voltamos para nossas vidas pacatas.

Tento ficar estável usando mais drogas controladas e bebendo muito. Vivo de esmolas e de traficar drogas com moderação. Numa tentativa de estabilizar minha vida um pouco mais, decido encontrar um emprego normal. Começar a trabalhar na padaria de um supermercado e isso me parece um passo significativo à frente. Mamãe tem um apartamento novo em Kendal e Bethany foi viver com uma de suas amigas; então eu fico no quarto da frente do apartamento da Mamãe, entre as caixas da mudança.

Acordo um sábado e parece ser meu dia de sorte. Meu primeiro cheque de pagamento chegou. Abro as cortinas e o sol está brilhando. Há um parque lá fora, com uma linda garota. Reconheço-a de primeira: Rosie. Freqüentei a escola com ela. Então, quando tinha quatorze anos, ela fugiu para ficar com um grupo de viajantes. E agora voltou e está adorável, no parque com uma criancinha, o sol batendo nos seus longos cabelos castanhos.

Visto-me, atravesso o parque e conversamos. Ela se lembra de mim. Diz para mim que voltou para Kendal por um tempo para livrar-se da heroína. Solidarizo-me com ela, pois estou em Kendal para tentar me resolver também. Concordamos ser muito difícil se livrar das drogas. Depois, entramos no carro da irmã dela com o meu pagamento no bolso e o filhinho da sua irmã no banco de trás e dirigimos para Moss Side para comprar drogas.

Voltamos com um estoque de cocaína e heroína e levamos para a casa da Rosie. Seus pais saíram e ela teria que tomar conta do filho da irmã. Colocamos a criança na frente da TV, usamos as drogas e depois dormimos juntos na cama de solteiro da Rosie. É o nosso primeiro encontro.

Capítulo 23

Rosie vem de uma família estável, mas sem riquezas: seu pai trabalha numa fábrica e ela é a mais nova de seis filhos. Usa vestidos longos, toca flauta irlandesa e adora música popular. E é uma artesã: já fez algumas caravanas de madeira puxadas a cavalo à mão, com um estilo bem simples. Viajou por toda a Inglaterra nelas. Rosie acha que os cavalos são o único meio de transporte. Mais tarde, vendeu as caravanas por um monte de dinheiro. Provavelmente gastou a maior parte dele em drogas.

A vida de Rosie não tem sido fácil desde que saiu de casa. Houve confrontos com a polícia, um terrível acidente em que alguém a atropelou enquanto dormia num campo, e agora é viciada em heroína.

Nosso relacionamento torna-se rapidamente muito intenso. Não há mais espaço para Jodie no meu mundo. Rosie é o verdadeiro amor da minha vida. Vivemos lindos momentos juntos. Mudamos para um apartamento em Kendal, trabalho na padaria e passo meu tempo livre restaurando um *trailer* antigo. Às vezes, viajamos nele. Estacionamos numa floresta e abro as portas para a noite, a fim de que as estrelas pareçam estar dentro do *trailer*. Há um cheiro limpo de adubo, árvores e relva. Acendemos velas na cama e o lindo corpo de Rosie é banhado pela luz macia. As drogas que usamos realçam os sentimos profundos que temos um pelo outro. Ela é adorável, o mundo é adorável e tudo parece certo para nós.

Rosie injeta heroína: ela não consegue parar e ao tentar viver sem isso fica muito mal. Então, quando ela está por perto, a heroína está por perto. Já usei muito antes, mas agora faz parte da minha vida juntamente com Rosie.

A heroína é uma boa droga, envolve-me com um calor que se enrola pelo meu corpo como o amor. Em muito pouco tempo, não apenas gosto dela, mas necessito dela. Fico mal se não a uso. Mas, diferente de Rosie, não sou viciado. O vício é para os fracos e eu sou forte. E há um erro que nunca cometo. Eu não a injeto. Não injeto nada. Secretamente desprezo as pessoas que fazem isso. Será que não percebem que uma vez que você injetou não há mais como parar? Às vezes, nas casas das pessoas, por exemplo, posso ficar rodeado de pessoas injetando, mas apenas fumo. Não preciso tocar numa agulha, pois tenho orgulho de mim por evitar a armadilha da agulha.

Embora, ao mesmo tempo, fique curioso para saber como é.

Quero dizer, deve ser bom, senão os outros não fariam isso.

Está frio e escuro quando acordo às três da manhã para ir trabalhar na padaria e me pergunto por que preciso sair da cama. Coloco um pé para fora da cama e o ar tem uma hostilidade típica da madrugada. Volto o pé para debaixo das cobertas. Rosie dorme. A cama está quente. Fecho os meus olhos e durmo.

Quando acordo, pela segunda vez o sol está na janela. O quarto está quente. Alongo-me. Sinto Rosie perto de mim. Quando duas pessoas precisam de droga, a melhor maneira de conseguir não é acordando no meio da noite para trabalhar com pessoas sombrias ganhando um salário baixo. Não, a melhor maneira é comprando e vendendo drogas. Traficar garante o seu estoque e a sua renda. Quem precisa de um emprego comum? Quem precisa do pão nosso de cada dia? Foda-se.

Rosie e eu pegamos o velho e bonito *trailer* e vendemos drogas. Esperamos parecer estudantes inocentes, tão inocentes que ninguém pense em inspecionar o *trailer*. Se fizerem isso, vão ver que está abarrotado de crack, heroína e *ecstasy*.

Dirigimos para o sul, para Frome, em Somerset. É verão e as vacas ficam deitadas nos pastos ao redor das flores amarelas. Elas nos olham pelas cercas que têm cheiro de rosas. Rosie conhece os lugares em que os viajantes ficam e tem amigos por toda parte. A demanda por drogas é tão alta que tenho que voltar correndo para Birmingham para comprar mais. Ao sentirmos que o mercado ficou saturado, mudamos para localidades próximas a Bristol e Bath. Rosie vai primeiro, infiltra-se entre os viajantes, faz amigos e diz a eles: – Tem um cara de Birmingham que está chegando com heroína, alguém quer? – Você sempre sabe quem vai comprar. Os viciados em heroína tentam agir como pessoas quaisquer, mas têm um olhar morto, uma pele cinza e sem vida, e seus corpos franzinos os entregam.

Quase no final do verão, vamos para Kent para a colheita da maçã. Há milhares de maçãs pequeninas, bem vermelhas, penduradas em filas e filas de árvores idênticas. Nos pomares antigos das fronteiras das fazendas, os viajantes se reúnem. Adoro o jeito como suas caminhonetes, ônibus e *trailers* chegam, expelindo pessoas e seus filhos. São transitórios, seguem as colheitas desde as cerejas até as maçãs. É um modo muito antigo de vida.

Os gentis viajantes trabalham duro em cima de escadas o dia todo, colhendo maçãs e as empacotando em caixas, e quando voltam para suas casas, à noite, para diminuir a dor em seus corpos, querem comer, relaxar e fumar. Como eles me odeiam ao entregarem seus salários para mim em troca de alguns pacotes de heroína e pílulas.

O fazendeiro observa seus empregados. Observa meu *trailer* chegar toda manhã e espera que eu suba nas árvores para pegar maçãs com os outros: não sabe que já estou ganhando mais do que jamais poderia me pagar.

– Planejando começar hoje? – pergunta alegremente, parado na frente do *trailer*, lançando olhares para dentro dele a procura de algo que possa explicar meu comportamento.

– Não estou bem. Devo estar melhor até amanhã – asseguro-lhe. Mas não tenho intenção alguma de pegar maçãs, se posso espoliar seus empregados. O fazendeiro olha para mim com desconfiança, mas não sabe do que me acusar. Vive em outro mundo.

Depois de Kent, vamos para Wiltshire, depois Gloucester e, por fim, de volta para Frome; e agora já é inverno e Rosie e eu estamos discutindo. Normalmente por causa das drogas. Se dividimos um pacote de heroína, nunca acho que Rosie dividiu igualmente. E fico ressentido pelo modo como ela espera que eu mantenha seu estoque. Mas se ela não injetar, chora e geme.

Nossas vidas são guiadas por suas malditas veias; está sempre tentando aquecê-las no banho para torná-las aparentes, ou liga o aquecedor no máximo até quase me sufocar. Faz qualquer coisa por essas veias. Observo com desgosto esse interesse confuso e anti-social por injetar drogas. Fora do trailer, a velha *hippie* mãe terra, que comanda o local, gargalha com sua boca desdentada enquanto seus filhos correm por toda a parte. Fumo heroína e vejo Rosie perder uma veia. Então, quando ela consegue achar uma, demora tanto para fazer o negócio que congela. Vai perder a picada.

Você não vai querer ficar perto de um viciado em heroína que perdeu sua picada, então levanto e saio, e lá está John esperando por mim. É um cara alto e loiro do sudoeste, que compra a maior parte de mim e depois vende para usuários. É como eu, um homem com um hábito controlável, mantido pela venda das drogas. No Festival de Glastonbury, ele foi membro da equipe que vendeu as minhas drogas, andando entre as barracas e dizendo: – Es, ácido, anfetamina, compre aqui!

Nos meus velhos dias de discoteca, usava Es e anfetaminas porque era divertido. Agora vendo drogas porque preciso delas e do dinheiro. E estou ficando bom nisso. Posso facilmente definir o grau de saturação de um mercado e cobrar de acordo, e tenho fontes de suprimentos suficientes para garantir rapidamente a quantidade de drogas que precisar. Nunca fui muito bom em matemática, na escola, mas agora me acho muito bom mesmo. Tenho uma memória útil. Não deveria escrever quanto as pessoas me devem, mas escrevo mesmo assim, rascunhando em pequenos pedaços de papel que escondo pelo *trailer*. Nem preciso realmente disso. Se as pessoas me devem drogas ou dinheiro, quase nunca me esqueço.

Continuamos viajando e nossas brigas ficam piores. Magoamos um ao outro, estamos sempre nos acusando de traição, de pacotes escondidos, de divisão desigual, de nem mesmo dividir. Brigamos e nos separamos. Viajamos para destinos diferentes. Vendo drogas em toda parte, transo com outras mulheres e continuo viajando. Lanço minhas apostas em muitos lugares diferentes, mas não aposto tudo num lugar só, e o mesmo serve para as pessoas que conheço. Mas, não importa o que aconteça, Rosie e eu sempre nos encontramos novamente, pois precisamos um do outro. Às vezes, ando por grupos de viajantes, chamando seu nome.

– Rosie, Rosie, você está aqui? Apareça, eu te amo!

Juntos, vamos para o norte. Está frio por toda parte, mas está mais frio aqui. Os céus são de um cinza persistente. Em Morecambe, o mar se agita como se fosse uma série de paredes cinzas e imensas desmoronando. É um dia úmido, com muito vento. O traficante só tem um pacote. Um pacote entre nós. Vamos a um banheiro público.

Olhamos para o pacote e olhamos um para o outro.

– Se você fumar, não vai viajar – Rosie me avisa.

Fecho meus olhos, preciso viajar.

Ela diz: – Você vai ter que injetar, se quiser sentir alguma coisa.

Preciso de heroína. Ela injeta e eu fumo, mas heroína é a química que nos une.

– Você decide – ela diz, esperando. Seu nariz escorrendo, seus olhos lacrimejando, pois seu corpo sabe que precisa daquela picada agora – Vai, decide essa porra agora!

De fato, injetar é mais econômico. Fumando, metade da droga desaparece na atmosfera. Injetando, seu corpo fica com tudo.

– O que você quer fazer? – pergunta Rosie. Está tremendo agora, precisa muito dessa picada. Abaixa a tampa do vaso sanitário e senta.

Mas não era eu quem sempre dizia que não faria isso? Não era eu quem sempre dizia que jamais injetaria?

Observo Rosie preparar a seringa: tira o cítrico que compra das lojas indianas, a garrafa de água, a colher de sobremesa e o isqueiro. Quantas vezes fiquei sem colher porque Rosie precisava para sua picada? Quantas vezes fui a várias lojas de segunda mão ou a qualquer tipo de loja atrás de uma colher e acabava voltando com um jogo de doze, enquanto Rosie suava e tremia no *trailer*? O pacote está aberto agora e ela tem tudo o que precisa. Está arrumando tudo com precisão clínica, no vaso do banheiro.

– Então? – pergunta Rosie.

Olho pelo sujo banheiro úmido. Preciso de heroína e fumar meio pacote não vai me ajudar em nada.

Digo: – Foda-se! Já que é para eu descobrir porque é tão bom injetar drogas, será nesse dia infeliz e cinza aqui do norte.

– Eu faço para você – diz. Tira o cinto e amarra bem forte no meu braço como um torniquete. Isso é pessoal. É íntimo. Mas suas mãos tremem. Estão quase descontroladas.

– Tenho que injetar em mim primeiro – diz, finalmente. Amarra o torniquete no seu pulso até que sua mão fique bem vermelha e toca os dedos à procura de uma veia, bate na seringa e tira. Bate e tira, bate e tira. Consegue um pouco de sangue, mas a seringa está fora, e agora ela entra em pânico para colocá-la antes que o sangue congele. Finalmente consegue. Tira o torniquete e, olhos fechados, relaxa enquanto a heroína se espalha por seu corpo. Seus olhos e narinas estavam escorrendo, mas agora, depois de segundos, estão secos novamente. A heroína a reconstituiu.

– Vamos logo! – digo. Observo-a preparar minha picada impacientemente. Pega a colher e coloca a heroína, um pó marrom, como poeira de tijolo. Coloca uns grãos de cítrico, só um pouco para quebrar a droga, e depois um pouco de água. Segura o isqueiro embaixo da colher. Está cozinhando. Quando borbulhar, estará estéril.

Extraio o filtro do cigarro, não tudo, só uns poucos milímetros a fim de que pareça um cotonete entre os meus dedos. Coloco o filtro no topo, ela coloca a agulha e a droga pelo filtro. Quando faz isso para si mesma, consegue fazer tudo com uma mão só, mas usa as duas para mim.

Acha uma veia na tatuagem do meu braço. A rápida picada da agulha. Espero a picada. Sinto primeiro na nuca, depois em todos os nervos do meu corpo. Estou pegando fogo. Tremendo. Tendo espasmos. Puta que pariu. Algo louco tomou conta do meu corpo e está me chicoteando no banheiro feminino. Quero um pedaço de couro na minha boca para fazer com que pare de morder a língua. Estou explodindo. Tem uma broca nas minhas veias. O que aconteceu? Injetar não deve ser assim. Deve ser culpa da Rosie! Ela está tentando me matar.

Nervoso, depois furioso, depois lívido. Agarro a garganta dela. Vejo seu rosto. Seus olhos estão repletos de terror e até suas sardas ficam pálidas.

– Desculpe, desculpe – diz. – Devo ter colocado alguma sujeira na... Ah! Merda! É uma picada suja, merda, merda...

Levanto um braço para atacá-la, mas já está saindo.

– Vou arrumar mais para você, é a única maneira...

Sigo-a até o *trailer*. Sinto como se fosse morrer. Meu corpo todo ainda treme com espasmos, enquanto ela dirige até outro traficante. Meu corpo está trincando. Ela sai e eu fico no carro, segurando meu corpo e esperando. Penso: essa picada suja é um aviso. Significa que não devo injetar nunca mais. Sei disso, depois de uma experiência dessas, nove entre dez pessoas desistem. Mas eu já sou viciado. E sei que Rosie está certa, a única maneira de parar a tristeza é com outra picada, uma limpa dessa vez.

Rosie volta com um pacote e estacionamos nos banheiros públicos à beira-mar. Não há ninguém por perto neste frio dia de inverno. O vento faz com que o cabelo da Rosie se mova para todos os lados, até que entramos no silêncio úmido dos banheiros e ele de repente pára de se mover. Ainda tremo. Meus dentes estão batendo.

Ela prepara outra picada para mim e, dessa vez, depois de sentir a picada, algo maravilhoso acontece nesse dia chuvoso dentro do banheiro público feminino à beira-mar, em Morecambe; tão maravilhoso que sei que mudará minha vida e não haverá como voltar.

O crack é barulhento, tênue e excitante, e é Jodie. A heroína é um abraço aconchegante. É uma lareira, uma poltrona confortável, um tapete espesso e muito amor, e é Rosie. A heroína alivia toda dor física e emocional. Injete heroína e tudo ficará bem. Quando Rosie coloca a agulha no meu braço, injeta puro veludo líquido nas minhas veias e, ao tirar o torniquete, o veludo espalha-se pelo meu corpo e posso sentir o calor envolvendo todos os nervos, acariciando cada veia adoravelmente. Fumei muito, mas a experiência intensifica-se mil vezes com a agulha. Agora entendo porque as pessoas fazem isso. Agora minha curiosidade foi satisfeita. A vida é bela. Até a porra de Morecambe é bela.

Primeiro, eu viajo. Ou seja, caio em um esquecimento sonolento e caloroso. Já vi Rosie fazer isso: sua cabeça cai sobre o peito, suas pupilas viram pequenas contas e ela baba. É nojento, é um prazer egocêntrico, mas agora sei o que é. Fantástico!

Ao acordar, ainda me sinto bem. Continuo sentindo-me bem pelo resto do dia e uma boa parte da noite. Meu senso de bem-estar não vai embora. As melhores partes do meu dia são acentuadas e as piores ficam irrelevantes. Na verdade, tudo é tão bom que sei que tenho que parar de injetar e parar já. A heroína preencheu o buraco na minha alma. É a peça que faltava em meu quebra-cabeça. Não devo injetar nunca mais e devo parar de fumar. Vai ser difícil, mas sei que se não parar agora correrei um grande risco.

É sábado. No domingo, Rosie precisa de outro pacote e me arruma um.

Não. Disse a mim mesmo ontem que não tocaria nisso de novo. Jamais.

Uso o pacote.

Agora vou parar definitivamente.

Na segunda, uso outro pacote.

Está bem, chega. Injetar é interessante, mas chega para mim.

Na terça, estou doente. Meu nariz não pára de escorrer. Não consigo parar de bocejar e espirrar. Vomito. Meus ossos queimam. Estou arrasado, com uma tristeza muito profunda. A vida é horrível e passa muito devagar. O mundo só tem uma cor: tudo é cinza. A porra do relógio anda para trás e não para frente. Nada parece certo. Chove pesado o dia todo. Vomito de novo e meus ossos queimam até meu corpo ficar coberto por arcos de dor. A fissura é mais forte quando você injeta, pois injetando seu corpo recebe toda a droga. E quanto melhor a picada, pior a fissura.

Mas se vou parar, sei que agora é a hora e que tenho que passar por isso.

Rosie toma sua picada. Não consigo olhar para ela. Estou suando todo. O fogo penetrou minha medula. Quero enfiar uma agulha de tricô nos meus ossos e arrancar tudo o que me queima. Tremo. Tenho calafrios. Não consigo falar. Não consigo ficar parado e não consigo esquivar-me da agonia.

Rosie me oferece um pacote. Custa dez libras. Por apenas dez libras posso acabar com meu sofrimento. E, por dez libras, acabo.

É inacreditável. Sei tudo sobre heroína e, ainda assim, caí no buraco. Já vi que a maioria dos viciados tem um período de lua-de-mel que os seduz ao vício a fim de que não queiram parar, até que seja tarde demais. Durante esse período, fumei e queria parar também. Agora quero parar de injetar. Mas já sei que não consigo.

Admito para mim mesmo que a heroína é uma necessidade na minha vida e que já tinha esse problema antes mesmo de injetar. Mas agora é uma necessidade muito grande, mais importante do que comida, mais do que água. Sem ela, não consigo acordar pela manhã, não consigo conversar, não consigo agir, não consigo viver. Tenho que injetar se não quiser me sentir péssimo. Não que a heroína me dê tanto prazer. Procuro outras drogas para sentir prazer. Ela simplesmente alivia os sintomas causados pela abstinência. Uma picada me reconstitui ao que era antes de precisar dela.

Então agora Rosie e eu injetamos juntos, mas isso não nos torna mais unidos. Pelo contrário, apenas brigamos mais para saber quem vai comprar o pacote, quem vai pagar por ele, quem vai dividi-lo. Entretanto, eu a amo. Só que meu amor por Rosie e meu amor pela heroína se confundem, às vezes.

Capítulo 24

Meu velho parceiro Daniel escreve para mim. Não nos falamos há algum tempo, pois nossas vidas tomaram rumos diferentes. Ele chegou a comprar drogas de mim em Birmingham, mas não estamos na mesma sintonia. Sempre diz que vai a uma festa do grupo DIY, mas, por algum motivo, nunca consegue ir. Provavelmente, se fosse, não entenderia nada. Agora está de volta à cadeia por um outro roubo violento e não vai mudar. Mas a nossa amizade ainda é profunda. Só faz cinco anos que dividimos uma cela juntos e essa ligação de irmandade permanece intacta.

A carta de Dan parece inocente, mas como éramos muito unidos, ainda sei todos os códigos: ele está me pedindo para ir para Birmingham rapidamente.

– Não vá – diz Rosie. – Não gosto disso. Há algo estranho acontecendo.

– Você não entende – digo. – Você não entende como eu e Daniel somos, pois você tem uma família unida. Nós passamos por muita coisa juntos e faríamos qualquer coisa um pelo outro. Qualquer coisa.

– Você me disse – diz Rosie – que vocês não tinham mais muito em comum.

Será que contei para ela que Dan não sabe apreciar um pôr-do-sol? Que ele não tem criatividade ou imaginação? Bem, apesar de tudo isso, ele é meu irmão. Meu irmão verdadeiro, Shane, foi para América há um ano e meio para administrar um sistema sonoro em Atlanta. Mas sempre fui mais ligado a Dan do que a Shane, e agora Dan está dando a entender que precisa da minha ajuda.

Em meio aos protestos, vou direto para Birmingham. Dan e uns quatro ou cinco colegas de cela esperam por mim. Esses outros homens são obviamente criminosos de primeira linha. E Daniel falou para eles que sou o homem que eles procuram. Estão procurando um passador de drogas confiável, agora que estão presos. E Dan falou para eles que sou o cara.

Tento ficar calmo no meio dos gângsteres. Dan está calmo também, mas, na verdade, mal conseguimos conter nossa excitação ao ouvir a descrição do trabalho.

– Estamos com eles agora! – sussurra Daniel enquanto saio. Aqueles enormes olhos de bebê brilhando em seu rosto branco. Quase dá pra ver seu cálculo, planejamento, pensamento. A veia azul na lateral da sua cabeça pulsando, pois está diretamente ligada ao funcionamento do seu cérebro.

– Estamos feitos, cara, vamos virar traficantes milionários – e começa a rir. Conheço essa risada. É aquela risada agitada e nervosa que costumava ouvir quando roubávamos as pessoas.

Os gângsteres estão apenas a um passo de distância da fonte de suprimentos na Europa Oriental e têm grandes negócios para organizar de dentro da prisão. Como passador, meu trabalho é encontrar-me com pessoas que se parecem pessoas comuns nas ruas, como encanadores ou pessoas que consertam telhados, que aparecem em seus carros com uma quantidade industrial de drogas. Levo-as no *trailer*. *Trailers* devem ter beliches de dobrar, mas eu só tenho Es dobrados. Tenho que levar as drogas de Birmingham para traficantes por toda East e West Midlands.

Esse é um trabalho muito lucrativo, porém perigoso. É excitante. É assustador. Estou sendo pago para levar as drogas de um lugar para o outro, mas também ganho uma pequena margem de lucro para mim, aumentando o preço para mais cinqüenta centavos em cada pílula. São quinhentas libras para mim em cada mil. Ou perco algumas pílulas a cada entrega e as guardo num bueiro em Kidderminster, perto da casa de Dan. Rapidamente acumulo um bom estoque particular de Es e, depois de vendê-los, dou a metade do dinheiro para Dan.

Rosie me acompanha e nós dois parecemos dois estudantes despreocupados em vez de traficantes com o carro carregado até o topo de *ecstasy*. Rosie não acha isso excitante. Fica extremamente tensa e o cabelo dela começa a cair. Lá no fundo estou assustado também, mas não vou admitir.

– Esses caras vão quebrar sua pernas se decidirem que você não é mais útil – ela diz, enquanto dirigimos com o carro abarrotado de drogas. – Na primeira oportunidade.

Dou de ombros. Será que ela não entende que sou um dos poderosos agora?

– E se a polícia nos parar, você pegará perpétua por isso.

– Ninguém vai me pegar.

– Daniel nem se importará.

– Ele é meu amigo.

– Ele vai te visitar na cadeia nos próximos vinte anos, então? Isso é que é amizade?

– Você não entende nossa amizade. É uma questão de honra. – Honra? Agora pareço mesmo o gângster que quero ser. Mas é verdade que Daniel e eu iríamos ao inferno de mãos dadas.

– De uma coisa eu sei. Não vai ser ele quem vai pegar perpétua.

É claro que sou viciado. Mas meu vício está tão sob controle que consigo mantê-lo em segredo, de certo modo até para Rosie. Um vício como o meu torna a vida difícil. Tenho que conseguir drogas secretamente, escondê-las, encontrar um lugar com privacidade para injetar. Agora não é só heroína que injeto, mas coca e crack também. Uma vez que se começa, injeta-se qualquer coisa. Fumar, cheirar, engolir não servem mais. Você não suporta ver metade da droga desaparecer na atmosfera ao terminar um cachimbo de crack. Você quer tudo direto nas veias para sentir a pureza que a picada te dará.

Estou tão desesperado para escapar da chorona da Rosie e conseguir uma picada pacífica e segura numa manhã de um fim de semana que, quando ninguém está por perto, visito uma prostituta em Birmingham. Não estou falando das garotas baratas que sentam nas janelas de Balsall Heath; mudei muito desde aquele momento adolescente. Estou falando de uma garota de classe. Ela é bonita e chinesa, e não acredita quando digo que sou traficante de drogas. Mostro para ela que tenho quinhentos Es e, de repente, está toda em cima de mim. Traficar faz tão bem para o ego. A prostituta e eu passamos a manhã juntos. Injeto crack e heroína na privacidade da sua bonita cobertura. É bom. Não gosto de usar sozinho, mas isso se tornou uma atividade solitária ultimamente.

Mas Rosie também tem um segredo e finalmente um traficante acaba me contando. Ele me conta que Rosie vem sempre de mansinho pedindo heroína, enquanto estou ocupado entregando drogas. Fico furioso e preocupado. Todo mundo vai saber que minha namorada é drogada. E isso vai fazer com que imaginem que talvez eu seja drogado também, e ninguém confia num drogado; certamente um drogado não pode ser passador de drogas.

Ao saber do que Rosie anda fazendo, arrasto-a pelo cabelo e sou violento e ofensivo na frente de todo mundo. É vital que, na frente de todos, não seja visto como cúmplice do vício dela. Além disso, estou mesmo furioso. Pela primeira vez na minha vida, tenho um bom emprego, com dinheiro fácil e todas as drogas que quiser. E Rosie está pondo tudo a perder.

Mantenho-a presa no *trailer* e não a deixo sair.

– Você arruinou a minha maldita vida! – grito.

Ela chora e, quanto mais fica histérica, pior fico. Bate as mãos nas paredes do carro, chora compulsivamente, e não sinto nada além de nojo. Vejo o mesmo quadro novamente, aquele que odeio, aquele que aparece na minha cabeça quando não quero. Minha mãe chorando e berrando no chão da casa da fazenda e o olhar de repugnância no rosto do meu pai ao olhar para ela, inerte como uma rocha. Mamãe era louca. Papai era louco. Então, como foi que isso aconteceu? Como foi possível que me tornei Papai? E Rosie, o amor da minha vida, por que motivo se tornou Mamãe? Somos loucos também? Será que Rosie era assim quando nos conhecemos ou eu fiz isso com ela?

Espero ter feito o suficiente para tranqüilizar os temores dos traficantes com quem trabalho, convencendo-os de que não sou viciado, que sou de confiança e que, apesar do vício da minha namorada, não sou drogado. Mas as pessoas sussurram sobre mim. Posso sentir. A paranóia de todo mundo está aumentando e já havia paranóia o suficiente a princípio, pois há muito dinheiro envolvido, a polícia é um medo constante e os gângsteres são perigosos também.

Sei que os boatos sobre mim chegaram até Dan e os gângsteres, que arquitetam suas operações da cadeia, pois algo estranho acontece. Falo com Neil no meu celular e alguns minutos depois ele me liga de volta.

– Um cara me ligou assim que acabamos de falar. Perguntou-me de você.

– Perguntou o quê?

– Sobre as coisas que estávamos falando. De alguma forma, ele nos ouviu.

Então, eles grampearam meu telefone. Os peixes grandes estão verificando todas as minhas transações. Sinto cheiro de problemas.

– Que tipo de cara você acha que era? – pergunto a Neil.

– Do tipo negociante.

– Ah! Meu Deus do Céu! – diz Rosie quando conto para ela. – Temos de sair daqui. – Seus olhos estão arregalados de ansiedade. Ela puxa os cabelos num gesto de desespero e um tufo fica na sua mão.

Sei que está certa. Os gângsteres estão se virando contra mim. Dan está se virando contra mim. É hora de dar o fora.

Vendo metade dos Es que roubei para Dan e para mim e pegamos o *trailer* em direção ao norte. Piso forte no acelerador. Algumas horas mais tarde, o telefone toca. A voz soa assustada.

– Tive de dar todos aqueles malditos Es que você me vendeu! – diz o traficante que tinha acabado de encontrar. – Um bando de mal-encarados cercou a casa. Eles jogaram gasolina na caixa de correio e disseram que iam botar fogo na casa, se não desse tudo para eles. Disseram que você não poderia vendê-los, pois não eram seus.

Nessa hora, já estamos bem longe, na rodovia M6, e não poderíamos ter ficado mais um minuto onde estávamos. Todas as previsões de Rosie se confirmaram. Meu irmão Dan se virou contra mim. Bandeou-se para o lado dos gângsteres.

Há um silêncio no carro. Dura quilômetros. E então, quando começamos a nos sentir seguros novamente, pois estamos nos aproximando de Kendal, começamos a brigar. Dizemos coisas terríveis um para o outro, como sempre fazemos quando brigamos. Desligo o motor e paro o *trailer* no meio do nada para que possa me concentrar nos meus gritos. Rosie começa a chorar. Grito mais alto.

– O que você tem? – grito com ela, exasperado. – Tudo o que sabe fazer ultimamente é chorar.

– Estou... – chora. – Estou... – chora mais. – Estou... – continua chorando. – ... grávida.

Ah, o silêncio agora. Estamos num *trailer* silencioso, numa rua silenciosa, num brejo silencioso, longe de tudo, na Terra do Silêncio.

Grávida.

Isso significa que ela vai ter um bebê.

Por talvez um minuto, a natureza monumental da notícia me deixa estupefato. Um bebê. Você tem de alimentá-lo, vesti-lo, cuidar dele por vinte e quatro horas por dia e, então, ele cresce e cresce e suas necessidades mudam, mas ainda têm de ser satisfeitas. O bebê se torna uma criança, um adolescente, e você tem de amá-lo, cuidar dele e ensiná-lo a viver. Você não pode ser egoísta, imaturo e desimpedido, se tiver um bebê. Meu pai era assim e não era bom o suficiente.

O conhecimento, o senso de responsabilidade, a enormidade de tudo fica passando pela minha cabeça. – Você não está feliz? – chora Rosie.

– Sim. Claro que estou – digo, colocando meu braço ao seu redor. – Um bebê. Sim, estou feliz.

– Você quer, não quer?

– Sim. É... uma excelente notícia.

Rosie quer um bebê há muito tempo. Ela vinha dizendo isso, mas eu não conseguia enxergar nada além das minhas próprias necessidades e do meu vício. As palavras não tinham muito significado, mas agora entendo que, para ela, um bebê é uma solução. Estamos sempre viajando, nossa necessidade por heroína, como um enorme bicho-papão, mantém-nos em movimento constante, sempre brigando, e agora Rosie quer estabilidade. Acredita que um bebê pode lhe trazer isso.

Fico cheio de dúvidas e preocupações. Ligo o carro novamente. O barulho do motor quebra nosso silêncio de volta para Kendal e nosso velho apartamento. Mamãe ainda mora em Lakes, assim como minhas duas irmãs. Bethany já segue seu próprio rumo, está aprendendo a se divertir, enquanto Kelly vive a maternidade de cabeça ao cuidar de suas duas crianças pequenas. Às vezes nos vemos. Aprendemos a viver separadamente na mesma casa quando Papai dominava nossas vidas: agora vivemos separadamente na mesma cidade e nenhum de nós, exceto Kelly, tem qualquer contato com Papai. Quando ele vem de Durham para visitar Kelly, Bethany o evita. Se ele está na cidade, ela não sai de casa.

– Qual o problema? – pergunto, meus olhos focados em Bethany, talvez pela primeira vez em anos. Ela é muito bonita e um único olhar mostra sua natureza doce e seu bom coração. A garotinha do Papai. Tinha tanto ciúme do relacionamento especial e particular deles, os cavalos, as piadas, o modo como as enormes mãos dele eram gentis com ela. E agora ela nem se arrisca a vê-lo na rua.

Bethany não consegue olhar em meus olhos e percebo que não quer conversar sobre isso. Paro de questionar. Estou preocupado demais com o que está para acontecer na minha própria vida.

Quanto mais a barriga de Rosie cresce, mais tenho a sensação de medo diante da responsabilidade que nos espera. Arrumo um emprego de meio período na casa de campo de um homem rico e tentamos diminuir a heroína para o bem do bebê, mas agora que não preciso mais manter meu vício em segredo, como algo numa gaveta do armário da cozinha, ele fica maior. Grande a ponto de preencher o apartamento, ele enche a minha vida, incha até que perceba que não estou mais conseguindo controlá-lo. Ele me controla.

Quando Rosie chega aos oito meses e fica redonda como uma maçã, tenta restringir-se ao fumo. Usa metadona para ajudá-la. Tento parar com a heroína completamente, mas os sintomas da abstinência são terríveis. Sentimos a fissura juntos, olhos e narizes escorrendo, cabeças doendo. Queimamos, vomitamos, temos calafrios, trememos, choramos. Achamos um ao outro insuportável e a fissura do outro também. Dia após dia, nossos corpos parecem próximos à desintegração. Até o dia em que desistimos. O efeito da primeira picada é instantâneo. Meu corpo molhado seca rapidamente, sou jovem de novo e meu corpo está pleno, todos os pensamentos e idéias se agitam na minha cabeça mais uma vez, pois alguém acabou de ligar o botão de força.

Agora que me droguei, paro de me preocupar com o modo como vamos lidar com um bebê e um vício de heroína e começo a sentir-me excitado. Penso naquele sentimento interno de solidão que eu nunca quis pensar a respeito ou confrontar, que sinto desde pequeno, e que a heroína ajudou muito a deixar para lá. Se eu construir uma família, talvez a solidão vá embora. Ter um bebê será uma experiência maravilhosa.

Em abril de 1996, o bebê nasce de parto cesariana, depois de uma longa e emocionante noite. Estou ao lado de Rosie com minha máscara e avental, a equipe segura um lençol e, de repente, estão segurando de cabeça para baixo uma pequena réplica da humanidade, que berra bem na minha frente.

É meu filho. Não consigo acreditar. Sinto uma mistura de emoções que mal consigo tolerar. Um amor muito profundo, mais profundo do que qualquer coisa que já tenha sentido antes, tão profundo que me assusta. Deixam-me segurá-lo e ele olha bem dentro dos meus olhos e por um minuto fica quieto. Seu peso é leve, seu corpo se aconchega ao meu com confiança. Ele não me julga ou pensa que sou mau. E, por um momento, qualquer coisa parece possível. Ele está começando sua vida. Talvez tenha vindo também para que eu possa recomeçar a minha. Estou feliz. Estou eufórico.

Nós vamos chamá-lo de Jack e no hospital formo um laço com meu filho, um laço de amor que é mais forte do que qualquer laço que tenha conhecido antes. A única coisa com a qual sempre me importei antes foram as drogas. Mas agora tenho Jack.

Eles nos levam para um quarto e Rosie dorme quase que imediatamente, e Jack prende seus pequenos dedos ao redor do meu. Aos poucos, minha alegria vai sendo diluída pelo medo. Jack é tão indefeso e nós somos responsáveis por ele. Como vou cuidar dele, se sou tão criança, tão autocentrado como qualquer bebê? Será que eu sei como amá-lo? Lembro-me daquela pedra de crack, rolando e depois desaparecendo no vaso sanitário. Era algo que amava demais e me livrei dela. Lembrar-me disso me deixa ainda mais assustado agora.

Sento-me e converso com nosso bebê, falo com ele como se realmente pudesse me entender. Embora ele tenha nascido um viciado, a vida se alonga à sua frente, cheia de possibilidades. Digo a ele que tudo deu errado para mim, mas que vou tentar ser um pai de verdade para ele, não serei como meu pai. Vou cuidar dele e garantir que todas as coisas que aconteceram comigo não aconteçam com ele. Já consegui arrumar um emprego adequado e meu próximo passo será parar com as drogas, e não vou mais aumentar a minha renda comprando e vendendo drogas. E nós seremos uma família de verdade.

Deixo-os no hospital e vou para casa para começar a limpá-la. Tenho vontade de chorar. Sou um garotinho que virou adulto de repente. Mas é necessário, pois agora sou pai.

Tento de verdade manter minhas promessas a Jack. Passo os primeiros seis meses da vida dele sempre lutando contra os sintomas da abstinência da heroína. Mas cada vez que me entrego, a cruel senhora exige sua revanche e caio num nível de vício mais profundo. Estou preso num ciclo do qual não consigo escapar e o tempo todo há o barulho de um bebê chorando.

Sou egoísta. Não abaixo o volume da música quando Jack está tentando dormir. Fico deitado na cama quando eu deveria levá-lo para passear. Injeto-me em vez de ajudar a dar comida a ele. Levo-o a lugares em que há agulhas ao seu alcance. Rosie está sempre me deixando e indo embora para a casa da mãe dela com ele. Mas eu amo Jack mais do que consigo expressar. Quando sinto seu corpinho contra o meu, quando toco sua cabeçinha tão macia, quando ele me olha nos olhos com amor e confiança, não consigo traí-lo, então tomo uma decisão.

Numa última tentativa de mudar minha vida, mostro meu velho portfolio de fotografias para um renomado curso de fotografia em Blackpool e eles me aceitam como aluno. Vou me tornar um fotógrafo. Após não conseguir encontrar acomodação acessível em Blackpool, penso em mudar para a universidade de Newcastle-upon-Tyne. A universidade de lá também tem um bom curso de fotografia e as acomodações são mais baratas do que em uma cidade grande. Mostro meu portfolio para o departamento de arte da universidade e eles aceitam a transferência. Então me mudo para Newcastle, onde eu e meus pais nascemos. Tudo na minha vida sempre foi obscuro, por conta das drogas e de minha necessidade de usá-las, mas consigo perceber algo sólido em meio à cerração. Um curso, que me trará um emprego, e depois uma renda... Vou parar de traficar e me drogar e começar a viver. Com minha família ao meu redor.

Minha irmã mais velha, Kelly, vem nos visitar. Nós nunca falamos sobre Papai; tudo o que eu sei é que ele mora em Durham, com sua nova família. Mas agora Kelly me conta que ele morou um tempo em Newcastle, logo após o divórcio, e que ele e sua companheira ainda possuem um pequeno apartamento lá e vão emprestar para nós.

Rosie, Jack e eu colocamos nossas coisas no *trailer*. Dirigimos para os Pennines para nosso recomeço. Um cenário gélido, alto de assombrar, com ventos fortes que nos cegam e neve caindo. Jack chorando no banco de trás enquanto cheiramos cocaína no painel do carro: não parece uma viagem em direção a uma vida nova.

Estou nervoso e feliz porque verei Papai. Eu o amo profundamente porque ele é meu pai, apesar de tudo o que houve entre nós, e estou ansioso para vê-lo. Tenho vinte e quatro anos e não o vejo desde os dezesseis.

Ele veio de Durham e está esperando por nós no apartamento.

Tem a mesma aparência de sempre. Um *cowboy*, e pelo menos três vezes maior do que realmente é, como as propagandas de Marlboro Country nos outdoors de uma estrada. Basta olhar para ele para que eu fique uma pilha de nervos. Quero me aproximar do meu pai do jeito que Jack prende seus bracinhos ao redor do meu pescoço. Quero, mas não consigo. Há uma longa infância de rejeição entre nós. Vejo aqueles duros olhos azuis, aquele rosto rude, as tatuagens em suas mãos, e recuo. Tenho seis anos de idade e estou apavorado. Ele me olha de cabo a rabo e, por um momento, vejo o que ele vê. Pupilas do tamanho de cabeça de alfinete, nariz escorrendo, tremor, coceira. Todas as características de um drogado. Papai sabe. Sabe tudo sobre mim. Olha para Jack, que está no colo de Rosie.

– Tudo bem, filho? – pergunta para Jack. Jack olha para ele. Não quero que Papai toque nele.

A companheira dele chega e preocupa-se em fazer chá. Ela é legal. Será que não sabe quem Papai realmente é? Tomamos nosso chá e a conversa não flui. Quando todos se levantam para ir embora, Papai e eu ficamos sozinhos na cozinha por um momento. Ele me lança seu penetrante olhar frio e acovardo-me diante dele, como um garotinho.

Diz: – Você não pode me culpar. Não pode me culpar pelo que você se tornou.

E então sai, com sua companheira.

Capítulo 25

Rapidamente a heroína que Rosie e eu trouxemos acaba e a fissura começa.

– Sabíamos que seria um inferno, mas se você conseguir me apoiar agora – digo a Rosie – depois da graduação tudo poderá ser diferente.

Preciso da ajuda dela. Preciso dela comigo em cada passo que dou, ou não conseguirei passar por isso. E Rosie, claro, não pode me dar esse apoio. Está no seu próprio mundo de vício e loucura, em que cuidar de Jack demanda um esforço sobre-humano. E ela realmente cuida dele e é sobre-humana. Quanto a mim, não consigo lidar com ele de jeito nenhum. Simplesmente o amo. Mas tudo o que uma criança precisa além disso, eu não consigo dar a ele. Não consigo dar nem a mim mesmo, imagine a outra pessoa.

Rosie e eu brigamos e Jack observa. Seu pequeno rosto redondo olha para um e para o outro e então começa a chorar, mas nem isso faz a gente parar. Nossas brigas são loucas e violentas, uma mistura de amor, raiva e ressentimento. São, na verdade, insuportáveis. E um dia Rosie não suporta mais. Ela pega Jack e vai embora. Já fez isso antes, mas dessa vez sua ausência tem uma nova finalidade e a perda é infinita, pois levou Jack.

Minha resistência à heroína sucumbe. Em poucos dias, volto usar, mas não é fácil comprar em Newcastle. A trilha da heroína parece desaparecer antes de chegar ao nordeste. Não pela primeira vez, levo uma vida dupla. De dia, vou para a faculdade, curto meu curso de fotografia e convivo com estudantes de classe média de boa índole. De noite, ando pelos piores lugares, nas piores áreas da região nordeste, procurando heroína.

Passo noites inteiras sentado em prédios populares com outros viciados, esperando o traficante voltar. A mulher do traficante parece estar de saco cheio. Tenta passar roupa, mas há vinte viciados abarrotados na sua sala pequena e quente. Porém, o traficante não pode deixar que fiquemos na rua, chamando atenção. Então ficamos no chão, no sofá, nas cadeiras, e ficamos todos sofrendo, pois saber que nossa picada acontecerá logo faz com que os sintomas se intensifiquem. Estamos com dor, queimando e com os narizes escorrendo. Alguns viciados estão com seus bebês de fraldas que querem ir para casa. Há pessoas chorando, balançando, coçando-se. Desde que me tornei um viciado em heroína, minha vida tornou-se um jogo de espera. Esperar, esperar, esperar pela minha droga. Desejar que o tempo passe e que a minha droga venha. Sento-me na sala desse apartamento simples em Newcastle e só consigo pensar em uma coisa: na duração do tempo da minha espera. Estamos todos desesperados, todos os vinte, até mesmo as crianças. Tenho ódio de todos. Fico pensando: mais dez minutos, eu espero mais dez minutos. E depois mais dez. Até me dar conta de estar esperando há horas. E tenho ódio dos traficantes, pois eles têm o poder da pólvora. Estão em algum lugar e deixando todas essas pessoas doentes à espera pelo que querem, pois são canalhas egoístas e já têm o que queremos; devem estar dormindo enquanto estamos com dor, fissurados, babando. Eu sei, pois já fiz isso quando traficava. Como comprador, penso: onde estão, por que não voltam e me dão o que quero? Os alfinetes nos meus braços transformam-se em pequenas bocas e cada uma delas está dizendo: alimente-me. Dê a maldita comida para nós. Quero enfiar meus dedos nos buracos e parar essa maldita coceira. Em vez disso, espero. Você está sempre na maldita espera, esperando, esperando por heroína.

Então, finalmente ela chega. Compro o suficiente para hoje e amanhã. Mas sei que não vou conseguir parar de usar esta noite e então voltarei aqui ou em algum outro lugar ermo, mais tarde.

A escassez de heroína em Newcastle faz com que saia todo fim de semana. Vou para Nottingham com freqüência. Sei onde comprar aqui. Meus fins de semana com meus amigos são relaxantes, mas às vezes há festas selvagens. Aproximo-me de Ange, uma artista que faz cenários para festas. A heroína é a minha patroa agora, então o sexo não é tão importante como costumava ser, mas aproximo-me de Ange da melhor forma possível que um viciado consegue se aproximar. Ela me apresenta ao seu amigo Sean. É um estudante *gay*, de olhos e cabelos escuros, que cursa Sociologia. Ele se interessa pelas minhas fotos.

Quando o grupo DIY anuncia que fará um *tour* pela América, ele imediatamente diz aos DJs Digs e Whoosh: – Tenho uma idéia brilhante! Vocês precisam de um fotógrafo oficial para o *tour*.

Eles parecem interessados.

– O Sr. Mark Johnson é o homem de que precisam! – anuncia Sean. Ele tem um modo muito particular de falar.

Acontece que algumas revistas já haviam pedido fotografias do *tour*.

– Quanto tempo pretendem ficar nos Estados Unidos? – pergunto. Dão de ombros. Não sabem quanto tempo pretendem ficar, pois sua abordagem é anárquica.

Digo: – Meu irmão dirige um sistema de som. Reside em Atlanta...

Todos acham que é um bom lugar para começar. Logo me envolvo com o *tour* e vou com eles, como fotógrafo oficial. Isso significa que vou sair da universidade e abandonar meu curso. Sinto por isso, mas não posso perder o *tour* e, de qualquer forma, a América será mais ou menos como um curso de fotografia. Verei meu irmão Shane pela primeira vez em alguns anos. E começarei uma vida nova, pois será muito mais fácil largar a heroína num novo ambiente, com um grupo de amigos que está fazendo a mesma coisa, do que seria na solidão de Newcastle.

Para mim, o *tour* pela América dura sete meses, até o verão de 1997. É uma confusão. Uso toda droga disponível, incluindo duas novas, metanfetamina (conhecida também como *ice*) e DMT, e ambas explodem minha mente. Mas não uso heroína. Certamente usaria se conseguisse colocar minhas mãos nela, mas não consigo perceber a rota da heroína por aqui. É quase impossível comprar e, ao tentar, acabo sofrendo um assalto à mão armada. Então, em vez de heroína, bebo muito, uso crack, cocaína, qualquer coisa que possa aliviar meu desejo monstruoso por uma coisa: heroína. Alguns amigos sofrem com os mesmos sintomas de abstinência. Uso enormes quantidades de drogas enquanto a música nos leva de Atlanta a São Francisco.

Os distintos jovens americanos adoram nosso comportamento louco, nossa música e nosso cenário. Ironicamente, o estilo *deep house* vem dos Estados Unidos, mas não explodiu até chegar na Inglaterra. Agora que o trouxemos de volta, estamos transbordando-o para eles. Os americanos só agora estão descobrindo algumas das drogas, as festas livres e o cenário que descobrimos anos atrás, e estão tendo seu verão de amor. O nosso terminou anos atrás. E, quanto a ser o fotógrafo do *tour*, bem, eu logo troco minha câmera por um pouco de cocaína.

Uma noite, numa discoteca, não consigo parar de usar cocaína. Sempre que a música acaba e meu mundo fica silencioso, transformo-me, de um animal de uma festa selvagem em uma criança nervosa, perseguida por medos antigos e necessidades desesperadas. Ainda há música e as luzes estão paradas, e ainda há um pouco de cocaína por perto, mas estou sem dinheiro. Quero cocaína. Não consigo sair da mesa. Então, quando um traficante me oferece cocaína em troca de sexo, eu aceito. Tenho que conseguir a droga. O baixo martela em meu cérebro. Posso ver seus cabelos negros, mas não consigo ver seu rosto. Não preciso. Sei que é Trevor, de Kidderminster. Por um momento, sinto o cheiro doce e sujo dos animais da fazenda, lembro-me do cinza dos blocos de cimentos dos estábulos, e a música da discoteca abre caminho para o silêncio do vasto mercado de gado vazio. E não posso contar para ninguém. Trevor irá negar tudo e ninguém vai acreditar em mim. Bichinha.

Depois disso, sinto-me humilhado. Não sou *gay*, então por que o deixei fazer aquilo? Eu me importo? Deveria me importar? Estou tão drogado que nem sei mais quem sou e não tenho mais regras. Estou perdido e envergonhado. Pego o próximo avião para Londres, de volta aos braços da minha amante e grande conforto: a heroína.

Diante da possibilidade da chegada iminente num país onde a heroína está disponível por toda parte, começo a ter uma fissura intolerável. Cuidando de uma ressaca terrível, sento no avião tremendo e meus sintomas têm a intensidade de um incêndio na floresta, embora faça quase oito meses desde a minha primeira terrível tentativa de abstinência. Mas meu corpo sabe, minha alma sabe, toda molécula e corpúsculo e célula sanguínea sabe que, ao término do vôo, haverá heroína. Assombrado pelas lembranças do que fiz e do que não fiz, estou engessado ao meu assento, suando e babando, enquanto espero, espero o avião aterrissar. Estou sempre esperando a minha maldita droga, mas essa é uma das piores esperas.

Chego ao aeroporto e Rosie está lá. Ela tem droga no banco da frente e Jack está atrás, mas nem o vejo. Só vejo a droga. Em pouco tempo, há uma agulha no meu braço. Alívio, aconchego, relaxamento, a droga me dá as boas-vindas em minha volta ao seu reino. O horror e o nojo de mim mesmo, sentado ao meu lado no avião, evapora-se. Sou um ser humano novamente e tudo vai ficar bem.

Somente agora consigo abraçar Jack e olhar para ele. Ainda não tem dezoito meses, mas já está menos bebê e mais garoto. Cabelos loiros e olhos azuis, até mesmo eu posso ver que ele se parece comigo. É aquela criancinha que eu costumava ser. Olha-me com sabedoria e não me reconhece. Meu lindo filho.

Voltamos para Kendal. Sempre voltamos para Kendal. O cinza das ruas e da chuva não mudou, e o nosso relacionamento também não. Rosie não consegue suportar meu comportamento caótico, loucamente regido pelas drogas, então vai embora e leva Jack para a casa de seus pais. Eu encontro um pequeno e esquálido quarto em cima de um salão de beleza.

Agora aceito que não posso viver sem heroína. Eu preciso dela. Para piorar, o crack está de volta à minha vida, pois na América foi o meu substituto para a heroína o tempo todo. Quase que imediatamente, volto a traficar, e não em menor escala que antes. Uma escala muito maior.

Se tiver que esperar pela minha droga, entro em extrema fissura. A heroína é o meu amor, a minha senhora. Quando fico longe dela por muito tempo, ela diz: você está me abandonando? Não me deixe! E me faz sofrer tanto, que sempre volto para o alívio que ela traz. Restaura-me, torna-me pleno, faz-me voltar à normalidade. Só não consegue me fazer agir. Não me dá mais nada, nem mesmo prazer, somente o alívio da tristeza da sua falta. Se procuro por prazer, uso crack com heroína, se quero atingir um estado de sonho eufórico chamado transe; tomo Valium ou Mogadon com heroína, pois a minha senhora não é generosa. Ela me quer de volta, mas não me dá nada.

Pego minha coleção de discos na casa da minha irmã e tento transformar meu quarto numa casa. Há uma cama de solteiro e uma televisão. Às vezes Rosie deixa Jack ficar comigo, e esta noite nós dois dormimos na cama. Estou com o torpor da heroína. A televisão está ligada; estou meio acordado à noite e ouço uma voz urgente anunciando a morte da Princesa Diana. Durmo de novo, devo ter sonhado. As pessoas estão chorando. A fralda do Jack está caindo de tão cheia, mas não tenho energia para trocá-la, pois sinto dor no corpo todo. Devo comprar droga para poder agir, mas não tenho energia para levantar. Mais pessoas choram. Pela janela, posso ver que o mundo parece um lugar cinza, molhado e depressivo.

Jack vem se aninhar em mim, mas o empurro. Ele começa a correr pelo quarto, quebrando as coisas, e estou impotente para fazer qualquer coisa a não ser gritar. O barulho reverbera na minha cabeça e ela dói ainda mais.

– Fica quieto! – grito. Fecho meus olhos. Silêncio. Abro um olho e Jack está olhando para mim. Fecho-os. Sei que ele está subindo na cama, pois sinto suas mãozinhas segurando o lençol. Então, bem devagar, ele engatinha sobre meu corpo. Seus dedos são cuidadosos e ele distribui seu peso também cuidadosamente. Como se eu fosse um vulcão em erupção, coloca seus braços ao meu redor de forma furtiva, a fim de que eu não perceba.

É demais. Não posso resistir. Não posso suportar esta atenção, suas mãos segurando-me, querendo coisas, querendo atenção, exigindo amor, querendo, pedindo, precisando. Isso dói demais. Dói porque não posso dar-lhe nada. Minha própria necessidade é muito grande. Minhas necessidades me consomem.

Empurro-o. Ele olha para mim e não está nem surpreso: era o que esperava. É o que os pais da nossa família fazem.

Vamos para a rua para que eu possa comprar drogas. Quando consigo, paro em um estacionamento. Para não dizer que está vazio, há um caminhão na outra extremidade. A uma pequena distância, carros chacoalham o nosso ao passar, ignorando-nos.

Jack está com fome e chora. Tenho um saco de doces. Deixo-o preso na sua cadeirinha no banco da frente e vou para trás. Minhas mãos tremem tanto que mal consigo abrir o maldito pacote de doces. Rasgo-o com meus dentes, como um animal, e então jogo para ele que me olha e pára de chorar imediatamente. É como se tivesse conseguido sua picada. Fica ocupado com a embalagem enquanto lido com meu próprio pacote. Tenho boas veias. Meus amigos invejam minhas veias. Injeto na mesma tatuagem do meu braço há dois anos e nem preciso usar torniquete. Não tem nada daquela bateção de agulha da Rosie.

Estou aquecendo a colher, quando vejo o rostinho de Jack. Estica-se na sua cadeirinha para me ver. Derrubo o isqueiro e jogo outro doce para ele, que pára de tentar ver o que Papai está fazendo. Antes de enfiar a agulha, jogo outro doce para ele para garantir mais alguns minutos de calma. Quando pega, vejo seu rosto. Pálido, cansado, doente. A criança cujos pais não conseguem ver além da ponta das suas próprias agulhas. Um buraco imenso de desolação e vergonha abre-se dentro de mim. Só há um jeito de fechá-lo. Agradeço a Deus por aquela agulha.

Rosie percebe que minha vida consiste somente em me drogar. Olha para o esquálido quarto com desdém.

– O que é isso? – pergunta, ouvindo um apito interminável na rua. Abre a cortina e, iluminado pela luz de halogênio do salão de beleza do andar de baixo, lá está o rosto babão de um viciado em heroína; apareceu no meu quarto, com os olhos tontos de necessidade. Kendal não é mais o fim do mundo livre das drogas que foi. Muitos da nossa geração são drogados e sabem onde conseguir o que precisam.

– Assobio de cliente, em vez de campanhia – explico.

Ela fica cada vez mais relutante em deixar Jack comigo e logo passa a deixá-lo somente o tempo necessário que precisa para comprar droga. Porém, depois de muita negociação, ela permite que ele passe o dia comigo de novo. Asseguro-lhe de que tudo ficará bem, e estou mentindo. Na verdade, sinto-me doente, muito doente. Mas vou ficar bem, depois da minha picada. Digo-lhe que levarei Jack ao parque, mas corro para comprar drogas em Morecambe com ele. Volto com meio grama.

Jack está cansado. Ficou sentado no carro e agora está de volta no meu quartinho e está bagunçando. Fico exausto só de olhar para ele. Quer isso, quer aquilo... Suja as fraldas, grita pelo quarto como um louco e não ouve um argumento racional ou gritos. Não consigo lidar com essa criança de dois anos. Amo-o da cabeça aos pés, mas o amo mais quando está dormindo, com seu redondo rosto inocente e seu corpo inerte. Não consigo ficar com ele assim.

Vou para cozinha e preparo meu meio grama inteiro de heroína. Tudo o que tenho. Conforme o alívio me preenche, ouço Jack gritar e, quando seus gritos aumentam, abro meus olhos. Estou no chão. Como fui parar lá? Há um barulho imenso no quarto. A agulha ainda está no meu braço, mas o céu lá fora está escuro. Já deve ser noite. Ah! Cristo, devo ter apagado. Há quanto tempo estou aqui?

Na mesma hora em que percebo que estive caído no chão o dia todo nesse quarto com Jack, mas sem nem mesmo pensar nele, fico ciente de que o barulho em meus ouvidos é de muitas vozes. Há gritos, berros, choro. Batidas também. Arrasto-me para levantar. Jack apóia-se na porta, histérico, com a fralda caindo. Pego-o e está todo molhado de urina e lágrimas. Abro a porta. Lá está Rosie, nervosa e pálida, berra tanto que sua boca parece maior que o rosto. Voa na minha direção e tenta me socar, dando gritos agudos e agarrando Jack. Atrás dela, uma multidão de vizinhos me encara. Não dizem nada.

– O que Papai estava fazendo? – Rosie exige saber. Espero que os vizinhos não consigam entender as palavras que Jack diz, com sua boca molhada de tanto chorar. Ele diz: – Papai estava dormindo no chão.

Fico profundamente envergonhado. Isso fica na minha memória por semanas. Não posso brigar com Rosie por negar meu contato com Jack. Até mesmo no Natal.

Na manhã de Natal, acordo às seis e meia. Está frio e escuro e é assim que me sinto por dentro. Sou um homem de ferro, feito de metal frio, andando pela manhã negra, oco e ressoante. As ruas estão vazias. Ninguém vê o homem de ferro.

Vou à casa dos pais de Rosie. As luzes já estão no andar de baixo. Espero não ser muito tarde. Ando pelo jardim e posiciono-me na fresta das cortinas. Não consigo ver muito. Pressiono meu nariz contra o vidro. Está muito frio e não posso respirar, pois a minha respiração embaça o vidro e não consigo ver nada.

Uma árvore. Enfeites. Pequenas luzes brilhantes de muitas cores. Dou um passo para a direita e para a esquerda e, então, com meu rosto em ângulos retos e minhas bochechas amassadas no vidro, para que consiga ver com um olho só, consigo ver Jack de pijama. Rosie está lá também. Ela olha para cima, mas não me vê, pois recuo rapidamente. Está dando os presentes de Jack, um por um, e ele está rasgando e amassando os papéis. Está fascinado pelos papéis, pelo ato de abrir os presentes. Rosie gentilmente lhe mostra os presentes. Ele está muito ansioso para ver os presentes, por isso pula para lá e para cá. Seu corpinho franzino fica frenético; sorrio, o que deixa meus dentes frios. Se estivesse lá com ele, poderia pegá-lo no colo e abraçar suas perninhas e bracinhos por um momento, para que ele pudesse se lembrar de como é estar parado sem se esquivar.

Ouço sua voz aguda e vejo Rosie tentando fazê-lo falar mais baixo. É muito novo para entender o Natal, provavelmente novo demais para entender os presentes, mas, mesmo assim, quero vê-lo abrindo o meu. É uma fantasia de Homem-aranha.

Eles saem da minha visão. Meu corpo de metal está muito frio, tão frio que nem consigo senti-lo. Espero. Ouço. Fico esperando a aparição repentina do Homem-aranha. Então, há mais luzes e elas vêm do andar superior. Os pais da Rosie estão acordando. Uma mudança na consistência do ar à minha volta diz que já está quase amanhecendo. Preciso ir ou eles vão me achar aqui. Olho mais uma vez para a sala aconchegante. Não consigo ver meu Homem-aranha. Não consigo ver a Rosie. Não consigo ver meu Homem-aranha. Ele não sabe o quanto o amo e não sabe que estou aqui.

Capítulo 26

O Lake District é cheio de florestas. Algumas são antigas, com bosques de folhas largas transbordando de vida selvagem. Algumas são florestas coníferas mais modernas, com troncos retos em longas filas, o interior quase que impenetrável pela luz ou vida animal. Adoro lugares com árvores e vou ficar muito mais tempo neles. Consegui um emprego. Graças a velhos amigos de escola, fui contratado por uma companhia florestal para ser um *trainee* de cirurgião de árvores.

Estou determinado a desistir da heroína para que possa me tornar um bom cirurgião de árvores. Num último recurso, visito um orientador de drogados em Kendal, que me dá um livro para me ajudar. *O que fazer se você for um viciado em heroína.* É cheio de quadrinhos com coisas que diminuem os sintomas da fissura, como chá, chocolate e banhos quentes. As figuras dos quadrinhos não se parecem com o que sinto, pois parecem felizes. Tento imaginar que sou uma delas. Tomo um banho quente, mas isso não ajuda.

O orientador manda-me para um médico que me dá uma receita de metadona. Deve ajudar na abstinência, mas minhas tentativas anteriores de vencer a fissura ensinaram-me que a abstinência da metadona é pior do que a da heroína. Assim mesmo, eu a uso. Minha outra muleta, como sempre, é o álcool.

Amo meu novo emprego. Desde que juntei os frutos quando criança, em Kidderminster, desde que visitei a casa dos Allbuts ao lado da floresta, interessei-me pelas árvores. Amo a quietude da floresta, as variações de suas sombras na luz e no escuro, a estranha beleza da paisagem vertical. E agora as árvores vão me ajudar a melhorar.

Quando você sobe numa grande árvore, muda-se para um novo mundo. Ela é um microambiente, cheio de vida selvagem, cuidando de seus pequenos campos de samambaias, insetos e pássaros tagarelas. O tronco é imenso e espesso, e é tão sólido que te agüenta, enquanto você penetra em seu mundo. Amarro as cordas, prendo-me ao equipamento de escalada.

Ao sair do chão, concentro-me totalmente no meu próximo movimento. Aonde coloco minhas mãos, meus pés, as cordas e se posso laçar o próximo galho com sucesso. Escalar tem a ver com movimento e é só nisso que penso, não importa o tamanho da minha ressaca ou da minha fissura. Sei que sempre nos movemos por um motivo e nunca sem economia. Nada de se arrastar, nada de se apressar. Eu amo isso. Só tenho que ir adiante. E é disso que se trata minha vida.

E quando estou lá no alto, a uns trezentos metros, mesmo sentindo medo, paro, me apoio num galho e observo o mundo da árvore. Pela primeira vez, sei de algo que todos sempre souberam. Lake District é lindo. Levei anos para apreciar o lugar, pois significava tristeza e encarceramento para mim, quando criança, e depois o lugar para o qual sempre voltava, quando me sentia louco. Agora, admirando-o de dentro de uma árvore, tira-me o fôlego.

Olho através das copas da floresta e vejo outras árvores, e nelas estão talvez outros trinta homens. Dá para ver o branco de seus capacetes ou ouvir suas serras e lembro-me que sou um arborista também, um arborista qualificado, e isso faz com que me sinta bem. Hoje estamos fazendo o desmatamento da Rede Elétrica Nacional. A eletricidade tem 400.000 volts e foi desligada, mas ainda temos que ser muito cuidadosos para retirar os galhos sem encostar nos fios da rede. Trabalhar na Rede Elétrica Nacional permite uma licença para arrancar árvores, algo que desaprovo, mas é a única maneira de receber minha capacitação. Faço o trabalho tendo o maior carinho possível pela árvore. Meu grupo de trabalho sente-se do mesmo jeito.

Faço meus treinamentos e estudo com afinco à noite. Tenho sorte o suficiente de ser treinado por uns dos melhores cirurgiões de árvores do país. Este emprego me dá a sensação de autovalorização pela primeira vez, pois sei que sou bom nele. Só há um problema. Não sei viver sem heroína. Nem mesmo com metadona. Nem mesmo com álcool. Acordo de manhã com os olhos roxos e sei que briguei, mas estava tão bêbado que nem me lembro com quem e por quê. Um precipício se abre dentro de mim e pergunto a mim mesmo quem sou. Um bêbado cuja mãe não o visita, que dorme com as mulheres, mas não tem namorada, que briga com estranhos sem motivo algum, que não serve nem para ver o próprio filho.

O precipício transforma-se em um enorme abismo escuro e é demais para mim. A angústia física de uma fissura talvez até pudesse controlar. A angústia mental é que me derrota. Só há uma solução e assim que recebo meu primeiro pagamento torno-a possível: coloco uma agulha no meu braço.

Então, agora tenho de aceitar que sou um viciado e estou destinado a permanecer assim. Eu preciso aprender a viver com meu vício. Algumas pessoas controlam seu vício por anos. Seus amigos e vizinhos não sabem que são viciadas. Injetam silenciosamente e suas vidas têm um tipo de equilíbrio; então, se eu puder fazer isso, poderei ver Jack e me tornar um pai de verdade para ele, manter meu emprego, tornar-me totalmente qualificado e talvez até arrumar uma namorada. Tudo será normal e a heroína somente preencherá as lacunas solitárias.

Como sempre, depois de um período de abstinência, volto a injetar em um nível mais profundo. Minhas necessidades são substanciais. Não tenho um emprego: tenho três. Trabalho na floresta o dia todo. Depois corro para Lancaster para comprar e injetar, ainda com meu uniforme do trabalho. Tenho que traficar um pouco, pois meu pagamento não dura tanto. Então tenho de cuidar de mim, ou seja, estudar, comer, pegar meus medicamentos controlados, lavar, tentar socializar, dormir. E o tempo todo, embora esteja casado com a heroína novamente, tenho um caso apaixonado com o crack.

Nem sempre dou conta. Há dias em que fico sem heroína e fico numa fissura tão grande que tenho de comprar para poder trabalhar. Sempre ligo dizendo que estou doente, e meus colegas sempre têm de me substituir. Mas, se consigo chegar na floresta, as árvores fazem algo milagroso em mim e as escalo. Tenho de ser o cirurgião mais rápido, mais perspicaz, mais corajoso. Posso imaginar o chefe pensando: Ele pode parecer um rapaz morto, mas pelo menos é entusiasmado.

Ainda vou às festas do DIY, nos fins de semana. Elas não têm a originalidade selvagem daquelas festas iniciais, mas algo novo e diferente está fadado a ser comercializado ou dissolvido em seu próprio momento. O cenário das festas está, de modo geral, dissolvendo-se.

Então, estou trabalhando para usar e usando para trabalhar. Sou temperamental, fechado e doente o tempo todo, mas ainda sou um bom arborista. Estou sempre prometendo a mim e aos outros que vou sair das drogas e mudar. Minha irmã Kelly e seu companheiro atual me ajudam. Vêem que mal consigo cuidar de mim, depois de comprar e injetar drogas; então fico com eles e Kelly tem a certeza de que faço uma refeição toda noite, e seu companheiro, Paul, um alegre açougueiro, faz sanduíches para mim de manhã. Mas eles têm um viciado inveterado em sua casa. Então, roubo o carro dela para comprar drogas. Quando ela descobre a minha traição, há um momento de descrença pálida e então tem um ataque de nervos. Grita e chora ao mesmo tempo. Posso viver com seus gritos. É a sua decepção que me machuca. Vou embora. Abusei da sua bondade.

Não consigo pagar um lugar para morar, pois todo o meu salário é gasto nas drogas. Os outros caras têm casas de três dormitórios, carros legais e ótimas férias. Tenho de roubar meu almoço nas lojas da região.

Não quero ser assim. Fiquei com ódio de mim por ter roubado de Kelly, mas não consigo me controlar. As drogas arrancaram minha carne. Tudo o que é bom e que sempre aprendi em relação ao comportamento foi perdido, junto com minha humanidade. O que ficou é duro e primitivo, e só se importa com sua sobrevivência.

Preciso de algum lugar para ir quando um rapaz volta da Irlanda dizendo que lá há um emprego para um escalador qualificado em fios de alta tensão. Sei que essa é a resposta para meus problemas. A Irlanda é um país bonito. Sua paisagem é bela, seu povo é afetuoso e sua história é lírica. Na Irlanda, vou começar uma vida nova. Na Irlanda, vou ficar limpo.

Dou minha última picada no banheiro do aeroporto de Manchester e jogo o equipamento descarga abaixo. Então parto para minha vida nova. Chego ao entardecer e meu novo chefe me encontra e me leva para um centro de atividades ao ar livre, em Country Wicklow, onde vamos ficar. O lugar é impressionante. Tento me perder nos vales verdes e lagos, pois sei que amanhã, depois da minha última metadona, estarei doente demais para apreciar qualquer coisa.

A fissura vem, miseravelmente e quase que incontrolavelmente, por toda a semana. Digo aos meus colegas que tenho um forte resfriado. Bebo pesado com eles. E, no sétimo dia, recebemos.

Nessa hora, estou quase sem sentidos diante da minha necessidade. No meio da noite, quando o chefe está dormindo, pego a *van* da empresa e dirijo para Dublin. Sei para onde estou indo. Para piores regiões. É para lá que vou para conseguir minha droga.

Acho uns lugares feios e pergunto o caminho para pessoas suspeitas, e logo minha busca me leva para arranha-céus ainda mais desolados do que qualquer lugar desolado que já tenha estado. Entretanto, o lugar é surreal. No alto de uma rua, no meio da noite, há uma criança montando um enorme cavalo da região.

Uma vez que o IRA pode tacar fogo na sua casa se te pega traficando, comprar drogas é uma atividade ainda mais furtiva do que na Inglaterra. Ao lado das torres de concreto, há um terreno onde os cavalos são amarrados. Dentro, há um cheiro de fraldas, vômito e urina.

Uma criança de uns oito anos anda numa bicicleta sem selim. Pergunta-me o que quero. É arrogante e me despreza por precisar de heroína, e está assustado, pois o IRA quebrará suas pernas se for pego. Ele desaparece e eu o espero naquela paisagem desolada de cavalos imensos, geladeiras quebradas e lama. Finalmente ele aparece com a droga. Injeto atrás de uma árvore. Ao sair, vejo outros viciados perambulando, procurando crianças de bicicleta.

De agora em diante, toda noite estou em Ballymun, Clondalkin, Fatima Mansions, Tallaght, Finglas, lugares da Irlanda que representam a depravação urbana. Sempre que recebo, venho direto para cá e uso quase que imediatamente o que quer que consiga. A qualidade é uma merda e o preço é quatro vezes maior do que na Inglaterra, e é tão impossível conseguir agulha limpas que acabo fingindo ser diabético para um farmacêutico e uso a mesma agulha várias vezes, até que fique cega. Ao voltar para a base, falsifico a quilometragem da *van*. De manhã, o chefe olha para meu rosto exausto. E ele sabe.

Não posso continuar assim. É impossível conseguir drogas suficientes na Irlanda para manter meu vício. Sou um escalador agora e posso escalar as árvores mais altas e podá-las, ou cortar um pedaço delas, e minhas habilidades são necessárias em qualquer lugar. Não tenho de sofrer aqui. Volto para Kendal e compro meu próprio equipamento de escalada. Rosie e eu levamos Jack para um passeio no parque, o mesmo parque em que nos encontramos naquele dia, um milhão de anos e muitos gramas atrás.

Tinha me esquecido de quanto meu filho era bonito. É pequeno, com um rosto doce, e olha para mim com o mesmo amor inquestionável e confiança que via quando era bebê, quando o segurei pela primeira vez e senti uma renovação de esperança, a alegria da possibilidade.

Jack não brinca. Anda entre nós seriamente, dando para cada um de nós suas mãozinhas afetuosas. Uma criança deve segurar a mão de seu pai e isso deve significar segurança e amor, mas quando mostrei ao meu pai esse amor inocente, ele rejeitou. Agora seguro Jack bem apertado. As drogas quase o substituíram em minha vida, mas amo-o e quero mostrar isso a ele. Não quero que se sinta rejeitado. Ele tenta tirar sua mão da minha.

Rosie fala mesmo sério em se livrar das drogas. Está esperando por uma vaga numa espécie de centro de reabilitação em West Country, onde pode levar Jack. Ela me dá um número de telefone e diz que irá em uma semana. Lembro-me da minha própria estada inútil na reabilitação, em Birmingham. Desejo-lhe sorte.

Então parto para um emprego em Londres. Preciso de duas coisas para estar prontamente disponível: árvores para trabalhar e drogas para comprar. Londres tem as duas. E agulhas limpas são grátis na farmácia.

Arrumo um emprego numa companhia baseada na região leste de Londres e eles até oferecem acomodação. É um *trailer* num ferro-velho, onde deixam seus caminhões e equipamentos. De noite, fico sozinho no ferro-velho com um grupo de cães comedores de traças.

Um de meus primeiros trabalhos é arrancar as árvores doentes do número 11 da rua Downing. Depois, trabalhamos ao redor da Saint Paul's Cathedral. Como sempre, ao terminar o trabalho, vou direto comprar drogas. Minha vida concentra-se nas drogas, não no trabalho. Preciso de heroína antes mesmo de levantar. Há dias em que luto para conseguir força para erguer uma serra elétrica.

Uma tarde, o chefe me chama.

– Ouça, Mark. Quero falar com você...

Sei o que vai dizer. Espero.

– Mark... Vou ter de dispensá-lo.

Balanço a cabeça. Estou chocado, porém não surpreso.

– Sinto. Sinto muito, parceiro.

Começo a discutir. Não quero decepcioná-lo. Se tentar com mais afinco... Mas ele levanta uma grande mão calejada. – Ouça, os outros rapazes simplesmente não querem trabalhar com você. Estão cansados de te carregar. Então, tente entender o que acontece com você, Mark, ganhe um pouco de peso, fique bem, ganhe alguns músculos... Mas, até lá, não posso mais usar você.

27 Capítulo

Estou humilhado. Não quero estar aqui quando os outros caras acordarem e souberem que fui demitido. Saio do *trailer* com as minhas coisas, vou para longe do ferro-velho e dos cachorros magricelos, e vou para Jubilee Line. Só há uma coisa a fazer diante das circunstâncias: comprar drogas.

Conforme o trem segue para Waterloo, sei que não voltarei para o *trailer*. Não voltarei a lugar algum, pois não há nenhum lugar para estar. Em minha mente, penso em todas as opções. Lembro-me das pessoas que me mostraram sua bondade ou me ofereceram acomodação. Suas portas estão fechadas agora. Abusei da sua confiança. Tomei tudo o que podiam me dar e um pouco mais. Estive nessa ferrovia a minha vida toda e este é o fim da linha.

Chegamos em Waterloo.

Não tenho nenhum lugar para dormir esta noite nem na noite seguinte, nem na noite seguinte a qualquer outra noite. O dinheiro no meu bolso será gasto com heroína e crack. As pessoas que não têm lugar algum para ir são moradores das ruas. Elas dormem nas ruas. E eu sou um morador das ruas. Sou um doente com medo e moro nas ruas.Vou para Northern Line.

Sou um viciado. Costumava pensar que não era viciado porque não injetava, depois pensei não ser viciado porque podia controlar meu vício e viver uma vida normal, depois ainda pensei não ser um viciado por não viver nas ruas; e agora sei que devo ser um viciado. Estou doente. Moro nas ruas.

Olho para os outros passageiros. Estão todos pensando em suas vidas ocupadas, e minha vida está vazia agora, está vazia de tudo, menos das drogas. Nas suas maletas e bolsas há chaves. Chaves de apartamentos, chaves de casas. Vão para casa, vão para o trabalho, vão para reuniões. Todos têm para onde ir.

O trem chega em Tottenham Court Road. As portas se abrem. Passo por elas rapidamente, como se fosse um deles, embora não seja. Estou sozinho, ninguém se importa comigo, não tenho um lar nem um abrigo. Meu corpo dói, minhas pernas estão pesadas, minha medula está coberta de espessos glóbulos gelatinosos de dor, meu nariz escorre, minha cabeça dói. Estou com medo e preciso muito de drogas, muito, muito, preciso de drogas desesperadamente agora.

Vou para a rua e a velha agitação está lá, a agitação que senti com Jill Allbut anos atrás. Minha lembrança daquela viagem a Londres me faz parar um pouco, faz-me parar na calçada e quase me derruba de tristeza. Jill me trouxe a Londres e era boa para mim, e eu me sentia seguro. E agora não há bondade nem segurança, e já faz muitos anos que senti o calor de sua afeição.

Lembro-me de como fiquei animado com Londres, pela sua constante movimentação nas ruas e o tamanho das estátuas e dos edifícios. Mais tarde, em Kendal, costumava sentar na grama perto do rio, fumando e cabulando aula com meu amigo Ian, e dizia a ele que iria para Londres. Isso foi há um milênio. E agora, mil anos depois, estou aqui e ainda sinto a agitação da cidade grande. Mas nunca foi assim que imaginei minha chegada. Nunca pensei em ser a pessoa que sou agora.

A percepção de que estou aqui, agora, e não tenho para onde ir esta noite, que dormirei nas ruas, empurra-me de volta à ação. Sinto a frieza do medo. Ela me impulsiona a procurar pelas drogas.

Vejo um pequeno homem corcunda perambulando pela calçada. Sei quem é ele: é Steve. Alívio. Ansiedade. Steve terá drogas. Já comprei dele nas minhas viagens para West End. Dá para ver que está nas ruas há muito tempo. Tem a minha idade, mas suas roupas estão rasgadas e ensebadas e os dedos dos pés estão dobrados. Seu rosto está sujo e não o conheço muito bem, mas, nesse momento, é meu amigo mais querido do mundo.

Ele me olha e não trocamos cumprimentos.

Então digo: – Arruma para mim – se ele conseguir alguma coisa, poderá dividir comigo mais tarde. Mas balança a cabeça.

– Não tenho nada – diz.

– Preciso agora. Posso pagar.

Ele fica interessado. É um viciado. Sabe que se alguém pode pagar para si mesmo, há chance de pagar para ele também.

– Vamos procurar aquele Italiano – diz. – Luca. Ele sempre tem.

Luca é um viciado italiano que já vi uma vez. Então agora vamos procurar por Luca. Rua Oxford, rua Dean, rua Old Compton, rua Frith. Estou na fissura. Lembro a mim mesmo que há um pouco de dinheiro no meu bolso, então sei que não ficarei fissurado por muito tempo, mas que aquela espera vem de novo. Esperar, procurar, esperar pela minha picada. Quantas centenas de anos passei apenas esperando? Começo a tremer agora. Lembro-me que não tenho para onde ir esta noite e um sentimento doente, vazio e perdido abre uma fenda na minha alma, e a fissura penetra dentro desses precipícios como veneno e penetra meus ossos, meu coração. Meu coração. Ele está fissurado.

Vou ficando desesperado. Rua Frith, rua Manette, Charing Cross Road, Sutton Row. Finalmente, vemos Luca em Soho Square e ele pega o celular e consegue arrumar alguém que tem heroína e crack. Pega meu dinheiro, mas Steve lança-me um olhar de esperteza das ruas que diz para não confiar em Luca, pois não o conhecemos bem. Então nós o seguimos de longe pelas ruas agitadas do Soho, bem devagar, pois Steve cambaleia com sua corcunda. Só olhamos para a figura suja e de cabelo oleoso do Luca. Muitas pessoas passam por nós, mas não vemos ninguém mais. Estamos esperando. Estamos obcecados. Então, finalmente, a transação acontece e Luca volta para Soho Square e nos entrega a droga.

Uma ironia. O centro de Londres é o melhor lugar para conseguir drogas e o pior lugar para encontrar onde as usar. Olho de modo selvagem por entre os arbustos na praça, mas Steve me mostra o caminho. Andamos de maneira diferente agora. Há uma mola em nossos passos. Fazemos piadas. Estamos a caminho da nossa picada.

Rua Carlisle, rua Wardour, rua Brewer, rua Glasshouse. Até que chegamos aos banheiros do metrô de Piccadilly Circus, saída para a avenida Shaftesbury. Descemos as escadas, passamos pela porta e entramos no submundo. Homens de negócios, *gays*, portas abertas, portas fechadas, homens entrando e saindo com seus rostos contrariados. Só uma pessoa fica parada.

– Esse é Dave – diz Steve.

Dave está na pia e um cachorro espera pacientemente a seus pés. Dave está sem camisa e tem uma lata de Cerveja Especial na mão. Deveria estar se lavando, mas na verdade está em transe depois de uma picada. Seus olhos estão fechados e está gemendo. Conheço aquele gemido. Não significa que esteja sentindo uma imensa dor física: ele acabou de levar uma picada. Mas a picada falhou em amenizar algum tipo de angústia mental.

Steve e eu vamos direto para o cubículo com uma lata de coca-cola que pegamos na rua e um pouco de cítrico. Temos de usar o equipamento dele, pois não tenho nada. Não me importo de dividir uma agulha. Precisamos de um pouco de água também, mas agora que nossa picada está tão próxima, não dá tempo de ir ao Burger King. Steve dá a descarga e pega água da privada. Nunca fiz isso antes.

Sento-me na cisterna e Steve no vaso. Se alguém olhar por debaixo da porta, vai pensar que há só uma pessoa aqui. Temos que sair assim que possível, pois Steve diz que os africanos que supervisionam o lugar vão bater na porta, se ficarmos muito tempo.

Injetamos uma *snowball*: crack e heroína. Tento respirar pelos olhos e ouvidos e me fecho para sentir a grande onda. Quase posso ver onde o crack está em meu corpo, pois, por onde passa, meus pêlos ficam todo arrepiados. Está subindo para minha cabeça e lá vem ele, o barato do crack. É um pião, um garanhão indomável, um foguete para a lua. Explode na minha cabeça e não faz amor com meu cérebro, trepa com meu cérebro. Ah, é tão bom. Ah, é melhor do que qualquer coisa em qualquer lugar.

Então, em alguns minutos, termina o calor da euforia e a heroína assume, trazendo alívio para minha dor que ressurgiu e acalmando a descida.

Mas ainda estamos drogados. Sentindo o terror do crack, o pânico irracional, olhando por toda parte, deixamos o cubículo. Lá estão Dave e seu cachorro na frente do espelho. Não saíram do lugar. São uma natureza morta em meio a toda essa movimentação frenética.

Subimos os degraus para a loucura de Piccadilly, e todas aquelas pessoas e seus passos são demais para dois caras tentando controlar a louca confusão dentro de suas cabeças, as vozes resmungando, resmungando em nossos ouvidos, os passos correndo pelos corredores dos nossos cérebros. Não conseguimos suportar. Depois de uma picada, precisamos de paz. Entramos numa viela e seguimos em frente.

Rua Glasshouse, rua Golden, rua Beak, rua Lexington, rua Broadwick, rua Berwick, rua Rupert, rua Coventry, Leicester Square, rua Cranbourn.

Há uma igreja católica lá. Subo os degraus de mármore e tento abrir a porta. Está trancada. Mas Steve já virou à direita, onde há uma janela. Ele vem sempre aqui e sabe. Pergunta à mulher por detrás da janela se seu amigo pode tomar uma xícara de chá e comer um sanduíche também. Ela deve ser uma voluntária. Parece-se com uma das senhoras que vai à igreja da minha mãe. Tem cabelo grisalho e não sorri ou fala comigo, nem mesmo me lança um olhar de bondade, mas é prática e sou grato por isso. Ela me dá o chá numa caneca de poliestireno e um sanduíche embrulhado em papel filme.

Descemos as escadas e dou meu sanduíche para Steve. Eu sei que mesmo que não estivesse drogado, não conseguiria comê-lo; estou muito assustado e triste. Ele o enfia no bolso. Andamos e o tempo passa, uma hora, três horas, mas parece sempre o mesmo momento. Preciso de outra picada e não há espera dessa vez, pois comprei uns pacotes a mais de Luca.

Depois da picada, andamos mais e, então, numa esquina, sem nenhum aviso ou adeus, Steve se manda. De repente, ele sumiu. Estou sozinho e a noite cai. Entro em pânico. Minha solidão parece maior do que eu. Lembro-me que tenho um filho e que não o vejo mais, e que é uma boa coisa ele não poder me ver agora. Luto contra as lágrimas.

Ando sem rumo. Estou assustado. Este é um ambiente hostil. Você tem de estar fora de si, para viver aqui. E você tem de estar sem nada ou eles te encontrarão. As vozes, os passos, e tirarão suas roupas e levarão tudo.

Rua Wardour, rua Broadwick, rua Poland, rua Oxford, rua Wardour, rua Brewer, rua Beak, rua Broadwick, rua Berwick, rua Brewer, rua Glasshouse.

Em Piccadilly, desço as escadas e encontro Dave novamente. Está pedindo esmolas na estação do metrô, segurando uma xícara, a cabeça do cachorro no seu colo e a sua própria cabeça inclinada, como se estivesse rezando. Parou de gemer. Converso um pouco com ele.

Nós dois precisamos de uma picada. Gasto minha última grana em alguns pacotes para nós. Dave diz que, quando eu precisar e ele tiver conseguido um pouco de dinheiro pedindo esmolas, comprará para mim também.

Já escureceu. Fico tímido ao contar para ele que é a minha primeira noite. Ele é bom. Há uma transparência nas pessoas de rua e vejo sua bondade tão claramente quanto vejo qualquer parte do corpo dele, como seus dedos ou seu nariz. Sentamos juntos ao pé de uma escadaria atrás da estação Piccadilly e conversamos. Primeiro, quem fala sou eu. Não consigo me controlar. Tenho de falar. Vem tudo à tona. Minha família, meu pai, meu vício, Jack, como tentei ficar limpo tantas vezes e, depois, como passei pelo treinamento para um trabalho e tentei controlar meu vício, mas nunca nada funcionou. Não consigo me livrar da heroína. E abusei da boa vontade de todo mundo que tentou me ajudar. Então, não há mais lugar algum para ir esta noite.

Dave é solidário: acaricia Boots, seu cachorro, e fala de si. Sei que há pessoas morando na rua por toda a Inglaterra e ao redor do mundo, mas Dave, na verdade, vem do centro de Londres. Consigo perceber seu sotaque. Londres legítimo, muito gentil, o tipo de sotaque que ouvi apenas em filmes antigos. Observo-o enquanto fala. Espessos cabelos negros, corte militar, cílios grossos, algumas tatuagens caseiras. Ele me conta sobre o terrível abuso que sofreu dentro de casa. Seu pai costumava bater nele de chicote, como se fosse um cachorro. Abraça Boots ao falar. Ouve um tempo em que nós dois tivemos vidas normais, mas este é o nosso normal agora, não somos normais. Quero chorar, o mesmo tipo de choro que Dave já chorou, para expressar minha tristeza.

Quando fecham os portões das escadas durante a noite, partimos juntos. Dave carrega um monte de bagagem: um saco de dormir, uma ou duas sacolas, o cachorro... dá para ver que está nas ruas há muito tempo. Entretanto, é minha primeira noite e não tenho nada. Um ar sombrio paira sobre Londres, quebrado pelas luzes claras de Piccadilly. A cor das luzes não é natural. Ela não ocorre na natureza. As luzes estão mandando algum tipo de mensagem para outras pessoas, não para nós. As ruas ainda estão agitadas, mas agora a maioria das pessoas é jovem; londrinos que curtem discotecas e festas, estrangeiros que os observam, que observam uns aos outros. Ninguém nos vê. Sabem quem somos.

Fico perto de Dave. Estou aliviado por ter encontrado alguém bom para ficar comigo nesta noite em que meu coração está partido. Ele anda tão devagar quanto um velho, embora, pela sua história de vida, concluí que não chegou aos trinta ainda. Seu cachorro, um vira-lata quieto e de pêlo macio, caminha no seu ritmo.

Dave nos leva a uma entrada de cinema no Haymarket. Precisamos de um pouco de papelão e isso eu sei como arrumar, então parto no meu ritmo rápido e fico procurando até achar, do lado de fora de uma loja. Colocamos na calçada e deitamos, com Boots entre nós e o cobertor de Dave sobre nós. Embora seja verão, estamos com frio. Começa a chover, mas, como Dave é bom, deita do lado de fora, então é ele quem fica molhado. Eu deveria conseguir dormir, pois estou seco, mas há uma imensa corrente de ar debaixo da porta que está atrás de mim.

Não conversamos. Fecho meus olhos. Boots já está sonhando sonhos de cachorros, debatendo-se um pouco. Sinto o papelão abaixo de mim, e por baixo a calçada dura. Tremo debaixo do cobertor de Dave e fico feliz pela heroína entorpecer todos os sentimentos. Não quero saber dos meus sentimentos. Não quero me importar.

Acordo por volta de nove horas, com frio, rígido, úmido e muito infeliz. Ao abrir meus olhos, percebo a garoa. Lembro-me que acabei de passar minha primeira noite nas ruas. E estou fissurado. Pés passam por nós. Tenho uma visão de Londres do ponto de vista das minhocas. Saltos, tênis, joelhos, barras de casacos, maletas, mochilas... Nenhum rosto.

Dave ainda dorme. Com muita dor, tento me levantar com dificuldade e vou ao banco. Passo por estátuas douradas de cavalos saltitantes. Sei que devo ter um pouco de dinheiro. Esperava ter cem libras, mas só tenho 50. Saco o dinheiro e gasto em drogas quase que imediatamente, compro de um cara que diz que consigo achá-lo no Soho quase toda manhã até por volta das dez. Então, dessa vez não há espera. Volto para encontrar Dave e começa a chover pra caramba. As pessoas param debaixo de pontos de ônibus cobertos e ficam me olhando. Acordo Dave com um pacote.

Dave e Boots assumem seu posto de mendigos perto dos banheiros de Piccadilly. Ele diz haver várias pessoas que sempre passam por lá e cuidam dele.

– Vou te avisando – diz. – Feriados bancários são os piores. Domingos são ruins, feriados bancários são uma maldita merda.

Acho que está falando de pedir esmolas. Mas não quero fazer isso. Não quero dar às pessoas a chance de me rejeitarem simplesmente por passar por elas na rua. Além disso, não conseguiria dinheiro suficiente nas ruas para bancar meu vício, que por sinal está tão imenso que parece estar maior que o Soho, maior que Londres. Preciso de todo o crack que conseguir: o ideal seria injetar a cada oportunidade que tivesse, certamente mais de uma vez por hora, se fosse possível. Quanto à heroína, não há um limite máximo, mas não consigo sobreviver com menos de dois gramas por dia. Um pacote de dois gramas custa em média dez libras, embora sempre consigo persuadir o traficante a abaixar uma libra. Mesmo assim, meu vício custa umas trezentas libras por dia ou mais, e só há um jeito de conseguir essa quantidade de dinheiro: roubando.

Assim que meu dinheiro vai embora, fico sempre circulando, numa vigilância interminável à procura de oportunidades de roubo, como bolsas de mão desprotegidas ou turistas tão ocupados com suas câmeras que se esquecem de suas carteiras. Estou sempre prestando atenção em onde comprar drogas. E estou sempre procurando por amigos. Todos na rua são meus amigos agora, e, ao mesmo tempo, ninguém é. Percebo como nos juntamos por acaso em grupos decadentes ou perseguimos uns aos outros pelos quarteirões.

– Arruma algo pra mim, irmão.

– Me ajuda, irmão.

– O que você conseguiu?

– Tudo bem, irmão?

Ficamos concentrados em parques com os pássaros e, depois, como pombos, sem aviso, desaparecemos de repente por caminhos diferentes. Ou andamos em grupos de dois ou três ou mais, pessoas se unem a nós sem cumprimentos e partem sem dizer adeus. Quando ficamos juntos, sinto-me aconchegado por uma grande amizade e um sentimento de irmandade. Então, de repente, vejo-me sozinho, drogado, em pânico.

Já que sou novo, não falo muito. Ouço os outros. Toda a conversa gira em torno da sobrevivência e tenho muito que aprender. Lugares diferentes para comprar drogas. Quais dias as cafeterias da rua Oxford jogam fora seus biscoitos amanhecidos. Como os banheiros da rua Broadwick são supervisionados por uma negra grandalhona chamada Momma, que parece mais propensa a dar-lhe um tempo para sua picada antes de começar a bater na porta. Onde roubar sushi. Como conseguir a comida que os supermercados jogam fora. Onde dormir, aonde ir para injetar em paz. Como enganar seguranças de lojas. Ouço atentamente. Um aluno aplicado, pois a informação significa vida.

Quase não há bondade nas ruas; isso é uma selva e todos temos de sobreviver. Mas a maioria das pessoas me mostra seu lado mais suave, pois sou novo. Acho difícil, muito difícil conseguir dinheiro suficiente para todas as drogas que preciso e fico doente a maior parte do tempo. Uma manhã, estou doente e infeliz ao encontrar com uma cara um pouco mais velho do que eu na avenida Shaftesbury e grudo nele. Ginge é grande, confuso, de pensamento rápido e me lembra eu mesmo. Injetamos juntos em um dos estranhos banheiros de concreto situados em esquinas como abrigos. Pagamos vinte centavos e a porta de concreto se abre, permitindo nossa entrada na tumba.

Abrimos um trocador de fraldas de bebês para colocar nossos instrumentos cirúrgicos: colher, cítrico e lata de coca-cola e os equipamentos. Para se picar, Ginge abaixa as calças até o meio da coxa, dá um tapa em uma enorme veia na virilha e enfia uma seringa gigante pelo buraco da artéria principal. E as pessoas vivem me dizendo que tenho boas veias. Observo essa operação fascinado, enquanto preparo a minha picada.

Depois conversamos, voltando à realidade cuidadosamente, quando, sem aviso algum, as portas automáticas se abrem. Transeuntes deparam-se com dois viciados e sua parafernália, e um deles está com as calças abaixadas. A luz da rua incomoda nossos olhos e as pessoas encaram nosso submundo.

– Merda – diz Ginge. – Esqueci que há um maldito limite de quinze minutos aqui.

– Aviso. Esse banheiro será desinfetado – anuncia uma voz sem alma que nunca precisou de uma picada na vida. – O procedimento de desinfecção acontecerá no interior do banheiro. Aviso. Por favor, saia do toalete imediatamente.

– Melhor andar logo ou ficaremos ensopados – diz Ginge. – Venha.

Sigo-o. Ele não vai exatamente me mostrar o caminho, pois ninguém faz isso na selva, mas vai me levar com ele.

Na avenida Shaftesbury, Ginge desaparece. Mergulho num escuro mundo de solidão ao perceber que ele não está ao meu lado. Então, vejo-o numa cabine telefônica, procurando ansiosamente por uma moeda dada de troco que tenha sido esquecida. Esses desaparecimentos são freqüentes. Na hora em que começamos a perambular pelo Soho, percebo que ele não consegue passar reto por cabines telefônicas.

Pegamos um atalho em direção à Charing Cross Road e estamos na zona da luz vermelha. Há garotas penduradas em janelas nos andares superiores. Não mostram interesse algum por nós. Nos andares de baixo, circulam alguns cafetões, mostrando cartões, números e fotos a algumas pessoas. Não dão cartões para nós quando passamos. Entramos por uma porta descascada e espero nas escadas caindo aos pedaços, enquanto Ginge dá uma pirueta e bate na porta. Ouço a porta abrir.

– Precisa de algo? – pergunta. Ouço o som de uma conversa distante. Vozes de mulheres chamando umas às outras. Em seguida, Ginge desce as escadas lendo uma lista em voz alta: – Creme de mão Nívea, pequena toalha vermelha, removedor de esmalte...

Leicester Square, rua Ruppert, Raymond's Revue Bar, subimos a travessa e viramos numa esquina num aglomerado de bordéis. À noite, esse lugar provavelmente mostra alguma sedução, com suas sombras escuras e as luzes bem claras, mas durante o dia é só a cor da sujeira. Até mesmo as fotos das garotas parecem sujas e suas peles parecem cinza. Estamos em outro mundo, um labirinto de passagens, escadarias, portas, turvas luzes vermelhas. Alguns homens passam correndo por nós nas escadas. Outros, já bêbados, batem nas paredes ao cambalear pelas passagens estreitas.

Andamos pelas passagens, batendo em cada porta que tiver uma luz vermelha ou um cartão pendurado exibindo uma modelo sexy. Quando as portas se abrem, as modelos não se parecem com as modelos dos cartões. Algumas estão sozinhas, outras em grupos, sentadas, esperando por clientes, bebendo, escovando os cabelos ou lendo revistas. Há garotas de todas as formas, tamanhos e cores. Algumas são muitos jovens, garotas assustadas da Europa oriental, assustadas demais com seus cafetões para gastar qualquer dinheiro. Algumas são bonitas. Outras são velhas, com o batom vermelho escorrendo, e tetas secas como uvas passas salientes em suas camisolas transparentes dos anos 70. Em cada porta, temos uma fotografia de suas vidas. O papel de parede vermelho de mal gosto, a conversa das mulheres vinte e quatro horas por dia, o medo, o tédio, o anseio de estar em outro lugar.

Ao conseguirmos uma lista de coisas para roubar que parece longa demais para decorarmos – cosméticos, toalhas, brinquedos para seus filhos, roupa íntima, spray de cabelo –, vamos para as lojas da rua Oxford para roubar as encomendas.

Quando criança, eu era um exímio ladrão e roubar em lojas era uma das minhas habilidades; e assim como andar de bicicleta, é algo que você nunca esquece. Ginge é bom, mas está nas ruas há muito tempo e é conhecido por todos nas lojas e pelos policiais. Ele está vestindo uma jaqueta preta de imitação de couro com a parte de dentro rasgada para colocar as mercadorias roubadas. Suas calças são pretas, seus tênis são sujos, está pálido, sujo e sem tomar banho, e assim que entrar numa loja, qualquer segurança ficará inteiramente alerta. Sabe disso, então a gente fica mudando de lugar, andando pelas lojas em ritmo acelerado.

Levamos as mercadorias de volta para as garotas, que nunca sorriem e que nos pagam um valor pateticamente baixo, levando em conta tudo o que passamos. Pode ser que consigamos só umas quinze libras pelos itens roubados. Isso parece trabalho demais para mim, e trabalhamos como camelos por muito pouco dinheiro, mas é a especialidade de Ginge e ele é conhecido por todas as garotas daqui. O pior disso é que, quando damos as coisas para as prostitutas realmente bonitas, há um lamentável tipo de dor. Elas mal olham para nós. Somos invisíveis para as mulheres bonitas.

Depois que a nossa picada no banheiro de concreto virou um evento público, Ginge me leva a um lugar que promete ser melhor. Rua Brewer, rua Old Compton, rua Greek, Sutton Row. No caminho, ele enfia a cabeça na porta de uma loja de discos usados que fica numa ruazinha.

– Oi, Simon! – chama o cara atrás do balcão.

– Tem algo para mim hoje? – pergunta Simon.

– Talvez mais tarde. Esse é o Mark – diz Ginge, e sorrio para Simon. Depois continuamos nosso caminho.

– Simon compra DVDs – diz Ginge. – Ele compra qualquer coisa.

Entramos numa outra rua. Vamos para os fundos de um prédio. Há escritórios e lojas na frente, mas aqui, no escuro lado sujo, não há janelas, só algumas escadas escondidas atrás de latas de lixo. As escadas levam a um espaço livre. Este espaço é provavelmente uma saída de incêndio, mas pode muito bem ter sido projetado especialmente para drogados. Escondido, meio escuro, com uma boa visão de quem está vindo, mas sem que ninguém nos veja, exceto por passageiro surpreso no andar de cima de um ônibus, é o paraíso dos drogados. Toda a West End está girando ao nosso redor enquanto estamos nesse oásis de calma. Uns dez outros viciados e vários pombos estão usando o lugar no mesmo momento no meio do lixo da parafernália da droga: cuspe, agulhas, latas, garrafas de água.

– Cuidado com eles – diz Ginge, indicando dois viciados ao longe. Estão tão inertes que poderiam se passar por mortos, porém estão olhando para nós. – Eles são gêmeos. E são perigosos, uma dupla de lunáticos.

Estacionada próximo ao lugar, está a *van* de troca de agulhas. Milhares de pessoas passam por ela todos os dias em ruas diferentes e provavelmente nem notam esse pequeno veículo comum. É preciso ser um viciado para reconhecer o símbolo das agulhas limpas colado no veículo discretamente. Vou até a janela e o homem dentro do carro me entrega algumas agulhas, um lenço umedecido para limpar as mãos e uma caixa onde devo colocar as agulhas usadas.

– Você sabe como é importante usar agulhas de forma segura? – ele pergunta ao me entregar os materiais.

– Ah, sim – asseguro-lhe. Sei o quanto é importante tentar usar agulhas limpas, mas quando tenho a droga e não tenho a agulha, faço qualquer coisa. Já peguei uma agulha suja dentro da caixa antes e só Deus sabe quem usou antes de mim. E dividi com Ginge hoje e tenho quase certeza que ele tem o vírus. Não que me importe. Morrer não é algo em que penso ou compreendo. Viver só se trata de me drogar, neste momento. Sou como uma máquina de caça-níqueis. Coloque algum dinheiro e há luzes, música e cores. O dinheiro acaba e tudo pára.

Capítulo 28

Pelo modo como se dorme nas ruas, em geral, minha primeira noite com Dave e Boots e um cobertor foi bem confortável. Agora as noites estão mais frias e mais solitárias, e parece que passo dias de uma vez só sem quase dormir nada. Estou tão desesperado por crack que fico andando para lá e para cá. Mexo em latas de lixo. Isso faz com que eu preencha um pouco do espaço da minha paranóia e faz com que eu pareça tanto com um mendigo que ninguém se importa comigo, nem o público, nem a polícia. É como estar camuflado ou ser invisível. Ando cuidadosamente, um pé na sarjeta outro na calçada. Isso me distrai da minha paranóia e das vozes cruéis que assombram minha cabeça. Idiota. Viciado. Fracassado.

Sempre que passo por uma lata de lixo, paro e procuro. Acho uma mochila. Foi roubada e o ladrão levou todo o dinheiro, mas há um cartão de banco dentro dela. Pego o cartão. Acho uns biscoitos comidos pela metade num saco de papel em outra cesta de lixo e, percebendo que estou com fome, como o que sobrou deles e continuo andando. Vou mais devagar agora, pois meus sapatos começaram a machucar meus pés.

Volto para a mesma porta em que Dave e eu dormimos naquela primeira noite e pego um papelão de novo, mas ele mal me protege da pedra da calçada e Dave não está lá e nem Boots. Reconheço a corrente de ar que por debaixo da porta.

De manhã, mal consigo me levantar. Sei que estou com o menor peso que já tive, mas meu corpo parece pesado como chumbo. Sou uma máquina. Enormes pistões empurram e puxam cada pé para cima e para baixo, para cima e para baixo, para cima e para baixo. Dar um ritmo para minha dor me traz um tipo de conforto. Os pistões governam meu lento progresso pela rua. Minha cabeça pulsa, tudo dói, meus pés parecem sem pele. Estou doente, estou doente. Olho para cima. Passo pelos cavalos dourados saltitantes. Tenho de conseguir algum dinheiro de alguma forma. Tenho de comprar drogas. Um imenso cansaço me preenche.

Então, no meu bolso, sinto o cartão roubado. Meu ritmo aumenta e um pouco da minha energia retorna, o suficiente para que eu me locomova até o banco NatWest e conte para a mulher de olhar pernóstico no balcão, como encontrei o cartão. Ela balança a cabeça sem sorrir. Olha para mim por entre seus óculos grossos. O vidro que a separa do público também é grosso, então parece que ela está bem longe de mim.

A caixa pega o cartão e consulta seu terminal para ver o histórico do cartão. Pum pum pum nas teclas, seus dedos parecem a batida de uma música. Olho ao redor. Dentro. Estou dentro de um teto. A maior parte dos tetos que conheço atualmente está em lojas lotadas, em soleiras frias ou banheiros públicos. Mas o banco é aconchegante e silencioso, até mesmo quando as pessoas conversam; há uma sensação das paredes grossas ao nosso redor e do tapete grosso sob nossos pés. Está metros distante das ruas em que moro, ou muitos mundos de distância.

Percebo um homem me observando. Ele está em pé no balcão ao lado, esperando que o caixa termine a batida do baixo em seu teclado, mas está olhando para mim. Na verdade, ele estava ouvindo atentamente a história que contei ao entregar o cartão. Ele é um pequeno sique de turbante e, nesse momento, faz algo muito surpreendente: sorri para mim.

Minha caixa retorna e, sem dizer nada, seus lábios ainda pressionados, me entrega a recompensa. São vinte libras. Balanço a cabeça, coloco-a no meu bolso e viro-me para sair. Antes de chegar à porta, o sique me pára.

– Com licença – diz, com voz macia e tom de pura bondade. – Mas não pude deixar de ouvir a sua história. Gostaria de dizer-lhe como estou impressionado pelo fato de você ter devolvido o cartão ao banco.

Evidentemente, ele não viu a caixa me dar as vinte libras. Evidentemente, ele não sabe que não posso fazer nada com um cartão roubado, ou certamente o usaria. Aparentemente, ele não faz idéia de que sobrevivo quase que inteiramente de atividades criminais. Ele é ingênuo. E sua ingenuidade é a minha oportunidade.

– Sou morador de rua – explico. – Tinha um emprego, mas fui demitido num corte de contingente e ninguém pôde me ajudar, nem meus amigos, nem minha família... E só estou nas ruas até que consiga me arrumar.

Ele mexe a cabeça de forma solidária enquanto passo a conversa nele.

– É fascinante ver que sua honestidade permanece, diante dessas circunstâncias. Gostaria de ajudá-lo.

Meu nariz se contrai, e não somente porque preciso da minha picada.

Ele pega seu cartão. – Esse é meu nome e meu número. Ligue para mim e farei o possível para conseguir-lhe um emprego.

– Obrigado, obrigado – digo. – Quero mesmo mudar. Não posso ficar nas ruas por muito tempo, está me matando, mas tenho de comer e me manter limpo para apresentar-me decentemente para um emprego, pois ninguém vai me querer desse jeito.

Seu rosto se contorce de bondade e ele pega sua carteira e coloca uma nota de vinte libras na minha mão. Eu o agradeço e nós dois pisamos no mundo exterior, cheio de ar, movimento, pó e cheiros. Meu hábitat.

– Boa sorte – diz o sique, e nos perdemos no meio da multidão.

Uma parte de mim sente muito por enganá-lo, mas sou viciado e há anos venho enganando qualquer um que me mostra um pouco que seja de bondade, incluindo minha própria família. Ele reconstituiu minha fé na humanidade, mas a sua bondade abriu algumas fendas e não quero olhar para os espaços vagos embaixo delas. Devo manter minha mente e meu corpo com suas doses constantes de drogas, senão pânico, vazio e isolamento me dominam, e é aí que tenho, tenho mesmo que tomar a minha picada e parar todo o terror.

A heroína ameniza todas as minhas dores físicas e suaviza minha angústia. A euforia do crack inunda a minha mente. Depois, ao voltar da paranóia selvagem induzida por ele, encontro Ben. Ele é muito alto, magro e sujo. Há níveis de sujeira nas ruas e o de Ben é alto. Seu cabelo é ensebado, sua pele é manchada e seu pescoço, grosso de sujeira. E seus pés saem para fora dos sapatos, quando ele poderia facilmente roubar um novo par. Então, ele deve ser mendigo. Ninguém dá dinheiro a um mendigo limpo.

Ele é atencioso, de fala mansa e até fala muito bem – um refugiado da classe média. Ben é o tipo de homem em que você pode confiar, mas ele não compartilha sua história comigo e não pergunto. Desde aquela primeira noite com Dave, não pergunto nada a ninguém. Sei que ninguém escolheu estar aqui. Somos párias e sabemos disso; todos nós devemos ter as mesmas histórias de abuso, doença mental ou algum tipo de angústia, e temos de aceitar um ao outro, pois ninguém mais nos aceitará. Perguntas não são necessárias, sondagens não são apropriadas.

Começo a falar com Ben sobre como é duro dormir e como as manhãs são cruéis.

Ele concorda. Entende. Quero unir-me a esse homem, agarrá-lo, segurá-lo, mas não podemos fazer isso nas ruas. Não podemos fazer isso nunca. Você vive no seu próprio isolamento.

Ben diz: – É pior no começo. Demora um pouco para que se aprenda a viver.

Ele me leva ao shopping center, onde os carros se movimentam com uma certa reverência e ninguém buzina. No final, passamos pelo Palácio de Buckingham. Paramos nas grades. Uma bandeira balança no alto. Um carro preto passa pelos portões, pode estar ou não com a rainha dentro. Turistas se agrupam. Policiais nos observam. Em pouco tempo, sinto-me unido às outras pessoas aqui. A rainha separa-se de nós por sua grande riqueza e somos, todos juntos, observadores. Então, continuamos a andar.

Ben me leva para um velho edifício branco, de aparência branda, atrás da estação Victoria, onde pessoas ricas devem ter vivido há uns cem anos. Chama-se Passageway, e podemos empurrar quatro cadeiras pesadas juntas e dormir nelas até às duas da tarde. Há por volta de dez homens fedorentos fazendo isso, e fico sonolento por causa do som de seus roncos. Quando acordamos e somos expulsos, mal posso andar. Meus pés são fatias de carne crua, meu corpo queima, minha cabeça dói. Preciso de uma picada e não tenho condições físicas de conseguir dinheiro. Essa ameaça à minha sobrevivência me apavora.

Ben diz: – Venha, parceiro.

Apóio-me nele e cambaleamos para dentro do metrô, na estação Victoria. Na estação, os passageiros andam por todas as direções, como formigas. Ficar em pé parado parece ser uma transgressão criminosa. Ben fica atrás de uma passageira na agitação e passa pela catraca atrás dela. Ela nem percebe que passou dois pelo preço de um. Ben movimenta-se rápida e graciosamente, como um gota de chuva que cai.

Ben se vira e olha para trás, esperando por mim. Estou nervoso. Fico na fila vendo os passageiros colocarem seus bilhetes e passarem pelas catracas. Quando a mulher na minha frente se move pelas máquinas, copio bem e vou em frente também, posicionando-me bem atrás dela, mas sem chegar a tocá-la. Não tenho a leveza de Ben, mas meu corpo escorrega pela barreira como se eu fosse invisível. Ouço a catraca se fechar atrás de mim. Então eu sou invisível. Sou um fantasma num trem de metrô.

Na plataforma do sentido sul, Ben se inclina para pegar um copo debaixo de um banco e, quando o trem vem, ele pula a bordo.

– Agora, observe-me – ele diz.

Ele anda pelo primeiro vagão e, como o trem está em movimento, entra no segundo vagão pela porta de ligação. Os passageiros ficam chateados ao nos verem. Viram o rosto rapidamente. Lêem seus jornais, estudam o chão, encaram a escuridão das janelas.

Ben fecha a porta e passa a mão pelos cabelos louros ensebados. Diz em voz alta: – Moro nas ruas. Preciso de algo para comer e uma cama para passar a noite. Gostaria de pedir a vocês que me ajudassem, por favor.

Caminha em direção a um pequeno rapaz gorducho que prefere ler o jornal e fica lá até que o homem, relutantemente, leva às mãos ao bolso e procura por algum trocado. Depois disso, Ben anda pelo vagão e todas as pessoas colocam dinheiro no copo. Ele é grande, é intimidador, parece um marginal e ninguém vai brigar com ele.

Na próxima parada, saímos do trem.

– Vê como é fácil? – diz Ben. – O cara de terno, se não tivesse colocado a mão no bolso, ninguém daria nada. Consiga o primeiro e o resto fará o mesmo.

Ele vai para uma lata de lixo e me dá uma xícara, jogando fora o resto de café. O trem parte, deixando um sopro de ar do metrô em nossos rostos como um breve abraço aconchegante. Meus pés doem tanto que fico parado, apoiado na parede da plataforma.

Ben diz: – Vou começar do outro lado do trem e depois nos encontraremos.

Não quero pedir esmolas, mas agora não consigo pensar em nenhuma outra forma de colocar minhas mãos no dinheiro de que preciso.

O trem pára. Entro e esqueço por um momento como estou me sentindo doente, pois estou doente de uma outra forma agora, doente de medo. Vou para a porta de ligação. Entro no próximo vagão assim que o trem começa a andar e fecho a porta atrás de mim. Limpo a garganta. Muitas pessoas olham. Tentam desviar, mas não as deixo. Deve haver umas cinqüenta pessoas, talvez cem. Parece que vou falar para o Royal Albert Hall lotado.

Falo com todos: – Moro nas ruas.

Ouvir a minha própria voz dizendo isso, anunciar minha vergonha ao mundo, me tira o fôlego. Dou uma respirada antes de continuar: – Sou morador de rua e não tenho nada para comer e nenhum lugar para ir. Preciso de comida e uma cama. Por favor, vocês podem me ajudar?

Fico em pé olhando para eles, do jeito que Ben fez. É difícil. Preferiria olhar para o chão, mas isso não fará com que as moedas venham para o meu copo. A degradação. A vergonha de pedir, exigir, dinheiro. Eu senti nojo de mim mesmo, mas agora tenho de ir em frente com isso.

Há um silêncio. Pode-se cortar o ar com uma faca. Encaro um grupo de garotas sentadas próximas a mim. Devem ter uns dezoito anos e minha presença as deixa nervosas. Já há paranóia demais no metrô: ninguém fala, ninguém olha no olho de ninguém, ninguém tem certeza para onde olhar. Agora brinco com os medos que os passageiros têm quando alguém realmente se coloca à frente deles.

As garotas abrem suas bolsas de mão devagar, uma libra, cinqüenta centavos, vinte centavos, jogados no copo. Tenho ódio de mim. Minha vergonha parece uma dor física. Mas, de repente, as mãos de todos estão se movimentando e estão todos abrindo suas carteiras e bolsas. Peguei todo mundo. Saio do trem murmurando agradecimentos e o copo logo faz o agradável barulho das moedas se debatendo. Vou para uma porta de ligação e encontro Ben. Ele veio vindo pelo trem até a minha direção. Seu vagão está tão silencioso como o que acabei de sair de dentro.

O metrô fica mais lento. Assim que chega em uma estação, desembarcamos na plataforma.

– Viu como é fácil? – diz Ben.

– Puta que pariu! Puta que pariu! – fico repetindo. Meus pés ainda doem e meu nariz está escorrendo, mas posso viver com isso, pois tenho um copo cheio de dinheiro. Uma placa mostra que estamos em Brixton. Damos à volta e pegamos um trem que vai para o sentido norte, caso tenhamos sido pegos pelas câmeras. Saímos em Oxford Circus e andamos até Tottenham Court Road. Ao contar o dinheiro na minha caneca, somo dezoito libras. Tenho de jogar uma conversa num traficante para conseguir um pacote de cada por dezoito libras.

Ben me leva, para nos drogarmos, à rampa de um estacionamento subterrâneo. Há muito viciados aqui, em transe e saindo dele, com seu sangue e latas e equipamentos, sentados a pouca distância dos carros que descem a rampa. Deslizam bem ao lado, imperceptíveis, criando pequenas perturbações no ar ao redor do meu rosto.

– Você viu aquilo? – pergunto a Ben.

– O quê?

– Jeremy Beadle acabou de passar de carro.

Isso nos faz rir por algum motivo. Jeremy Beadle em seu carrão brilhante acabou de passar. Sentamos e rimos, e percebo que essa é a primeira vez que rio nas ruas ou até mesmo sorrio, e nunca vi ninguém mais rir também.

O amigo de Ben, John, aparece. Ele é alto, de cabelo liso e tem um violão nos ombros.

– Conheço você! – ele diz, e fico olhando para ele. Seu rosto irregular, de repente, bate com um rosto que costumava ser familiar.

Devaneio por um outro mundo, e uma outra época, um mundo mais verde. A época de Rosie. Um local onde viajantes se reuniam, onde costumava vender drogas, onde ela fugia depois de uma briga e eu atrás dela. Um lugar em Somerset.

– Frome! – digo. Campos e árvores e Rosie, sentada na parte de trás do *trailer*, batendo seus dedos numa agulha, ouvindo as vozes do lado de fora.

John dá um sorriso torto. É o John para quem eu costumava vender.

– Lembro-me do seu *trailer* – diz. Ah! Aquele *trailer*. Adoravelmente restaurado por milhares de libras, vendido quando fui para a América por um pouco de heroína.

Nós três sentamos e conversamos na rampa, enquanto carros com homens de negócios e celebridades passam por nós. É difícil compartilhar o passado com alguém aqui. Naquela época, nós dois traficávamos e éramos viciados, mas nosso vício era mais controlado. Eu nem injetava. Fumava. Eram dias doces. Falamos de pessoas, lugares e eventos daquele mundo e isso faz com que me sinta mais substancial: sou uma pessoa com um passado e não apenas um fantasma.

Sempre encontro Ginge. Ele está aqui, lá e por todo lugar, roubando, comprando drogas, usando, entrando e saindo de cabines telefônicas do oeste de Londres. Já entendi a natureza caótica da sua vida. Às vezes, ele consegue heroína mais do que suficiente, às vezes não arruma nada, às vezes faz coisas loucas para conseguir mais, às vezes perde o pique e fica doente. Queima muita energia para conseguir drogas. Sou provavelmente mais como Ginge do que qualquer pessoa que já encontrei aqui. Não sou como Ben, pois não sou mendigo. E com certeza não sou como Dave, que conseguiu estabilizar sua vida, dentro do possível que um viciado pode. Dave sempre pede esmola no mesmo lugar na estação de metrô Piccadilly Circus, confia nas pessoas que passam por lá regularmente para colocarem dinheiro em seu copo para que ele e Boots mantenham-se vivos, come suas refeições e anda devagar. Ele dita seu ritmo. Para um viciado das ruas, possui uma saúde razoável. E um coração infinitamente bom. Às vezes, vejo-o sendo bom para outras pessoas da mesma forma que foi comigo. Há uma menina chamada Katie que não deve ter mais do que dezessete anos, viciada em crack e heroína. Ela é bem magra e tem cabelos louros despenteados, e ao me deparar com ela nas ruas uma ou duas vezes, pude ver a enorme mulher barulhenta, alerta e desdentada que irá se tornar. Mas agora parece jovem e vulnerável. Ela sofre abuso nas ruas, do mesmo modo que sofria em casa. Às vezes, vejo o bom e generoso Dave cuidando dela.

Numa agitada noite de sábado, bem tarde, Ginge está circulando pelo Soho, como sempre, e fico com ele. Ele sugere que cobremos uma taxa de um michê, esse é sempre um bom caminho para um dinheiro fácil, pois são bichas e não brigam. Encontramos um trabalhando perto de Piccadilly, um cara gorducho de uns dezoito anos com um olhar de desesperado. É encardido, mas veste boas roupas. Empurramos o cara contra as grades e começamos a ser maldosos.

– Vamos, você já faturou bastante hoje...

– Não, não consegui um centavo – garante, com os olhos esbugalhados.

– Claro que sim! Coloque as mãos nos bolsos.

– Não ganhei nada esta noite.

– Você tá falando merda. Dá um pouco para nós, anda.

Levamos o cara para um estacionamento escuro. As pessoas nos vêem arrastando-o, mas ninguém tenta nos parar. É como se todos nós fôssemos marcados com tinta vermelha, nós pessoas de rua. Ao olhar para as multidões, não vemos as pessoas normais, só as outras pessoas marcadas de tinta vermelha também: viciados, traficantes, criminosos e párias. E quando as pessoas morais olham para as multidões, só vêem uns aos outros, não as pessoas marcadas de tinta vermelha.

– Agora, enfia a mão na bunda e dá o que você tem! – dizemos.

Ele agacha e tira da bunda um pequeno recipiente plástico que parece mais um Kinder Ovo com surpresa. Não era essa a intenção dos fabricantes, mas dentro há uma surpresa de verdade: um pouco de cocaína e umas sessenta libras. Pegamos tudo.

– Seus babacas de merda – ele grita para nós com lágrimas nos olhos. Ignoramos. Estamos ocupados dividindo o dinheiro.

Não como muito. Não me interesso por comida. Com certeza não vou atrás dos sopões. Estou sempre muito doidão na hora que eles estão a todo vapor e são para um outro tipo de desabrigado, o tipo que dorme em portas nas ruas principais e pede atenção, pois não quer ser invisível. Às vezes tomo uma xícara de chá na igreja ou, ocasionalmente, roubo sushi do Sainsbury's. Uma noite por semana, o Starbucks joga fora biscoitos velhos. Toda noite o Pret a Manger se livra das saladas não vendidas. Dá para comer como um rei com o lixo dos outros. Mas a minha dieta baseia-se principalmente em barras de chocolate Snickers. Descubro que, contanto que eu tenha droga, posso viver muito bem só com Snickers toda semana.

Os dias passam. Lembro-me de como era importante ter aceitação na cadeia. Aceitação é um entendimento de que você está aqui e vai ficar aqui. Tenho de aceitar agora, mas há uma grande diferença entre as ruas e a cadeia. Sei que sairia da prisão no final da minha sentença. E não sei como isso vai acabar. Tento não pensar nisso.

Estou andando pela rua Beak e, ao passar por uma loja de discos usados, penso... Lembro-me de algo que aconteceu na minha primeira semana nas ruas. Estava com Ginge quando ele enfiou a cabeça numa porta aqui por perto e disse oi para alguém chamado Simon, que compra DVDs. Viro-me. Ando pelas ruas até encontrar a loja. Enfio a cabeça pela porta.

– Simon? – pergunto.

– Sim?

Entro e vejo se Simon ainda quer DVDs. Ele diz que sim.

– Sete libras cada.

Discuto o que poderia interessá-lo como se fosse um representante de vendas de terno e gravata, anotando pedidos, mas é óbvio que Simon nem se importa com o que eu conseguir.

Sete libras cada! Por que não fiz isso antes? Vou direto para um grande loja de DVDs e pego-os indiscriminadamente das prateleiras. Tiro a etiqueta de segurança com um canivete, enfio-os no meu bolso e saio rápido da loja. É tão fácil que é quase ridículo. O valor de venda de cada DVD é entre vinte e trinta libras e ao chegar na loja do Simon, vejo que tenho dez na minha sacola. Sem questionar ou mesmo verificar, Simon me dá setenta libras. Estou rico. Ganhei mais em dez minutos do que faria em um dia devolvendo cartões bancários, pedindo esmola no metrô ou roubando esmalte de unha para prostitutas.

Então, esse é o meu caminho. Está claro para mim. West End é a Mecca dos DVDs a serem roubados: há seis megalojas em uma curta distância. Uma rápida pesquisa em uma variedade de pequenos *outlets* no Soho, de lojas de discos a *sex shops*, revela que tenho como vender todos os DVDs que conseguir roubar.

Minha vida está mudada agora. Tenho um emprego, como Ben no metrô e Dave em Piccadilly. Roubo DVDs para viver. Dedico-me a ele de um modo profissional e sistemático. Diferente dos mendigos, não posso ficar muito sujo e desarrumado. Tenho de roubar ou tomar roupas emprestadas que me façam, na pior das hipóteses, parecer um turista desmazelado. Não posso deixar meu cabelo ficar muito comprido e, do pescoço para cima, tenho de estar limpo. Tenho de circular pelas grandes lojas usando diferentes roupas e em horários diferentes, para que nenhum segurança conheça meu rosto. Até me preparo para comprar um bigode, mas, algumas semanas depois, acho algo muito mais útil do que barba falsa.

Estou me drogando atrás de uma farmácia perto de Tottenham Court Road com o final da rua Oxford, quando percebo uma entrega chegando no fundo de um das *megastores* de música. Quando volto a mim e me sinto confortado pela heroína e não muito intoxicado pelo crack, vou dar uma olhada na entrega. Não há ninguém por perto para me impedir. Coloco minhas mãos numa caixa e pego umas camisetas pretas. Uma delas tem um logo da loja, mas estampada bem no meio da camiseta, há uma palavra mágica: SEGURANÇA. Essas são as camisetas que os seguranças de lojas usam.

Pego um monte e vou embora logo. E agora desenvolvo uma técnica, usando minhas novas camisetas. Arrasto-me para as lojas bem cedo, quando os vendedores ainda estão muito descuidados e não há muitos clientes por perto. Tiro a jaqueta e revelo a palavra SEGURANÇA. Então, ajoelho-me e jogo as mercadorias na minha sacola. Eu não seleciono nem escolho, e não furto um ou dois produtos. Corro meu braço pela prateleira e dezenas de DVDs caem na minha sacola. Provavelmente, ninguém olha para mim, pois eles realmente pensam que sou membro da equipe de segurança. Para não ter de usar o canivete, forro minha sacola com papel alumínio, que engana o alarme quando saio. E depois vou direto para Soho pegar minha grana. Consigo ganhar quatrocentas libras por dia dessa forma. Isso paga ficar do lado de fora de outra *megastore* de música, esperando as camisetas com a estampa SEGURANÇA chegarem também.

E, de repente, posso comprar todas as drogas que preciso. As manhãs ainda são difíceis, pois acordo doente e congelado; arrasto-me de porta em porta, forçando os pistões a trabalhar, meio que engatinho pela chuva para roubar DVDs a fim de comprar drogas para tomar minha primeira picada. Mas estou dando conta agora. Começo a me iludir, achando que estou me saindo bem. Até digo a mim mesmo que a vida é melhor assim. A sobrevivência é um objetivo claro que simplifica tudo. Tenho de comprar drogas e usá-las. Todas as outras coisas: administrar relacionamentos, procurar moradia, pagar aluguel, esperar pelo salário, ter uma vida social, usar meios de transporte, tudo isso foi embora. As drogas deixaram a minha vida livre de complicações. Tudo o que faço é conseguir dinheiro para comprar drogas, cítrico, uma colher e água do McDonald's e colocar o barato dentro de mim. Simples. Exceto que a cada dia meus pés doem um pouco mais, a cada dia a descida é pior, a fissura é pior, o abismo de isolamento, humilhação e pânico cresce dentro de mim, e preciso cada vez mais de mais drogas para preenchê-lo.

Confirmo que Dave estava certo sobre os domingos. Logo aprendo a odiá-los. Os sábados têm o frenesi das compras e os baladeiros noturnos. Mas aos domingos as ruas estão quietas, as pessoas estão diferentes, algumas das lojas menores estão fechadas e as maiores fecham às quatro, e nenhum dos meus métodos para conseguir dinheiro funciona. Uma pessoa organizada como Dave provavelmente guarda um pouco de dinheiro para poder comprar drogas aos domingos, mas os viciados caóticos, como eu, têm de usar o que tiver no momento; assim, quando o domingo chega, não tenho nada. Graças a Deus vem a segunda e há muitos passos novamente. Mas há uma segunda em que o ritmo é quebrado. É como o domingo, só que muito pior.

Deve ser feriado bancário. Fico desolado. Não há como conseguir dinheiro. Preciso da minha picada. Imploro aos outros viciados que me arrumem alguma coisa. Estou sempre arrumando para eles e eles me devem favores, mas as pessoas nunca se lembram. Na verdade, todos pensam que devo a eles uma picada. Então ficamos todos perambulando o dia todo, achando que os outros estão em dívida conosco.

Quando a tarde chega, não consigo continuar. Estou muito mal. A fissura é intolerável. Meu consumo aumentou desde que encontrei a mina de ouro com os DVDs roubados, e ficar sem isso agora é terrível. Fui levado por um *tsunami* de drogas e estou numa ilha vazia. Não consigo dormir, não consigo deitar, não consigo pensar, não consigo levantar, não sei o que fazer com a minha mente e meu corpo, então tento me escorar num canto, perto de Eros, que está assustadoramente vazio hoje, e começo a chorar. Dois pés, calçados em sapatos surrados, passam por mim, depois param e se viram. Olho para cima. É Steve, meu primeiro amigo aqui nas ruas.

– O que foi? – pergunta. Mas ele sabe o que foi e estou muito mal para responder. Ele parece tranqüilo, como se tivesse acabado de tomar uma picada.

– Fissura de feriado bancário?

– Me arruma alguma coisa.

Ele balança a cabeça. Nada de drogas. Mas ele me levanta. A fonte de renda de Steve é pedir esmolas, então é isso que provavelmente vamos fazer agora. Estou desesperado demais para recusar, doente demais para protestar.

Ele me arrasta até Tottenham Court Road. O progresso é lento. Fico reclamando o caminho todo, gemendo e chorando de dor. Perto do centro da cidade, Steve pega um copo do McDonald's de uma lata de lixo e me diz para sentar na calçada. Não vou segurar o copo. Isso é muito desprezível. Coloco-o perto de mim. Steve fica a uns vinte metros de distância. Sei que para conseguir uma esmola tenho de olhar nos olhos das pessoas. Porém não consigo. Sei que deveria falar com elas. Tento.

– Ei... tem um trocado? – murmuro sem olhar nos olhos de ninguém. Eles devem poder ouvir minha vergonha. Cada pé que passa por mim é uma rejeição, e isso me machuca. Corta-me. O pior de tudo é que olho para cima ao ver saltos elegantes e vejo garotas bonitas, o tipo de garotas com quem já sai uma vez. Agora elas passam bem longe, pois têm medo, pois têm nojo.

Ocasionalmente, alguém me dá um dinheiro. Tento agradecer, mas não posso.

Olho para Steve. Ele não saiu do lugar desde a última vez que olhei para ele. Então ele não injetou heroína. Alguns mendigos do outro lado da rua também não se movem. São viciados de farmácia. Injetam ampolas de metadona. As pessoas compram metadona de médicos desonestos que prosperam em West End. Os viciados de farmácia podem ficar sentados pedindo esmola por horas sem mover um músculo, após injetar metadona.

Mas eu não posso, não posso mais ficar sentado. Estou sendo humilhado e desprezado por horas e horas. Estou numa fissura tão grande que meu corpo pega fogo. E consegui precisamente oito libras, o que é suficiente para um simples pacote, se eu conseguir convencer o traficante. Jogo o copo do McDonald's e passo por Steve. Ele não me vê. Está feliz com sua ampola de metadona. Está aqui, mas não está aqui.

Vou para a estação do metrô. Ah, meus pés. Dor. Meus ossos. Dor. Minha cabeça. Dor. Meu coração. Dor. A tarde já chega ao fim. Há bilhetes caídos por todo o chão: quem os varre está curtindo seu feriado bancário com a família enquanto o lixo se amontoa na estação. Inclino-me e pequenos rios de fogo queimam em minhas juntas, fazendo-me chorar em protesto. Pego todos os bilhetes que consigo. A maioria foi usada, mas alguns deles são bilhetes de retorno ou o tipo de bilhete que permite andar pelas zonas livremente. Os passageiros os deixaram cair ou não precisam mais deles.

Vou direto para a bilheteria e intercepto os passageiros na fila. Ofereço bilhetes válidos a preços mais baratos e não demoro muito para me livrar deles. De repente, encho-me de alegria. Quase tenho o suficiente para um pacote de crack. Corro por Leicester Square. Bilhete, bilhetes por toda a parte. Faço o mesmo truque. Nem me importo por ser pego pelas câmeras de segurança, não me importo com nada. Vou tomar a minha picada e amanhã não haverá mais feriado bancário.

Capítulo 29

Estou aprendendo a julgar as pessoas, a desenvolver um sexto sentido que me diz quem é confiável, quem tem problema mental além do vício das drogas, quem é perigoso. Por causa das pessoas perigosas, não vou para albergues. É por causa deles que fico independente e isolado. Não gosto dos gêmeos perigosos que Ginge mostrou para mim assim que vim para as ruas. Chamam-se Keith e Malc e aproveitam-se de outros moradores de rua. Já os vi confundindo um jovem irlandês inocente que nunca tinha usado crack antes, transformando sua paranóia num vulcão em erupção, até que ele ficasse violento e perigoso como eles. Vejo-os ameaçando outros moradores de rua, roubando sua droga. Posso me drogar perto deles, mas não durmo perto deles.

Outras pessoas vêm e vão o tempo todo. Você começa a conhecê-las e a pensar que são irmãos e, então, desaparecem. Circulam rumores de que morreram. Então, de repente, aparecem, pois só estavam na cadeia. Relatórios da morte de Ginge são demasiadamente exagerados; ele voltou da tumba pelo menos três vezes. Mas, freqüentemente, as pessoas realmente somem para sempre. Além de overdose, hepatite C e HIV, as pessoas morrem por causa da violência das ruas e de doenças secundárias mal curadas. Ou você morre aqui, ou vai para o hospital ou para a cadeia. Ninguém jamais vai para casa. Aqui é a casa.

Um dia, num ponto de ônibus, encontro John, de Frome, alto, magro, cabelo liso e, como sempre, violão nos ombros. Está usando pelo menos três casacos. John vem e vai de West End. Provavelmente, visita seus companheiros viajantes em Somerset, mas talvez ele vá para a cadeia. De qualquer forma, aqui está ele no ponto de ônibus, não esperando por um ônibus, mas esperando para comprar drogas.

– Só tenho nove libras – diz, com seu sotaque de West Country. – Arruma para mim, por favor?

Ele precisa do suficiente para crack e heroína. Acontece que, depois de um roubo bem-sucedido, tenho sessenta libras no bolso e concordo em dividir com ele. Procuramos por um traficante.

Rua Rathbone. Rua Percy. Tottenham Court Road. Adeline Place. Rua Great Russel. Hanway Place. Rua Oxford. Rua Great Chapel.

Encontramos um traficante com quatro pacotes de crack. Estão num lugar seguro: a boca dele. Embalados duplamente em papel filme para que reapareçam por inteiro no final do seu sistema, se a polícia se aproximar e tiver que engoli-los. Cospe-os para nós e diz que voltará quando tiver uma nova remessa. Conheço-o e confio nele, mas John não acredita que deixei um traficante sair como nosso dinheiro. Ele fica agitado. Diz para todo mundo que passa que joguei dinheiro fora. Isso é humilhante e não é verdade, mas ele me arrasta a uma cabine telefônica em Charing Cross Road, perto da faculdade de arte. Eu sempre procuro troco no orelhão, uma pequena homenagem ao meu amigo Ginge, então ligo para o traficante. Ligo para ele uma vez, duas vezes e isso é mais do que suficiente, mas John insiste para que ligue de novo e, no final das contas, estamos todos irritados.

Voltamos para o Soho e Luca passa, oferecendo Valium. Isso é sempre algo bom para cabeças de crack como nós. Compro cinco e enfio no bolso para as grandiosas descidas futuras. John também compra cinco, então corre atrás de Luca e compra mais cinco. Não sei quantos ele compra no total, mas tenho a horrível sensação de que vai tomar todos.

Quando o traficante volta, tento fazer com que John se desculpe por não confiar em mim e por me humilhar na frente de todas as pessoas que passavam pela rua. Ele até murmura algo que parece – Desculpe-me! – mas pode ser qualquer outra coisa, pois depois do Valium, ele está semiconsciente. Jogo dois pacotes de crack e heroína para ele, que, gaguejando, implora pela minha ajuda e vamos para a rampa do estacionamento subterrâneo atrás de Tottenham Court Road. Tenho que quase o carregar, com seu violão irritante, e ainda tenho de carregar seus pacotes também.

Estou rabugento, pois não vejo motivo para tolerar as conseqüências da ganância e estupidez de John.

– Esses cretinos egoístas que não conseguem ficar longe do Valium – resmungo. – Não têm consideração alguma. Nenhuma, absolutamente.

É realmente muito estúpido tomar Valium quando se tem um pouco de crack esperando. Qualquer tolo sabe que você toma o estimulante antes do depressor. E ele não deveria se drogar logo em seguida. Precisa de um estimulante antes disso. Já vi um número de idiotas irem por esse caminho.

Quando chegamos na rampa, John cai e sua mochila se espalha por toda a rua. Com muita irritação, junto as coisas – um caderno, uns pedaços de papel, algumas fotos, uma garrafa de água e um pouco de cítrico. Dou um pacote de heroína e preparo a heroína separadamente. Agora, fiz realmente todo o trabalho sozinho. Sinto-me martirizado. Ele está desperdiçando meu tempo valioso e está me atrasando. Sou energético, astuto, sempre me movimentando e quero tomar a minha picada em vez de cuidar de um cretino.

Digo a ele: – John, você tem de usar o crack primeiro, para acordar. Entendeu? Depois de todo aquele Valium, é PERIGOSO usar a heroína antes do crack fazer efeito. Bem, fale consigo mesmo:

– O CRACK primeiro, depois HEROÍNA, OKAY?

Mas ele deve saber disso, pelo amor de Deus.

Subo a rampa e tomo minhas próprias drogas. Ventania. O foguete espacial chega à lua num segundo e em dez está vagando pelo sistema solar, onde o espaço é infinito, não há limites, não há começo nem fim. Estou orbitando pelo sol, quando começo a descida. Fecho meus olhos.

Fico no precipício por mais vinte minutos, ouvindo conversa de viciados ao meu redor. Hoje, um grupo de tipos intelectuais está discutindo física nuclear. Falam como pessoas privilegiadas, educadas, brilhantes. O que estão fazendo na rampa, com cítrico e agulhas?

Então chega a hora de um cara ocupado como eu entrar em ação, rondando por aí, procurando por oportunidades de ganhar dinheiro.

Desço a rampa. Não quero olhar para John, mas não consigo evitar. Está exatamente onde o deixei. Na verdade, nem se mexeu. E não está se mexendo agora. Seus lábios estão azuis. Será que morreu? A seringa de crack está lá, intacta. Ah, merda, merda, merda. Apesar de todos os meus avisos, ele usou a heroína primeiro.

Meu primeiro pensamento é pegar o crack para meu uso pessoal. Depois, saio andando. Não paro. Não olho para ele, não mexo nele para ver se está respirando. Olho só para a frente e vou embora.

Tottenham Court Road, rua Oxford, rua Poland, rua Beak, rua Warwick, rua Glasshouse, Piccadilly Circus.

Fico com Ben. Nem falo sobre John. Andamos juntos pela rua Regent em direção à Pall Mall. Paramos ao lado de um enorme muro de tijolos vermelhos. Atrás dele há algo tão espetacular que esqueço de John, seus lábios azuis, a seringa intacta.

– Plátanos – digo para Ben. – Malditos plátanos. Nunca os vi tão grandes.

– Essa é a Clarence House – ele diz. – A Rainha Mãe mora aqui.

Olhamos para as árvores, para o muro e para os altos portões com guardas. Olhamos para aquele outro mundo e depois voltamos para o nosso.

Por alguns dias, algumas semanas, procuro por John. Não o vejo. Pergunto para as pessoas, casualmente.

– Virão John por aí? O do violão? John?

– Não.

– Não, irmão.

– Nada. Provavelmente em West Country.

Espero que esteja de volta à Frome, naquele mundo de campos e viajantes. Com certeza, voltou para Frome. Talvez para sempre. Tento esquecer seu rosto branco, seus lábios azuis. Mas às vezes, bem de noite, ao andar, um pé na sarjeta, olhando em latas de lixo, tentando manter minha paranóia sob controle, lembro-me. As dez mil vozes têm algo a dizer sobre isso. Canalha. Você o matou. Preparou a picada dele, sabia que ele não tava bem o suficiente para usar a droga certa, deixou-o fazê-lo; você é um canalha, assassino e maligno.

Agora que estou nas ruas há um tempo, realmente acredito que estou aprendendo a viver por aqui. Minha atividade é frenética: roubar nas ruas, nas lojas, cobrar taxas, traficar um pouco. E é seguida de um colapso completo. Mas estou ganhando o suficiente para suportar meu vício. Meus pés doem tanto que é melhor nunca mais tirar meus sapatos. E meu corpo está magro e cheio de escaras. Mas estou sobrevivendo. E estou me saindo bem.

– Você precisa de um médico, amigo – diz Dave, a única voz gentil das ruas. Ele ainda tenta cuidar de mim. Quando ele e Ginge estão juntos, é como se eu tivesse bons pais.

– Estou bem. Está tudo bem.

– Sim, mas você está muito magro. E seus pés. Estas feridas...

– Não tenho tempo, cara.

Não tenho tempo para nada. Provavelmente, poderia esmolar algum dinheiro, se pudesse ir para Russell Square e ficar numa fila por horas, mas agora tenho meu próprio caminho e não quero deixá-lo. Minhas habilidades de sobrevivência são específicas para uma faixa de mais ou menos quinhentos metros em West End, onde conheço todas as ruas, todas as lojas e todas as oportunidades. Tenho um vício de trezentas, talvez quatrocentas libras por dia e estou muito ocupado para usar meu tempo andando fora da minha área por um pouco de dinheiro esmolado, que seria menos do que ganho roubando em meia hora.

Roubar DVDs permite-me atingir novas alturas de caos e uso de drogas. Uma manhã, acordo na rua Oxford e não me lembro de como fui parar lá. Provavelmente, cheguei a um ponto de exaustão que não conseguia ir além. Alguém colocou um sanduíche, um café e três libras perto de mim. Muito obrigado, amigo. Os vendedores e homens de negócio que passaram por cima do meu corpo a manhã toda pensam que sou um vadio preguiçoso. Não percebem que desmoronei, pois trabalho muito mais do que eles já trabalharam em suas vidas e, provavelmente, ganho mais também. Afinal de contas, faturo cem mil libras por ano – não, perto de duzentas mil. Mas isso não inclui pensão ou seguro médico, claro.

Estou sentado num banco, falando com Luca, quando algo enorme sai do seu gorro de lã, passa pelo seu cabelo despenteado e desce pelo rosto. Tem o tamanho de metade de uma unha.

Tiro dele o inseto que se contorce e o esmago entre os meus dedos. O sangue espirra.

– Esse sangue é meu – diz Luca, com seu sotaque italiano cantado que, algumas vezes, estranhamente, me faz lembrar do Clube para Jovens Católicos de Kidderminster.

– O que é isso? – pergunto, limpando o sangue na minha calça, pois Luca tem o vírus. Embora seja um pouco tarde para preocupar-me com AIDS.

Ele me olha com surpresa – Você não sabe o que é?

– Pulga?

– Piolho. Todos nós temos. Você também tem.

E agora vejo que ele tem razão. Há pequenas mordidas por todo meu corpo e, se parar para olhar bem, pequenos insetos também. Eles não coçam ou me incomodam, exceto agora que sei que coexisto com piolho e fico envergonhado.

– Aposto que peguei trocando minhas roupas nos banheiros da rua Broadwick. Os banheiros da rua Broadwick são um lugar sociável em que às vezes vou me lavar. Se outras pessoas estão se lavando também, trocamos as roupas para enganar seguranças de lojas.

Luca dá de ombros.

– Você não precisa ir à rua Broadwick. Você pega esses malditos piolhos sentando perto de mim nesse exato momento. Conte à polícia que tem isso e eles nem chegam perto de você. Ninguém chega.

– Como uma armadura?

– Sim, uma armadura que ninguém pode ver.

Todo esse tempo estive usando uma armadura e nem mesmo sabia. Morro de medo da polícia. Assombra-me como as descidas e alimenta minha paranóia. Se for pego com a quantidade de heroína e crack que levo comigo, uma condenação será inevitável. Tenho esconderijos pelo corpo todo. Em cima da bunda, no prepúcio, na boca, dentro da garganta... Assim, se o pior acontecer, posso engolir. Mas, como a heroína prende o intestino, o único jeito de pegar aquela embalagem de papel filme de volta é vivendo uma fissura que devolve as funções normais do meu corpo. Do contrário, espero semanas para que reapareça.

Logo depois, a polícia decide me tirar da porta em que costumo dormir. Batem seus cassetetes no meu rosto, perguntam meu nome e data de nascimento e, depois de eu fornecer essa informação, conto para eles algo que não querem ouvir:

– Tenho piolho.

Simultaneamente, dão um passo para trás.

– D A, D A – dizem pelos rádios. Isso significa doença aéreo-transportável. E pela reação da polícia, sei que Luca tinha razão em relação a piolho ser altamente contagioso. Que policial vai querer levá-los para casa para seus filhos? Está além do chamado do dever. Os policiais me tiram dali, mas não tocam em mim.

O tempo fica mais frio. Só estou aquecido o suficiente porque tenho heroína dentro de mim. E pelo menos posso usar casacos mais grossos, que facilitam meus roubos em lojas. As lojas preparam-se para o Halloween e, logo depois, o Natal chega. Odiava o jeito como minha mãe não acreditava no Natal porque era Testemunha de Jeová, mas comemorava o Natal porque meu pai obrigava. Odeio o jeito como todos contribuem para prepará-lo e, no dia, nada acontece, só decepção.

Mas quando as lojas começam com as luzes, os enfeites e os retratos da Branca de Neve cochilando, começo a sentir-me desolado.

Quero falar com Rosie. Quero ver Jack. Perdi minha identidade. Minha família poderá devolvê-la. Natal é um tempo para a família e quero a minha. Não quero ficar nas ruas. Não quero ser assim. Não quero que eles saibam o que me tornei. Toda vez que penso neles, sinto um isolamento e uma tristeza tão profundos que chegam a ser insuportáveis, isso é demais para carregar comigo. Onde está minha família? Onde está meu filho? Em Lakes? Em West Country, no lugar em que Rosie ia tentar ficar limpa?

Geralmente, quando um conhecido me empresta um telefone celular e me diz para ligar para alguém em qualquer lugar, fico olhando para ele e devolvo, pois não tenho ninguém para quem possa ligar. Telefones significam tristeza para mim, pois me fazem lembrar de meu isolamento. Mas, dessa vez, quando Ben me empresta um, pego um pedaço de papel que sempre levo comigo. Está tão amassado que é quase ilegível, e há telefones de traficantes rabiscados em toda a volta, mas no meio está o último número que Rosie me deu. Então disco.

Alguém atende. Peço para falar com Rosie. Há uma pausa. Então, inacreditavelmente, dizem que vão chamá-la.

Estou numa esquina da rua Regent. As luzes de Natal estão acesas, as vitrinas estão claras, a agitação nas ruas cresceu exponencialmente nos últimos dias e é sábado, então Hamleys está cheio de famílias. E vou falar com Rosie. Talvez até com Jack.

Ao ouvir sua voz, tenho a estranha sensação que meu coração vai derreter.

– É Mark – digo. Quero chorar.

Há uma pausa. O silêncio repleto de surpresa, talvez até emoção. Quando ela fala, sua voz é comedida – Como vai?

– Bem, muito bem – minto. Quero que minha voz soe firme e alegre, mas soa pequena e hesitante. – Estou em Londres, na verdade. Trabalhando um pouco por aqui.

– Bom.

– Como vai Jack?

– Está muito bem.

– Rosie, onde você está? – Opa! Aquilo soou demais como um lamento. Tusso. – Quer dizer, você ainda está na reabilitação?

– Sim, Mark, e estou muito feliz. Estou limpa! – A voz dela é forte. Até feliz. – É porque finalmente entendi algo importante. Entendi que Jesus me ama. E Ele mudou a minha vida.

Puta que pariu. Decido ignorar a parte sobre Jesus. – Então você está limpa! Completamente, totalmente, cem por cento...?

– Quer dizer – ela é rápida, muito rápida. – Tomo metadona. Pouca quantidade. Mas não uso heroína. E gosto daqui. Entendo qual é a vontade de Deus agora, como Ele olha por nós. E... o bebê chegará logo.

Do que ela está falando? O que ela disse? Posso ver as multidões e ouvir os ônibus, e essa mulher em algum outro mundo fala na minha orelha sobre um bebê. Será que falou?

– Eu disse que o bebê estará por aqui perto do Natal.

O bebê. Ele nascerá. No Natal.

– Mark. Você está aí?

– Que bebê? – pergunto. Que tipo de pergunta é essa? Ela vai ter um bebê? Eu esqueceria de uma coisa dessas?

– Fiquei grávida na primavera passada. Quando você voltou da Irlanda para pegar seu equipamento de escalada... Lembra-se?

Não.

– Lembra-se?

Lembro-me de andar pelo parque. Devemos ter transado na casa dos pais dela. Provavelmente não foi uma boa transa, estava tão perdido. Com certeza não foi memorável.

Rosie diz: – Bem, de qualquer forma, fiquei grávida e o bebê nascerá logo.

Vamos esclarecer isso.

– Você vai ter um bebê? E é meu?

– Sim, Mark – diz ela, pacientemente.

– Por que não me disse antes?

– Não nos falamos há muito tempo, não adequadamente.

Então isso é falar adequadamente.

– Tive muita coisa para resolver. Precisei entender que Jesus pode me ajudar. E, Mark. Ele ajudará você também, se O deixar ajudar.

São muitas notícias. Amo meu filho Jack e tenho sido o pior pai do mundo, e agora haverá outro bebê e Rosie está limpa, ou quase. Ah, e Jesus vai me ajudar.

– Você está bem, Mark?

– Vou até aí para ver você agora.

– Você não pode. Aqui é reabilitação. Você não pode ir entrando, eles não permitirão.

– Não posso ver meu filho.

– Não, não pode.

– Por que não posso ir para a reabilitação também? Quero ficar limpo.

– Essa reabilitação é só para mulheres.

– Não aceitam pais? Se as mães estão na reabilitação com os filhos?

– Aceitam homens num lugar diferente, não em Devon.

– Posso ficar limpo também?

– Você quer ficar limpo?

Tenho aquela estranha sensação de derretimento novamente. Espalha-se pelo meu corpo como heroína, mas não começa no meu braço ou na virilha, começa no meu coração. – Claro que quero ficar limpo! Você acha que alguém quer viver assim?

– Assim como?

Sou cuidadoso. – Você sabe, quero dizer, usando. Usando drogas o tempo todo.

Ela me dá um número. Diz com quem deveria falar: – Ligue, se você realmente quiser nos ver e ficar limpo.

– Claro que quero!

– Jesus te ama, Mark. Deixe-O entrar na sua vida. Mas não ligue, a menos que queira.

Eu quero. Jesus me ama e, diferente de Jeová, que vem me observando e organizando o fim do mundo todos esses anos, Jesus vai arrumar as coisas para Mark. Ligo para uma mulher de voz fria e exijo ser admitido imediatamente no programa de reabilitação. Ela me diz que não há vagas. Falo sobre Rosie e de como é importante estarmos juntos e limpos, pois ela vai ter outro bebê.

– Sei – ela diz. Então todos sabem, menos eu.

– Posso ir até Devon? – pergunto.

– A unidade feminina é em Devon. A masculina é em Somerset e não há vagas.

Devon, Somerset. Não ficam uma ao lado da outra?

– Qual a distância dela para a unidade masculina? – exijo saber.

– Veja, se você for residente, poderá vê-los aos domingos – diz. – Embora, não sei dizer quando haverá vagas.

Quero uma vaga. Preciso de uma vaga. Tenho que conseguir uma vaga naquele programa. Uma antiga visão que deixei de lado há muito tempo, voltou de repente: vou ser o pai da minha família, limpo e estável. Rosie, a mãe, limpa e estável. Teremos dois filhos e eles serão limpos e estáveis também. E Jesus amará a todos nós.

– Tudo bem. Vou semana que vem – digo.

Posso ouvi-la balançando a cabeça.

– Deixe-me seu número e entrarei em contato quando houver uma possibilidade.

Isso é difícil. Dou o número da minha irmã Bethany.

– Estarei aí semana que vem – digo.

– Não haverá vagas na semana que vem.

– Está bem, duas semanas, o bebê nascerá logo.

– Duvido que haverá vagas. Poderá levar meses. Terá de esperar até que eu te telefone.

– Mas quero ver Rosie e Jack... Ela vai ter um bebê...

– Isso não será possível – informa. E desliga o telefone.

Tremo de raiva. Agito-me pelas ruas. Ligo para a mulher três vezes e na terceira vez grito com ela. Roubo da Liberty abertamente, audaciosamente, nervosamente, e ninguém me interrompe. Compro drogas. Injeto. E ainda estou furioso. Quem é essa pessoa que diz que não posso ver Rosie? Quem são essas pessoas da reabilitação que Jesus ama tanto? Depois, mais tarde, quando estou deitado numa porta, começo a chorar. Importa que sejam as pessoas da reabilitação, se elas podem curar você? Não achava que a cura fosse possível, mas Rosie pareceu tão firme, forte, clara e limpa, como nunca soou antes. Ela está se saindo tão melhor do que eu. Se ela pensar na sua vida, eu era seu ponto fraco. Jodie está limpa e leva uma vida devotada na região dos Lakes, eu era seu ponto fraco também. Quero me tirar da minha vida também. Quero ficar limpo. Choro e choro. É aquele choro angustiado da droga, o que Dave estava fazendo quando o vi pela primeira vez. E Dave está aqui.

– Tudo ficará bem – diz gentilmente. – Mas você precisa de um médico.

– Não, não preciso.

– Estou preocupado com você, amigo. Você precisa de alguém para dar uma olhada nesses pés.

E, pela primeira vez, concordo com ele. Como vou para a reabilitação de Rosie com os pés nesse estado? Eles podem adivinhar onde estive morando. Rosie pode adivinhar. Jack pode adivinhar. Ele tem três anos agora, será que poderia entender que seu pai mora nas ruas? E quanto ao piolho? Se chegar com uma doença aéreo-transportável lá, com certeza vão me mandar embora. Jesus ama, mas provavelmente não tem piolho. Posso passar para Jack. Para o bebê.

– Eles cuidarão do seu piolho também – Dave diz. – Então me deixe levá-lo à clínica.

30 Capítulo

Numa segunda de manhã, roubamos umas roupas limpas e vamos juntos no ritmo de lesma de Dave para uma clínica na rua Great Chapel, onde a enfermeira cuida dos meus pés. Ela os ensopa e esfrega em substâncias de garrafas e finalmente as minhas meias desgrudam das feridas. Finalmente, pela primeira vez em meses, meus pés estão descalços, ela os vira gentilmente com as mãos, não como se sentisse repulsa, mas como se não quisesse me machucar. É estranho ver alguém me tocar com esse jeito macio, gentil, alguém vestida de branco, limpa, doce e pacífica. Ela é como alguém de outro mundo. Talvez seja um anjo.

– Agora banho – diz. – Aqui está um creme antipiolho. Esfregue o creme por todo o seu corpo, espere dez minutos, enxágüe e faça tudo de novo.

Concordo. Entro no banheiro. Olho para o espelho. Há um homem nu olhando para mim. Não o reconheço. É tão magro que suas costelas estão à mostra, seus ossos estão à mostra, seu quadril é plano. Sua pele é transparente, as veias são visíveis no seu peito, veias por todo o corpo estão horrivelmente inchadas, especialmente nos braços. Seus dedos estão inchados. Seus braços são tatuados, mas não escondem as grandes marcas escuras, as cicatrizes. Seu rosto é branco, mas o resto do seu corpo é cinza sujo e a pele ao redor dos seus olhos está roxa como se ele não dormisse há semanas. Tem pequenas picadas de piolho por todo o corpo. Seus pés estão cobertos de feridas. Parece triste e bravo. Deus, como esse homem pode ser eu?

Lavo-me como a enfermeira me instruiu. A água cai pelo meu corpo, pele e ossos, e seu toque é quente e generoso. Não ouço nada além do barulho da água.

Nas minhas roupas limpas, sem piolho, volto para a enfermaria aconchegante, para que a enfermeira faça os curativos em minhas escaras.

– Vou para a reabilitação – digo. – Vou ficar perto da mãe do meu filho em West Country. Ela já está limpa e vou para lá assim que tiverem uma vaga.

A enfermeira pára e olha para mim. Ela parece genuinamente contente. – Que bom – diz.

Nos próximos dias e semanas ligo para o centro de reabilitação e para Rosie; quando chega perto do Natal, uma mulher atende e diz que Rosie teve o bebê.

– É um menino – diz. – Vai se chamar Freddie.

É meu filho. Eu deveria ajudar a decidir o nome dele. Mas não digo isso. Estou tomado pela culpa e pela vergonha, pois não estou com minha família: estou nas ruas.

– É claro – a voz diz rispidamente. – Ele está tomando medicação, por causa da abstinência da metadona. O hospital está resolvendo. Fora isso, o bebê está muito bem.

– Quando posso vê-los? – pergunto.

– Quando o centro masculino tiver um lugar para você – ela me diz com uma voz que indica saber tudo sobre mim. Desliga o telefone. Aparentemente, não lhe ocorreu parabenizar-me.

Fico desapontado com o telefonema. Acabo de ter um filho e ninguém me diz onde ele está e quando posso vê-lo. Tenho uma família e eles vivem em outro mundo, bem longe; estou nessas ruas agitadas pelo Natal, sozinho e sem amor. Preciso de uma picada.

A loucura que precede o Natal chegou ao pico em West End. Em poucos dias será o dia do Natal e então tudo vai parar. O Natal será milhares de vezes pior do que sempre foi. Será o feriado bancário que encerrará todos os feriados bancários. Estará muito frio, as lojas vão fechar e ficarão fechadas por muito tempo. Os escritórios ficarão fechados até janeiro. Haverá poucas pessoas, menos trânsito, quase nenhuma oportunidade de roubar, exceto, talvez, no Ano Novo, quando as celebrações do milênio puderem oferecer uma chance de pegar um bêbado ou roubar uma bolsa. E haverá policiais, muitos deles, à paisana, em cada esquina.

Vou a uma cabine telefônica e ligo para minha irmã caçula, Bethany.

– É Mark.

– Oi, Mark! – ela é a única pessoa no mundo que sempre parece feliz em ter notícias minhas. – O que vai fazer no Natal? – pergunta.

– Uh...

– Você está em Londres?

– Sim.

– Você está bem?

– Rosie teve um bebê – revelo. E conto para ela sobre isso. – Estou esperando por uma vaga na reabilitação também. – Ouço minha própria voz, fraca, desesperada.

– Pegue já o próximo trem para cá – diz Bethany mansamente. Meu coração pula. Pensei ter usado toda a boa vontade de todo mundo. Mas Bethany ainda quer me ajudar.

Vou começar de novo. Vou sair das ruas. Vou para uma casa normal com pessoas normais e logo estarei na reabilitação, então voltarei para Rosie e não com um, mas dois filhos, e dessa vez será diferente e tudo será normal.

Claro, há alguns problemas, e o primeiro deles é o transporte. É difícil ir a qualquer lugar no meu estado de necessidade. É por isso que fiquei tão preso à minha rota em Londres central: porque ficar longe do fornecimento de drogas cria enormes problemas.

Pego uma das revistas gratuitas que fica no lixo das estações de metrô e compro um carro de um anúncio. Minha nova Mini Metro custa cinqüenta libras. Consiste basicamente de ferrugem. Não tem IPVA ou outros impostos. Não fiz seguro e nem tenho carteira de motorista, mas não ligo. Fico bastante ocupado roubando, para levar alguns presentes para os filhos da Bethany. Isso é uma coisa normal de se fazer. É importante ser normal.

Dirijo até Warwick. Quando chove, a Mini Metro derrapa por toda a estrada. Nem preciso olhar para os pneus para saber que estão carecas. Não posso parar porque tenho que chegar lá rápido, entre as picadas. Então, um pouco antes de chegar, tomo uma picada para não ficar fissurado.

Chego na casa da Bethany com uma mochila virtualmente vazia, a não ser pelos presentes de Natal roubados. Bethany cumprimenta-me calorosamente e seus dois filhos correm ao redor, tratando-me como um amigo querido que não vêem há tempos. Até mesmo o companheiro de Bethany, Darren, é amigável. Eles moram num pequeno bloco de apartamentos cercados por outros blocos de apartamentos. Não é sofisticado, mas é imediatamente reprovado no meu teste de avaliação de propriedade para drogados: uma olhada ao redor e sei que não vou conseguir comprar drogas aqui.

Bethany entra na casa abraçando-me. Ela é pequena, muito bonita e um pouco acima do peso. Ao fecharmos a porta, ela olha severa para mim. Fica em silêncio. Depois, vira-se e me leva para dentro.

– Bem – diz ela, de costas para mim. Sua voz está trêmula. Ela está chorando? – Você perdeu um pouco de peso, mas espero que recupere no Natal. Todo mundo engorda no Natal.

Bethany não é mais Testemunha de Jeová e não tem a postura antiNatal deles. Tem duas crianças e uma árvore de Natal, e é totalmente festiva. Darren permanece amigável, mas sempre que está na sala, pego-o encarando-me. Coloco os presentes das crianças debaixo da árvore de Natal e tento brincar com eles. Mas sei que estou voltando à normalidade por causa das minhas unhas, e sei que se tentar demais, então, certamente cairei no precipício.

A refeição está na mesa e todos sentamos em cadeiras altas, e a visão de comida real com legumes em pratos me deixa chocado, pois faz muito tempo que vi isso. Tento comer, mas não estou acostumado com grandes assados no jantar.

– Não gostou? – Bethany pergunta com ansiedade.

– Está delicioso. Realmente adorável – asseguro-lhe. – Não tenho comido muito. – E conto um monte de bobagens sobre como escalar todas aquelas grandes árvores de Londres me desgasta e estou sempre muito cansado para comer depois disso. Assim que começo a mentir, fica fácil. Volto o relógio seis meses, conto a eles que moro num *trailer* e falo dos plátanos de Londres e de como trabalhei na Saint Paul's Cathedral e no número 11 da rua Downing.

– Você deve estar se saindo bem, ou eles não o deixariam solto naquelas árvores – diz Bethany com entusiasmo. Entusiasmada demais. Sabe que estou mentindo, já ouviu isso antes. Darren não diz nada. Come e me observa.

Depois do almoço, preciso de uma picada e vou para o banheiro; e fico lá por muito tempo. Não uso crack, só heroína. Afinal de contas, tenho de agir normalmente. E esse é meu último pacote, então tenho de comprar. Quando saio, digo para Bethany que vou encontrar alguns amigos e vou direto para a M42 na minha Mini Metro enferrujada, procurar drogas.

Vou para Birmingham, para os antigos lugares em que costumava comprar com Jodie. Sinto como se minha vida tivesse sido um louco círculo de drogas. Aqui estou eu novamente, no parque em que Jodie costumava pegar clientes.

Mas está mudado. Lugares diferentes, pessoas diferentes. Da próxima vez que pegar a M42, vou para Wolverhampton.

O Natal é uma nuvem de drogas e decorações. Vivo me jogando na estrada atrás das porcarias de casas de crack e, então, volto para minha boa irmã, tentando ser normal. Há um animal selvagem na casa deles e eles sabem disso.

Na maior parte do tempo, consigo esperar até que todos durmam para me picar; ocasionalmente Darren me pega escondido embaixo da mesa. Não tenho certeza se ele vê a agulha no meu braço. Toda manhã me encontram dormindo no sofá, de roupa, pois não sou mais capaz de entrar debaixo das cobertas, como uma pessoa normal. Escuto conversas sussurradas, Darren implorando para Bethany me mandar embora, mas não vivo mais em um mundo de realidade e não sei se isso está realmente acontecendo ou se é paranóia. Quando Bethany pega meu casaco emprestado para levar as crianças na escola, coloca a mão no bolso e olha para mim de forma triste e magoada. Estou imaginando isso? Mais tarde, vejo que deixei uma agulha no bolso.

Ganho algum dinheiro nesse período vendendo alguns Es e coca para parentes mais jovens de Darren. Até ganho um pouco dinheiro honesto: um tio de Darren me pede para cuidar de algumas árvores. Tinha me esquecido como era usar os arreios, subir mais alto do que as casas, tocar o tronco rígido e entender a força dos longos e lentos anos parados de crescimento bem debaixo dos meus dedos. Por um tempo, esqueço de todo o resto, assim que entro no mundo da árvore. Deveria fazer isso mais vezes. Ainda amo isso.

Passo todos os dias no telefone tentando receber um pagamento de uma empresa florestal que trabalhei no ano passado. Eles concordam que ainda me devem algo e, nesse meio tempo, Bethany me empresta dinheiro. Assim, sobrevivo. Apenas sobrevivo. E, então, depois do Natal, o centro de reabilitação de Rosie me liga. Eles têm uma vaga para mim.

– Estamos esperando você amanhã – diz uma voz brusca, num tom que sugere que não estão ansiosos para me encontrar. Mas nem ligo. Estou triunfante. Agora sei com certeza que Deus existe.

Mamãe vem de Oxford, onde mora e trabalha para uma família rica. Sinto que houve muitas conversas ansiosas entre Mamãe e Bethany sobre mim no Natal e aqui está ela, pequena e redonda e a mesma de sempre. Pico-me antes da sua chegada. Quero parecer o mais normal possível. Mas pelo jeito que ela me olha, sei que normal não é a sua primeira impressão.

– Mark, não conheço você – diz. Olha para Bethany, que fica vermelha de repente e quase chorando. – Não sinto que o conheço, absolutamente. Você saiu de casa aos dezesseis anos e não o conheço desde então.

Jogo-me a sua misericórdia. Menti para ela, roubei dela e comportei-me mal, mas agora terei uma chance. Conto para ela sobre a reabilitação. Só preciso de cinqüenta libras para ir até Bristol, pois eles disseram que não posso ir de carro, então preciso do dinheiro do trem.

O olhar de Mamãe é inflexível. Ela já ouviu isso antes. Sempre preciso de mais cinqüenta libras. Parece que em toda a minha vida estão sempre faltando cinqüenta libras. Ela suspira.

– Não, Mark. Não nos vemos há muito tempo e você começa pedindo dinheiro.

Tento explicar de novo porque preciso dele. Não sei como mostrar a ela dessa vez, pela primeira vez na vida, estou sendo totalmente honesto. Ajoelho-me. Imploro. Apelo. Começo a chorar. Bethany começa a chorar. As crianças começam a chorar. Mamãe começa a ficar assustada, pois sou tão patético. Mas não paro. Realmente preciso dessas cinqüenta libras para a reabilitação. Estou desesperado. Você é minha mãe. Por favor, me dê o dinheiro que vai mudar a minha vida.

Ela procura na bolsa, talvez por vergonha. No dia seguinte, vou embora. Fico feliz que não vou voltar a trazer problemas para a doce, triste Bethany novamente, não até melhorar, de qualquer forma. Minha consciência, algo geralmente tão plano e sem vida como o animal morto na estrada ontem, preocupa-se com os problemas que eu trouxe para Bethany. No trem, tento relembrar os acontecimentos do período do Natal. Não consigo. As crianças estavam lá o tempo todo? Quais eram seus nomes? Conversei de verdade com alguém? O que Darren disse para mim? Tudo o que consigo me lembrar é a sensação daquela grande árvore acima de mim ao escalá-la para o tio de Darren. A corda grossa em minhas mãos. O momento mágico quando emergi sobre a coroa e a árvore permaneceu como uma torre debaixo dos meus pés enquanto, acima de mim, foi repentinamente diluída e havia luz ao redor e uma vista que se alongava por quilômetros. Sim, lembro-me disso, do contrário, mal percebi alguém ou alguma coisa além da minha necessidade pelas drogas e mais drogas. O resto do mundo tornou-se uma mancha ao redor dos limites da minha necessidade.

Graças a Deus que o ano acabou, o século acabou e o milênio acabou, e Mark Johnson vai mudar.

Capítulo 31

Começo minha vida nova tendo uma fissura em Bristol. Um cara pequeno, gordo e careca me encontra e vamos para fora da cidade no seu trator. Passamos pela estrada e por um labirinto de estradinhas que ficam menores e mais estreitas e com mais solavancos, até que não consigo mais distinguir se estou sentindo fissura pela heroína ou pela estrada.

Finalmente, chegamos no meio do nada e, adivinhe, há uma estrada novamente, alongando-se como cobra. Fico instantaneamente repleto de memórias infelizes e más premonições. Da última vez em que fiquei isolado numa linda imensidão verde, admirada por todos pelas janelas dos carros a cem quilômetros por hora, minha vida encheu-se de uma desesperança total. Então, lembro-me de Rosie, Jack e o recém-nascido Freddie, e de como vou mudar minha vida. Saio do caminhão e entro na casa.

É uma velha casa de fazenda com uns cinco quartos e uma pequena padaria ao lado. O homem careca administra o centro com sua grande mulher gorda, de bochechas rosadas e, o mais interessante, sua atraente filha adolescente, loura. Espero para ouvir a estratégia que mudará minha vida. Espero para saber exatamente como vou superar a fissura, pois está difícil e sei que vai piorar. Já fiquei tão fissurado que sou uma enciclopédia ambulante quando se trata de fissura, e sei que vou precisar de muita ajuda para passar por essa, o horror psicológico dela além das misérias físicas. Nunca realmente ouvi falar de uma pessoa seriamente viciada ficar limpa, mas tenho um exemplo brilhante e ofuscante: Rosie. Ela usa metadona, mas está quase limpa e, se ela pode ficar, também posso. E as crianças são meu grande incentivo.

Mas, no final do primeiro dia, a desilusão começa a tomar lugar. O homem gordo e sua mulher bochechuda não têm uma estratégia para a reabilitação que funcione para alguém como eu. Não sabem como me ajudar. Preciso de algum tipo de apoio emocional, embora não faça idéia de quê, e tudo o que me oferecem são orações. Orações são o que não preciso, pois minha fissura segue um padrão familiar. Os abismos estão se abrindo e o que engatinha por mim é o medo e uma autodepreciação. Sim, ouço as vozes novamente. Chamo-as de Comitê e elas me dizem que sou mau, sou um criminoso, sou abusivo, sou explorador. Sem a heroína para me proteger, o Comitê faz uma revisão crítica da minha vida e conclui que o réu é inteiramente mau. E, juntamente com os extremos de dor física impostos a mim pela fissura, é demais para agüentar.

O homem gordo gostaria que eu trabalhasse na padaria, mas não consigo fazer nada. Não consigo nem pensar direito. Os outros caras me observam silenciosamente. Um deles fica meu amigo. Seu nome é Hilary, um nome que o fez ser caçoado a vida toda, inclusive agora. Hilary também está sofrendo e, como está aqui na reabilitação cristã há um pouco mais de tempo do que eu, já aprendeu os esquemas.

– Eles não podem achar que você vai parar assim. Faça gradualmente – diz.

– Como vou conseguir heroína aqui, pelo amor de Deus?

– Heroína não. Mas pode conseguir bebida. Na loja de bebidas alcoólicas.

– E como chego lá?

– Calma, podemos convencer Sally a nos ajudar.

Sally é a bonita filha loura deles. A razão pela qual não é baixa, gorda e de bochechas rosadas como seus pais é porque é adotada. Um puro sangue adotado por burros. E que burros são. De jeito nenhum ia encher minha casa de homens viciados, desesperados, que estão saindo da heroína e redescobrindo sua libido, não se tivesse uma filha com a aparência de Sally.

Hilary e eu nos dedicamos a persuadir a adorável Sally a conseguir uma enorme garrafa de vodka para nós. E ela o faz. Também botamos as mãos em Valium e temazepan. Isso é fácil: um novo cara chega de Gales e o encontramos no portão antes de o Bochechudo chegar lá, oferecendo-nos para guardar seu estoque de medicamentos controlados para desintoxicação num esconderijo seguro. Mas é claro que nós tomamos os medicamentos.

Naquela noite, o jantar é silencioso. Tomamos vodka e os medicamentos controlados, o galês já adivinhou o que aconteceu. Ao perceber, a tristeza em seus olhos fez com que eu me sentisse mal. Mas agora ele mantém um silêncio pesado e lívido, e Gareth, o pastor que reina soberano no seu uniforme cristão, chegou na sua enorme 4x4 para comer conosco. E Hilary e eu ficamos concentrados em nossos purês de batatas.

– Qual é o problema? – pergunta a Sra. Bochechuda – Nunca vi os rapazes tão calados.

O pastor olha como se pudesse adivinhar qual o problema. Entretanto, ele traz boas notícias. Haverá um culto especial na igreja amanhã, em homenagem ao novo milênio, em Devon, onde as mulheres moram. Percebo vagamente, através do meu nevoeiro de drogas, que amanhã, na igreja, verei Rosie, Jack e o bebê. Graças a Deus que guardei um pouco do Valium do galês para poder passar por isso.

Chego na igreja sentindo-me como se tivesse cem anos, meu corpo dividido em colunas de dor toda vez que tento colocar os poderosos pistões para trabalhar. Engulo o Valium quando percebo que ninguém está olhando, embora pareça que as pessoas estão olhando para mim o tempo todo. Isso é paranóia ou sou realmente um objeto de interesse?

O homem no comando, em Devon, fica me encarando quando acha que não estou olhando. Os membros da congregação local são na maioria mulheres de meia-idade, com narizes compridos e que me lembram a amiga da minha mãe, Maureen. Seus maridos parecem estranhos: enfeitam-se demais para o culto. Gareth, o pastor que dirige a 4x4 , está aqui. O Sr. e a Sra. Bochechudos e Sally estão aqui. E, então, as mulheres entram.

Estou sentado com Hilary e vejo Rosie antes que ela me veja. Ela anda com Jack atrás dela e um pacotinho nos braços. De repente, todos os outros ficam monocromáticos, enquanto Rosie, alta e esbelta, com seus longos cabelos espessos, seu rosto forte, suas roupas ao vento, está gloriosamente tecnicolor. Ela encontra meus olhos e algo como um sorriso se esboça; então, rapidamente desvia o olhar e vai para seu lugar com as outras mulheres. Jack a segue bem de perto. Três anos agora, quase quatro, ele é alto, seu rosto solene. Ele procura por mim e, de alguma forma, o foco da minha atenção chama seu olhar para o meu e, por um momento, há um encontro. Seu passo vacila. Quero mais do que qualquer coisa que ele corra para mim. Meu filho. Meu próprio garoto, mais alto agora, mais esbelto agora, já com alguns indícios do adulto que irá se tornar. Sorrio, abertamente, tão abertamente que meu rosto parece que vai ser dividido. Uso músculos que não uso há meses, talvez anos. Estou olhando para meu filho e estou sorrindo.

Jack não vem até mim. Ele não retribui meu sorriso. Olha para mim por um segundo e seu olhar, investigador, astuto, assusta-me. O que disseram a ele sobre mim? Então, ele anda pelo corredor atrás de Rosie e senta-se ao lado dela. Meus olhos o seguem. Sei que metade da igreja está olhando para mim. Eles sabem. Sabem de tudo. Sinto ódio.

O culto começa. Há tamborins. Há violões. Há uma pequena banda e cantores, e um deles é Sally. O pastor começa mansamente, mas logo está balançando os braços e gritando, e a congregação faz o mesmo. Esse grupo faz as Testemunhas de Jeová parecerem Monges Trapistas. Há mais música e braços por toda a parte, e gritaria no ar. Observo Rosie. Ela, cuidadosamente, colocou o pacotinho ao seu lado e seus braços estão para cima também, suas mãos estão alcançando o Senhor e ela está dançando conforme a música. É bem diferente das *raves* que costumávamos ir. Jack se vira freqüentemente para me observar. Sempre sorrio para ele, mas ele nunca retribui. Será que está vendo se minhas mãos estão para o alto também? Não estão.

O pastor passa pelos bancos e as pessoas falam com ele em línguas estrangeiras ou nenhuma língua em absoluto. Alguns desmaiam e, às vezes, um grupo se forma ao redor de uma pessoa e grita palavras religiosas; e abaixo a cabeça até o joelho, meu corpo dói e treme, o fervor religioso circulando ao meu redor, e penso: como fui parar com esses malditos loucos? E por que Rosie é um deles?

O culto dura a vida toda e na hora que pára estou inconsciente pela dor física e mental da fissura. Hilary coloca seu braço ao meu redor para me segurar. Apenas o fato de saber que agora posso ver Rosie, Jack e o bebê me ajuda a sair da igreja atrás de todo mundo. Hilary e eu ficamos fumando do lado de fora, e então andamos para o hall. É cheio de mesas redondas e ao lado do muro há uns balcões. Rosie está sentada em uma das mesas. Está rodeada pelas mulheres da igreja. Sinto-me tímido. Ando até ela e, imediatamente, as mulheres ficam caladas. Olham para mim. Então sabem como sou mau e abusivo.

– Oi, Rosie – digo.

– Oi, Mark.

Jack fica firme ao lado dela. Não responde quando falo com ele e fica duro quando o abraço. Devem ter falado para ele que seu pai é muito mau.

– Como vai? – pergunto à Rosie.

– Vou bem. Desde que aprendi a confiar em Jesus, tudo está indo bem.

Todos concordam, pelo olhar de gavião das mulheres ao redor da mesa. Olho para o bebezinho nos braços de Rosie e quero derreter. Pego sua mãozinha e prendo os dedos dele ao redor dos meus.

– Freddie – digo suavemente. – Olá, Freddie.

Quero segurá-lo e Rosie percebe isso, e o congresso das bruxas respira fundo ao vê-la entregá-lo a mim. Freddie abre seus olhos grandes e olha para mim. Meu bebê de metadona. Seguro-o firme e ele pisca. Sinto aquela alegria do recém-nascido novamente. A alegria das possibilidades, dos novos começos, de uma outra vida diferente.

Nino-o gentilmente e seus olhos fecham. Começo a andar com ele e há uma tensão ao redor da mesa, como se as velhotas quisessem agarrá-lo de volta. Lembro-me de algo que aconteceu há milhões de anos. Como a parteira e mamãe e talvez todo mundo na família quase se atiraram em mim e pegaram Bethany de volta quando ela era recém-nascida e a segurei em meus braços. Todo mundo sabia como eu era mau até mesmo naquela época, mas não quis machucar Bethany e não a machuquei; e, quanto a Freddie, pura e simplesmente o amo.

Freddie dorme e, finalmente, devolvo-o para Rosie. Puxo uma cadeira e falamos um pouco sobre o nascimento, que não acabou em cesariana dessa vez, mas somos observados por centenas de olhos e nossas palavras são monitoradas por muitos ouvidos. Sinto-me desconfortável. Alguém traz o almoço de Rosie. Todos na sua mesa começam a comer, mas estou muito envergonhado para comer com ela. Não gosto de comer em público; já foi duro o suficiente na casa de Bethany e é duro na fazenda. Afinal de contas, tenho comido restos de lixo por meses.

Hilary sinaliza que pegou comida para mim, e sento-me um pouco distante e tento comer. Então, quando as pessoas parecem estar terminando, olho para minha família novamente e, timidamente, entrego os presentes que trouxe. Estão meio amassados, mas o rosto de Jack se ilumina. Pela primeira vez, ele sorri para mim. As velhotas observam em silêncio, enquanto ele desembrulha seu navio pirata. Acho que gosta. Começa a brincar com ele. Seu gelo vai derretendo, mas ele não chega perto de mim. Porém, ao ver algumas crianças jogando futebol lá fora, ele concorda em sair comigo. E, então, no meio de um grupo de crianças estranhas, observado por vários rostos desconfiados, jogo futebol com meu filho.

Meus ossos doem, minha cabeça lateja, a dor pulsa em meu corpo e minha alma. É horrível. Essa reunião foi indescritivelmente embaraçosa.

Jack não fala muito comigo. Às vezes olha para mim, duro, quando vê que não percebo. Quero pegá-lo em meus braços do jeito que desejei que meu pai fizesse comigo. Mas Jack é muito arredio.

Quando voltamos para Rosie, há mais tentativas fracassadas de conversa. Ela me ajuda, mas não muito. Jack me olha com um jeito de quem sabe das coisas e é adulto. Ele já é um rapazinho, como as outras pessoas, tem o controle da sua vida e até o da sua mãe, e sabe que seu pai está doente e pessoas doentes precisam de ajuda. Ele só tem três anos, pelo amor de Deus, e já é adulto. Quero chorar. Quero chorar como o garotinho que ele deveria ser.

De tarde, há outro maldito culto e tão ruim como o primeiro, até mais frenético. Passo a maior parte do tempo com a cabeça entre os joelhos. Tomo o último Valium. Depois disso, não voltamos direto para a fazenda. Eles me informam que haverá uma reunião com o pastor da Rosie. Penso que isso deve significar que finalmente terei um tempo a sós com minha família, mas não, Jack não está aqui. O bebê é amamentado e então dorme. Rosie está sentada na frente de Anthony, seu pastor. A esposa de Anthony também está lá, observando de um lado da mesa. Sou levado ao escritório e parece que estou na diretoria.

Anthony começa a falar.

– Estamos aqui para discutir seus planos para si mesmo e sua família. Rosie tornou-se cristã e agora que você está na reabilitação, gostaríamos de encorajá-lo a aspirar valores similares. Você tem a Rosie e seus dois filhos para sustentar, então encontrar um emprego deveria ser sua principal prioridade...

O Comitê saiu da minha cabeça e enfileirou-se bem na minha frente. A princípio sou dócil e murmuro coisas tais como ser um cirurgião de árvores e querer minha família novamente e, então, quando meu corpo alcança o auge da sua dor, um demônio furioso sai de dentro de mim.

Levanto-me.

– Que diabos você pensa que é? – grito – Quem você pensa que é? Que controle é esse que você tem sobre a Rosie e por que está tentando me controlar?

Ele gagueja sua resposta, mas não consigo mais parar. Estou fora do meu próprio corpo, em pé, ao lado da minha dor. Sou um ser em separado, composto inteiramente de raiva.

– E, quero dizer, o que há entre você e ela? – exijo saber. – Você gosta dela, é disso que estamos falando? Você está transando com ela, é por isso que acha que pode controlar todos os seus movimentos? É isso, não é? Você gosta dela! Você está transando com ela!

Anthony, o pastor, enrubesce. A mulher do pastor enrubesce. Rosie quase entra debaixo da mesa de tanta vergonha. A mulher do pastor gostaria de pegar a mesa e jogar em cima de mim.

– Você é um merda – informo-lhe, informo a todos eles. – Você acha que pode controlar a vida das pessoas confundindo as suas cabeças e não dou a mínima para você ou a sua reabilitação, pois vocês são todos loucos.

Rosie leva as mãos ao rosto. Saio da sala e tento me acalmar com um cigarro. Ao retornar, todos estão em seus lugares e o Sr. Bochechudo está lá também.

– O que aconteceu? – pergunta, cheio de dúvidas. Sinto a raiva me dominar novamente.

– Vai se foder! – grito perigosamente e o Sr. Bochechudo levanta e tenta me fazer parar. Pulo para o outro lado e ele começa a me perseguir ao redor da mesa.

– Foda-se! Fodam-se vocês! – grito enquanto ele atira seu corpo suado sobre mim. Provavelmente seria cômico se não fosse tão horrível.

De repente, paro e viro-me: – Te dou uma cintada se tentar se aproximar – digo, e um olhar no meu rosto mostra que falo sério. Então acabei de provar que sou um monstro mau, violento e abusivo. E a reabilitação já era. Fiquei lá menos de uma semana. Fiquei doente o tempo todo e todas as esperanças que coloquei neste último recurso evaporaram-se. Não tenho para onde ir. Não tenho mais chances.

Sou jogado em Bristol, onde faço uma reclamação para a seguridade social, e acabo descobrindo que o dinheiro devido para companhia florestal está na minha conta. Pego um ônibus para Birmingham. Estou desolado. Não tenho futuro. Fui destruído pelo meu passado.

Quando a noite chega, há uma agulha no meu braço. Os abismos da minha alma, que haviam virado desfiladeiros, fecham-se de uma vez.

É hora do novo milênio começar e todo mundo na Terra pensa que isso merece ser comemorado. Passo a noite numa casa abandonada, em Birmingham, que está vazia de tudo, exceto pelos viciados em heroína e seus equipamentos. Encontro um banheiro, tranco-o, abro a janela e observo a queima de fogos, em pé, sozinho no banheiro; uso tanto crack que há sangue por toda a parte. O tempo todo há outro viciado batendo na porta, porque quer minha droga: – Sei que está aí, sei o que está fazendo – sua lamentação não pára.

O ano 2000 não traz esperança alguma para mim. Sou incorrigível. Sou inútil. Sou mau. Estou além da redenção. Não há lugar para ir, nada para fazer. O dia primeiro de janeiro nasce e considero todas as minhas opções. Há Warwick, mas Bethany provavelmente não pode mais ficar comigo. Até que curti um pouco trabalhar nas árvores do tio de Darren; talvez pudesse ligar para o cirurgião de árvores em Londres para quem costumava trabalhar e dizer a ele que estive na reabilitação e estou bem agora para ter meu antigo emprego de volta. Terei de mudar. Terei de controlar meu vício, e não será fácil com todas as drogas a uma estação do metrô de distância. Uma outra alternativa seria ir para Nottingham, onde tenho muitos amigos do DIY, embora jamais conseguiria controlar meu vício naquele ambiente louco e caótico. Mas, lá no fundo do meu coração, sei que as drogas excedem qualquer coisa aceitável para qualquer um dos meus amigos, até mesmo em Nottingham. Alguns deles são casados, com famílias e não vão me querer injetando em seu banheiro.

Voltarei para Londres. Pedirei meu emprego de volta. Controlarei meu vício.

Volto para casa de Bethany para pegar a Mini Metro. Quando toco a campainha, ela fica chocada em me ver.

– Ah, Mark – diz. Ela pensava que estava na pacata comunidade de West Country, reabilitando-me.

– Ah, Mark – e vejo tudo em seus olhos. Sua decepção. Sua desilusão.

– Não deu certo, Bethany. Aqueles cristãos são horríveis. Não me deixavam ver Rosie e as crianças sozinho e viraram um bando de lunáticos...

Ela me convida a entrar e me dá algo para comer. Mas sua voz triste diz: – Mark, você não pode ficar aqui. Para o seu próprio bem. E desde que encontrei uma agulha no bolso da sua jaqueta, sei que não é seguro para as crianças também. Ah, Mark, não posso ficar perto de você, assistindo o que está fazendo consigo mesmo.

Parece-me que minha irmãzinha está querendo dizer Foda-se, pois você é um fracassado. É assim que ouço suas palavras.

– Não quero mesmo ficar aqui – anuncio, todo valente. – Vou para Londres. Consegui meu emprego de volta.

Pego as chaves do carro, entro na lata velha e ela sacode e cospe o caminho todo de volta para Londres. Provavelmente, não conseguiria ter ido mais longe do que isso. Estaciono do lado de fora de uma casa bonita em Knightsbridge, jogo as chaves no jardim e vou embora.

Acho uma cabine telefônica e ligo para meu último patrão, em Canning Town.

– Sim, o *trailer* ainda está aqui, com suas coisas dentro – diz.

– Estou melhor agora – minto. – Fiquei limpo depois da reabilitação em Bristol. Estou pronto para o trabalho, quero trabalhar. Você precisa de mim?

Ele suspira; – Na verdade, preciso mesmo de um escalador. Pago por dia.

Pego um trem para Canning Town. O homem me olha de cabo a rabo, cheio de dúvidas.

– Tem certeza de que está limpo? – pergunta.

– Sim. Ah, sim – minto.

– Certo, você começa amanhã de manhã – ele ainda não parece ter muita certeza.

O *trailer* é nojento. Meu equipamento de escalada ainda está lá. Quando abro as gavetas, acho agulhas. Quando abro os armários, acho agulhas. Não há mais nada.

Fico dois dias na maior fissura, controlando meu vício com álcool e mais alguma coisa que arrumo. Tento não usar heroína, pois quero controlar o uso de agora em diante. Vou controlar e ficar normal para ver meus filhos de um jeito normal. Mas, para ficar normal para o trabalho, preciso de outras drogas. Compro uma garrafa plástica de metadona, uma coisa verde e pegajosa, que escondo no eixo do *trailer*. É vital para meu bem-estar. Sem isso, ficarei fissurado demais para pensar, fissurado demais para trabalhar. É o elixir da vida. Durante a noite, ouço algo do lado de fora do *trailer*. Estou com medo, mas acabo abrindo a porta. Vejo se a garrafa vital ainda está lá. Tenho de sentir sua forma plástica entre meus dedos. Tenho de sentir ou morrerei. Mas não sinto. Sumiu.

Saio do *trailer*, corro pelo ferro velho e os cachorros começam a latir e a pular. Corro direto para o canil e lá, entre os longos, magros membros dos cachorros sarapintados, está a garrafa plástica, aberta à força por dentes caninos, seu conteúdo pegajoso espalhado pela cama de palha. Meu mundo acabou. A normalidade ficou impossível. Minha vida foi por água abaixo dentro de um canil. Ah, seus cachorros malditos.

O chefe chega na manhã seguinte e me acha incapacitado. Estou muito doente para trabalhar, e qualquer um pode ver isso. Pela segunda vez, saio do ferro velho com uma sensação de desesperança e desespero. Mais uma vez, pego a Jubilee Line para Waterloo. Mais uma vez vou para West End comprar drogas, pois não há outro lugar para mim. Tentei todas as soluções e nada, nada pode aliviar meu vício. As ruas de West End são tudo o que me sobrou. Então era para cá que a ferrovia viria o tempo todo.

Volto para minha vida aqui e tudo continua a mesma coisa. Os lugares, as pessoas, os traficantes. Ninguém me cumprimenta e apenas os piolhos estão contentes em me ver. Com exceção de Dave e Ginge, ninguém parece ter percebido que não estive por aqui nas últimas semanas.

Capítulo 32

Levo alguns dias para voltar aos meus antigos hábitos das ruas. Minhas habilidades de roubo precisam ser melhoradas, pois estou quase sendo pego. Pelo canto do olho, vejo uma vendedora chamando outra para uma conversa sussurrada; olham direto para mim e pegam o telefone. Uma rede está para se fechar em mim. Cuidadosa e rapidamente, devolvo todos os DVDs que estão na minha bolsa. Ao sair da loja, tentam me prender e ficam surpresos por não encontrar nada. Mas a suspeita permanece.

– Você fez um bom trabalho procurando parecer um turista sueco – diz uma segurança. – E você é bom no que faz. Mas achamos que já faz isso há um tempo. Sabemos quem você é, agora, então não volte mais aqui.

Gostaria de agradecê-los pelo cumprimento do turista sueco, mas em vez disso, vou direto para os banheiros da rua Broadwick para trocar de roupas com alguém e, quinze minutos mais tarde, roubo dez DVDs com sucesso.

Embora roubar DVDs seja minha principal fonte de renda, tenho muitas outras idéias e, depois de pouco tempo em West End, começo a sentir-me confiante. Fui um peixe fora d'água naquelas loucas semanas do Natal. Este é o meu lar e onde prospero. Sou provavelmente a única pessoa das ruas que ganha tanto e vive tão bem. Há muitos gângsteres em West End e tenho orgulho de sentir que sou um deles.

O Código da Estrada Principal: Sobrevivência nas Ruas com uma Barra de Snickers por Semana e Muitas Drogas

Lembrem-se, estas são as atividades criminosas que vão te mandar para a cadeia.

1. Vá para Internet Café com um amigo. O amigo tem um problema com a internet e precisa de uma garota para ajudá-lo e, enquanto ela estiver ajudando, pegue a sua bolsa por debaixo da mesa.

2. Compre drogas, use a maioria delas, mas venda algumas.

3. Roube drogas. Use a maioria delas, mas venda algumas.

4. Quando seu rosto ficar familiar aos seguranças de lojas, encontre alguém que acabou de chegar às ruas e mande-o para as lojas. Fique do lado de fora, esperando pelos DVDs. Venda-os e pague a ele uns dez por cento da sua renda.

5. Aja como passador de drogas para traficantes.

6. Roube lojas nos dias em que estiver desesperado para comprar drogas. Se entrar correndo, pegue o que quiser e saia rápido; você provavelmente vai conseguir sair numa boa. Se não conseguir, então pode esperar ansiosamente para ficar numa boa cela quente, com fornecimento de drogas legalizadas. Então, não há como sair perdendo.

7. Perceba policiais à paisana para que possa indicar sua presença aos grandes traficantes.

8. Quando o Groucho Club fechar, ofereça-se para mostrar o caminho para todos os bares que ficam abertos a noite toda; eles podem achar

interessante e pagar comissão para o porteiro. Certifique-se de contar sua história triste no caminho para conseguir umas vinte libras de esmola.

9. A fome te pegou? Vontade de molho, abacate e *bacon* num pão *ciabatta* com um pouco de maionese? Fique perambulando do lado de fora de uma lanchonete elegante e logo eles te dão um café e um delicioso sanduíche, só para te mandar embora.

10. Os toaletes para deficientes físicos no Hospital Universitário vão fornecer-lhe um lugar quente para deitar numa noite fria de inverno. É claro que o chão não é exatamente uma cama de penas e, cuidado, os faxineiros chegam cedo.

11. Ratos não são seus bichinhos de estimação: são pestes que se colocam entre você e uma boa soneca. Se você dormir atrás de latas de lixo, com certeza se surpreenderá com ratos correndo por todo seu corpo. Terrenos em construção são ainda piores. Pense nisso antes de se acomodar em qualquer abrigo.

12. Roube telefones celulares. Você achará um mercado de revenda pronto. Se eles realmente tocarem na hora, convença seu comprador que se trata de seu amigo ligando.

13. Habilidades de trombadinha não exigem treino? Não perca tempo ou se arrisque praticando. Apenas encontre um trombadinha habilidoso e torne-se membro da equipe. Use sua inteligência para sinalizar todas as boas oportunidades e, então, ajude a distrair a vítima para que seu parceiro possa fazer todo o trabalho.

14. Fique perto de um caixa eletrônico à noite. Quando um transeunte tirar seu cartão do banco, faça uma fila ordenada atrás dele. Então, no

momento em que ele digitar o número e o dinheiro sair, derrube-o e coloque as mãos no dinheiro antes dele.

15. Bebedeiras atingiram proporções epidêmicas nas nossas ruas. Mostre a esses bêbados da madrugada os erros em seu caminho, pegando-os ao saírem cambaleando dos bares. Faço isso os cobrindo com uma coberta, e assim pode até parecer que os está ajudando, em vez de roubando suas carteiras.

16. Esteja sempre pronto. Sempre alerta. Há muitas oportunidades de ganhar dinheiro enganando, roubando e mentindo nas ruas de Londres. Você só tem de estar pronto para elas.

É claro que tenho meus momentos negros. A descida do crack está ficando cada vez pior e uso tanto que quase não como. Na verdade, agora peso menos do que cinqüenta quilos e isso é magro, muito magro, pois tenho um metro e oitenta. Dave me diz que pareço cada dia mais magro.

– Vá ver um médico, amigo – diz.

– Às vezes, uso crack a noite toda. Quando isso acontece, fico andando em círculos, do meu jeito especial, um pé na calçada, outro na sarjeta, devagar, devagar, minha cabeça abaixada para que todos pensem que sou um mendigo e não interfiram na minha paranóia, ou me olhem nos olhos ou até mesmo percebam que existo. Esqueço que não preciso mentir. Sou mesmo um mendigo.

Não tenho nada que seja meu, exceto as coisas que acho nas latas de lixo. Gosto de olhar nelas, pois impõem um ritmo ao meu andar, uma estrutura no caos. Vejo uma lata de lixo, olho dentro dela. Veja outra lata de lixo, olho dentro dela. E isso me dá motivo para continuar indo em frente.

Encontro coisas que as outras pessoas não querem. Tornam-se as minhas coisas. Começo uma Coleção de Achados. São meus, mas há algo das outras pessoas neles, o que me dá um estranho tipo de contato com a normalidade e as pessoas normais. Há uma caixa de arte de plástico marrom, com várias pequenas bandejas que se levantam quando a tampa é aberta. Algumas agulhas largas, não do tipo que uso, mas agulhas de costura, que brilham à luz do sol. Um caderno com uma capa metálica prateada forte, muitos adesivos dentro, pequenas páginas vazias e um diário em branco. Há metade de uma colher, seu cabo quebrado, um elaborado nó celta. Algumas tintas. Pincéis. Amo minha Coleção. Escondo-a em lugares secretos especiais, debaixo de pontes e dentro de bueiros, ou atrás de pedras. É preciosa.

Estou me picando numa saída atrás de Tottenham Court Road, quando um dos perigosos gêmeos, Keith ou Malc, vem para cima de mim e rouba minha bolsa na hora em que vou me injetar. Nunca alguém havia feito isso antes. Poderia brigar com ele, mas seu gêmeo está logo ali. Estou de luto. Perdi minhas drogas, então, lamentar é mais apropriado do que lutar.

– Pode levar, parceiro – digo bravamente.

O gêmeo ri e me xinga. Espero. Observo-o. Então, bem na hora que ele vai injetar, ataco. Corro pela saída e bato nele para que o equipamento, a agulha e as drogas se espalhem por toda parte. Assim, nenhum de nós fica com nada.

– Seu maldito, maldito...

O outro gêmeo procura sua faca e não escuto mais nada, pois saio correndo muito rápido. Malc e Keith me lembram os irmãos psicóticos em Kidderminster, que costumavam terminar de beber e depois comiam o vidro da garrafa. Vago por Tottenham Court Road, procurando por alguém que me arrume algo. Finalmente, o grande Ben, pronto para uma picada depois de se dar bem esmolando no metrô.

– Aqueles malditos gêmeos – diz, quando lhe conto o que aconteceu. Ele me ajuda. Fico longe do caminho de todos na soleira de uma porta de um moderno pátio cinza, onde todos os escritórios são pequenos e as pessoas têm seus próprios negócios. Edição de filmes. RP. Design Gráfico. Alguns trabalham até bem tarde. Vejo-os sair. Sempre achei que as pessoas fossem imbecis de levantar cedo para trabalhar e voltar para casa à noite, mas posso ver em seus rostos que seus trabalhos lhes dão um tipo de satisfação.

Uma noite, acho uma coberta de penas novinha, de tamanho *king*-size, perdida numa caixa. Enrolo-me nela como uma minhoca e acordo suando numa manhã de sol. Foi uma boa noite. Uma noite ruim é quando estou numa soleira e um bando de homens me ataca. Não os vejo. Só os sinto pelo meu cobertor. Sinto-os batendo em mim, ouço suas risadas. De manhã, meu corpo está roxo e azul. Estimo que havia cinco ou seis deles e não eram jovens embriagados, mas homens de terno, felizes em ter alguém indefeso nas ruas para poderem machucar, felizes com a chance de ferir sem medo de represália.

Numa outra noite, encontro algumas caixas de papelão grandes do lado de fora de Hamleys, a loja de brinquedos, e as transformo num saco de pão gigante numa rua que ficou sem saída por causa de um prédio em construção. Ninguém irá me perturbar aqui, nem mesmo os ratos podem penetrar muitas das minhas defesas de papelão e correr sobre mim enquanto durmo. Faço um buraco para entrar nas caixas e uso como travesseiro a caixa em que costumo colocar agulhas. Parabenizo-me pelo meu quarto de luxo. Mas sou acordado por uma gritaria louca e marteladas no meu teto. Saio do buraco como um rato e vejo uma fila de caminhões esperando que eu saia, e uns cinqüenta construtores estão em seus andaimes, dando-me uma animada despertada. Volto para a rua mostrando dois dedos para eles e mandando todos se foderem. Eles gritam comigo. Não ouço as palavras que dizem. Sinto-me como menos do que nada. Provavelmente, estavam tentando me tirar de lá há um bom tempo, mas estava apagado e ninguém queria abrir a caixa. Ninguém jamais quer. Eles têm medo da carga humana que podem encontrar nas caixas de papelão do Soho. Riem de alívio e também de crueldade para o rascunho de humanidade que encontram.

Passo muito tempo em banheiros. Às vezes, fico mal nos banheiros. Posso ficar num cubículo depois de uma picada, curvado ou encolhido como um cachorrinho ou uma criança chorona, aterrorizada. Estou descendo e estou drogado, posso ouvir vozes e passos e a minha própria paranóia é palpável. Do lado de fora do cubículo, vejo sombras. As sombras voam, aterrorizando-me.

Na Páscoa, estou roubando brinquedos para uma prostituta em uma pequena filial da Hamleys, na Covent Garden piazza, quando uma jovem vendedora me pega. Quero dizer, ela é a garota de dezesseis anos do sábado; é pequena, certamente menos de um metro e meio e extremamente magra, e vem direto para mim e me põe para fora. Tento escapar pela piazza, mas ela vem atrás de mim. Segura minhas pernas para que eu não me mova. A humilhação. Sei que estou magro, cada vez mais, sei que Dave vive dizendo que tenho de comer mais, mas ser pego por uma criança é terrível. Espero que ela pegue piolho.

O gerente aparece e chama a polícia. É claro que tenho heroína, mas enquanto espero a polícia chegar, consigo me mexer para enfiá-la na minha bunda.

– Tenho piolho – anuncio aos dois guardas que se aproximam, para que não cheguem perto de mim. Eles têm uma grande discussão se deveriam ou não me levar à delegacia de polícia da Charing Cross Road que fica na esquina ou se me colocam na *van*, e decidem me colocar na *van*. Não fazem isso com agressividade. Estranhamente, embora a polícia seja minha maior inimiga, eles falam gentilmente comigo.

Ao chegarmos, já há um médico esperando. Ele vê minhas escaras e meu corpo magro e também é gentil e atencioso. Diz que vai procurar roupas limpas e me dá um creme anti-piolho para o banho. O melhor de tudo é que me prescreve muitas drogas, pois percebe que tenho um forte vício. Ele me dá quantidades enormes de dihydrocodeína, morfina, que é a substituta da heroína, e Valium.

Consigo um banho quente, uma cela aconchegante, boas drogas, um cobertor e um travesseiro. Em vez das minhas roupas nojentas, recebo um uniforme de papel branco para vestir. Minha cabeça acha o travesseiro. Estou seguro e quente. Sinto-me como se tivesse acabado de sair da prisão.

Embora os policiais falem comigo, não se aproximam mais do que devem, falam comigo de uma forma solidária e compassiva.

– Há quanto tempo está nas ruas? – perguntam.

– Como está se saindo?

– Tudo bem, parceiro?

Olham para mim com pena, parecem até entender como um viciado sente. Estou impressionado. As figuras que assombram minha paranóia na descida são os policiais, mas agora que estou com eles e não tenho medo. São legais.

No dia seguinte, ainda tonto com os medicamentos controlados, ainda vestindo meu uniforme de papel branco, sou colocado na viatura da polícia. Como é Páscoa, sou levado a um tribunal especial longe do centro de Londres. Para onde estão me levando? Só espero que não seja além do final da linha do metrô.

O juiz me dá um dia de cadeia ou uma multa de cem libras, mas, como já fiquei um dia na cadeia e não tenho cem libras, sou solto imediatamente. Sou levado para o andar debaixo e nenhum oficial da corte chega perto de mim. Fazem um jogo infantil, afastando-se quando passo por eles:

– Não chegue perto de mim!

– Ah, não me toque!

São como crianças malvadas num parquinho. Depois, me jogam na rua. Estou usando o uniforme de papel branco. Fico em pé na rua com roupas alienígenas e descalço. Estou perdido, estou envergonhado, não sou ninguém. Um momento depois, a porta se abre novamente e uma sacola plástica é jogada na rua. Contém os sapatos e as roupas nojentas que eu estava usando ao ser preso. Olho para cima e posso ver todos eles rindo de mim atrás das portas de vidro do tribunal.

Envergonhado e marcado pelas minhas roupas estranhas, olho ao redor. Onde posso trocar de roupa? Isso é embaraçoso, mas tenho um problema maior. Ainda tenho heroína e tenho de conseguir um equipamento para me picar.

Parecendo um homem do espaço, ando por essa parte distante de Londres, onde quer que seja, até encontrar uma farmácia aberta. Perto, há uma loja indiana para o cítrico. Vou a um banheiro público para trocar de roupa e tomo minha picada. Então, pulo num trem de volta para casa. Quero dizer, de volta para West End.

Por um breve período, sinto-me o rei de West End, importante como um gângster. Mas, aos poucos, esse sentimento vai diminuindo. Começo a sentir, pouco a pouco, que estou perdendo parte da minha batalha pela sobrevivência.

Uma noite, extrapolo. Tomo minha picada num pequeno parque perto da rua Charlotte e ao acordar, no dia seguinte, a agulha ainda está no meu braço, minhas pernas estão dobradas sobre mim e meu corpo está em linha reta do joelho para cima. Estou roxo de frio. Minhas roupas estão molhadas. Devo ter ficado nessa posição por muitas horas. Leva muitas outras horas para conseguir me mexer, e mais ainda para esticar minhas pernas ou ficar de pé. Choro de dor. Estou muito doente. A heroína que usei deve ter vindo de um lote estranhamente puro, para ter me causado uma overdose como esta. É uma noite fria e eu poderia ter morrido. Queria ter morrido.

Numa outra vez, estou vendendo meus DVDs roubados para um cara chamado Wilf, que trabalha num *sex shop* do Soho. Todos os *sex shops* dessa rua ganham muito mais dinheiro do que se imagina ao olhar seus pequenos interiores desarrumados. Essa é a terra dos gângsteres. Wilf tem chefes e os chefes têm chefes. Um deles é um homem grande com um bigode estilo mexicano que diz – em bom inglês, mas cheio de sotaque – que gostaria de falar comigo. Ele me deixa nervoso, mas entendo o que quer e não consigo parar de sorrir. Ele me pede para vender drogas para ele.

Meu novo emprego é fantástico. Consigo crack e heroína divididos em pacotes de dois gramas e embrulhados duplamente com papel filme. Carrego cerca de trinta deles em minha boca. Ando por West End vendendo e, ao sair da loja, não consigo falar por causa dos pacotes. Depois de cuspir alguns, fico um pouco mais verbal. Cobro qualquer coisa entre sete e dez libras por pacote, dependendo do mercado, e assim que fico sem nada volto para Wilf para entregar o dinheiro e recarregar. Depois de um pouco mais de experiência, consigo colocar até mais pacotes na boca. Cinqüenta pacotes e pareço um hamster.

Quando vendo trinta pacotes, posso ficar com cinco. É por isso que é um bom trabalho. E eu o adoro. Estou sempre bem resolvido pelas drogas, estou ocupado, levo todos os créditos de um traficante em demanda e estou bem com os gângsteres. Por que fico infeliz algumas vezes? Porque agora tenho certeza da minha invencibilidade. Na minha cabeça, mando em West End.

33
Capítulo

Estou sentado nos degraus do metrô, em Piccadilly Circus, e pés passam apressados por mim. Usei crack a noite inteira e meu trabalho com as drogas não começará nas próximas horas, mas não consigo esperar pela minha picada. Estou desesperado, mas cansado, cansado demais para roubar para conseguir minha próxima picada. Não há forças nos meus pés agora, só dor. Nada do papo de garotão gângster, só a realidade daqueles lugares escuros se abrindo dentro de mim.

O Comitê na minha cabeça começa. Sou mau. Ninguém se importa comigo, pois não vale a pena se importar comigo. Sou menos do que sujeira, pois pelo menos as pessoas limpam a sujeira dos seus sapatos, mas ninguém pode sequer me ver. Todos passam correndo por mim, pois sou o homem invisível.

Dave está do lado de fora do banheiro como sempre, com Boots ao seu lado, pedindo esmolas silenciosamente. Ele é o tipo humilde de mendigo, que não tenta intimidar ou fazer as pessoas olharem para ele, então elas não apenas lhe dão dinheiro, mas param para falar com ele, às vezes. Você não precisa falar com Dave por muito tempo para ver quem ele é, um homem de natureza doce nesse mundo ruim.

Nesse momento, há uma garota inclinada perto dele. Ela parece oriental. E parece rica. Dá para ver pelos seus cabelos curtos e espessos, pelos seus sapatos e pelas suas roupas: cachecol da Burberry e uma capa de chuva creme. Já vi roupas assim em lojas de grife que passei em frente. Começam com um V. Valentino? Versace?

Em seguida, Dave se levanta e ele e a garota caminham juntos, com Boots, como sempre, um passo atrás de Dave. Eles vêm na minha direção e param ao passar.

– Esse é meu amigo Mark – diz Dave, educadamente. – Vamos tomar café-da-manhã.

– Vem também? – a mulher diz. Ela tem uns vinte e cinco anos e é tão bonita quanto rica. Como não tenho compromisso algum, vou com eles.

– De onde você é? – pergunto.

– Do Japão.

– Ah, Japão. Que bom. – Dave olha para mim. O olhar diz: Caramba, Mark, o que você sabe sobre o Japão? Olho de volta e meu olhar diz: Essa mulher significa boas notícias. Podemos conseguir muito dinheiro dela, Dave.

Andamos pelo nosso mundo, subindo a rua Rupert. Ao nos ver parar numa loja, pergunta o que queremos.

– Algumas latas da cerveja Kestrel Superstrength iriam muito bem com nosso café-da-manhã – digo, e ela entra na loja e compra duas latas para cada um de nós, como se isso fosse normal; pode ser que seja o que as pessoas realmente tomam no café-da-manhã, no Japão.

Subimos a rua Wardour e continuamos pela travessa Raymond's Revue. A mulher japonesa está de botas de salto alto e elas fazem barulho quando pisam no chão, ecoando um pouco. Está chovendo. Ela coloca sua capa de chuva creme.

Paramos num café ensebado e a mulher senta num lugar, com suas roupas elegantes; e, se ela não come geralmente nesses lugares, não deixa transparecer. Pedimos um café-da-manhã imenso para comermos com nossas Kestrels. Ela toma um café e o tempo todo nós a entretemos. Até uma debutante ficaria encantada com nosso charme e inteligência. Ela pergunta para nós como é viver nas ruas e contamos algumas histórias boas, e sempre que olho para Dave, ele parece estar jogando uma conversa nela por muito dinheiro.

Sempre agitado e ainda precisando daquela picada, um desejo que até mesmo um completo café-da-manhã inglês não pode satisfazer, digo que tenho de ir comprar algo para mim e Dave. Ela pega sua bolsa de couro marrom de grife e pergunta de quanto preciso. Estimo umas quarenta libras. Posso ver que há muito mais na sua bolsa. Ela sorri para mim e seu sorriso é doce. Seus cabelos caem nos olhos e ela os tira deles. É bonita e não tem malícia.

Vou embora com o dinheiro, dizendo a Dave que voltarei. Ele sabe o que fui fazer. Antes mesmo de sair do café, eles estão presos numa conversa intensa. Tão intensa que comprei as drogas e parece-me que Dave vai conseguir muito mais do que quarenta libras dela. Acho que posso guardar os pacotes para meu próprio uso. Depois da minha picada, esqueço-me de voltar.

Continuo meu dia ocupado e não penso mais em Dave e na japonesa. Então, um pouco depois da meia noite, vejo-a de novo. Estou andando pela Shaftesbury Avenue e ela está próxima ao corpo de bombeiros de Chinatown, e acenando fortemente para mim.

– Mark! Mark!

Vou até ela de uma vez. Ela parece ansiosa. Pergunta se vi Dave.

– Não. Por quê?

– Porque ele foi buscar algo para mim e não volta – explica.

– Pegar o que para você? – pergunto. Certamente ela descarregou o conteúdo da sua carteira no colo de Dave e ele está em transe em algum lugar. Mas ela leva minha pergunta a sério e pega um cartão na sua bolsa marrom.

– Não sei dizer...

Em um lado do cartão há o nome de um hotel em Baker Street. Viro-o. Na parte de trás, ela copiou as palavras que não sabe pronunciar. Sulfato de Cianeto.

Olho para ela.

– Sulfato de cianeto? – digo. – Cianeto?

A garota explica no seu inglês macarrônico que quer se matar. Está deprimida e não quer voltar para o Japão, onde está se divorciando de um marido cruel, que batia e abusava dela. Ela prefere morrer.

– Deixa disso – digo, todo animado. – Não pode ser tão ruim. Olhe para mim, estou nas ruas e ainda sorrio.

Mostro meus dentes podres para ela. Mas ela não se anima. Quer cianeto e Dave disse que ia conseguir.

É claro que Dave está aprontando uma para ela, mas, já que desapareceu, digo que posso ajudá-la.

– Quanto Dave cobrou? – pergunto.

– Duzentas libras.

– Duzentas libras. Deixe-me ajudá-la, por favor.

– Dave não levar dinheiro. Dinheiro ainda aqui.

Então Dave não a trapaceou. Isso significa que eu posso fazer isso! Olho para o céu. Obrigado, Deus.

Andamos até a rua Oxford juntos e tento convencê-la a não se matar, mas não tento muito a sério, pois se ela quiser mesmo morrer, então conseguirei duzentas libras. No final da Charing Cross Road, viramos à direita e, aconchegados em soleiras ou em pontos de ônibus cobertos, há grupos de traficantes. Parecem sempre ridículos. Fingem ser pessoas esperando ônibus e todo mundo sabe que só estão vendendo drogas.

Levo a mulher para uma rua lateral e digo: – Aqueles homens têm o que você quer.

– Quanto? – pergunta.

– Duzentas libras – digo. E ela pega sua bolsa e me dá o dinheiro. As notas são tão boas que aquecem minhas mãos.

– Agora, segura a minha sacola – instruo-a. – Assim você sabe que não vou fugir – que coisa louca para se dizer. Primeiro, porque isso não lhe ocorreu; ela é simples e confia nas pessoas. Segundo, porque minha sacola tem um caixa para agulhas usadas, algumas agulhas, um pouco de cítrico, uma garrafa de água suja e metade de uma barra de Snickers. Não vale nem duas libras, imagine duzentas libras. Mas ela a segura bem próxima de si, como se fosse uma Versace.

Compro quatro pacotes de crack e quatro de heroína e, como consigo um bom preço, posso ficar com o troco. Não é sulfato de cianeto, mas tomar um pacote de cada certamente a matará, se não estiver acostumada a usar esse tipo de droga. Só para garantir que tenha o que quer, planejo dar dois para ela.

Vou junto com ela até a rampa do estacionamento subterrâneo. É silencioso a essa hora da noite, exceto pelos gemidos dos viciados. Dou para ela dois pacotes marrons e dois brancos, o cítrico e as agulhas e explico como usar. Ela ouve cuidadosamente. Pede que explique de novo. Concorda. Então, fiz o que ela queria. Agora voltará para o hotel para terminar o serviço.

Ela olha ao redor: – Onde você dorme hoje?

– Em algum lugar por aqui. Numa soleira.

Ela balança a cabeça.

– Não. Pago hotel para você hoje.

Entramos num táxi. Ficamos em silêncio. Ela parece pálida e assustada. Será que vai mesmo se matar? Começo a falar, mas ela faz sinal para que fique em silêncio. Está decidida. Estamos entre Russel Square e King's Cross, aponto um hotel barato. Ela me dá sessenta libras e então nos despedimos. Ela me observa entrando e, quando me viro na entrada, vejo-a partir, com sua bolsa de grife cheia de drogas, para se matar em seu hotel.

Há um russo na recepção. Fico preocupado que ele não me deixe ficar, mas ele nem olha para mim. É o tipo de lugar em que alugam quartos por hora e não fazem perguntas.

Vou para meu quarto parabenizando-me pela noite de trabalho lucrativo. Tenho drogas. Tenho uma cama. Tenho dinheiro e agora terei minha picada. Como sempre, a paranóia entra em ação assim que a pressa se vai, mas dessa vez a paranóia é diferente. Estou quase que dominado pelo horror do que fiz. Essa mulher queria se matar e eu a ajudei. Podia muito bem ter enfiado a agulha no braço dela. Podia muito bem tê-la matado. Provavelmente a *matei.*

Fico tão chocado, assustado e infeliz que quero morrer agora. Depois do crack, a paranóia é mais forte do que a culpa. Inevitavelmente serei encontrado e preso. Deito no chão e coloco meu ouvido na pequena fresta de luz da porta. Há algum movimento ou conversa? Ouço com tanto afinco que nem ouso respirar. Finalmente, durmo ali mesmo. Mais tarde, acordo no chão. Vou embora do hotel para comprar drogas.

Ao encontrar com Ginge, conto toda a história para ele. Não consigo tirá-la da minha mente. Ginge ouve e não diz nada, mas logo descubro que contou tudo para Dave, pois sempre que alguém passa por mim, me dá um recado. Dave está bravo. Dave está procurando por mim. Quando encontro com Ginge de novo, digo que provavelmente Dave está bravo comigo porque ele queria ter colocado as mãos nas duzentas libras da garota, mas Ginge diz que não, que Dave está furioso porque eu nunca deveria ter dado aquelas drogas à garota japonesa. E sei que ele está certo e isso dói.

Não passo por Piccadilly Circus por um tempo. Continuo com a minha vida agitada. Mas sei, o tempo todo, que matei alguém. E não foi um viciado como John, de West Country, ou as incontáveis pessoas para quem forneci. Foi uma mulher jovem e deprimida de um país distante. Sim, Dave tem razão em ficar bravo. Mas esse é um vislumbre do meu coração e posso rapidamente escurecê-lo com uma picada.

Alguns dias mais tarde, Dave me encontra. Não está sozinho: há um grupo de camaradas com ele.

– Estive procurando por você! – grita, e seu rosto está vermelho, bravo, contorcido. – Como você pode fazer aquilo com ela? Seu maldito canalha!

– Você não sabe se ela morreu! – grito.

– Sei! Sei! Porque ela ia me encontrar e não apareceu. Que merda, Mark, ela era adorável. Por que você deu crack, heroína e equipamento para ela?

– Era isso que você ia fazer – digo, mal-humorado.

– Não ia, Mark. Claro que não ia!

Percebo que poderia tê-la enganado com um pacote vazio. Mais para mim e ela ainda estaria viva. Ou poderia ter fugido com suas duzentas libras e a deixado segurando minha velha mochila suja, cheia de agulhas. Mas, em vez disso, fielmente entreguei sua arma suicida.

– Quero matar você – grita Dave.

Vem para cima de mim, mas sou rápido. Pego minha faca e aponto para ele e para os caras ao redor dele.

– Foda-se, foda-se. Vou cortar você se chegar mais perto!

Pessoas comuns estão caminhando pela rua. Nem olham para nós, passam longe de nós e há expressões de desgosto em seus rostos; por sermos viciados de rua, xingando e brigando uns com os outros, provavelmente sem motivo.

Dave se vira e vai embora. Fico feliz pelo confronto ter acabado. Evitei-o por dias. Mas, por um lado, não acabou. Tenho de viver com a consciência de que matei uma garota japonesa e tenho de viver nas ruas sem Dave e sua bondade. Dave, que sempre me apoiou quando estava na pior, como um pai paciente. Dave, a única pessoa que se preocupa com a minha saúde, que me diz para ir ao médico, que me levou para tratar os pés.

Sou tomado por uma depressão profunda que nem as drogas conseguem aliviar. Isolo-me, ando por ruas diferentes. Durmo em soleiras diferentes.

Ao acordar na porta de uma loja deserta, estou tão fissurado que sinto que não consigo continuar com essa vida de loucura. Estou demasiadamente cansado. Não tenho energia sobrando para andar por aí. Parece-me que, por anos, meu maior medo tem sido a doença. Passei a vida inteira tentando evitar a fissura e agora não tenho mais energia para lutar. Vou me entregar. Ficarei num só lugar, fissurando, coçando meus piolhos aqui, nesta soleira, até morrer.

Depois de um tempo, como sempre, a doença fica pior que a depressão. Quando estou pegando fogo, quando meu corpo se desintegrar de dor, arrasto-me para o alto, cambaleando. Tento ficar em pé, como um homem muito idoso, porque, se dobrar minha pernas, as rótulas do joelho parecem que saltarão do meu corpo, pois não há mais camadas de gordura na parte de trás das minhas pernas.

Aos poucos, devagar, começo a me mexer. Minhas juntas são pistões enferrujados. Coloco-os em movimento. A velha máquina preguiçosa começa a funcionar. As feridas nos meus pés são matilhas, arrancando minha pele. É uma dor diferente da fissura, mais superficial e mais irritante, porém, mais fácil de ignorar.

Encontro Gobby Gaz, um antigo modelo, agora destruído pelo vírus. Tem abscessos abertos, está apodrecendo por dentro e cheira podre. Ele me arruma alguma coisa. Injetamos juntos no topo de uma garrafa de coca-cola, dividimos agulhas, dividimos sangue.

Depois de dez minutos, volto a ser eu mesmo, de volta à ação. Ocupado, ocupado, ocupado, esse sou depois que uma picada me reconstitui. Mas não recebo muita agitação do crack. O foguete fica sem combustível antes de alcançar a atmosfera da Terra. Hoje não há órbita ao redor do sol, só uma aterrissagem forçada. E a heroína mal consegue melhorar as coisas. As dores do meu corpo não foram embora. Nem a minha depressão.

A última picada que tomei foi como o feriado de Guy Fawkes, com úmidos fogos de artifício. E a que tive antes dessa não foi muito melhor.

Sinto-me emboscado pela possibilidade de as drogas não estarem mais funcionando para mim, ao menos não como costumavam funcionar. Isso me deixa chocado, apavora-me. As drogas estão me abandonando! Fico repleto de tristeza.

Fico na soleira olhando para o céu, que escurece. Começo a chorar. Meu corpo todo treme com os soluços. Choro como nunca chorei antes. Gobby observa-me. Então, coloca seus braços ao meu redor. Transeuntes olham ou desviam o olhar rapidamente diante do meu choro compulsivo. Tenho vinte e nove anos e estou desesperado.

Começou a chover. Há uma igreja na esquina e no jardim há uma árvore de que gosto, então vou até lá. A árvore é bem baixa. É uma sempre-viva e, escondidas entre seus sulcos, estão pequenos cones. Seus galhos vastos espalham-se sobre a calçada, quase tocando-a. Deito-me de costas e arrasto-me debaixo deles.

Há um outro mundo aqui. Um mundo sem pessoas, um mundo da árvore. Debaixo desses galhos espessos estão uma aridez e um estranho tipo de calor. O pó do trânsito e dos pedestres não penetrou e os sulcos são de um fresco verde escuro, o verde das florestas distantes. O tronco eleva-se até ficar obscurecido pelos galhos que apóia, e não se pode ver o topo. Talvez não haja topo. Talvez o mundo da árvore seja infinito. Os galhos, carregados de sulcos e cones, parecem me abraçar, estão ao meu redor. Sinto-me seguro aqui. A árvore se importa comigo e cuida de mim.

Ao me sentir fortalecido o suficiente, perambulo pela rua Old Compton, encontro uma soleira, enrolo-me como um tatu-bola e durmo. De manhã, andando e morrendo de dor, sei que pés passaram por mim, e então me viro de costas. Pode ser que alguém vá me dar dinheiro, falar comigo ou tentar me bater. Fico menor ainda.

Os pés estão bem na minha frente agora. Uma voz diz: – Mark? Sr. Mark Johnson? É você? – não é a voz de um viciado. É uma voz do Planeta dos Normais.

Olho para cima devagar, vou me desenrolando para ter uma visão mais clara. O rosto do homem está encarando o meu e me parece familiar. Grandes olhos castanhos, pele de azeitona, musculoso e refinado. É elegante e saudável. Roupas modernas. Um homem atraente. Mas quem é ele? É de uma outra época e de um outro lugar. Quem? Onde?

– Mark, é Sean Evans.

Sean Evans...

– De Nottingham. DIY? Amigo de Ange?

Ange, a artista de quem me aproximei quando Rosie me deixou e estava tentando estudar fotografia. Ange, que fazia os cenários e os panos de fundo para o DIY. Sean era seu amigo gay, eu o conheci em Nottingham. Ele estudava Sociologia e estava estudando o pessoal do DIY. E agora Sean Evans está em Londres e me vê dormindo em uma soleira. De repente, estou cansado demais até mesmo para sentir vergonha. Estou quase cansado demais para falar.

Tento cumprimentá-lo, mas nem sei mais como. Não me lembro como se sorri.

– Bem, Sr. Johnson! – cruza os braços. – Diga-me o que anda fazendo por aqui.

Todas aquelas horas selvagens, as longas noites felizes, as festas malucas, a boa música, toda aquela juventude e beleza, a benção de Pan, tudo isso me trouxe para essa soleira na rua Old Compton.

Digo: – Estou perdido.

Sean fala como quem manda: – Não. Não vamos ficar aqui. Posso ajudá-lo.

Olho para ele. Ninguém pode me ajudar. A menos que esteja indo comprar drogas e planeja dividir comigo.

Ele me diz: – Trabalho aqui em Londres agora. Para a Turning Point.

Turning Point. Não era esse o nome do grupo que administrava aquela antiga e grande casa em Birmingham, onde estive pela primeira vez na reabilitação... Ah! Há mais ou menos um milhão de anos?

– Estamos na rua Wardour e sou um trabalhador a serviço dos drogados. Se você tem um problema, eu posso ajudá-lo.

Faz gestos cômicos do tipo Estou Aqui para Ajudar. Sou Dorothy e acabei de encontrar o espantalho, o leão e o homem de lata, todos num só. É tão surreal que sou lento em digerir suas palavras. Sei que há equipes de Ação na Comunidade nas ruas, que devem procurar pessoas como eu, mas nunca ninguém me achou. Não vou para albergues, pois tenho medo de cair em armadilhas e de apanhar lá. Não ando pelos sopões. Sou sozinho porque quero ser. Mas outras pessoas estão sempre desaparecendo das ruas com a Ação da Comunidade e, às vezes, parece que ajudaram todos, menos eu, como se eu tivesse sido engolido por uma rede, pois sou invisível.

– Se você quer parar com as drogas, Mark, eu posso ajudá-lo.

É claro que quero parar com as drogas, com a insanidade dessa vida. Mas não consigo imaginar como.

– Só venha comigo e vamos ver o que fazer, Sr. Johnson.

Mas não vou agora, tenho de pensar sobre isso. Tentei sair das ruas no Natal e foi um desastre. Então Sean me ensina como chegar ao Turning Point e prometo aparecer mais tarde. E leva uns poucos dias para eu decidir que quero ver Sean. Ele é alguém daquele outro mundo que se lembra de que nem sempre fui um mendigo, nem sempre fui invisível.

A decoração do escritório é branca e com ares de clínica, como se tivesse sido projetada por funcionários públicos para deixar as pessoas desconfortáveis. Sean, entretanto, cumprimenta-me calorosamente. Faz com que eu me sinta diferente das outras pessoas de rua daqui, especial, pois ele conhece o outro Mark. Vamos a um café tomar uma xícara de chá. Sean me pergunta se quero mesmo parar com a heroína. Claro que quero. Sem dúvida. Ele diz que vai tentar me colocar num centro de desintoxicação.

– Nunca funciona – digo. – Sei tudo sobre esses centros. Você fica fissurando até sair de lá e vem direto para o uso novamente.

– Funcionam, se você quiser. E você não sai da desintoxicação dizendo a si mesmo que está melhor. As pessoas em recuperação precisam de muito apoio. Então, o próximo passo é ir para a reabilitação.

Reabilitação. Bem, minha última experiência foi uma piada.

– Você realmente quer parar? Sean fixa seus grandes olhos castanhos em mim. – Algumas pessoas precisam atingir o fundo do poço antes de se acharem prontas.

Durmo nas ruas toda noite e vivo de traficar e roubar, quanto mais posso afundar?

Então me lembro de todos os outros fundos de poços. O fundo do poço da cadeia, sem ter a memória clara do meu crime. O fundo do poço de mandar minha namorada prostituta sair com homens para conseguir mais crack. O fundo do poço de apagar minha mente com drogas e surtar. O fundo do poço de ter um filho e não poder cuidar dele, de injetar no banco traseiro do carro jogando doces para mantê-lo calado. O fundo do poço do *tour* pela América, quando fazia de tudo por uma droga que me distraísse da falta da heroína. O fundo do poço de ficar perambulando por casas populares horrorosas para comprar drogas. O fundo do poço de somente ver meus filhos sob a supervisão de centenas de olhares afiados. Mas nenhum desses foi realmente um fundo do poço. Foram apenas fendas no oceano enquanto eu afundava cada vez mais para baixo. Agora cheguei ao fundo do poço. Estou nas ruas, estou magro e solitário e as drogas pararam de funcionar. Sim, por favor, Sean, eu gostaria de mudar agora.

34 Capítulo

Quando dou uma passada novamente em Turning Point, Sean diz que ainda não conseguiu uma vaga na desintoxicação para mim, mas que enquanto isso vai me colocar num albergue temporário, para que eu tenha onde dormir.

Vou até o albergue, que fica em Endsleigh Gardens, perto da Euston Station. Levam-me a um quarto duplo bem simples. Saio e um grupo de caras do albergue me segue. Olham para mim e sabem que tenho droga. Na esquina, cercam-me.

– Arruma algo pra nós – não estão pedindo, estão exigindo.

– Caiam fora – digo e escapo o mais rápido que posso. Podia estar dividindo um quarto com um deles. Assim, decido não dormir lá. Fico assustado em edifícios fechados e as camas tornaram-se alienígenas.

Como o albergue fica próximo ao auxílio desemprego, decido reclamar meu benefício referente ao ano passado. Todos me dizem para voltar mais tarde para receber parte do dinheiro. Mas os caras do albergue estão por aqui também. E, mais uma vez, cercam-me.

– Dá um dinheiro para nós – dizem.

Consigo fugir deles, mas fico mais alerta. Passo pelo albergue para mostrar meu rosto todo dia, e saio correndo sem nem mesmo ir ao meu quarto. Não quero encontrar aquelas caras, pois se um deles me vir, imediatamente os outros virão atrás; não são mais indivíduos, são uma massa sólida de violência, gritando ameaças para mim. Estou tão magro que não sou páreo para eles. Minhas visitas ao albergue duram no máximo trinta segundos de agora em diante. Mas, em uma delas, há um recado de Sean. Vou para a desintoxicação.

Desintoxicação. A ficha começa a cair agora. Desintoxicar significa nada de drogas. Era isso que eu queria, não era? O pensamento de uma vida longe das drogas deixa-me vazio e apavorado. Como posso viver sem drogas? Tirando as drogas, não tenho vida. Para me ajudar a superar o sofrimento que vou passar, uso o máximo de drogas que posso antes de ir. E agora não há dúvida de que a heroína e a cocaína estão perdendo seu efeito. A fissura e a paranóia logo destroem o barato. Então, meu vício atinge picos febris enquanto persigo o barato. Não dá, não posso continuar assim.

A Desintoxicação fica em Equinox Crisis and Assessment Centre, ao sul do rio, em Brook Drive; é uma rua comprida, entre Elephant e Castle e Lambeth. O prédio de tijolos vermelhos foi reformado. A maioria dos outros membros é alcoólatra de rua e conheço alguns deles: aos domingos, antes dos traficantes aparecerem, vou às vezes para Covent Garden em busca de bebida, para me acalmar enquanto espero pela droga. Geralmente tomo Cerveja Especial, uma substância que gostaria de injetar diretamente nas minhas veias. Mas também posso compartilhar, com quem estiver por lá, uma garrafa de vinho, vodka, whisky, qualquer coisa que estejam tomando. A maior parte é mais velha e muitos são da Escócia ou da Irlanda, com rostos vermelhos e narizes bulbosos. Encontrá-los aqui é como encontrar velhos amigos.

Passo pela minha fissura, suando, xingando, tremendo e sentindo dor, como sempre. Sou ajudado por uma prescrição de metadona por dez dias. Então, no dia onze, a metadona termina e dirijo-me ao abismo. Medo. Desilusão. Pânico. Inutilidade. Isolamento. Terríveis pensamentos penetram, aqueles que as drogas mantêm encurralados. Meus filhos: eles não me conhecem. A moça japonesa: eu matei. Minha família: não tem nada a ver comigo... Eu quero heroína. Quero demais. Preciso curar as profundas feridas da minha alma.

No dia doze, estou no meu ápice e sentindo-me como um monstro de dor e infelicidade, quando uma criança chega das ruas e começa a brigar comigo por causa de um canal de TV que estamos assistindo na sala. Ele pula, pega um cinzeiro e acho que vai jogar em mim, então o mordo. Na cabeça. Ele grita, sai correndo e não me deixa sair da sala. A equipe vem correndo. Olham para mim seriamente.

– Não fui eu!

Mas mostram as marcas dos dentes na cabeça dele.

Eles dizem: – Mark, você tem de ir.

Quase choro. Não quero ir. Estou passando pelo pior sofrimento da abstinência e não conseguirei ficar limpo sozinho. Começo a discutir, mostrando que a maldita criança provocou a briga. Dizem que não querem me expulsar, mas que regras são regras e a pele da criança está ferida, portanto tenho de ir. Posso ver que isso também é dolorido para eles. Todos tentaram muito me ajudar com a fissura.

– Você poderá ser readmitido aqui em vinte e oito dias – dizem. – Arrumam uma cama num albergue em Euston. Sou colocado num táxi e mandado embora. Ao sair pela porta, digo à equipe: – Vocês vão me matar.

Uma mulher balança a cabeça e diz, com aquela voz calma e resignada que alguns deles têm: – Não, Mark, você vai se matar.

E agora estou fora, sem drogas dentro de mim, e estou assustado. As ruas são frias, violentas, insanas. Não consigo lidar com elas, a menos que esteja muito fora de mim. Mas, a princípio, tento resistir à tentação da agulha. Afinal das contas, passei pela fissura e o pior já passou, então, se conseguir ficar vinte e oito dias por mim mesmo...

O mundo é cinza como aço. É duro como um objeto de metal. Minha cabeça dói. Todo mínimo movimento dói. Até mesmo respirar é como ter uma meia na minha boca. Levantar dói. Sentar dói. O passado dói. Ele bate em mim com uma série de fotos horríveis de tudo o que eu já disse e fiz. É como a maior e pior ressaca, porque eu não estive bêbado somente na noite passada. Estive bêbado a minha vida toda.

No albergue, sou levado a um quarto individual, pois sabem que tenho medo dos valentões. São gentis e não enfatizam meu fracasso na desintoxicação. Mas sinto-o amargamente. Tive uma chance de mudar e fracassei. Estou determinado a ficar longe da heroína até ser readmitido, em vinte e oito dias. Falo com os membros do albergue, que entendem como isso é difícil.

– Mark, será difícil para você aqui fora este mês, fissurando sozinho – diz Jo, uma loura da equipe. – Vá a uma reunião. Os Alcoólicos Anônimos têm reuniões em qualquer lugar, a qualquer hora.

Interrompo-a.

– Não sou um maldito alcoólatra. Sou drogado.

– Bem, não faz muita diferença, mas há os Narcóticos Anônimos e os Cocainômanos Anônimos também, se você preferir.

Ela então procura na lista telefônica, telefona e volta-se para mim.

– Bem, os Narcóticos Anônimos têm uma reunião em Islington em cerca de uma hora. Você tem algum dinheiro?

Vejo em meus bolsos. Vinte centavos.

Ela pega sua bolsa: – Tome uma libra e oitenta: duas libras servem para ir e voltar de ônibus até lá. Este é o endereço. Vá a essa reunião e receberá o apoio que precisa para continuar e poder até mudar sua vida.

Mudar minha vida? Não consigo imaginar isso. Mas concordo e pego o dinheiro do ônibus e o endereço. Vou para a Euston Road bem devagar. Meu corpo não quer andar ou ir a lugar algum, pois respirar tira toda a minha energia, imagine mover-se. Há filas de pontos de ônibus. Ônibus chegam como grandes insetos, sugando os passageiros e então se movimentando. Que ônibus preciso pegar? Onde exatamente é esse lugar em Islington? Minha cabeça lateja, meus ossos doem, só consigo andar com muita dificuldade. Uma picada agora resolveria meus problemas. Também teria algum efeito real, depois de doze dias de abstinência.

Olho para o dinheiro que a gentil mulher me deu da sua própria bolsa e decido achar o ônibus certo e ir à reunião dos Narcóticos Anônimos para conseguir ajuda para ficar limpo. Olho para ônibus e mapas. Procuro alguém para perguntar. Ando pela sarjeta verificando as informações em cada ponto de ônibus. E então vejo, na sarjeta e bem embaixo dos meus pés, jogada ali, esperando que alguém a leve, uma nota de vinte libras.

Abaixo-me e levanto-me, olhando para ela em minhas mãos. Vinte libras. Hesito por um segundo. Então, tirando a boa mulher do albergue da minha cabeça, sabendo que não tenho força para ir à reunião que vai me apoiar, com vinte e duas libras no bolso, vou para West End comprar drogas. E depois da minha picada vem o barato e a fissura evapora-se. Toda a dor desaparece, instantaneamente. O mundo, que estava de ponta cabeça e do avesso desde que fui para a desintoxicação, volta para o lugar certo de novo. Choro de alívio.

Vou direto para Wilf, no *sex shop*, e há drogas para serem vendidas . Coloco-as na minha boca.

– Onde esteve? Pensei que tivesse morrido – dizem todos que eu encontro. Penso: quisera ter tido essa sorte. Mas não posso responder, pois minha boca tem trinta pacotes de heroína e crack.

Depois de vender tudo. Dou uma passada na Turning Point.

– O que aconteceu? – lamenta Sean, tragicamente.

– Estava tão mal e uma criança me ameaçou; acabei mordendo-a e fui expulso.

– Quer tentar de novo?

– Sim, sim, quero – é fácil falar enquanto estou protegido pela picada recente.

– Certo, você voltará em vinte e oito dias, vou deixar tudo certo para você – diz Sean.

Tento dormir no albergue, já que tenho um quarto individual. Mas não fico muito tempo lá ou como, pois estou de volta ao meu mundo caótico.

Volto ao *sex shop* para recarregar depois de uma venda rápida e pego Wilf com a mão na registradora. Não há ninguém na loja, nenhum escocês ou irlandês sujo procurando por DVDs pornográficos, revistas e vídeos, enfileirados nas velhas prateleiras de madeira. Só Wilf, sozinho no tapete surrado, roubando de seus chefes.

Então digo: – Sei o que está fazendo.

Wilf fica alarmado. É um cara jovem, de talvez uns vinte e poucos anos, e deve saber que sua carreira no comércio do sexo será curta: essa pornografia é ilegal e, se a polícia invade uma loja três vezes, o vendedor é considerado o culpado. E geralmente acaba na cadeia.

Digo: – Sei o que está fazendo. Então, divide comigo ou vou contar para o seu patrão.

Wilf não quer seus patrões bravos com ele. São gângsteres e só Deus sabe o que podem fazer. Sou somente um cara nas ruas que sempre foi agradável o suficiente, então não vê muitas dificuldade em concordar com as minhas exigências.

Parece irritado, mas silenciosamente me dá um pouco do dinheiro roubado. Quarenta libras em quatro notas de dez. Então, agora tenho outra fonte de renda. Wilf continuará roubando e, diariamente vou conseguir quarenta libras. Com certeza sei viver nas ruas de Londres. Também posso ser um gângster. Talvez eu nem me dê ao trabalho de ir para a desintoxicação no mês que vem.

Mas um oceano de dinheiro não iria satisfazer meu imenso vício, que voltou como um maremoto depois de doze dias de fissura. No dia seguinte, quarenta libras parecem uma quantia ínfima para receber dos negócios particulares de Wilf. Então, pego quarenta de manhã e de tarde volto para mais quarenta.

Wilf não se entusiasma.

– Já te dei o suficiente – diz.

– Vou te dedurar.

– Ouça, não estou pegando tanto assim.

Mas sei que está. E está tentando me enganar. Quero mais dinheiro. Tenho de conseguir mais dinheiro. E, na selva, você fará qualquer coisa para conseguir o que quer. Perambulo o dia todo pensando num jeito de arrancar mais dele e, quando fico realmente desesperado por drogas, tenho uma idéia realmente desesperada. Apareço no *sex shop* com uma seringa. Na frente dele, encho de sangue.

– Tenho o vírus – digo. – E se você não me der algum maldito dinheiro, vou injetar isto em você.

Ele olha para a agulha. Falo num tom baixo e agradável, para que nenhum dos clientes, velhos procurando filmes pornôs com atrizes de meia-idade vestidas de colegiais, suspeitem do que realmente estou dizendo. E Wilf fica com medo. Tem medo de mim, tem medo da minha agulha, tem medo da AIDS.

– Tá bom, tá bom – diz. E abre a gaveta da registradora e tira mais quarenta libras. Algumas horas depois, volto para mais quarenta libras. No dia seguinte, vou quatro vezes, e a cada vez há quarenta libras entregues por um Wilf cada vez mais descontente. Assim, são cento e sessenta libras, bem como as minhas drogas gratuitas. A vida é doce. Não estou mais preso ao meu círculo interminável de roubos e vendas e compra de drogas e espera e drogas. Tenho tempo de perambular pelo Soho. E, de noite, abastecido pelo crack, estou sem sono e alerta. Tão alerta que, antes do início da letargia da cidade, durante o amanhecer, vejo os passadores de droga chegarem ao *sex shop* com as drogas de amanhã. Andam rápido. Eu também. Vão para Tottenham Court Road. Eu também. Ficam num parque perto do metrô da rua Warren, que é tão pequeno que sei que vão me marcar se tentar ver mais. Vou descobrir onde guardam essas drogas. Mas não agora.

Capítulo 35

Estou pelas ruas com drogas na boca e tenho clientes esperando. Volto ao *sex shop* para recarregar e percebo que aquelas outras pessoas lá com Wilf não são clientes. Paro no meio do caminho. Posso ver o chefe. É o homem que me ofereceu o emprego de vendedor de drogas. Gosto de pensar nele como Mexicano, pois tem um bigodão e a pele morena, mas pode ser de qualquer outro lugar. E agora está olhando para mim.

– Como vai? – digo educadamente. O chefe não retorna meu cumprimento. Atrás dele, vejo o chefe do chefe, um homem de terno e botas. Já o vi antes, mas nunca falei com ele e agora está quieto. Está olhando para mim. Perto dele, há uma terceira pessoa que não conheço.

Só tenho tempo de ver o sorriso triunfante de Wilf, antes de o Mexicano me atacar. Vem para a frente, pega meu corpo magro pelo pescoço e me joga pela porta de vidro da loja. Ouço um barulho. Parece que foi a quilômetros de distância. O vidro se estilhaça em algum lugar de outro continente, mas o eco dos inúmeros cacos espalha-se rapidamente pelo mundo. Flutuo lá para o alto da loja e vejo um indivíduo mirrado sendo surrado por três homens. Ouço punhos, vejo dedos dobrados, e a última coisa de tudo é a sola de um par de botas aproximando-se do meu rosto e, longe, acima dela, olhos frios e um enorme bigode. Lembro-me de meu pai, seu ódio ao segurar minha cabeça contra o fogo. O gosto de metal, sangue correndo pela minha pele. E então acordo. Estou numa cama. Há barulho de lençóis e ao redor há um cheiro que conheço. Desinfetante.

Abro meus olhos para um *flash* de luz que cega. Fecho-os de novo. Fui pego pela fissura. Cabeça, juntas... Tremo, suo e sei que devo estar sem heroína há muito tempo, pois me sinto muito mal. Outro *flash* de luz. Pertence à câmera de um homem apologético que está de saída.

– Polícia – explica ao sair.

– Você está no Hospital Universitário – diz uma voz. Viro-me. Uma enfermeira está cuidando de mim.

– O que aconteceu?

– Você foi espancado e abandonado para morrer – diz. – Esteve inconsciente por alguns dias. A polícia quer falar com você. Disseram-me para ligar para eles assim que você acordasse.

Meus olhos doem. Meu braço parece ter sido cortado. Tento olhá-lo, mas não o vejo.

– Onde está meu braço?

– Ainda está aí. Mas está extremamente deslocado e você precisa de um raio-x.

Gemo e tento sair da cama.

– Vá com calma. Você perdeu muito sangue, seus cortes ainda estão muito feios e você tem hematomas pelo corpo todo. Há alguns ferimentos na cabeça: nariz quebrado, muitas marcas, o osso acima do olho foi trincado.

Ai! Ao ouvir minha lista de ferimentos, sinto-os um a um. Não sei onde a fissura termina e a dor começa. Sei que tenho de sair daqui, pois preciso de uma picada. E sei onde há drogas: escondidas atrás do metrô da rua Warren. Meus olhos, nariz e boca parecem salivar, quando penso o que pode estar me esperando. Se conseguir sair da cama.

Penso em como pedir à enfermeira um pouco de heroína boa e limpa do hospital, enquanto caio no sono. Acordo e vejo um homem ao lado da minha cama. Não está de farda, mas é um policial. Sei quem são a quilômetros de distância.

Faz algumas perguntas sobre meus agressores. Não posso responder nenhuma delas sem me incriminar. Digo que não me lembro de anda. Então ele me diz para falar sobre a briga. Como, quando a polícia chegou na cena, a loja estava vazia, exceto por uma mulher que limpava o sangue.

Havia um maremoto de sangue pelo chão e pelas paredes. Uns dois metros.

– Que sangue? – pergunto.

– Seu sangue. Achávamos que estávamos investigando um assassinato.

Pelas paredes. Um maremoto. O que fizeram comigo?

– A calçada também estava coberta de sangue.

– A calçada? Jogaram-me na rua?

– Pela janela.

Não me lembro disso. Só me lembro de ter sido jogado.

– Temos uma testemunha. E é um advogado. Estava passando e viu quase tudo. Deixou seu cartão com um recado para que entrássemos em contato com ele.

– Quem me jogou pela janela?

– Eu esperava que você pudesse nos contar.

Mas não vou contar nada.

– Você sabe – diz o policial – que foi vítima de um crime e pode ter direito a uma compensação substancial.

Agora está ficando interessante.

– Quanto é substancial?

– É só um chute, mas algo em torno de, digamos, dez mil libras. Então gostaria de ouvir tudo o que sabe sobre essas pessoas. Estamos muito interessados em suas atividades.

Por dez mil libras posso ser bem criativo. Conto-lhe uma boa história, mas ele não parece convencido. Vai embora dizendo que falará comigo novamente. Fico na cama sentindo dor e inventando histórias que me façam parecer uma vítima inocente, em vez de uma vítima criminosa. Mas sei que não posso ficar aqui. A fissura é muito grande. Não gosto de falar com policiais, hospitais e instituições, há traficantes escondidos na rua desse mesmo hospital e têm meu nome com eles. É hora de ir.

Levanto-me. Meu corpo range e meu braço não responde, mas mantenho-me em movimento, pensando nos passadores de drogas agitando-se como insetos pelo parque. Acho na cadeira umas roupas enormes, mas isso é bom, pois o meu inútil braço direito escorrega por elas facilmente. E saio mancando do hospital. Ah, os cheiros londrinos são doces hoje: o trânsito, o odor dos humanos e seus perfumes, a sujeira e, às vezes, os cachorros.

Meu corpo incha, dói e reclama, enquanto desço, fissurado, pela Tottenham Court Road. O primeiro amigo que vejo é Steve, com seu cabelo ensebado, seus sapatos surrados e suas pústulas, sentado, pedindo esmolas na calçada. Mas para mim é uma boa visão.

– Arruma para mim – digo. – Por favor, amigo, fui espancado.

– Puta que pariu, olha o seu estado! Olha-me alarmado – Pensei que estivesse na desintoxicação.

Mas ele arruma para mim.

Não tenho problemas em me picar com uma mão. Conseguiria fazer sem nenhuma, se precisasse. Assim que me sinto melhor, vou para o metrô da rua Warren. Tenho a impressão de que, durante todo o tempo em que fiquei inconsciente, estive sonhando com esse lugar.

O pequeno parque atrás da estação não é mais do que uma passagem para as pessoas que correm para um café ou para a estação do metrô. A maioria dos pés passa apressada, mas há vários vagabundos perambulando e agora sou um deles. Depois de um tempo, percebo um pequeno grupo de homens rondando uma árvore em particular. É um belo plátano antigo de Londres, e seu tronco tem a sua própria beleza. Mas os homens não estão olhando para a árvore. Olham para sua base. Depois de um tempo, mais pessoas aparecem. Há um bloco de apartamentos semi-abandonado ao lado do parque e os homens juntam-se perto de uma parede.

Vejo um deles colocar alguns tijolos de lado. Vejo-os levantar um pedaço da calçada, ao lado da árvore. Vejo tudo, mas ninguém me vê. Meu coração bate rápido. Soca meu peito incontrolavelmente. Meu braço atrofiado e meu olho roxo são esquecidos. Sei que estou prestes a encontrar uma mina de ouro.

À noite, os homens foram embora e não vejo passadores de droga por perto. Dirijo-me para a árvore. Espero por um daqueles raros momentos em que a rua fica deserta. Meus dentes quase vibram de excitação. Pressiono meus pés gentilmente contra cada pedaço da calçada ao redor da bela árvore. Ao sentir uma pedra solta, ajoelho-me e levanto-a. Há um buraco embaixo dela. Enfio a mão. Parece úmido. Meus dedos tocam algo. Olho dentro do buraco, mas não espero para ver o que é. Simplesmente pego as coisas e vou enfiando por dentro das calças. Coloco a pedra de volta e fujo rápido. Estou tão excitado que mal respiro. Será que há um Deus dos viciados? Pois agora é nele que eu acredito.

Ando o mais rápido que posso, caminhando para o norte, para o sul e depois para o oeste e, finalmente, chego ao albergue em Euston e peço minha chave. Mal percebo o rosto bondoso da moça que me deu dinheiro para ir à reunião dos Narcóticos Anônimos. Ela me cumprimenta e não faz perguntas. Não precisa fazer; meus olhos são cabeças de alfinetes. E o tempo todo fico tentando agir como um viciado normal, e não como alguém selvagem de excitação por ter feito a descoberta mais surpreendente da sua vida.

No meu quarto, abro o pacote. Contém três pacotes menores. E em cada um desses três pacotes menores, vejo o tamanho e o formato de uma bola de tênis embrulhado em papel filme. E cada uma dessas bolas consiste de cinqüenta pacotes menores ainda e esses são os que se vende nas ruas. Cada um contém dois gramas de heroína ou crack, mas a maioria é crack e é uma linda pedra amarela. O valor de rua deve girar em torno de quatro mil e quinhentas libras.

Algumas pessoas procuram ouro, diamantes ou tesouros enterrados por toda a vida. Agora sei como se sentem ao acharem, pois hoje, atrás da estação da rua Warren, encontrei ouro. Tomo minha picada em tempo recorde e minhas mãos tremem por não acreditar na minha fortuna. O crack é bom. Mas em seguida ao barato, vem a paranóia. Não é o tipo de paranóia da pata do macaco, quando fico esperando pelo grande braço da lei agarrar-me por trás. É uma paranóia selvagem, que consome, é paranóia com substância. Pois, se alguém me viu, se alguém adivinhar, se alguém suspeitar que roubei essas drogas, serei certamente um homem morto. E provavelmente irão me machucar bastante antes de me matar.

Sozinho no meu quarto, com mais drogas do que um viciado jamais pensou em ter, não consigo curti-las por medo. Sou dominado pelo medo. Tenho de ficar com as drogas, tenho de esconder as drogas. Fico com cinqüenta sacos e, então, pego os outros dois pacotes e amasso-os tanto até ficarem bem pequenos para poder enfiar na minha bunda, o único lugar realmente seguro na face da terra. Demora um pouco. São grandes e isso dói.

Como qualquer viciado, já que consegui a coisa que mais precisava, tenho de usá-la. Meu corpo não ficará satisfeito enquanto não usar tudo. E então eu começo a usar. E uso, uso, uso, uso, suo, sou um monstro de ganância. As vozes começam.

Agarro-me às paredes pelas unhas e as ouço. Elas falam, sussurram, estão do outro lado da porta. Ouço. Mal respiro para poder ouvir. São vozes reais ou meus medos ficaram mais reais do que a realidade? Onde está a linha entre a minha imaginação e a verdade? Ou não há mais linha alguma? As vozes discutem sobre como vão entrar no quarto. Vão começar tentando arrebentar a porta. Estão vindo. Estão vindo me pegar. Arrasto a cama contra a porta e o armário contra a cama. Coloco sacos de lixo nas janelas para que ninguém pendurado em cordas ou pairando no ar com um helicóptero possa ver.

Então, minhas mãos tremendo, meus medos mal se contendo enquanto as vozes ficam mais e mais urgentes, engulo as drogas, uns trinta e cinco pacotes, engulo-os como pílulas, como se minha vida dependesse delas. Mal termino de engolir uma e já começo a engolir a outra. Finalmente paro, pois tudo o que sobrou pode ser consumido hoje. Se as vozes não entrarem. E, se entrarem, posso engolir rápido.

Passo a noite injetando o resto do crack, fazendo meu foguete decolar e ouvindo vozes ao aterrissar de volta na terra. Aterrorizado, espero pelas lascas de madeira da porta caindo. Olho para fora, procurando os homens que estão destruindo o prédio. Ouço passos, gritos, helicópteros. E, se às vezes as vozes param, o silêncio é a coisa mais assustadora de todas, pois sei que o inimigo está reagrupando-se, reorganizando-se, planejando seu próximo ataque. Eles voltarão, voltarão para mim.

De manhã, estou muito drogado e também estou fissurado, pois a heroína acabou muito antes do crack, mas continuei tomando crack porque tinha comigo e porque estava lá, simplesmente. E agora preciso de heroína. Tenho de ter heroína. E isso significa ter de sair do meu quarto. Ter de me arriscar lá fora. Ter de encarar as pessoas que estão lá para me pegar.

Tenho medo de sair e encarar meus fantasmas usuais. Medo dos homens que me deixaram à beira da morte no *sex shop* do Soho. Medo dos homens – quem quer que sejam e qualquer que seja sua aparência – que colocarão um preço na minha cabeça quando descobrirem que roubei as drogas. Tudo está diferente agora, pois o mundo todo se virou contra mim. Não posso mais andar por West End. Ando perigosamente pelos cantos das ruas, um animal selvagem, violento, acuado, pronto para atacar. Passo por uma pessoa que também está no albergue. Estou rico de cocaína, porém pobre de heroína, então fica fácil dar uma pedra para Jay em troca de um pacote. Vou direto para meu quarto. Tomo minha picada. Minha fissura diminui. Começo a mastigar o crack novamente. Mastigo o dia todo. Não comi nada além de trinta e cinco pedaços de crack. Meu estômago ronca, há um louco animal dentro dele e fico doente logo, pois estou fissurando, fissurando, necessitando de heroína.

Arriscando minha vida pela droga, saio do albergue, vou para o parque da rua Warren novamente e, dessa vez, verificando se não há alguém por perto, vou para o muro do bloco de apartamentos, mexo nos tijolos e, sim, lá está ele. Um outro pacote de drogas. Então, de repente, uma mão me agarra, puxando com raiva as minhas roupas. Sem olhar ao redor, viro uma enguia e passo por debaixo da cerca dos apartamentos. Meu agressor, ainda me agarrando, xingando, chutando-me, fica preso no arame. Consigo ver seu rosto marrom. Vi esse homem naquela última vez que fui ao *sex shop* do mexicano, mas não penso nisso, não penso muito em nada, a não ser em fugir, rápido, rápido, rápido... Meu braço ruim pendurado, minhas pernas doendo, o pacote de drogas batendo dentro das minhas calças. Volto ao albergue, subo para o meu quarto e sim, sim, sim, mais quatro pacotes grandes, cada um com três outros pacotes do tamanho de bolas de tênis e, embora novamente haja mais crack do que heroína, tenho droga suficiente para passar noites e dias de uso incontrolado de crack.

Então o crack me domina. Eles sabem com certeza quem sou agora. Viram quem sou; todos virão atrás de mim. Não são somente as vozes das pessoas que estão vindo me pegar. É o jeito que olham debaixo da porta, falando da polícia, colocando escadas na frente do prédio, batendo nas janelas, andando pelo teto e descendo em cordas... minha paranóia vai além da psicose e ameaça consumir-me. Sei que é uma overdose, em uma profunda parte racional há muito ignorada do meu ser, mas ainda estou injetando, duas de uma vez, segurando-me na pia para vomitar, vomitando drogas, cagando drogas. Deito na cama e cago em sacos de lixo preto, a fim de recuperar os pacotinhos de drogas no meio da minha própria merda. Uso um pouco e jogo o resto na boca, rápido, muito rápido, antes que voltem, antes que peguem de mim. O crack está na minha boca, na minha bunda e, de vez em quando, consigo sentir os pacotes explodirem em meu estômago; meu corpo todo está explodindo com cocaína, enquanto observo as sombras, vejo-os, espero por eles, ouço as vozes.

Meus olhos alternam entre a luz e a escuridão, meus ouvidos estão gritando e explodindo e, quando o efeito começa a passar, deito no chão, incapaz de me mover, incapaz de subir na minha própria cama. Minha carne despedaça-se entre meus ossos. Deito aqui por dias, talvez três dias. O crack está por toda parte, pelo chão, pela pia, pela cama... É a festa do crack do Chapeleiro Maluco, estou fraco demais para me mover e a fissura da heroína morde a minha alma.

Finalmente, arrumo um jeito de sair. Tenho uma dor de cabeça do crack que cega e com um olho não consigo ver nada. Arrasto-me pela recepção e fico lá de shorts, sem camiseta. Peso uns quarenta e cinco quilos e minha pele é transparente. Há sangue correndo pelos meus braços. Olho loucamente ao redor, parecendo um animal fugido do zoológico. Os funcionários do albergue, alarmados, olhos arregalados, sentam na escada enquanto tento convencê-los de que há gente lá em cima procurando por mim, querendo me matar.

Eles tentam me acalmar, mas não consigo ser acalmado. Estou louco de medo. Jay, que trocou heroína por crack comigo, entende o problema e vem com cuidado em minha direção, com o rosto triste.

– Ouça, amigo... – começa, gentilmente.

– Vá embora! Dá o fora daqui! – grito, pegando o aspirador de pó e agitando-o, como se fosse uma arma ofensiva. – Posso matar você com isso se chegar mais perto, posso abrir a sua maldita cabeça.

– Mark, é o maldito crack que está falando... – diz. – Você precisa parar de usar essa merda.

Mas aí já me virei e estou correndo, correndo o mais rápido que posso pelo albergue, porque ninguém vai acreditar que estão atrás de mim. Grito com as vozes, pois não agüento mais ter medo delas: – Estou aqui, venha! Leve-me! Venha me pegar!

Chego na porta e paro.

Ouço a mim mesmo.

Pareço – completamente – insano.

Fico em pé. Penso. Vejo-me do modo que a equipe daqui deve me ver. Eles vão chamar a polícia. Vão ligar para um hospital psiquiátrico.

Sento e fico quieto. Respiro fundo e devagar. Sinto como se fosse a morte.

Jay chega novamente, cauteloso, e senta-se perto de mim.

– É o crack – digo.

– Sim, você precisa de heroína.

– Sim.

Fazemos um rápido acordo, crack em troca da heroína, e, quando ele volta com a heroína, entrego-lhe o crack, tomo minha picada e sinto a calmaria da heroína espalhando-se pelo meu corpo. Dave, um funcionário, aparece no meu quarto e me vê de shorts, injetando. Fica olhando para o meu corpo. Seu rosto mostra-se mais do que chocado, está apavorado. Não tenho visão alguma de mim agora e só sei que tenho uma aparência péssima por causa da expressão dele. Ele é um homem normal que viu um corpo morto.

– Você está pele e osso, Mark. Está muito doente e precisa ir para o hospital – diz gentilmente.

Balanço a cabeça. Nada de ala psiquiátrica para mim.

– Não estou falando de psiquiatria. Falo de cuidados médicos e descanso – diz Dave. – Vou começar a telefonar para ver o que consigo para você agora.

Metade de mim espera que consiga. Mais tarde, ele volta dizendo-me que ninguém poderá receber-me.

– Não até que você volte para a desintoxicação – lembra-me. Lembro-me da desintoxicação. Faz só duas semanas desde que voltei a traficar, fui espancado, fiquei no hospital, encontrei drogas e corri. Parece que foi há um ano.

Agora que tenho tantas drogas, meu corpo começa a desmoronar. Tudo o que tenho a fazer é trocar crack por heroína, para equilibrar meu estoque. Não saio por aí traficando, roubando, esmolando, brigando. Achava minha vida caótica antes, mas agora o caos realmente se estabeleceu. Vagueio o dia todo, chapado, assustado, irritado. E o tempo todo percebo algo terrível: a quantidade de drogas que consumo mataria a maioria das pessoas, mas não faz efeito em mim. Tenho péssimas descidas e terríveis fissuras, sem grandes baratos. As drogas não funcionam mais. Quero chorar. Está acontecendo de novo. As drogas não estão funcionando.

Depois de perambular por Camden, volto para West End tentando trocar crack por heroína. Tomo muito cuidado, sou todo olhos. Sei que todos estão bravos comigo, todos são ameaças. Os traficantes estão bravos. Wilf e seus chefes estão bravos, até meu amigo Dave está bravo. Fico entre as grandes multidões de pessoas, mas para os viciados todos são invisíveis, então posso muito bem ter andado pelado pelas ruas que em minutos sei quem são meus piores inimigos. Os gêmeos, Keith and Malc. Os gângsteres os mandaram atrás de mim.

Um deles me vê. Aponta para mim, aponta no meio de várias pessoas, diretamente para mim. Gesticula para seu irmão que está um pouco à frente e carrega um saco de pão da Sunblest. Puxa-o para baixo para que eu possa ver a enorme faca que há dentro dele. A faca é para mim. Pão é o alimento da vida, mas eles querem tirar a minha. Corro entre as multidões. Ouço passos atrás de mim. Corro mais rápido. Ouço-os, sinto sua respiração e, ao virar-me, vejo um rosto grande, feio e distorcido perto do meu. O gêmeo se arremessa na minha direção, mas consigo escapar dele.

Posso ter fugido deles, mas não me safei, pois eles sabem que há um preço pela minha cabeça. Usei um total de aproximadamente dez mil libras em drogas. Os gêmeos serão generosamente pagos para acabar comigo e certamente ficarão com o meu emprego de traficante. A polícia não vai ligar para a morte de um outro morador de rua que, de qualquer forma, morreria logo de AIDS.

Depois de alguns dias, vou à West End, mas dessa vez fico só nas ruas principais. Charing Cross Road, Shaftesbury Avenue, Haymarket. Mas os gêmeos estão lá de novo, como se estivessem patrulhando as ruas noite e dia, sempre procurando por mim. Vejo-os à distância e eles me vêem ao mesmo tempo. Consigo ver a faca de relance. Correm em minha direção e, de repente, como um peixe na piscina, viro-me novamente, abrindo caminho pelas multidões, correndo pela minha vida.

Na terceira visita, Keith e Malc aparecem novamente. Dessa vez me pegam por trás e um deles quase consegue me arrastar para uma viela. Dou um soco nele com toda a força que tenho no momento e, quando ele fica sem ar e seu irmão se aproxima para ajudá-lo, dou meia volta e corro.

Há muito tempo, venho iludindo-me, dizendo a mim mesmo que sou alguém em West End. Agora entendo que sou menos do que uma partícula de pó aqui. O lugar está lotado de gângsteres e traficantes de grande porte. Devem ter colocado um sem número de pessoas lá foram para me pegar. Assim, não posso voltar para West End. Não sobrou mais nada lá para mim, a não ser morte ou reabilitação.

Quando volto para Elephant e Castle, já usei todas as drogas que roubei. O pessoal do albergue passou a ter um interesse especial por mim, pois conseguem ver que estou muito próximo da morte. Tentaram encontrar uma vaga no hospital para mim e estão consternados por não conseguirem. Agora estão todos ansiosos para que a reabilitação dê certo. Um táxi espera lá fora para me levar. A equipe fica na porta para me dizer adeus. E estou pronto, exceto por um pequeno detalhe: há um cara que me deve heroína. Arrumei muito crack para ele e fica enrolando para me pagar, pois tem esperança de que eu desapareça na reabilitação e nunca cobre a dívida. E isso me deixa furioso. Fiquei esperando aqueles pacotes e agora o táxi está aqui e não poderei usar antes de ir. O cara me enganou, caí na conversa dele. Pensa que é mais esperto que eu, não pensa? Tenho um canivete e vou cortá-lo em pedaços. Olho para ele nas escadas e vou para a porta.

– Era minha última picada antes da desintoxicação, você tinha de me dar minha última picada – grito com ele, agitando o canivete. Tenho ódio dele. Quero matá-lo.

Uma funcionária negra do albergue olha para mim, tristemente. Ela diz, de forma muito suave: – Mark. Seu táxi está lá fora.

– Seu maldito canalha – grito para o homem na escada. – Vou para a desintoxicação sem a minha picada e você vai pagar por isso!

O ladrãozinho assustado vai subindo a escada. Balanço meu canivete e preparo-me para segui-lo.

Ouço a voz mansa, novamente: – Mark, se você fizer isso, tudo estará acabado. Será o seu fim. Então, vá embora. Saia daqui. Entre no táxi e vá para a desintoxicação.

Ouço a voz e um pouco da sua suavidade entra em mim como água. Mas não me decido. Nem mesmo sei se vou matá-lo ou se vou embora até ver-me virando, saindo pela porta, indo para o táxi. Poderia muito bem ir atrás daquele sem vergonha. Ele aprontou uma para mim e não posso suportar isso. Agito-me por todo o caminho para Elephant e Castle.

A equipe me cumprimenta calorosamente; dão-me metadona e me levam direto para o pronto-atendimento do Hospital Universitário. O piolho é tratado, recebo roupas dos Achados e Perdidos e, então, um médico examina meu braço atrofiado.

– Você nasceu com isso? – pergunta.

Digo a ele que o braço era bom até quinze dias atrás.

Ele olha meus cortes e hematomas e me manda para uma enfermeira cuja função é tirar as minhas meias, cirurgicamente. Ela leva horas cortando e enxaguando para separar o tecido e a minha pele, e tem ânsia várias vezes. Entendo que não sou uma visão bonita. Peso menos do que um cachorro grande, meu joelhos são mais largos do que as minhas coxas, minha pele tem uma transparência fantasmagórica e meu corpo está coberto por cicatrizes e marcas de agulhas. Mas a enfermeira me trata com humanidade. Sua voz é gentil, seu jeito é doce. Seu toque é macio e íntimo, o que me leva às lágrimas. Não vivo isso há muito tempo. Volto ao centro de reabilitação com meus pés decentes e em roupas limpas, mas tenho fissura, apesar da metadona. Depois da quantidade incrível de drogas que consumi no mês, desde a última vez que estive aqui, a fissura é cruel, ri de mim. Depois do décimo dia, mais uma vez, a metadona acaba e volto à vaca fria. E não posso suportar. Podemos sair e vou direto para as drogas. Não para West End, que é muito perigoso para mim agora. Corro para King's Cross. Não ouso usar heroína ou o pessoal da desintoxicação vai perceber. Compro um pouco de crack e volto para Elephant e Castle. Tomo minha picada no banheiro branco, vazio, escondido do metrô.

Turbilhão. Por alguns minutos, saio desse lugar, saio desse frio banheiro branco, desse prédio, dessa cidade, desse país, desse planeta. Estou lá no alto, orbitando pela lua. E então, logo em seguida, lá do alto, vem a correria dos passos, o murmúrio de milhares de vozes, resmungando, sussurrando, falando no meu ouvido. É o Comitê. Dizem: Canalha maligno, agora vão te expulsar. Vai voltar para as ruas, escória do mal. Vamos pegar você quando voltar. Ou devemos destruir a janela e quebrar a porta e entrar de uma vez e te pegar agora?

Paro de respirar. Escondo-me debaixo d'água. Então, quebro meus equipamentos em pedaços minúsculos e jogo-os longe, longe do vaso sanitário para que ninguém jamais veja. Porém, eu sei. Deveria estar na desintoxicação e estou me drogando.

No dia seguinte, vou para a rua Wardour todo olhos e ouvidos, de medo. Entro no edifício do Turning Point.

Digo: – Sean, me droguei na noite passada. Injetei crack e joguei o material na privada.

Ele parece assustado: – Será expulso! Tenho certeza de que sabe disso!

Sim, sei que se usar, estou fora. Também sei que se sair, estou morto. Não há como continuar nas ruas e sobreviver. Pois se as drogas não me matarem, os gêmeos matam.

– Essas são as regras – diz Sean. – E você as quebrou.

Minha garganta se fecha. É difícil falar. – Não consigo parar, Sean. Não posso viver no centro de Londres sem usar. É impossível.

Sean cerra seu olhar e fica sério.

– Você vai contar? – pergunto.

Ele suspira e pensa, seu rosto sombrio, seus braços cruzados.

Minha voz soa urgente agora: – Você vai deixá-los me expulsar?

Finalmente, diz: – Okay, Mark, vou quebrar as regras também. Tenho outra solução.

Alívio. Espalha-se por todo o meu corpo como uma vermelhidão. Sean vai me salvar.

36 Capítulo

Estamos em Bognor Regis. É uma cidade praiana na costa sul e é um dos poucos lugares da Inglaterra em que não vendi ou consumi drogas. Sean me trouxe aqui de trem. As pessoas nos encaram e uma pessoa sentiu tanto por mim que nos comprou sorvete. Somos o estranho casal; eu tremendo e suando, Sean me segurando firme.

O caminho da estação é plano, mas parece uma ladeira íngreme.

– Não posso continuar – digo. – Estou muito cansado, muito doente, muito ferido e meu braço esquerdo não serve para nada.

– Ah! Você pode sim! – diz Sean. – Pode deixar que levo a sua caixa.

Seguro-me nele, e ele com uma mão carrega a minha pequena caixa de arte marrom e com a outra me puxa. Há um muro ao longo da calçada e paro para me escorar nele a cada dois minutos.

– Vamos, Sr. Johnson – Sean diz, com voz de comando.

– Este é o Centro de Tratamento de Drogas e Álcool de Ravenscourt – diz com floreios, como se tivesse chegado no Palácio de Buckingham. Mas meu corpo dói tanto que mal olho para o lugar. É um outro casarão, mas percebo que é um pouco menos sofisticado do que o último em que estive, todos aqueles anos e drogas atrás, em Birmingham. Provavelmente será a mesma coisa. Será outra Mansão de Relax e terei muitas namoradas e começarei a me sentir melhor, mas não vai funcionar. Porque nada funciona para o Sr. Johnson. Ele é um cretino do mal e já foi longe demais.

Entramos numa recepção vermelha. Há xícaras espalhadas pelo lugar, mas todas têm pires em cima. Estranho, mas nem me importo em saber por quê. Meus dentes doem mais do que tudo em mim. Meus olhos doem e minhas pupilas não respondem à luz. Meus pés doem porque as ruas quase os esfolaram inteiros. Minha cabeça lateja. Estou fissurando por inteiro. Sou uma geléia, não sou ninguém. Não tenho senso algum de mim mesmo e estou apavorado. Só sei que quero fazer algo impossível: parar com as drogas.

Somos levados ao final de um corredor, onde a maioria dos residentes está sentada, fumando, em poltronas surradas, numa grande sala cercada de vidros. Contraio-me com a luz, mas consigo dar uma olhada nos rostos. Há umas dez pessoas e são todas diferentes. Algumas são mais velhas, cinqüenta, talvez sessenta anos, poucos são jovens, outros são da minha idade. A maioria não parece ter morado nas ruas, como eu; são muito saudáveis e bem alimentadas. Uma ou duas pessoas cumprimentam-me. Tento retribuir, mas sinto muita dor. Sean vira um Príncipe Encantado e conversa por mim.

Uma irlandesa chamada Annie, que parece zangada, leva-nos ao meu quarto. É grande, com uma sacada, duas camas de solteiro e dois armários. Muitas pessoas estiveram nesse quarto; tem histórias para contar.

Fico parado de forma estranha, olhando para minha cama, sem saber o que fazer. Sean olha para mim.

– Você pode desfazer sua mala – diz.

Então, tenho que colocar minhas roupas no armário surrado. Mas não tenho nada. Abro minha caixa de arte e as bandejas se levantam das dobradiças. Pego o que tenho. Minha Coleção de Achados: o pequeno caderno prateado, os broches, o cabo ornado de uma colher, algumas latinhas, agulhas de costura, pincéis e um tubo de tinta. Minhas posses. Preciso de um lugar seguro para elas. Alguém pode tentar roubá-las. Sempre foram importantes para mim, mas nesse momento me importam mais. Coloco-as cuidadosamente debaixo da cama.

Sean tem de ir. Estou com medo. Quero chorar. Quero ficar com ele.

Vou com ele até a recepção e, quando diz adeus, mal posso vê-lo partir. Tenho cinco anos de idade e não quero que meus pais me deixem em Bognor sozinho. Sean vira-se e diz: – Mark, este é o lugar em que você deve estar. Agora é a hora de se apegar a ele. – Ele vai e sinto-me vazio, sinto-me como uma pessoa de luto. Estou sozinho com a minha dor. Vou para o meu quarto e durmo.

Minha fissura é horrível; preciso descansar, talvez tomar um banho. Tinha de passar por esse estágio inicial da fissura com metadona para me ajudar, mas menti, como sempre menti em todo lugar e para todas as pessoas, até para mim mesmo. Então, meus sintomas de abstinência são agudos e não há medicamentos controlados para minimizá-los em Ravenscourt. Não há nada. Já me deram um papel para assinar, no qual entendo que terei que partir se beber, usar drogas ou produtos químicos, ou for para um bar ou transar.

Não gosto nada daqueles lençóis brancos e cobertores na minha cama. Certamente não vou ficar no meio deles. Nem vou tirar as minhas roupas. Não me sentirei seguro se fizer isso. Não me sentirei bem. Deito na cama e fecho meus olhos. Sinto muita dor para dormir.

Um baixinho gorducho entra.

– Mandaram-me avisar você de que está na hora da terapia de grupo.

Gemo.

Sua voz é gentil. Ele se desculpa: – Terapia de grupo. Começando agora.

– Não vou. Estou doente – digo.

– Você tem de ir.

– Eu não consigo.

– Vão te mandar embora.

Mandar embora. Para onde iria? Imagens passam pela minha mente. Calçadas e soleiras, os gêmeos com sua faca no saco de pão da Sunblest, uma garrafa de coca-cola, em pé, com sangue congelado nos lábios.

Sento-me. Tento tirar meu corpo da cama. O homem me observa.

– Tenho de fazer isso? – digo ofegante.

– Se quiser ficar aqui, deve seguir as regras.

Já era a minha mansão de Relax. Tento ser uma máquina, mas os pistões não funcionam, a dor é muito mais forte do que eles. Levanto muito devagar. O homem me leva a uma sala com as cadeiras arranjadas em semicírculo. Nelas estão as mesmas pessoas que encontrei antes, mas agora não estão fumando e parecem agitadas, desconfortáveis, como se quisessem se iluminar.

O conselheiro responsável pelo grupo chama-se Alan. Deve ter pelo menos uns cinqüenta anos, magro, cabelos pretos. Cumprimenta-me. Dá para ver que no passado ficou muitas noites nas ruas. Tem aquele velho olhar de dependente de anfetamina, mas há um tipo de calma nele que exige respeito.

Ele diz algumas palavras. Ouço uma voz de homem. Depois, de uma mulher. Então um homem fala por bastante tempo e, finalmente, todos falam. Palavras,

palavras. Ouço o ritmo e a música; ouço sotaques de toda a Inglaterra e vogais de toda classe. Mas não escuto o que dizem. Tenho muita dor para pensar. Mal sei meu próprio nome. Tudo ó que sei é usar drogas.

Começo a falhar nas rotinas do novo lugar. Não consigo dormir à noite. Não consigo comer na hora certa. Se levanto, quero sentar. Se sento, quero levantar. Não quero fazer nada. Mas tenho de fazer, pois há um caminhão de regras. Quando a sua xícara está em uso, o pires fica por cima. Você faz parte da rotina de tarefas. Não pode fumar em lugar algum, exceto na estufa. Deve escrever sobre eventos significativos da sua vida e entregar ao conselheiro. E levantar às sete da manhã todos os dias.

Estão tentando me matar? Sou um viciado caótico, sem estrutura, e essa rotina é como ser jogando numa congelante piscina funda. Estou tão chocado e confuso que mal sei o que está acontecendo.

Mas cada vez mais há mais regras só para mim. Mark não pode ficar na cama durante o dia. Mark não pode deitar debaixo da mesa de jantar para uma soneca. Você recebe seis libras por semana, mas deve pagar vinte centavos para cada regra quebrada. No final da primeira semana, perdi tudo e ainda fiquei devendo um pouco do dinheiro da próxima semana.

– Como está? – as pessoas perguntam-me, e a resposta é sempre a mesma.

– Extremamente desesperado. – Minha cabeça martela, meu corpo todo martela.

A dor física não me permite participar da terapia de grupo. Sento-me silenciosamente enquanto falam. Ao ficar sozinho com Alan, faço uma pergunta.

– Alguém como eu pode ficar limpo?

Estamos numa das salas de terapia, uma cabana de madeira no quintal. Os raios de sol batem num canto e iluminam as costas das cadeiras desbotadas. Alan estuda meu rosto e diz:

– Sim.

– Então, é realmente possível que um viciado como eu mude, tenha uma vida diferente? Uma vida que não signifique injetar todos os dias?

Alan faz um grande gesto expansivo com seus braços e concorda vigorosamente.

– Sim, sim, sim – diz.

– Honestamente?

– Sim, sou um drogado em recuperação. Estou limpo há dez anos.

Olho para ele. Dez anos. Não consigo imaginar dez minutos, quem dirá dez anos.

– Você não tem de pensar em dez anos. Pense sobre hoje. Viva um dia de cada vez, somente.

Posso sentir as lágrimas em meus olhos. Porque alguém acendeu uma luz. A luz está no final do corredor escuro. É fraca. Brilha como uma estrela distante. Esperança. A possibilidade de mudança. A ínfima chance de que chegará um dia em que não precise mais das drogas.

Alan observa-me de perto. Ele vê a luz se acender e sorri para mim. Mas o corredor é longo e escuro e a luz pisca e falha freqüentemente. Se não usar drogas, o que farei? Que outra vida terei? Onde poderei ir? E, em poucos dias, Ravenscourt, com suas regras, suas rotinas, seus colegas estranhos, suas terapias de grupo, suas intermináveis exigências de um homem ainda vivendo à margem da humanidade, leva-me ao desespero. Perdi a semana inteira de salários esta noite por ter dado uma descansada embaixo da mesa da sala de jantar. Tive de escrever a história da minha vida e isso me custou uma pesada enxaqueca. Além disso, estão sempre falando sobre Eventos Significativos em nossas vidas: temos de falar sobre eles; e também escrever a respeito deles e colocar nossos papéis em envelopes marrons em cima da TV, para que nosso conselheiro leia. Não quero. Quero ficar num canto. Sou um animal ferido, mas não me deixam ficar encolhido. Não me deixam sozinho. Odeio ficar aqui. Não quero me drogar novamente, mas odeio ficar limpo. Ficar limpo é pertencer a um estado de isolamento interior.

Tento dizer isso a Alan. Estamos na sala de terapia de novo e digo: – Eu poderia participar mais, se não sofresse tanto com a fissura. Se pudesse ter um pouco de metadona...

Ele levanta a sobrancelha.

– Não, Mark.

– A dor. Ela está me matando.

– Não há registro de morte por causa da retirada da heroína. É terrível, mas você não morre disso.

– A dor não me deixa pensar.

– Você está quimicamente dependente e a única coisa que pára a dependência é parar a química. Sem passar a depender de outras drogas.

– Sempre que tentei parar antes, não consegui superar a fissura.

Alan olha para mim e pensa por um momento. Finalmente pergunta: Quantas vezes tentou parar com as drogas e o álcool?

– Várias. Várias e várias e várias – Minha vida passa por mim como o expresso de Londres a Glasgow. Não foi nada além de uma série de tentativas de parar com as drogas.

– Digo, quantas vezes você realmente tentou parar completamente?

– Milhões!

– Como quando?

– Bem, por exemplo, quando fui para a universidade estudar fotografia. E mais tarde, quando estava preparando-me para ser um cirurgião de árvores em Kendal, estava sempre desistindo. Fissurava por meses seguidos.

– Do que exatamente você desistiu?

– Heroína.

– Você tomou alguma coisa nesses períodos?

– Nada.

– Então, você não bebeu?

– Ah, sim, claro que bebi.

– Muito?

– Enchia a cara toda noite. Tinha de fazer isso. Para sair da heroína, precisava de alguma coisa.

– Tomou outras coisas para te ajudar a sair da heroína? Valium? Cocaína? Metadona?

– Hum... Sim.

– Quais desses?

– Hum... Todos esses.

Sua voz é boa e clara, como se estivesse falando com alguém muito, muito jovem: – Mark, isso não é parar com as drogas, é? Isso é mudar de drogas. Você deu um tempo na heroína, mas tomava outras drogas e medicamentos controlados e bebidas alcoólicas em vez disso.

– O médico me prescreveu – ouço minha própria voz. Ouço os protestos de uma criança de sete anos ultrajada. Não! Ele me deu! Nunca as roubei! Sim, posso ter enfiado o receituário do médico no meu bolso para que pudesse complementar tudo o que ele me deu com algumas prescrições feitas por mim, mas o fato de ter roubado o médico foi porque ele permitiu.

Alan diz: – Quando você escreveu a história da sua vida para mim, senti que estava lendo sobre um viciado sempre mudando de uma droga para a próxima. Você foi para frente e para trás, da bebida para drogas recreativas, de drogas de rua para drogas prescritas. Mas nunca desistiu delas. Não usar nada é desistir. É isso o que fazemos aqui.

Fico quieto. Alan me observa. Não há sol hoje. A sala está escura e fria. Penso nas minhas tentativas de desistência anteriores. Sempre acreditei que estava desesperado e sendo sincero. Agora percebo que, se chamar o álcool de droga, só parei mesmo de usar uma vez, desde a adolescência: durante os poucos meses que fiquei na reabilitação, em Birmingham.

– Não sou alcoólatra – digo, finalmente. Sinto-me zangado e irritado. Poderia ir para a estação de Bognor agora mesmo. Ninguém me impediria.

– Mesmo? – pergunta Alan, educadamente. Odeio a sua educação.

– Posso ser viciado, mas não sou alcoólatra. Quase nem bebia quando estava nas ruas. Quer dizer, só às vezes.

Alan balança a cabeça e sorri. Ele não vai brigar comigo. Só vai mostrar-me que estou errado. Tenho ódio dele por ser tão inteligente.

Nos dias que se seguem, entendo que Ravenscourt segue o Programa dos Doze Passos, que foi adotado por viciados e alcoólatras em todo o mundo. Mais cedo ou mais tarde, terei de passar por todos eles. Mal consigo concentrar-me no passo um.

Passo um: Admito que sou impotente em relação ao meu vício e que minha vida se tornou incontrolável.

Todos os dias tenho de escrever um exemplo da minha impotência e da falta de controle sobre a minha vida, colocar o papel na minha pasta marrom de Eventos Significativos e deixá-la sobre a TV.

Primeiro, escrevo sobre visitar Rosie na reabilitação e ter me irritado com o pastor.

Depois, escrevo sobre as ruas, como no final os gêmeos ficavam pegando sua faca sempre que me viam.

Em seguida, escrevo como fui expulso da desintoxicação por não conseguir deixar de morder aquela criança que brigou comigo por causa do canal de TV.

Há tantas outras coisas que poderia contar, mas não conto. Já falei bastante. Não posso continuar com esse tratamento, é muito dolorido, dói tanto e preciso daquela maldita picada para me ajudar a esquecer disso tudo, não de um conselheiro de classe média que sorri para mim e me manda escrever sobre isso.

Chega. Vou embora desse lugar. Acho uma mochila vazia. Suspirando, abro-a.

Para onde vou? E como vou?

Não tenho muito para levar, nada mais do que umas poucas roupas que outros deixaram para trás quando, como eu, decidiram fugir. Coloco-as na mala devagar. Depois, procuro pela minha caixa de arte debaixo da cama. Minhas juntas estalam conforme me abaixo e a dor atinge minhas pernas. Tudo dói quando você deixa de usar heroína. Sem ela meu corpo fica estéril. Meus ossos estão fracos até a medula. Minhas células, destituídas.

Abro a caixa de arte e verifico que minha Coleção de Objetos Achados está completa. Os pincéis. O cabo da colher. As agulhas de costura. O caderno. Os broches. Olhar dentro da caixa é como olhar para um outro mundo em que não há tapetes, luzes ou teto, apenas meus pés andando, andando pelas duras ruas. Meu coração acelera. Estou assustado. Não quero ir. Foi uma jornada tão longa até a reabilitação. Mas não quero ficar.

– Que foi? – uma voz pergunta. É meu colega de quarto, Colin. É tão tarde que pensei que ele já estivesse dormindo.

– Estou mal – digo. – Estou aqui há duas semanas e não posso ficar mais um segundo sem nada no meu corpo.

Ele senta na cama e boceja. – Ainda dói muito?

– Minha maldita cabeça está latejando.

Todas aquelas emoções que as drogas me ajudaram a evitar estão acontecendo de uma vez. Terror, culpa, vergonha, desesperança, impotência, solidão, tristeza, perda, ciúme, raiva... Tudo o que eu deveria ter sentido em meus anos perdidos sinto agora. Após tê-las ignorado por tanto tempo, essas emoções têm o poder de uma enorme locomotiva que vem bem em minha direção. Esmaga-me, transforma-me em polpa.

Colin observa-me. – O que você quer?

– Só quero ficar limpo. Quero uma vida nova. Quero uma mente nova.

– Bem, há um jeito.

– Ah é?

– É assim. Todas as coisas que estão no fundo da sua mente têm de sair. Você tem que ser honesto. Todas as coisas que vêm te segurando, todos os seus segredos, você tem de contar, parceiro!

Penso por um minuto.

– Você quer dizer – falo – que eu tenho de contar como é mesmo lá fora? Nas ruas?

Colin dá uma gargalhada.

– Não é do papo de ego que estou falando nem sobre o quanto era difícil lá. Não é do papo de sentir pena de si mesmo. Quero dizer que você tem de contar seus segredos. Os segredos reais. Todas as pequenas coisas vergonhosas que nunca contou a ninguém, as coisas mesquinhas, as coisas rancorosas, as coisas do tipo não-vou-contar-para-ninguém-vou-guardar-para-mim.

Meus segredos. Ele deve estar brincando. Há muitas coisas que não vou contar para ninguém. Jamais.

Ele diz: – Falar das suas fraquezas traz a sua força de volta.

Atravesso o quarto para abrir a janela e sentir o cheiro da noite. Respiro profundamente, inalando o cheiro salgado, inalando o mar.

Ouço a voz de Colin, insistente, atrás de mim.

– Você tem de contar.

Viro-me e ele ainda está olhando para mim.

– Há muita coisa que te deixa doente. Seus segredos envenenam a sua alma. É chamado de Lado Secreto do Ego. Pense nisso, parceiro, antes de fazer a mala.

Deito na cama e fico acordado a noite toda, meu corpo vivo com dor, cada nervo dolorido; minhas pernas precisam continuar girando, rodando, movendo-se. Quero ir, mas não tenho para onde. Não quero fazer isso, mas não tenho nada mais a fazer. Não quero usar drogas, mas não sobrevivo sem elas.

De manhã. Ainda estou aqui.

Quando vou para a sessão de terapia de grupo, sinto-me um maldito medroso. Encolho-me em minha cadeira e todo mundo sabe que vou falar pela primeira vez. Há um ar de ansiedade. Ou talvez seja curiosidade.

– Ah! – diz Alan, parecendo contente. – Há um Evento Significativo que gostaria de nos contar, Mark?

– Sim – digo. Abro minha boca e espero eu mesmo começar a falar. Por um minuto, não sai nada. Então começo.

Conto sobre a vez que estava no apartamento em Kendal. Injetei meio grama de heroína quando deveria estar tomando conta de Jack e ele ficou preso lá comigo o dia todo, a porta trancada, a fralda caindo, com fome, chorando.

Confesso que sou um pai horrível e então paro de falar. Estou profundamente envergonhado e humilhado. A sala fica em silêncio. Rostos encaram-me. Alguns chocados, outros solidários. Poucas pessoas desviam o olhar; imaginam o que estão fazendo aqui com um homem desses. Uma mulher balança sua cadeira para frente e para trás, com os olhas fechados, tentando me bloquear.

Alan inclina-se para frente.

– Se você não tivesse usado drogas, não fosse viciado em drogas, teria tratado seu filho assim? – pergunta gentilmente.

– De jeito nenhum.

– Então talvez não estejamos falando de um pai terrível, e sim de como as drogas tornaram sua vida incontrolável – sugere.

Outros começam a falar.

– Essa deve ser uma lembrança horrível para você – alguém murmura. – Você sofreu na hora, mas tem sofrido há anos com a lembrança.

Quero agradecê-lo por entender que, por mais que tenha tido uma comportamento horroroso, ainda sou um ser humano.

Isso é terapia de grupo. Estão me dando sua opinião e, de repente, começo a sentir o calor e o apoio das pessoas ao meu redor. Nunca senti tanta bondade. Ninguém está indo correndo chamar o Conselho Tutelar ou a Assistência Social. Falam sobre coisas similares que fizeram, sobre um comportamento que os assombra também. Uma mulher disse que seus dois filhos foram levados e, chorando, explica o porquê. Um homem fala sobre seu comportamento com o filho, do qual se arrepende profundamente. Um outro homem identifica-se com Jack: descreve incidentes da infância com seus pais alcoólatras e, quando fala, parece uma criança confusa, seu rosto se contorce de dor, seus olhos lutam com as lágrimas.

Quando a sessão termina, sinto-me vazio. Fiquei doente e envergonhado com a minha própria história. Mas de uma coisa eu sei: por mais que tenha feito coisas terríveis, há outros com experiências similares. Não estou completamente sozinho.

Mais tarde, sinto-me exausto. Só quero ir embora. O Comitê dentro da minha cabeça tem muito a dizer hoje. Tento me esconder no quarto. Um membro da equipe me vê e me dá uma multa. Escondo-me embaixo da mesa e sou encontrado e multado novamente. Meu corpo ainda dói: meus dentes, meus olhos, meus pés... E todas as juntas estão pesadas. Nada mudou. Colin disse que iria me sentir melhor e não me sinto. Mas comecei a falar agora. Comecei a contar.

Annie, a mulher irlandesa, é responsável pelos quartos. Está aqui em Ravenscourt desde que este lugar foi transformado em um centro de reabilitação por seu proprietário alcoólatra, anos atrás. Ela sempre me multa ao ver-me dormindo de roupas. Agora está me mandando arrumar a cama. Tiro a coberta e levo para a máquina de lavar, no andar de baixo.

– E – pergunta Annie quando volto – quanto aos lençóis?

Resmungo. Tiro os lençóis da cama e desço com eles. Quando volto para o meu quarto, meu corpo sente todo o esforço. Annie está esperando por mim.

– Você esqueceu a fronha – ela diz.

Franzo a sobrancelha.

– Anda – diz Annie, com a mão na cintura. – Para trocar a roupa de cama, tem de ser lençol, fronha e cobertor.

Ela tem um metro e meio de puro granito coberto com um capacete de cabelos brancos. Não adianta discutir com as Annies do mundo. Então desço as escadas novamente.

– É assim que se aprende – diz Annie, quando retorno sem fôlego. – Você não se esquecerá novamente. E tem de parar de dormir de roupa. Entendeu? À noite tem de colocar pijamas para entrar na cama.

– Mas sinto-me exausto.

Olha-me com firmeza: – Você troca de roupa e entra na cama, e é assim que vai dormir. Então, acorda às sete da manhã. Fica acordado o dia todo. Não vai dormir de novo até ter trocado de roupa e entrado na cama.

Respeito-a. Entendo que é uma mulher dura e vejo que sua firmeza é um tipo de bondade. E tenho vergonha por ela ter de me ensinar como se vive. Fico envergonhado quando formam um grupo para mim chamado Higiene Pessoal. Estou limpo o bastante agora, mas as pessoas mostram que minhas roupas estão sujas e que pareço um mendigo. Costumava saber quando comer, quando dormir e como me vestir, mas aos poucos essa sabedoria foi arrancada, junto com a minha humanidade. E agora tenho de aprender tudo de novo.

Annie me dá lições de culinária. A gente se dá bem. Mas quando, mais tarde, ela vê que a cozinha não está completamente limpa, seu rosto torna-se granito e ela me multa sem hesitação. A princípio tenho ódio dela por isso, mas, muitos cafés e cigarros depois, sinto-me grato. Você sempre sabe onde está, com Annie. Sua insistência sólida como pedra em relação às regras traz segurança.

Temos permissão para sair em grupo sem supervisão, desde que fiquemos juntos. Podemos ir à cidade ou à praia, dez ou quinze de nós, contudo, muitas pessoas estão morando aqui agora. Andamos pelas ruas como um animal grande e arisco. Não temos nada em comum, a não ser pelas substâncias que consumimos, mas ao poucos vamos ficando amigos. Afinal de contas, contamos nossos segredos uns aos outros.

Ao chegarmos na praia, sentamos na areia e fumamos. Não há muita gente aqui, pois estão todos no imenso complexo Butlins, ao longo da costa. Algumas crianças correm na água e voltam para seus pais, gritando de alegria. Gaivotas voam acima de nós. Cachorros ficam malucos de alegria com tanto espaço, a água, a extensão de areia. Pequenas ondas quebram. Seguro algumas conchas e pedras nas mãos e sinto nelas o calor do dia. Tudo é único e belo. O sol começa a se pôr, no oeste, seguido por um pouco do vermelho, e pela primeira vez, desde que cheguei aqui – não, pela primeira vez em anos –, sinto uma espécie de calma, uma pequena trégua na minha tristeza

No dia seguinte, uma conselheira me chama até a estufa. Está pálida e vejo que sua mão treme. Há um telefonema para mim.

Leva-me ao seu escritório e diz que o telefonema vem da delegacia de polícia de West End. Uma voz informa que dois policiais chegarão em breve para me entrevistar.

– Sobre o quê?

– Estamos investigando três assassinatos em West End e achamos que você pode ser útil às investigações.

Sinto que vou sufocar. A conselheira parece extremamente chocada. Olha duro para mim, imaginando se a polícia vai me prender. Alan chega, com o cenho franzido. Leva-me para fora e fumamos um cigarro. Sinto o sol em meu rosto. Entendo que, tropegamente, quase sem saber, comecei a construir uma nova vida aqui. Não é muito mais do que uma estrutura pequena e frágil, mas sei que estava lá porque acabou de desmoronar. Na minha cabeça, ouço risos. O Comitê começou a me julgar e considerou-me culpado, e vai me mandar para a cadeia.

Alan observa-me.

– Nunca – digo. – Nunca matei ninguém.

De repente, vejo a mulher japonesa tirando seus cabelos negros da frente do seu rosto doce e triste. Vejo John deitado na rampa, seus lábios azuis.

Alan olha para mim atentamente. – Você tem alguma idéia de por que eles querem falar com você sobre essas mortes?

– Fui espancado semanas atrás e fizeram-me perguntas. Mas poderia ser qualquer um. As pessoas morrem em West End.

– Você se misturou com criminosos da pesada?

– Provavelmente. Não sei. Precisava de drogas, então fiz muitas coisas e conheci muita gente.

– Respondeu às perguntas deles antes? Quando apanhou?

– Não, inventei um monte de bobagens quando me disseram que haveria compensações.

Ele suspira.

– Mark, você quer ficar na reabilitação?

– Sim, quero ficar limpo – ouço minha própria voz. Faço uma afirmação firme e clara, porque eu quero acreditar em mim mesmo. Apesar de achar que lá no fundo ainda penso ser impossível. Lá no fundo, quando acordo pela manhã, acho que terei ido embora até o final do dia.

– Então conte a verdade à polícia. Sua vida toda mentiu para os outros e para você mesmo. Se realmente quer mudar, se realmente quer se livrar de uma vida de impotência sobre as drogas, então pode começar agora mesmo, contando a verdade.

Jogo a ponta do meu cigarro no chão e piso nela.

– Vivi fora da lei. Se contar a eles algo sobre mim, eles me prenderão.

– Mark... você tem uma escolha. Pode passar por isso inventando besteiras. Ou pode contar a verdade. É sua chance de limpar a sujeira. Só a verdade irá ajudar a sua recuperação e, se tiver de ser preso, poderá continuar seu programa na cadeia.

Quando os dois policiais chegam, reconheço um deles. Era o detetive ao lado da minha cama, quando voltei à consciência no hospital. Cumprimenta-me.

– Você parece melhor do que da última vez que o vi – diz. E é verdade. Faço fisioterapia para meu braço machucado, os hematomas saíram e até consegui engordar um pouco. Não tenho mais uma aparência tão ruim. Apenas me sinto um merda.

Antes de me entrevistarem, os dois homens vão com Alan a uma sala para uma longa conferência. Não sei o que Alan está dizendo a eles, mas imagino. Está dizendo que realmente quero mudar minha vida, que Ravenscourt está me dando uma chance e que me deixar aqui pode ser mais produtivo do que me prender. Mas eles são policiais.O que fazem é prender pessoas.

Na minha vez, Annie traz chá para todos e sento-me com eles numa das salas de terapia de grupo. Estou apavorado. Os policiais falam gentilmente comigo. Dizem que fui vítima de um crime interessante. Estão investigando três mortes em West End e querem que eu veja algumas fotos, e tenho de estar preparado para elas. Não sei como me preparar, então me agarro aos braços da cadeira.

Conheço todas as pessoas das fotos. Estão em bandejas de aço idênticas. Parecem efígies de cera, mas não são. Estão mortos. E qualquer um deles poderia ter sido eu. Se piscar, posso ver meu próprio rosto naqueles corpos inertes.

Contenho meus instintos de mentir sobre essas pessoas: quem eram, o que faziam e como os conheci. Lembro-me da voz de Alan, de como me disse que poderia mudar minha vida falando a verdade. Tenho quase certeza de que mudarei minha vida terminando na cadeia, mas, mesmo assim, falo. Conto a eles tudo o que sei sobre as drogas em West End. Até conto sobre a estação da rua Warren.

Finalmente, balançam a cabeça, olham um para o outro e me agradecem pela ajuda. Levantam-se para ir.

– Vocês não vão me prender? – pergunto.

– Não, Mark. Desejamos boa sorte na sua recuperação – dizem. E então saem. Policiais, não há como os entender. Alimentam meus medos e assombram minha paranóia, mas toda vez que tenho contato com eles, mostram-me sua bondade e humanidade.

Alan entra, sorrindo e esfregando as mãos.

– Vai ficar tudo bem? – pergunto. Quero chorar. Alan coloca os braços ao meu redor, deixo-o segurar-me e é muito bom.

– Sim – diz. – Tudo vai ficar bem.

Digo: – Você sempre fala de um poder maior...

– Esse é o passo dois – lembra-me. – "Acredito que um poder maior que o meu poderá restaurar minha sanidade."

– Acabou de acontecer. Eu quero dizer Deus, ou o poder maior, ou seja lá o quem for. Acabei de ver como terminaria se continuasse nas ruas. Nas bandejas de aço do necrotério policial, com os outros. Se voltar lá, é isso que acontecerá comigo. Alguém deve estar me dizendo que tenho de ficar aqui.

Depois disso, não fica mais fácil ficar, só fica mais difícil sair. Todo dia é uma prorrogação. Pode ser que amanhã eu volte, pode ser que volte para as ruas, pode ser que me drogue novamente. Só tenho de passar por hoje.

Meus dentes doem, mas nenhum dentista trata deles. Pelo contrário, a dor física da fissura gradualmente melhora, embora freqüentemente retorne com ferocidade. Mas, conforme as infelicidades físicas diminuem, minha angústia mental aumenta, quero bater em alguém, quero transar com alguém. Isso tudo é contra as regras. Rosie e eu escrevemos um para o outro e gostaria de visitá-la com as crianças, mas, depois de uma consulta com Alan, descubro que ainda não posso. Ele diz que isso poderia interferir no meu tratamento. Nesse estágio, é importante dividir os sentimentos com o grupo e não canalizá-los em uma "relação especial" mais isolada.

Quando começo a me acostumar com o lugar, quando começo a aprender a rotina, quando estou trocando de roupa para dormir à noite e ocasionalmente dormindo, então, tenho de ir. Ravenscourt é um centro de recuperação primário e isso significa que você não pode ficar mais do que doze semanas.

Alan conseguiu que eu me mudasse para Bournemouth, para um centro secundário de tratamento chamado Quinton House Project. Por anos estive mudando, e agora cada pequena mudança parece ricochetear meu corpo. Estou assustado e instável. Quando Alan me abraça para se despedir de mim, sinto vontade de chorar. Doze semanas é o máximo que fiquei voluntariamente em qualquer lugar, com exceção da última reabilitação em que a outra alternativa era a cadeia. Mas Ravenscourt tornou-se meu lar. Nem todos conseguem chegar ao final do seu tratamento. Os que conseguem têm uma grande chance de sucesso.

Ao chegar em Bournemouth, quero dar meia volta e voltar para Bognor. Da janela, posso ver traficantes na grama, do outro lado da rua. E parece-me que muitos dos viciados daqui não têm interesse em recuperação: simplesmente vêem esse lugar como um descanso para o vício.

O centro é administrado por Lorraine Parry, uma mulher brilhante que se especializou na prevenção de recaídas. Consegue ver dentro da sua mente e virá-lo de ponta cabeça. E está rodeada de um fervente grupo de conselheiros e terapeutas. São a polícia do pensamento. Você não pode sentir nada sem que eles perguntem de onde vem, se você viveu isso na infância, o que te fez sentir-se assim da última vez. Minha conselheira, Sonia, é a mais assustadora de todos, mas Alan já entrou em contato com ela e garantiu-me que estou em boas mãos.

Gradualmente, depois de terapia de grupo e individual intensiva, começo a acreditar que nasci viciado. Acredito que o vício é uma doença que tenho desde o nascimento, da mesma forma que algumas pessoas nascem com deficiências físicas óbvias. Roubar e outros comportamentos anti-sociais eram indicações da doença bem antes da bebida ou da droga. E estou aprendendo a não culpar minha infância, meus pais, ou meu histórico, pois, quando ouço as histórias dos outros, tenho de admitir que muitas pessoas sofreram mais e não cresceram como eu. E agora minha vida está em minhas mãos. Eu decido o que vai acontecer depois . Eu decido se quero ficar doente ou saudável.

Uma das descobertas mais surpreendentes é que não contraí nem HIV nem Hepatite C. Não sei como é possível ter sido poupado. O conhecimento disso faz com que eu me sinta humilde e grato.

Mas odeio estar aqui. Odeio todo mundo. Odeio falar milhões de vezes sobre mim. Não quero mais contar segredos. E então, quando achava que já tinha dito tudo o que deveria ter dito, vejo-me oferecendo mais detalhes hediondos para ações hediondas. Um dia, tropegamente, falo sobre algo que ainda pode me assombrar a qualquer hora, em qualquer lugar, em momentos inesperados. A garota japonesa. Como a matei. E quando termino de falar dela, começo a falar de John, de West Country. Falar sobre isso não muda o que fiz. Ainda me sinto sozinho, vazio e cheio de vergonha. Mas sou ajudado um pouco quando outros membros do grupo se identificam com a minha experiência. Uma garota me conta como alguém da sua moradia desmaiou e, sem ter certeza se a pessoa estava morta ou não, mas certa de que não queria ser visitada pela polícia, ela e seus amigos enrolaram o corpo inerte e azul e jogaram numa vala. Uma outra garota acordou de manhã e encontrou seu companheiro deitado ao seu lado, azul.

Estou vomitando a minha vida inteira em Bournemouth. Há dias em que não suporto. Depois de uma sessão de terapia em que ouvi mais sobre mim do que queria saber, combino de encontrar uma outra viciada na praia. Peço-a que arrume meus sentimentos. Ela sorri docemente para mim e transamos na areia.

Depois disso, sinto-me mal, como se tivesse recaído. Quebrei as regras. Por um tempo, tento esconder o que fiz, mas esse tipo de desonestidade torna-se cada vez mais impossível para mim agora. Decido contar, mesmo sabendo que vou me encrencar. Transar com outro viciado é tão ruim quanto beber ou injetar, e foi exatamente assim que usei a garota, como uma picada que me livra dos meus sentimentos.

Depois da minha confissão, todos discutem se devo ser expulso. Fui predador em relação à garota, usei-a para meus próprios fins, e ela é uma viciada vulnerável e sofredora, que naquele dia ficou muito chateada por assuntos que surgiram na terapia de grupo.

Finalmente concordo que devo ser transferido para outro centro próximo. Faz parte do Quinton House Project, mas é um satélite; as regras são mais soltas e há pouca supervisão. Estou mais forte agora. Tento seguir o programa dos doze passos que orientou muitos viciados e alcoólatras antes de mim, e esses doze passos estão me dando, pela primeira vez na vida, um código moral para embasar a minha vida.

Em dezembro, é meu aniversário de trinta anos e há uma festa e um bolo com velinhas. Minha primeira, até então. Fico tão emocionado que não me sinto seguro para falar. Então, dou uma escapada e derramo uma lágrima.

A reabilitação secundária dura meses. No final de fevereiro, vou me formar. Chamam de formatura, mas para mim é como ser jogado nas ruas. Protesto, dizendo não estar pronto. Na verdade, estou morrendo de medo. Viver numa comunidade, com apoio total, um livro de regras e uma rotina clara é uma coisa. Sair sozinho para as ruas é outra.

Minha terapeuta, Sonia, assegura-me que tudo ficará bem. Posso continuar a participar das sessões de grupo Quinton House, ela ainda me verá e, enquanto estiver indo a reuniões com outros drogados e alcoólatras, encontrarei todo o apoio de que preciso. Porém, não sinto que possa ter todo o apoio que realmente preciso. Consigo persuadi-los a me mandar para um terceiro estágio da reabilitação, que fica a uma hora de distância da costa.

Há uma cerimônia de formatura de mudança. Viajei muito até a Quinton House e não fiz minha jornada sozinho. Sinto-me rodeado por pessoas que se importam comigo. Meus amigos Nicole e Ryan, um de cada lado, apoiaram-me. É uma experiência emocional. E, quando termina, pego o trem para Carlton House, onde minha vida é estruturada e estabilizada e decido onde ir e o que fazer.

Depois de alguns meses, é hora de partir novamente. É hora de parar de viver em instituições e achar meu próprio caminho. Se houvesse um quarto estágio, eu certamente tentaria, mas não há. Tenho de voltar para aquele mundo lá fora, que é inundado por drogas e solidão, e tenho de viver nele.

A possibilidade de voltar para as ruas rosna para mim como um cão raivoso, assustador, ameaçando-me. Tenho de ter meu próprio lugar. Sei que para alugar um apartamento é preciso fazer um depósito e não tenho idéia de como levantar fundos para isso. Mas uma vida toda de mentiras e manipulações ensinou-me a lidar com isso. O fundo Prince's Trust me deu uma câmera quando estava na reabilitação, quando era apenas uma criança. Sei que fazem empréstimos para que as pessoas comecem seus próprios negócios. Então, candidato-me ao fundo para conseguir dinheiro para comprar equipamento de escalada em árvores. Digo a eles que voltarei a ser um cirurgião.

Um homem de rosto iluminado chamado David Fox, pede-me um breve histórico da minha vida. Senta em seu escritório, rascunhando, enquanto falo. Então ele concorda e diz: – Acho que podemos ajudá-lo.

O fundo oferece-me um empréstimo de três mil libras. David Fox me dá conselhos para os negócios e deseja-me boa sorte.

– Deixe-me saber como você está se saindo – diz.

A fé desse homem assusta-me. Ele realmente acredita que tenho a confiança e a habilidade para montar meu negócio.

Mais assustadora ainda é a quantia que o fundo está me disponibilizando. Com tanto dinheiro, posso recair amanhã. Poderia ir a uma farra selvagem. Poderia enfiar uma agulha no meu braço, subir num foguete espacial de crack e viajar pelo espaço sabendo que estou seguro, pois a heroína sempre faz tudo ficar bem. Com três mil libras, poderia ir e ir e ir e ir e ir. Apesar de estar fora do meu corpo há quase um ano, a heroína me chama de volta todos os dias. Não somente por causa da fissura dos sintomas que recorrem ainda freqüentemente, mas por causa do poder da minha lembrança eufórica. Todo santo dia quero drogas e sinto saudade das drogas. A única maneira de me fazer parar de pensar em tomá-las é me fazendo lembrar das conseqüências. Lembro-me do fantasma que eu era quando o centro de desintoxicação me mandou para o pronto-atendimento. Lembro-me do maníaco que me tornei quando me fechei no albergue usando todo o crack roubado. Lembro-me das fotos da polícia e de sobrepor meu próprio corpo nas bandejas de aço do necrotério.

David Fox colocou tanta confiança em mim que tenho certeza de que vou desapontá-lo. Não quero roubar o dinheiro, mas é inevitável. Sou fundamentalmente desonesto. O Comitê me diz isso.

Um dia de cada vez.

A primeira coisa que tenho de fazer com o dinheiro é arrumar um apartamento. Com certeza vou gastar uma grande parte dele com o depósito. Digo a mim mesmo que não posso pensar em trabalho antes de conseguir um endereço, então esse é um uso legítimo para o dinheiro do fundo.

Acho um apartamento na costa sul e o depósito é mínimo. Então as três mil libras continuam intactas.

Amo meu apartamento. Fica no quarto andar de uma casa vitoriana e tem tetos inclinados e alcovas interessantes. De um lado, há uma igreja e há uma grande árvore no seu quintal, tão perto das minhas janelas que sinto como se estivesse nos seus galhos mais altos. Não há barulho aqui, só pássaros e paz. Do outro lado do apartamento, dá para ver a agitação.

Morei em muitos apartamentos, mas nesse me sinto como em meu primeiro lar. É meu santuário. É o paraíso. Quase não tenho mobília: um sofá surrado e umas almofadas para dormir. E ainda assim acho que é perfeito. Gradualmente, vou me adaptando. Compro camas de segunda mão, prateleiras, utensílios de cozinha, tinta. Com grandes pinceladas, as paredes ficam da cor do profundo azul do mar e dos girassóis mais claros. Mais importante de tudo, os amigos me ajudam. Tenho amigos agora. Para tudo que faço, tenho ajuda.

Às vezes vejo a felicidade aqui e encontro a paz no meu novo espaço. Às vezes tenho sonhos aterrorizantes de estar voltando para as ruas. Às vezes acordo suando, de manhã, com medo de não conseguir viver como as outras pessoas, pagando as contas, lavando a minha roupa, comprando o café-da-manhã. Um dia de cada vez. Mas é difícil demais aprender a viver, então não tenho como ter confiança para começar meu negócio. As três mil libras ainda esperam por mim.

Confio plenamente em outros membros do meu círculo de amizades, viciados e alcoólatras que passam pelo mesmo processo de recuperação que eu. Um é construtor, Ronnie, que me emprega por meio período. Com meu salário, pago os juros do empréstimo.

Então essa é a minha nova vida, e digo nova como a vida é nova para um bebê. Ainda estou aprendendo as habilidades. Medito, dou a mim mesmo uma estrutura rotineira e faço um diário. Vou para a cama à noite. De manhã levanto. Tento fazer refeições regulares, com boa comida. Aprendo a cuidar de mim. Cozinho para as pessoas. As pessoas cozinham para mim. Tento manter amizades sendo honesto e verdadeiro.

Trabalho na construção parte da semana com outros rapazes. Se conseguimos fazer Ronnie parar de trabalhar e começar a falar, paramos. Sentamos em baldes enquanto ele nos conta as coisas loucas que fazia quando bebia e penso: se Ronnie pôde voltar, também posso. Há muitas risadas no trabalho. O resto do tempo, estou na praia. Tenho namoradas. E há dias, não muitos deles, em que posso vislumbrar uma possibilidade de, finalmente, talvez, poder aprender a viver como as outras pessoas. Não penso no amanhã ou se irei me drogar novamente na semana que vem ou como tudo pode desmoronar na minha frente. Concentro-me no hoje: acordar, meditar, viver, não me drogar.

O empréstimo do Prince´s Trust me preocupa tanto que resolvo gastá-lo. Compro o equipamento de escalada. Afinal de contas, disse que compraria. Não faço nada com ele. Agora há cordas e apoios de metal ocupando espaço no meu apartamento, em vez de na minha conta bancária. As cordas são brancas e alaranjadas e os metais brilham. Depois de uns dias, nem percebo mais, apenas desvio deles.

Num dia quente de verão, estou na construção com um pincel na mão, pintando com os outros caras, quando olho para fora. Os padrões de sol e sombra, e me vejo desenhando-os. Coloco meu pincel na lata e vou olhar.

O ar está fresco lá fora, embora a construção esteja empoeirada e coberta de tijolos e cascalho. Ao lado há uma árvore, uma grande faia. Diretamente abaixo dela, o solo está escuro, mas nas suas beiradas as sombras que lança são recortadas como laços. Fico olhando o tronco prateado com admiração. A árvore parece fresca nesse dia causticante. Pequenos insetos agitam-se num galho. Um pássaro canta em algum lugar tão alto que não consigo vê-lo. A árvore me convida para seu mundo de sombra profunda.

Tenho de ir para o alto. Sem nem mesmo pensar a respeito disso, subo pelo muro e vou me levantando pelos galhos mais baixos. Concentrando-me em onde vai o próximo pé e onde a próxima mão se agarra, começo a escalar. A princípio é difícil, pois os galhos são muito espessos. Mas quanto mais subo, mais leve fico.

Fico mais ágil. Acho cada vez mais fácil negociar os obstáculos horizontais na minha escalada vertical.

Quando estou bem alto, olho pelas folhas, olho pelas copas, vejo a água azul evaporar-se no horizonte, no céu branco como o leite. Embrulho minha mão num galho. Corro meus dedos e sinto a maciez única da faia contra a minha palma. No final do galho, uma leve brisa faz as folhas sussurrarem.

A árvore é sólida. Cresce, mas não muda. Vive pelas estações, responde aos elementos, suporta muitas vidas, de pássaros a insetos que se alimentam dela. Ficar aqui, protegido pela generosa árvore do céu acima, me dá uma profunda sensação de calma. Respiro devagar. Seguro a árvore e fecho meus olhos.

Minha vida deu tantas reviravoltas, mas árvores são o que amo e o que fui treinado para cuidar há zilhões de anos. E é óbvio para mim, não sei porque não entendi antes, que as árvores são o meu futuro. Não sei onde a minha jornada me levará ou o que me espera, mas, ao ficar num galho, segurando em uma árvore e protegido pelas suas folhas, pela primeira vez consigo ver uma possibilidade de um caminho adiante.

Epílogo

Não bebo nem uso drogas desde 21 de julho de 2000, noite em que injetei crack pela última vez no centro de desintoxicação de Elephant e Castle. Ainda sigo o programa dos doze passos, pois me mantém limpo e me faz crescer. Ocasionalmente, tenho lembranças eufóricas. Até mesmo uma fissura pode me roubar de qualquer lugar. Às vezes sonho estar me drogando e acordo suando, pois acho que tive uma recaída durante a noite. Um dia de cada vez.

Quando as árvores voltaram a fazer parte da minha vida, inicialmente trabalhei para outros três cirurgiões. Sem bebida nem drogas para me atrapalharem, percebi que trabalhava mais e melhor do que meus chefes e fiquei tão cheio de carregá-los que logo voltei para a construção.

Então encontrei Vicky. Era uma jovem bonita, confiável, e nos apaixonamos. Ficamos conectados num nível bem profundo, embora sua vida, em casa com seus pais, tivesse sido muito mais resguardada que a minha. Nosso amor nos levou a um longo caminho e tentamos cuidar um do outro muito bem. Para mim, parecia meu primeiro relacionamento, pois até agora tinha tido muitas namoradas, mas só um relacionamento – com as drogas.

Via Vicky levantar toda manhã para ir trabalhar. Dois dias por semana, eu ia para a construção. O resto do tempo passava na praia.

– Pensei que tivesse dito que era um cirurgião de árvores – disse Vicky, olhando para as minhas roupas de segunda mão, meu telefone celular que não funciona direito, minha TV que pisca. – Você mentiu para mim.

– Não, sério. Fiz todo o treinamento.

– Então por que não trabalha com isso?

– Porque carrego os empregadores no colo e eles ficam com todo o lucro.

Vicky dá de ombros. – Então por que não trabalhar por conta própria?

Agonizei por um tempo. Minha conselheira na Quinton House, Sonia, ajudou-me a encontrar a confiança para finalmente tomar a decisão. E foi assim que comecei meu próprio negócio. Como disse ao Fundo que começaria. Eles tinham certeza de que eu conseguiria. E consegui. Foi o Fundo, Vicky e Sonia que me levaram a isso, e Ronnie foi a luz que me orientou.

Fui viciado em muitas coisas na minha vida e, por enquanto, estou viciado no trabalho. Virei um homem de negócios. Sim, eu. Negocio preços, compro caminhões, emprego pessoas, mando ordens de serviço, fico preso à papelada, aos conselhos, aos regulamentos, à propaganda... Acima de tudo, meu objetivo é oferecer emprego e treinamento para viciados em recuperação e ex-delinqüentes, tentando oferecer apoio como outros me ofereceram em meu processo de recuperação. Trabalhei muito, então meu negócio ganhou reconhecimento e minha reputação cresceu.

Todo esse tempo eu estava aprendendo a viver, mas em uma dimensão. Relacionamentos são complicados para viciados e, provavelmente, eu tenha ido longe demais em muitos, já que não tinha pontos de referência saudáveis no meu passado. No final, Vicky e eu não conseguimos superar todas as nossas dificuldades. Crescemos imensuravelmente, como resultado de nosso relacionamento, e isso nos levou aonde deveríamos ter ido – infelizmente, não um com o outro. Mas nossa amizade ainda continua.

Sinto que estive numa das extremidades da vida – e voltei. Escalei o Everest, voltei vivo e houve uma festa de boas-vindas. Como um anti-herói é claro, mas, de certo modo, foi uma festa de boas-vindas para mim. Meu negócio era forte e minha reputação era boa quando, em 2005, recebi o Prêmio de Jovem Empreendedor do Ano do Prince's Trust. Mais tarde, naquele ano, fui à Clarence House. Fiquei do lado de fora das suas velhas paredes altas de tijolos vermelhos e lembrei-me da última vez que parei aqui, sem um tostão, sem moradia, sem esperança, olhando os plátanos. E então respirei fundo e passei pelos portões, como convidado. Dentro, um homem que me ajudou mais do que pode imaginar: Príncipe Charles.

Como resultado da entrevista daquele dia, fui a Londres para receber o Prêmio Orgulho da Inglaterra, do Daily Mirror, numa cerimônia glamorosa. Rob Cope, do Fundo, levou-me para uma noite em que o Príncipe Charles narrou a minha história e Victoria Beckham presenteou-me com meu gongo. Sean Evans, que salvou minha vida, estava lá, assim como alguns dos meus velhos amigos. Só para garantir que não ficasse muito cheio de mim.

Desde então, tento equilibrar minha vida de uma forma melhor, reconstruindo o lado emocional e aprendendo a viver e a tomar conta de mim mesmo. Ainda dirijo meu negócio, mas permito que ele encolha ou se expanda, dependendo do trabalho, da equipe e dos meus outros interesses e compromissos. Estou aprendendo que sucesso não tem nada a ver com viradas e tudo a ver com o jeito que você leva sua vida. Meu sonho agora não é focado no sucesso financeiro, mas em ser um empresário social, envolvido em projetos que ajudem os outros. Então, agora fico muito nas ruas, falando com as pessoas sobre as coisas que eu acredito. E, no nível mais alto, elas estão me ouvindo. Falo a elas sobre viciados e jovens delinqüentes, sobre políticas de prevenção e como o governo pode ajudar a devolver essas pessoas à sociedade. Sou o primeiro ex-delinqüente a fazer parte da diretoria do Serviço Nacional de Liberdade Condicional e trabalho com o Prince's Trust num projeto nacional inovador, desenvolvido em instituições para jovens transgressores da lei. Minha vida está mudando, mas meu negócio continua e sempre garanto que haja dias livres para sair por aí e escalar algumas árvores.

Rosie e eu tentamos reavivar nosso relacionamento, mas logo descobrimos que sem drogas não temos relacionamento. Ela está limpa também, passando por sua recuperação como eu, e estamos tentando construir uma boa amizade, para nosso bem e dos garotos. E uma das melhores coisas que me aconteceram nesses anos é que meus filhos agora fazem parte do meu mundo e os vejo freqüentemente. Tento compensá-los pelo pai que costumava ser. Quando penso no meu relacionamento com meu pai e no dele com o pai dele, parece que as chances ficaram todas contra nós. Mas meus filhos e eu estamos destruindo essas velhas chances. O ciclo acaba aqui. Tenho muita sorte de ter filhos tão brilhantes, saudáveis, equilibrados e adoráveis. Eles iluminam minha vida.

Tenho um contato mais próximo com a minha mãe. Estamos reconstruindo nosso relacionamento e suas fronteiras saudáveis. Estou aprendendo a deixá-la ser minha mãe. Posso entender melhor agora seu sofrimento todos aqueles anos com Papai, embora nunca entenderei a doença que a manteve presa àquele casamento abusivo. Ela encontrou a felicidade agora, casou-se novamente com um bom homem.

Não tenho nenhum contato com meu pai e sua família. Não o culpo pelo que aconteceu comigo: não é saudável pensar desse jeito e, além disso, ele deve ser um homem lutando com seus próprios demônios.

Mantenho contato com meu irmão na América e estou no processo de compensação às minhas irmãs pelo modo que as tratei. Penso em minha irmã caçula, Bethany, que sofreu muito mais em seu relacionamento com meu pai do que jamais imaginei na época, como uma das mulheres mais bonitas que conheço. Casou-se com um bom homem e tem três filhos.

Às vezes, tenho notícias do pessoal de Kidderminster. Vanessa casou, tem três filhos e ainda vive no mesmo lugar. Daniel pegou doze anos de cadeia por assalto à mão armada.

Da última vez que ouvi falar de Jodie, ela continuava a viver uma vida inocente em Penrith. A maioria dos meus amigos de balada tornou-se respeitáveis homens de negócios. Alguns deles trabalham no mundo da música e alguns, como Mark Downes, ajudaram-me com meu negócio e estão sempre em contato. O pessoal do DYI continua badalando e se autodestruindo. Colin, meu amigo viciado que me ajudou em Ravenscourt, teve uma terrível recaída ao término do tratamento. Quase todos os meu amigos da Quinton House, que votaram pela minha saída depois do incidente da praia, tiveram recaídas. E houve muitas mortes. Eu não percebia a vulnerabilidade de se viver nas ruas, mas entendo isso agora, depois de todas as mortes silenciosas que fiquei sabendo: em soleiras, em vielas, em quartos solitários. As mortes não ocorreram somente com as pessoas das ruas, mas com amigos que fiz nesses anos de recuperação. Sempre me pergunto como foi que sobrevivi e chego à conclusão de que há um poder maior trabalhando pela minha vida.

Quanto a minha Coleção de Objetos Achados, bem, aquilo é só um monte de lixo, é claro. Mas ainda tenho alguns pincéis, a colher, o caderno e todas as miudezas, pois quando saí do meu apartamento e comprei minha casa própria, a surrada caixa de arte veio comigo. Então, ao olhar em volta em minha cozinha e para minha mobília, minha coleção de música e meu escritório, posso me lembrar que, há pouco tempo, minha única posse era a coleção de lixo que as outras pessoas haviam jogado fora.

Vi Dave e seu cachorro Boots uma vez, depois que sai das ruas. Quando estava indo me encontrar com Vicky, um dia eu tive coragem de caminhar pelo metrô de Piccadilly e, lá embaixo, no pé da escada, estava um pedaço de humanidade com seus pés enfiados em um cobertor. Ao seu lado, quatro patas.

Disse: – Hei, levante-se!

E Dave sentou, olhos embaçados. Boots fez o mesmo.

– Mark! Mark, seu maldito! – disse, seu rosto iluminando-se. – Seu imbecil!

Esse é um termo de carinho, então me sento perto dele.

– Ouça, amigo – começo, lembrando-me de como ele havia ficado bravo da última vez que me viu. – Você não imagina como me senti mal por causa da japonesa. O que fiz assombra-me e...

Dave interrompe-me. Ele diz: – Casei-me com ela.

Paro de falar.

– Com quem?

– Com ela.

– A japonesa? – não posso ter ouvido certo. Ela estava viva? Dave casou-se com ela? Mas meu coração palpita forte, pois posso sentir uma nova possibilidade.

Dave diz: – Ela nunca usou o beijo da morte que você deu para ela, cretino. Eu usei.

Ela não usou. Ela não injetou crack e heroína em seu braço e morreu sozinha num hotel da rua Baker. Sinto as lágrimas surgirem em meus olhos. Lágrimas de alívio.

– Ela não morreu?

Dave concorda. Meu rosto está quente e molhado de lágrimas. Abraço-o e ele me aperta ainda mais forte. Seguro-o firme. Nem me importo se ele tem piolho. Só me importo de não a ter matado.

– Veio me procurar uns dias depois. Voltou para o hotel e ficou lá. E então... casei-me com ela.

Eu deveria dizer parabéns, mas ainda não consigo falar.

– Moramos aqui em Londres, ela me dá drogas e eu consegui um passaporte para ela. Estou sozinho agora por uns dias, porque ela foi para o Japão na minha frente. Amanhã, vou também.

– Amanhã?

– Sim, ela arrumou um táxi para me levar ao aeroporto. Virá me buscar às nove horas.

Tento imaginar a japonesa, de salto alto e capa de chuva creme, com um animal selvagem como Dave. É gentil e bom, mas mora nas ruas e é selvagem. Ela deve pensar que o domesticou, mas ele provavelmente voltará para cá sempre que conseguir.

Sento-me ao seu lado no chão, limpando minhas lágrimas, enquanto transeuntes observam a estranha dupla. Penso que há um poder maior trabalhando, pois, se tivesse vindo um dia depois, não teria visto Dave e a morte daquela mulher ficaria para sempre em minha consciência.

Dave vira-se para mim: – Preciso de um pacote. Dá para me ajudar?

Tiro a carteira. Abro. Mas o viciado dentro de mim, não pode dar a Dave dez libras para um pacote. Não poderia dar-lhe o prazer, se não vou compartilhar também. – Vou te dar seis libras – digo.

Alguns caras das ruas aparecem. Jovens magros e sujos, que me fazem lembrar eu mesmo quando morava em West End.

– Esse é meu amigo Mark – anuncia Dave. – Ele era um de nós!

Os caras parecem surpresos, mas sentam-se perto de Boots. Gostaria de contar a eles sobre a minha jornada, mas não sei como. Tento dizer-lhes o suficiente para que entendam que a mudança é possível, que tudo é possível. O suor cai por seus rostos e estão fungando e agarrando suas latas de Cerveja Especial.

Digo: – Nunca pensei que fosse ficar limpo. Não sabia que alguém podia. Mas há um outro caminho. Fiz tratamento e estou tentando ficar bem.

– Sim, cara – dizem.

Olho para Dave. Ele não está dormindo, mas suas pálpebras estão fechando.

– Tudo mudou para mim – digo. – Morava nas ruas como vocês e agora estou limpo, vivendo uma vida diferente, começando meu próprio negócio...

– Que brilhante – dizem. – Boa história. Sim, você se deu bem, cara.

Olho para eles, vejo seus olhos fechados e sei que não estão aqui. Só Boots está acordado.

– Tudo bem, amigo? – digo

Ele balança o rabo.

Últimas Palavras

Talvez você tenha lido esse livro e reconhecido não as diferenças entre mim e você, mas algumas semelhanças. Então, esse é o meu recado pessoal a você.

Se as bebidas e as drogas pararam de funcionar para você e, apesar dos seus maiores esforços, você está agora num lugar sem futuro ou propósito, se você está se sentindo desesperado, então você recebeu um presente. Pois acredito que só conseguimos seguir em frente se atingirmos o desespero. Claro que não sabia ter chegado ao fundo do poço, mas sei disso agora.

Cheguei a um ponto em que havia duas opções para mim. Aceitar ajuda e ouvir os outros que tinham passado por isso antes de mim ou morrer. Parece óbvio, mas para mim não era e levei muito tempo para tomar a decisão certa. Mas tomei e agora recebi o maior presente de todos: a chance de ajudar os outros da mesma forma que fui ajudado. Nenhuma bebida ou droga jamais me fez sentir tão bem assim. E essa é a solução para o meu problema. Espero que você tome a decisão certa e também encontre a solução.

Lugares ou organizações como os que me ajudaram podem ajudar você também. A seguir, você encontrará alguns desses endereços.

Falta de Moradia

• Albergue Solidariedade
AVENIDA ENGENHEIRO ARMANDO DE ARRUDA PEREIRA, 1392 – JABAQUARA

• Cor Albergue Esperança
RUA CARDEAL ARCOVERDE, 3041 – PINHEIROS

Álcool e drogas

Narcóticos Anônimos: http://www.na.org.br/portal/
Dependentes Químicos Anônimos: http://www.dqanonimos.blogspot.com/
Alcoólicos Anônimos: www.alcoolicosanonimos.org.br/

Agradecimentos

Quando o Príncipe Charles fala desse "círculo vicioso", ele quer dizer que ajuda alguém e essa pessoa segue ajudando outros, que seguem ajudando outros. Parece que estou fazendo parte desse círculo agora e isso acontece porque recebi a oportunidade de mudar a minha vida, do Príncipe Charles via The Prince's Trust (o programa de fundo do príncipe). Gostaria de agradecer-lhe, bem como aos vários membros desse círculo vicioso que é a equipe do Prince's Trust, especialmente a Martina Milburn, Rob Cope e David Fox.

Um homem chamado Mark Lucas leu um artigo sobre mim na revista *The Big Issue* e, então, teve a fé de acreditar que a minha história daria um livro e a paciência de me persuadir a fazê-lo. Então, meu agradecimento especial à *The Big Issue* e ao seu editor, Charles Howego, e, claro, a Mark Lucas e a equipe de Lucas Alexander Whitley. O próximo ato de fé e paciência vem dos meus editores, Little, Brown. Agradeço Ursula Mackenzie, Vivien Redman e toda a equipe.

No decorrer da minha vida, e especialmente desde o início do século vinte e um, recebi muita ajuda de muitas pessoas. Eu desejo que todos estejam vivos para ler isso. Leis de privacidade não permitem que muitos dos que vivem tenham seus nomes aqui, mas eles sabem quem são. Este livro me dá a oportunidade de oferecer meu mais profundo agradecimento, do fundo do coração.